BLOW OUT THE CANDLES

GRAZIA DI SALVO

TRISKELL EDIZIONI

Pubblicato da

Triskell Edizioni di Barbara Cinelli

Via 2 Giugno, 9 - 25010 Montirone (BS)

http://www.triskelledizioni.it/

Questa è un'opera di fantasia. Nomi, personaggi, luoghi e avvenimenti sono il frutto dell'immaginazione dell'autore. Ogni somiglianza a persone reali, vive o morte, imprese commerciali, eventi o località è puramente casuale.

Blow out the candles di Grazia Di Salvo- Copyright © 2018

Cover Art and Design di Barbara Cinelli

Immagini di copertina: venerala/stock.adobe.com; pixabay.com

Tutti i diritti riservati. Nessuna parte di questo libro può essere riprodotta o trasmessa in alcuna forma né con alcun mezzo, elettronico o meccanico, incluse fotocopie, registrazioni, né può essere archiviata e depositata per il recupero di informazioni senza il permesso scritto dell'Editore, eccetto laddove permesso dalla legge. Per richiedere il permesso e per qualunque altra domanda, contattare l'associazione al seguente indirizzo: Via 2 Giugno, 9 – 25010 Montirone (BS)

http://www.triskelledizioni.it/

Prodotto in Italia

Prima edizione – ottobre 2018

Edizione Ebook 978-88-9312-444-7

PROLOGO

Dicembre 2015
Jackson, Tennessee

Sul ciglio della strada, *una bambina. Giocava con una bambola di pezza che la madre le aveva regalato qualche anno prima. La faceva parlare, si alzava e correva, come su un'invisibile corrente d'aria, in cui prendeva quasi vita.*
Era sola, ma sembrava inconsapevole di esserlo. Non le interessava. Aveva un vestito a fiori sporco di terriccio e un po' di polvere sulla guancia di cui sapeva che sua madre si sarebbe lamentata. Attorno a lei le persone passavano, veloci e indaffarate seppure fossero in quel buco di terra chiamato Garland.
Una macchietta solitaria in un posto pieno di infami, pronti a farla crescere con gli stessi, inutili, complessi di tutti. "Sei una donna, quindi devi sposare un uomo, meglio se con un terreno, magari un ranch in mezzo al nulla da cui far fruttare parecchi soldi, e far figli che dovrai crescere. La vita a Garland è semplice, tutti ti sono amici, puoi fidarti. Ma non della signora Beckett, che

ama spettegolare. Non del signor Tipson, che ha fatto dell'amore per l'alcol la sua passione primaria. Non del piccolo John, perché è un finocchio, e da quelli lì devi stare lontana."

E a lui non fregava niente, perché stavano parlando con sua figlia, ma sua figlia sarebbe cresciuta come diceva lui. Prima o poi avrebbe convinto Beth ad andarsene, l'avrebbe aiutata, le avrebbe offerto una vita migliore. Una di quelle che una donna intelligente come lei non poteva avere a Garland.

Prima o poi, ma non ancora. Anche se Kacey aveva cinque anni e l'innocenza nel giocare per le stradine del corso principale le sarebbe presto stata sottratta da chi, più grande di lei, aveva voglia di farla omologare alla società.

Chi, più grande di lei, aveva voglia di rovinarla.

«Papà!» Quando lo vide, Kacey gli fece un gran sorriso. Due sfere luminose e verdi che lo guardavano come se fosse stato un eroe, un colosso indistruttibile. Come se fosse stata al sicuro da chiunque altro perché, se c'era lui, magari lo era davvero.

Lui le corse incontro e la piccola lasciò addirittura andare la bambola per buttarsi tra le sue braccia. Attorno a loro, figure di uomini e donne si muovevano e li circondavano. La bambina lo stringeva, eppure lui si sentiva agitato, nella morsa del giudizio degli abitanti di Garland.

FORSE FU perché si era appena svegliato e non aveva ben collegato che a quell'ora di notte – o mattina – era impossibile che fosse il postino, un vicino o qualcuno che aveva sbagliato appartamento. Quando Cody aprì la porta, l'ultima cosa che avrebbe voluto fare era ragionare.

Quindi non fece troppo caso al fatto che davanti a lui ci fosse una bella donna dal viso familiare, sulla quarantina, i capelli biondi e ricci rovinati dal tempo, neanche un filo di trucco e abbigliamento da campagna. Occhi azzurri che lo fissavano con aria a metà di rimprovero, a metà di compassione e tanta, tanta stanchezza.

«Abigail?» biascicò. Se fosse stato un po' più sveglio e più attivo, magari avrebbe anche reagito male nel ritrovarsi sua sorella fuori dalla sua porta di casa, per la prima volta dopo davvero troppo tempo, che lo fissava con la solita espressione da: *"Hai di nuovo fatto un casino, Cody."* Il sonno, però, non glielo permetteva. Per quel che gli interessava, avrebbe potuto addormentarsi lì davanti.

E poi un pianto.

Non da Abigail, ovviamente, no.

Cody abbassò lo sguardo. Gli occhi di sua figlia erano lucidi e rossi, gonfi, spaventati. Non fece nemmeno in tempo a chiedersi il motivo della sua presenza lì, poiché cadde in ginocchio e la strinse tra le sue braccia. Un corpicino tremante che singhiozzava costringendolo, finalmente, a riacquistare lucidità.

Beth.

Non aveva il coraggio di guardare sua sorella, perché sapeva già che gli avrebbe dato una conferma; quindi rimase immobile, a stringere la bambina, cercare di calmarla, sussurrarle parole a cui lui stesso non credeva. «Shh. Va tutto bene, cucciola, ci sono io qui. Andrà tutto bene, calmati.»

Cosa doveva andare bene? Cody non lo sapeva neanche. A lui sembrava che il mondo stesse crollando, e non era nemmeno sicuro se, nel caso si fosse alzato, le sue gambe l'avrebbero sorretto. Non poteva.

Poi, non capì bene come, fece passare delicatamente un braccio sotto le ginocchia di Kacey, si sollevò da terra e le permise di avvinghiarsi meglio a lui. La piccola lo stringeva come se avesse avuto paura di vederlo svanire.

«Un incidente d'auto,» sentì dire da Abigail. «Ho provato a chiamarti così tante volte, ma il tuo cellulare non funziona, come al solito. E lei... ho pensato che fosse meglio portarla direttamente qui.»

Ricordò, sciocamente, che Beth non voleva che imprecasse davanti a Kacey. Lei era una bambina per bene e non avrebbe detto parolacce, né si sarebbe fatta mettere i piedi in testa da tutti quei mascalzoni che crescevano a Garland. Non sarebbe diventata una ragazzina rozza e incivile, ma sarebbe cresciuta da perfetta signorina.

Che cosa stupida, aveva pensato Cody. Beth però era nata in città, da una buona famiglia... Una ragazza splendida.

Fece un cenno a sua sorella e si spostò dall'uscio. Quando lei lo sorpassò, trascinando con sé la piccola valigia rosa di Kacey, Cody notò, senza reale scopo, che al manico era attaccato un piccolo portachiavi con un rinoceronte.

La piccola aveva smesso di singhiozzare, ma non aveva proferito parola. Cody chiuse la porta e la strinse, mentre si faceva strada verso la cucina. Avrebbe voluto parlarle, ma non era mai stato bravo in queste cose. Era Beth quella che se ne occupava. Era Beth quella che la consolava quando era triste, quando si faceva male, quando lui doveva ripartire per Jackson e non si sarebbe rivisto per mesi, quando c'era da convincerla che fosse un padre quantomeno migliore di quel che era.

Porca puttana.

Poi un movimento dalle scale. Cody alzò il capo: gli occhi verdi di Jake brillarono nella penombra.

Il suo cuore collassò. Il mondo crollò e la gola fece così male che si ritrovò a tossire, come se gli si fosse fermato qualcosa proprio lì, al centro. Qualcosa di appuntito e bollente.

Ricambiò uno sguardo che non vedeva bene. C'era stupore o disgusto? Quella era paura o rabbia? E tutte quelle domande che si stava facendo, sul fatto che avesse una bambina in braccio che lo stringeva... L'unico tassello che poteva far crollare la fiducia che avevano faticato tanto a costruire. Dopo tutto quello che era successo... Cosa avrebbe dovuto dirgli?

La verità che non hai detto, Cody. La verità che non hai avuto le palle di mostrare.

Prima Parte

1

Marzo 2015
Jackson, Tennessee

Che schifo.

Che tremendo schifo.

Cody aveva voglia di vomitare. Tutta quella gente, tutto quel rumore, quella confusione di merda... Che schifo. Aveva anche bevuto più del previsto. Ovviamente. Perché avrebbe dovuto fare una cosa del genere altrimenti? Una vera e propria *stronzata*. Cazzo, perché era stato così idiota?

Sbatté contro qualcuno mentre si dirigeva... dove stava andando? Dove cazzo stava andando? Poteva davvero scappare da quello che aveva fatto? Perché no, il mattino dopo sarebbe arrivato, lui sarebbe andato al lavoro e Nathan l'avrebbe guardato come si guarda un parassita, una zanzara fastidiosa. Dio, era così stupido.

«Ehi, stai bene?»

No. Non stava bene. Per niente. Non era mai stato bene e

adesso crollava tutto perché, *cazzo*, era ovvio che... «Merda.» E la testa girava.

Venne portato via dalla folla. Non sapeva nemmeno quando ci era arrivato: al centro della stanza, tra il casino, tra tanta gente che non aveva davvero voglia di vedere. Si ostinava a dare quelle feste del cazzo e nemmeno le apprezzava. Perché avrebbe dovuto?

Il pretesto per non pensare alla sua stupida e fottuta vita.

Poi l'aria. Non si era nemmeno accorto che non riusciva a respirare. Proprio come...

«Tutto bene?»

Era una voce sensuale e calma, forse un po' divertita. Mise a fuoco l'uomo; l'aveva già visto, però non ricordava dove. Era bellissimo. Non avrebbe dovuto pensarlo, ma era abbastanza ubriaco per permettterselo. «Sì.»

Un sorriso ferino su quelle labbra perfette. La sua lingua comparve per un attimo e le inumidì, e quelle parvero luccicare. Cody deglutì. L'altro disse qualcosa che suonava come *"qualcuno ha blaterato da schifo,"* ma era una frase troppo veloce e a cui mancavano diverse lettere. Tra l'altro, non aveva senso. Fu costretto ad aggrottare le sopracciglia.

«Eh?»

L'uomo alzò gli occhi al cielo per un attimo, poi scosse il capo. «Hai bevuto un po' troppo.» Parole più controllate e scandite. Che accento era? Non credeva di averlo mai sentito. Forse del nord?

«Sì.» Occhi verdi come i suoi, assottigliati, lo inchiodavano dov'era. Non che avesse voluto scappare. Ormai che senso aveva? Il mondo gli sarebbe crollato addosso comunque.

Una mano gli afferrò un braccio. Era una stretta forte, ma non minacciosa. Quasi rassicurante, calda. Che mandò una scarica al suo corpo già scosso. L'uomo si era avvicinato e lo guardava ancora con quel suo sorriso distorto. Sembrava soltanto volerlo aiutare.

«Forse dovresti bere qualcosa. Dell'acqua, intendo. L'alcol porta alla disidratazione, sai?» Si girò, ma la sua mano rimase sulla sua pelle. Era così calda e quel tono così... *sexy*. «Ce la fai a tornare dentro? C'è un casino della miseria.»

«Non mi va.» Non riusciva nemmeno a riconoscere la sua voce. Era roca, alterata e un po' tremante. E c'era qualcos'altro, forse nel modo in cui il suo corpo vibrava. Forse era solo l'alcol. «Vattene.»

«Senti, sto solo cercando di fare la mia buona azione dell'anno.» Quella mano si mosse sul suo braccio e toccò tutti i punti che più scottavano. Forse era lui, forse no. Forse era semplicemente Cody che cercava di trovare sfogo alla frustrazione. *Non così.* «Non vuoi aiuto? Perfetto. Dio, non vedo l'ora di trovarmi qualcuno da portare a letto e succhiarlo fino a perdere i sensi. Ma almeno prendi un bicchiere d'acqua, così non ti avrò sulla coscienza se schiatti perché, amico, non hai un bell'aspetto.»

Lui si era fermato alla parte del succhiare. Così come ci si era fermato il suo cazzo. Era davvero ubriaco.

Aprì la bocca per dire qualcosa, ma non ne uscì niente. Aveva così caldo che non sapeva perché il tizio di fronte a lui non se ne accorgesse. Si alzò le maniche della maglia, abbandonandosi al fresco del muro dietro di lui. Cazzo, e dire che non faceva nemmeno tanto caldo, a quel punto dell'anno. Tutt'altro.

«Ehi? Ti senti male?» Cody lo guardò. Aveva un volto affusolato e pelle che sembrava davvero liscia. Voleva toccarlo. Voleva toccarlo così tanto.

«Vattene, sto bene.» Prima di sembrare un *frocio*, almeno, come aveva già fatto con Nathan. «Hai già fatto la tua buona azione, ora vattene.»

E poi lo sguardo dell'uomo lo trapassò, lo inchiodò al

muro e, lentamente, scese. Si fermò esattamente dove non voleva che si fermasse, e il suo corpo si avvicinò. «Ah.»

Porca miseria. Era imbarazzante. Eccitante e imbarazzante. Non doveva essere eccitante; aveva passato la vita a credere che non fosse eccitante, quindi non lo sarebbe stato. Non era un frocio. Sì, gli piaceva Nathan. Oh, se gli piaceva Nathan. E sì, non era mai stato contrario alla sua omosessualità. Ma lui? No, Cody non era un frocio. «Senti, sto bene.»

«Sembri piuttosto *agitato*.» Oh, merda. La voce dell'uomo era diventata roca. Ed erotica. Non sapeva perché la voce di un uomo dovesse essere erotica mentre parlava con un altro uomo, non sapeva perché per lui lo fosse. Non lo sapeva, non voleva saperlo, non l'avrebbe saputo. No.

L'uomo si avvicinò ancora e adesso i loro corpi erano così vicini che lui poteva sentirne il cazzo di calore. Merda, se era bollente. «Non avevo capito che avessi bisogno di un altro tipo d'aiuto.»

«Non ce l'ho, infatti.» Non suonava convincente per nessuno. «Non so nemmeno chi sei. Potrei denunciarti per molestie.»

«Stavo solo cercando di aiutarti,» rispose l'altro. «Mi chiamo Jake e di certo non ti sto molestando.» Avvicinò così tanto il bacino al suo che, allo sfiorarsi, represse con tenacia un gemito. Con tutta la forza che gli rimaneva. Dovette trattenersi anche dallo spingersi contro di lui.

«Vattene, per favore.»

«Ehi, Code, hai un pessimo aspetto.» Provò ad andarsene, ma barcollò sui suoi stessi passi. Si ritrovò ad aggrapparsi al muro, che non aveva alcun appiglio. Sarebbe scivolato rovinosamente a terra, se soltanto Jake non l'avesse preso in tempo. Il suo corpo era rovente, ma lo teneva così saldamente che si sentiva quasi al *sicuro*. «Visto? Forse sarebbe meglio se te ne andassi a letto. Tanto la gente sta diminuendo.»

«Cody.»

«Cosa?» Jake gli rivolse uno sguardo interrogativo. Si prese un secondo per osservarlo. Sul volto affascinante un filo di barba e capelli lunghi, castano scuro, più ricci di quelli di Nathan e poco più corti. Gli somigliava, anche se avevano una fisionomia completamente diversa.

«È *Cody*, non Code,» spiegò. «Non sai neanche il nome delle persone da cui ti intrufoli?»

Di nuovo quel sorriso bello e letale. «Oh, lo so il tuo nome.» Jake lo aiutò a sedere a terra e Cody cedette senza fare nemmeno troppa resistenza. «Vado a chiedere ai tuoi ospiti di andarsene. Non preoccuparti, sarò gentile.»

Avrebbe voluto ripetergli di farsi i cazzi suoi, ma per qualche motivo lo lasciò fare. Forse perché era più semplice stare zitto che parlare, perché era utile servirsi di qualcuno che facesse tutto per lui, forse perché non riusciva a fare altro. Era così patetico.

Tirò le gambe a sé e affondò il viso tra le ginocchia. Voci lo salutarono, ma lui non rispose mai. Era ubriaco: poteva fingere di non capire, di non sentire, di non esistere. Oh, quanto avrebbe voluto non esistere.

Poi, dopo minuti che parvero infiniti, lentamente la musica scemò e lui rimase solo nel suo giardino, con il suono della notte a fargli compagnia. Aveva freddo, aveva la nausea e non voleva altro che il suo letto. Dormire. Non pensare più.

«Code.»

Alzò lo sguardo appena in tempo per vedersi calare addosso una giacca di pelle scura. Jake si chinò accanto a lui e accese una sigaretta, poi gli offrì il pacchetto. E, fatto strano, lui lo accettò. Non fumava: non spesso, almeno, aveva smesso quando... Beh, qualche anno prima, e aveva vissuto piuttosto bene senza il bisogno di calmare lo stress a quel modo.

Ma adesso... oh, adesso sì che ne aveva bisogno.

Jake fece scattare l'accendino quando lui ebbe messo la sigaretta tra le labbra e la accese. Lui inspirò ed espirò. E per un lungo istante fu solo silenzio e... pace.

«Perché sei ancora qui?»

«Perché sto sperando in una scopata e tu sei sexy.»

Così. Senza mezzi termini, senza giri di parole. Cody non lo guardava, ma anche se l'avesse fatto dubitava che l'uomo sarebbe arrossito. Era sincero, senza peli sulla lingua e spavaldo. Si girò a osservarlo per qualche istante.

«Sono etero.» *Ah, davvero, Cody?*

Jake si strinse nelle spalle. «A me non dà fastidio.» Espirò una scia di fumo. Era sexy.

Cody diede un colpetto con le dita sulla sigaretta, per far cadere la cenere, poi la riportò alle labbra. La sbornia stava passando un po' e tutto ciò che rimaneva era una sensazione di inutilità e tristezza. Ed eccitazione poco celata.

Poi Jake si girò a guardarlo e di nuovo il verde dei suoi occhi fu nei suoi. «Ci stai?» domandò l'uomo. Semplicemente, come se avesse chiesto un bicchiere d'acqua. Era così tranquillo che riusciva a calmare anche lui, ed era una sensazione... beh, che non gli dispiaceva affatto.

«Forse,» si ritrovò a rispondere. «Dipende da chi guida.»

Jake si mise a ridere. «Ti faccio guidare la mia moto se mi fai fare un giro con te.» Gli piaceva la metafora della moto, ma non lo disse. «Non sembri troppo incline a convertirti al lato prostata della vita, per ora, quindi immagino di dovermi accontentare.»

«Sei attivo?» Perché stava facendo una domanda del genere? Cosa gli interessava?

«Conosci quel termine?» chiese, invece, Jake. «Non così etero per un etero.»

«Il mio...» *Mio? Davvero? Il mio cosa? Migliore amico? Sogno erotico di tutta la vita?* «Ho conoscenze. Sei attivo?»

«Sono quello che serve, Code.»

Non gli aveva chiesto nemmeno come facesse a conoscerlo, ma non gli interessava. L'unica cosa a cui era interessato, in realtà, era tra le proprie gambe e premeva per sfondare i pantaloni. L'aria era elettrica e quegli occhi non avevano lasciato i suoi nemmeno una volta.

Cody spense la sigaretta a terra, si alzò e gli porse una mano. Jake la prese e, quando fu in piedi, lo fece indietreggiare velocemente fino alla parete della casa. Si ritrovò con la schiena contro di essa e il respiro mozzato, quel corpo caldo ancora contro il suo, stavolta premuto, aderente, e l'erezione prepotente contro il suo bacino. Venne percorso da un brivido.

«Sesso,» si ritrovò a sussurrare. Jake gli sorrise di nuovo.

«Il sesso prevede tante cose, amico mio.» La sua voce era sempre stata così roca ed eccitante, o lo era diventata perché erano vicini e il suo fiato sbatteva caldo contro le sue labbra? Tremò quando sentì le dita dell'uomo accarezzargli un fianco e risalire fino alle ascelle, fino al petto, poi sul collo. Il braccio di Jake era sotto la sua maglia e la sua freddezza si stava adeguando al calore della propria pelle. E, cavolo, se non era una bella sensazione, quella vicinanza con un corpo sodo e potente che poteva possederlo, che non si sarebbe spezzato né si sarebbe aspettato che fosse quello forte.

Le labbra di Jake sfioravano le sue. «Non lo vuoi?» sussurrò. Cody si ritrovò a deglutire.

«Io...» Ma si fermò, perché con quell'unico movimento aveva sfiorato le labbra dell'altro, e semplicemente non riusciva più a trattenersi. Gli prese la nuca in una mano e annullò le distanze. Con la bocca già aperta, le loro lingue si scontravano e reclamavano un bacio feroce e bagnato, che mandava scosse da ogni angolo del suo corpo. Era inebriante.

Jake fece scivolare la mano sul suo petto, poi sui fianchi; lo afferrò, tirandolo per il bacino fino a cozzare contro l'enorme erezione che spingeva nei suoi pantaloni. Cody non si accorse nemmeno di aver emesso un gemito.

«Casa,» riuscì a mormorare. Muoversi era un'altra questione, perché si stavano strusciando entrambi, l'uno contro l'altro; i jeans creavano attrito, il suo sesso pulsava come una bomba pronta a esplodere. Cavolo, se era bello.

Fu Jake a muoversi. Senza smettere di baciarlo lo tirò a sé, indietreggiò e si diressero verso la porta sul retro del salotto, ancora aperta. Inciamparono in qualcosa e dovettero tenersi ai mobili per non cadere. Si misero a ridere: era un suono strano, pieno d'eccitazione, roco e... autentico. Non se l'aspettava.

Attorno a lui c'era un casino che Cody non guardava nemmeno. Seguì Jake verso il divano, che era libero e di certo sarebbe bastato. Lo spinse contro di esso e Jake ci ricadde senza nemmeno curarsi di sapere dove fossero. Forse aveva già fatto un giro prima, quando la festa era ancora nel pieno della vitalità, forse si stava semplicemente fidando della propria eccitazione. Si sedette e si sfilò veloce la maglia, gettandola a terra. Cody gli slacciò i pantaloni.

«Dio, sei proprio impaziente,» scherzò l'altro. Non gli interessava.

Cody non sapeva nemmeno di cosa avesse bisogno. Sentiva solo la necessità di spogliarlo e spogliarsi, di essere nudo, di strusciarsi contro un altro corpo. Il bisogno di abbandonarsi al piacere e dimenticare quello che l'alcol non riusciva a cancellare.

Alla sua mancata risposta, Jake ridacchiò. Lo aiutò a sfilare la maglia, che cadde a terra assieme all'altra, e gli sfilò la cinta. Poi, con un movimento piuttosto brusco, pantaloni e biancheria scivolarono giù, lasciandolo nudo e vulnerabile.

«Ah, voi meridionali.» Cody gli rivolse uno sguardo interrogativo, ma Jake scosse il capo e ridacchiò. «Apprezzo un determinato tipo di fisionomia. Vai anche a cavallo?»

«Non puoi crescere a Garland senza sapere andare a cavallo.» Fece ridere entrambi. Cody non ricordava di avergli detto le sue origini, ma nemmeno il suo nome. Non era preoccupato di tutte le informazioni che quell'uomo aveva su di lui. Forse lo conosceva e non se ne ricordava, ma che importanza aveva se era così vicino al suo cazzo da poter...

«*Ah!*»

Ricordava una frase di suo padre di tanti anni prima, quando lui era ancora un ragazzino. *"Se te lo fai succhiare da un ragazzo, allora tanto vale che te lo fai succhiare dal tuo cane."* Gli aveva dato fastidio al tempo, anche se aveva finto una risata. Era irrispettoso e crudele.

Era stato poco prima che iniziasse a viaggiare. Suo padre non si era mai espresso troppo al riguardo, ma era chiaro che gli facesse schifo e che la sua mentalità fosse come quella di tutti gli altri uomini di campagna che aveva conosciuto durante l'infanzia. Era chiaro, per questo non aveva mai provato a parlargli dei propri dubbi. Semplicemente, li aveva tenuti rinchiusi da qualche parte, finché non aveva incontrato Nathan.

E adesso non avevano più alcuna importanza, perché quello che Jake stava facendo al suo uccello gli piaceva, cazzo, e dalla vista che aveva di certo non vedeva alcuna somiglianza con un cane. Diamine... era bellissimo.

Glielo aveva preso completamente in bocca, senza alcuno sforzo; aveva pompato un paio di volte e ora la sua mano era alla base, e stringeva piano ogni volta che lui scendeva. Cristo, era la cosa più eccitante che avesse mai visto. Non riusciva a parlare e tutto si era ridotto al suo ansimare veloce e irregolare e al rumore scivoloso che Jake emetteva a ogni risucchio. Il suo sesso pulsava e il ventre era un subbuglio ardente di sensazioni.

Si lasciò sfuggire un'imprecazione e sentì uno sbuffo

caldo sul sesso, come di una risata. Jake alzò il capo, e la sua bocca ancora sfiorava la sua erezione. «Cosa?» chiese.

«Cosa?» ripeté Cody. Era già abbastanza frustrante senza che si fermasse. Merda, quelle labbra umide e pronte a tornare al lavoro... «Maledizione, puoi evitare di fermarti?»

Jake si mise a ridere. «Hai detto qualcosa di strano.»

«L'hai fatto anche tu, prima, ma non ti ho lasciato nel bel mezzo di un... *Cristo santo!*» Non riuscì a continuare perché l'uomo tornò sul suo cazzo, prendendolo ancora per intero, ancora fino alla base. E, diamine se era bravo.

Non parlò più. Anche se avesse voluto, era così eccitato che tutto ciò che riusciva a emettere erano gemiti e lievi *"sì, così"*. Non pensava, non ragionava. C'era un uomo che gli stava succhiando via l'anima e tutto ciò che riusciva a fare era ansimare. Vulnerabile come non era mai stato, meno di quanto gli fosse mai importato. Se era così bello, poteva fargli quel che voleva.

Non durò che qualche minuto. Il suo ventre era tanto caldo da bruciare, e aveva anche iniziato a muovere il bacino seguendo il ritmo dell'altro. Con una mano gli afferrò i capelli. Non troppo gentilmente, ma con la dovuta cura.

Jake alzò lo sguardo e lui venne quasi soltanto per quegli occhi puntati su di lui. Strinse piano le ciocche scure e si spinse contro la sua bocca. Voleva fare piano, ma si ritrovò a volere sempre di più, sempre più velocemente. La sua vista si appannò e dovette chiudere gli occhi. Reclinò la testa all'indietro. Ci era così vicino, così dannatamente vicino...

E Jake. Dio, Jake. Era così *perfetto*. La sua lingua attorno all'asta che lo assecondava, quella mano alla base e poi... poi le dita dell'altra che stuzzicavano i suoi testicoli. Li strinse un paio di volte prima che Cody arrivasse al culmine. Con un urlo quasi strozzato e altri affondi venne, senza premurarsi nemmeno di avvertirlo o uscire dalle sue labbra. Fiotti caldi che dovettero colpirgli la gola e riempirlo del suo sapore.

Aveva capito che stava arrivando ma, per quanto fosse meschino, il pensiero di venirgli in bocca era stato più allettante. Se anche gli diede fastidio, Jake non se ne lamentò.

Durò lunghi secondi. Quando gli lasciò andare la testa, sfinito, Jake si rialzò su di lui e Cody riuscì soltanto a cogliere un bagliore in quegli occhi scuri, qualcosa di perverso e forse pericoloso. Jake si pulì le labbra sporche del *suo* sperma e si chinò a reclamare la sua bocca.

Sapeva di Cody. Era caldo e prepotente e sapeva di Cody. Era il pensiero più eccitante che avesse mai avuto. *Sono fottuto, se sono già a questi livelli.* Riusciva quasi a sentire la voce di suo padre che lo chiamava *frocio*. Non gli era utile, in quel momento.

Poi Jake gemette nel loro bacio. Gli arrivò un sentore, qualcosa di diverso. Fece attenzione: era difficile con la mente così ovattata per l'orgasmo, ma riuscì comunque a sentire distintamente la mano che si muoveva frenetica tra i loro corpi. L'altra era serrata sulla sua nuca, intrecciata ai capelli biondi. Jake gli era addosso, caldo ed eccitato, e si stava masturbando per darsi un po' di pace. L'ennesima immagine terribilmente eccitante che collezionava quella notte.

«Lascia,» sussurrò contro le sue labbra. L'uomo capì a stento cosa stesse dicendo. I suoi occhi erano lucidi e pieni di desiderio. Doveva esserci vicino.

Lui introdusse una mano tra i loro corpi, e avvolse le dita sul sesso di Jake. L'uomo gemette. Tra un ansito e l'altro, sussurrò qualcosa che suonò come *"cazzo, sto per venire"*. Non era esattamente quel che avrebbe giurato, ma ci andava vicino. E non vedeva l'ora di accontentarlo.

Ci vollero pochi movimenti. Quando raggiunse l'orgasmo, Jake chinò il capo su di lui e fu percorso da tremori. Aveva la bocca spalancata contro la sua spalla, nuda e sudata. Cody gli strinse il sesso mentre tirava, e i denti dell'uomo affondarono nella sua pelle con un urlo mal trattenuto. Cody si sforzò di non ridere; non perché fosse una situazione divertente, no. Perché era così soddisfacente sapere che stava facendo venire un uomo che, cazzo, avrebbe potuto urlare anche lui. Era euforico e non ne capiva nemmeno il motivo.

Gli piaceva.

Jake ci mise un po' a smettere di tremare. Dopo un paio di minuti riuscì a lasciargli andare il membro, ma rimasero a lungo l'uno sopra l'altro, sul divano, in silenzio. Abbastanza a lungo perché sentissero il freddo sulla pelle sudata e fossero costretti a rialzarsi. Jake aveva un sorriso ferino e soddisfatto.

«Non male, per essere etero.»

Si mise a ridere, più che altro per nascondere la vergogna. «Ne avevo bisogno.»

«Ci scommetto.» Un suono strano.

«Non sei americano?» Era una domanda, ma non suonava per niente come tale. Jake gli rivolse uno sguardo enigmatico. Perplesso, pensieroso, che simulava divertimento. Le labbra erano ancora piegate in un sorriso, ma sembrava una maschera. Poi, senza rispondere, si mise a recuperare i vestiti. «Hai una parlata strana.»

«Anche tu,» rispose Jake. «Di solito si sente poco. Sarà l'alcol. O l'orgasmo.» Quando si girò a guardarlo, un brivido gli percorse il corpo fino a culminare proprio al suo sesso. Quegli occhi erano letali, per quanto belli fossero. «Lieto che ti sia piaciuto.»

Si lasciò scappare una risata. Ok, era imbarazzato. «Sì, beh, grazie.» Jake stette a fissarlo un altro po', se perché volesse accrescere l'imbarazzo o analizzarlo, Cody non lo sapeva. Quel sorriso era perenne sulle sue labbra, come se non avesse saputo fare altro. Poi scosse il capo e si allacciò i pantaloni.

«Prego. Quando vuoi.»

Cody controllò l'orologio sul caminetto. Il ticchettio delle lancette sembrava essere diventato assordante. Erano le tre di notte e lui non si era nemmeno accorto di quando si fosse fatto così tardi. Quanto era passato da quando...? *No, non voglio pensare a lui.*

«Puoi rimanere, se vuoi.» Immaginava che tornare a casa a quell'ora di notte fosse snervante. Jake sembrava anche piuttosto stanco. Quando lo guardò, però, colse nei suoi occhi un lampo di qualcosa. Se fosse stato fastidio o spavento, non avrebbe saputo dirlo.

«No, grazie.» Il suo sorriso era diventato un po' più forzato. «Non vorrei che mi obbligassi ad aiutarti a pulire domani mattina. E poi di solito non rimango per la notte.»

Di solito. Non che avesse avuto dubbi in proposito: era chiaro che fosse qualcosa che faceva spesso. Al suo posto l'avrebbe fatto anche lui. *Se solo fossi abbastanza coraggioso da...*

«Come preferisci.»

Poi si alzò. Il corpo si stava raffreddando e così anche il cervello. La testa pulsava, la sbornia era passata. Non vedeva l'ora di buttarsi a letto. Si rimise jeans e maglietta, poi si diresse in cucina a prendere due bottiglie d'acqua. Quando bevve, la gola lanciò un urlo di gioia. Jake aveva ragione, era decisamente meglio.

La stanza era in subbuglio, c'era casino ovunque; bottiglie vuote, il cestino pieno di birre, così come il tavolo. Sembrava fosse passato un uragano. Il giorno dopo – in realtà, un paio d'ore dopo – avrebbe dovuto sperare in un miracolo per mettere tutto in ordine. E aveva anche da lavorare. *Ugh.*

«Io non darei mai una festa a casa mia,» sentì dire da Jake. Quando si avvicinò, gli porse l'altra bottiglia d'acqua. Ringraziò con un cenno. «Troppo casino, troppe responsabilità. Preferirei andare a bere in un locale.»

«Ho più padronanza in casa mia,» spiegò. Se erano suoi amici, doveva almeno prendersene cura lui. Jake, però, si strinse nelle spalle e lanciò la bottiglia nella spazzatura. Poi gli fece un sorriso, come se si fosse aspettato di essere lodato per quel gesto di buon'educazione. Cody si mise a ridere e scosse il capo. «Grazie.»

Jake si avvicinò. Aveva un andamento lento e felino. Si fermò quando i loro corpi furono a contatto, per far scivolare le dita sotto il suo mento. Poi si avvicinò per un bacio piuttosto casto e stranamente dolce. Qualcosa che gli fece vibrare di nuovo il corpo e che si fermò nello stomaco. Quando si allontanò, con la stessa lentezza, i suoi occhi lo inchiodarono al suolo e la bocca divenne asciutta.

«Quando vuoi, Code.» Un paio di ulteriori secondi di tortura, poi i loro corpi si staccarono. Ne sentiva ancora il calore. Jake estrasse dalla tasca della giacca di pelle un mazzo di chiavi. «Buonanotte.»

Lui non era sicuro di potersi fidare della propria voce. Lo seguì fino alla porta, poi lo osservò accendere una motocicletta parcheggiata accanto alla sua. Era una *Boneville Triumph* su cui aveva messo gli occhi anche lui un paio di anni prima. Doveva ammettere che non ci sarebbe stato così bene come ci stava Jake.

«Bel giocattolo,» gli disse. Jake mise guanti e casco e gli rivolse un sorriso, poi fece camminare indietro la moto e l'accese. Alzò una mano in un saluto, che lui ricambiò allo stesso modo. Cody stette a guardare mentre l'altro dava gas e scendeva la stradina che portava fuori dalla sua proprietà. Ascoltò il rombo della moto finché non fu soltanto un ricordo, e fece finta di non accorgersi che, anche se avrebbe volentieri accolto l'invito a richiamarlo, non aveva idea di come fare.

2

Due squilli potenti al campanello. Jake rivolse uno sguardo alla stanza di Devin e attese per qualche secondo. Silenzio. Evidentemente non aveva voglia di muovere il culo. Con un sospiro, si ritrovò ad alzarsi e a dirigersi verso la porta d'entrata.

Fece una carezza a Gulliver, che lo fissava austero dall'alto del mobile nel corridoio. Il gatto scrollò la pelliccia lunga e ramata e sbatté un paio di volte gli occhi, per poi osservarlo quando lui aprì la porta e salutò il postino.

«Raccomandate, c'è da firmare.»

Jake annuì e gli fece un sorriso, scrisse velocemente il suo nome sulla ricevuta e salutò di nuovo il postino, poi si richiuse la porta alle spalle. Un altro sospiro.

«Io scommetto che è un richiamo per il gas.» Per tutta risposta, Gulliver miagolò. «Ok, vediamo chi ha ragione.»

Una delle lettere era indirizzata a Devin, l'altra a lui. Non c'erano loghi che facessero intendere che si trattasse di una bolletta o altro, quindi si sedette e prese a strappare la carta per aprire la busta. Quando lo vide seduto, Gulliver gli saltò in braccio e si strusciò contro il suo ventre, facendo le fusa.

«Sì, sì, ora ti dico...» mormorò Jake. Era un sollecito per il pagamento dell'affitto. Di nuovo? Ultimamente i padroni di casa stavano diventando intolleranti... forse avevano ricevuto lamentele dai vicini? Avevano fatto troppo casino? Eppure Jake c'era poco a casa.

«Niente bollette, è per l'affitto.»

Gulliver miagolò ancora, poi scese dalle sue gambe e si diresse verso la lettiera. Visto che non gli andava di assistere, Jake si incamminò verso il soggiorno e lasciò le buste sul tavolo.

Maledizione, gli serviva un modo per pagare quel mese, e odiava dover chiamare di nuovo il suo quasi irraggiungibile padre. I risparmi iniziavano a scarseggiare, e trovare un lavoro stabile era difficile. Forse avrebbe dovuto fare un giro per cercare se qualche fotografo era in cerca di modelli.

Non mi ero mai accorto che fosse così difficile...

«Chi era?» Devin entrò nel soggiorno sbadigliando. Dormiva spesso, il suo coinquilino. Era più piccolo di lui e, ufficialmente, studiava a Nashville, per quanto ne sapevano i suoi genitori. No, Jake conviveva con lui da un paio d'anni e in tutto quel periodo non l'aveva visto aprire un libro, né partire per Nashville. Beh, se non altro poteva dire di non essere così spesso a casa perché potesse accorgersi dei suoi progressi in... Economia? Qualcosa che c'entrava con i numeri.

«Il postino. Sollecito di pagamento.»

«Che palle. Si ostinano a mandare lettere: e alzalo, quel cazzo di telefono.»

Jake gli fece un sorriso tirato. «Meglio così, almeno non dobbiamo inventare scuse ogni volta.»

Devin ridacchiò e prese una birra dal frigorifero, poi ne allungò una anche a Jake. Lui ringraziò e bevve un sorso. «Ma così anche la legge ha la certezza che abbiamo ricevuto le loro schifose lettere.»

«La legge?» obiettò Jake.

«Non che a me interessi, ma se veniamo sfrattati non possiamo difenderci.»

«Se veniamo sfrattati hanno ragione loro, Dev.» Onestamente, non era la prima volta che ritardavano a pagare un affitto perché avevano problemi a ricontattare i loro *datori di lavoro* o i garanti. E nel suo caso era quasi vero, visto che il suo garante scozzese era sempre impegnato o irraggiungibile e il suo datore di lavoro era deceduto.

Jake sospirò ancora.

«Sospiri spesso ultimamente, eh?» Devin rise e si chinò a prendere in braccio Gulliver, rivolgendogli poi un paio di *"Chi è il mio bel gattone ciccioso, chi è? Eh?"*. Jake era sicuro che Gulliver lo odiasse, ma per ora non gli aveva ancora cavato un occhio con gli artigli, quindi andava bene. Anche perché non era sicuro che l'assicurazione di Devin pagasse per infortuni del genere, e loro di certo non avevano abbastanza soldi.

«Mi annoio,» si difese Jake, alzando le spalle. «Dobbiamo trovare una soluzione per questa roba, o finiamo per strada.»

«Ah, te l'ho detto, non mi interessa. Vado via a fine mese, quindi 'sti cazzi.»

Jake lo fissò per qualche secondo con scetticismo. «Scusa?»

«'Ché, non ti ricordi? Te l'ho detto un mese fa.»

«No, non l'hai fatto.»

Devin si mise a ridere. «Ma come? Allora era Allison? Ah, scusa!»

Erano sempre andati d'accordo fino a pochi mesi prima. Forse perché Jake non aveva mai fatto particolare caso ai soldi, alla condizione della casa, a Devin. Forse perché non aveva mai fatto particolare caso a niente, troppo impegnato a pensare ad altro e a distrarsi, ad arrancare per condurre una vita quantomeno... facile. Sopravvivere. Scopare per dimenticare ciò che non aveva più, che *non aveva mai avuto*. E poi, non aveva mai fatto particolare caso al proprio stile di vita, tornava a stento per dormire. Perché preoccuparsi del suo coinquilino?

Ma adesso, adesso che ci faceva caso e che si ritrovava alle strette, gli veniva davvero voglia di prenderlo a pugni; capiva perché i suoi precedenti coinquilini erano tutti scappati da lui, e perché, nonostante la casa costasse poco, Devin fosse sempre rimasto da solo.

Perché non era facile sopportare il suo menefreghismo, per ironia.

«Sei un figlio di puttana,» ringhiò. Non era minaccioso, ma di certo arrabbiato. «Mi lasci nella merda se te ne vai senza nemmeno darmi un preavviso.»

«Te l'ho dato il preavviso!»

«Alla puttana che ti scopi, non a me.» Sentì la propria voce uscire pesante dalle labbra, arrabbiata. No, non era rabbia, era... no. Non l'avrebbe ammesso, perché lui non provava quel genere di sentimenti, lui sapeva controllarsi e di certo non aveva *paura*.

E che importava se quel coglione di Devin se ne andava? Allora avrebbe trovato qualcun altro. Doveva proprio chiamare suo padre e sperare che rispondesse. Perché, maledizione, trovarsi un'altra casa a poco non era così semplice, specialmente a Jackson. Era una cittadina piccola, ma tornare a Nashville era fuori discussione.

«E come mai te ne vai?» chiese. Devin si strinse nelle spalle.

«Mah, questa casa fa un po' schifo e poi volevo provare a convivere con Allison, la sua coinquilina se ne va in Francia per due anni. Sai, potremmo scopare di più.»

E sì, lo capiva, ma era comunque fastidioso saperlo così tardi. Perché a fine mese mancavano... quanto? Due settimane? Era troppo poco, cazzo.

«Dai, bello, qualcuno si trova. Puoi sempre prendere un monolocale in centro, è più semplice per quello che devi fare tu.»

Jake gli rivolse un'espressione infastidita. «Quello che devo fare io?»

«Scopare, portarti le gnocche a casa, andare in cerca di frocioni che ti fanno le foto.» Quando lo guardò male, Devin fece una faccia da finto offeso. «Ops, scusa.»

«Almeno non usare certi termini davanti a me.»

«Chiaro, Mr. English, mi premurerò di usare termini più consoni alla nostra conversazione di alto livello, d'ora in poi.» Aveva imitato l'accento inglese. Sospirò.

«Non. Sono. Inglese. E non ci vai nemmeno vicino.»

Devin si mise a ridere. Gulliver si avvicinò a lui e prese a strusciarsi contro la sua gamba, poi si diresse alle ciotole del cibo e miagolò. Devin prese una manciata di croccantini e glieli gettò nel piattino, così per qualche secondo l'unico rumore fu il masticare del gatto. «Sta finendo anche la pappa di Micio.»

«Poi passo a comprarla.» Toccava a lui quella settimana. Altre spese: sospirò.

«Bello, comunque ti conviene contattare presto il tuo vecchio, perché se aspetti ancora un po' questi ti sbattono fuori a calci.»

Lo sapeva già. «E tu? Perché col cazzo che pago anche la tua parte.»

«Nah, io glieli faccio arrivare a fine mese, ho già chiamato lo stronzo.»

Un'altra cosa che avrebbe gradito sapere, ma si premurò di non dirglielo. Ormai non aveva neanche più chissà quanto senso. «Insomma, quello nella merda alla fine sono io.»

«Scusa, amico, ero sicuro di avertelo detto.» Ed era strano quanto Devin sapesse sembrare serio mentre lo diceva, come se davvero non l'avesse fatto apposta, come se quelle scuse che sembravano così sentite fossero abbastanza per cancellare la sua colpa. La cosa bizzarra era che sembravano davvero abbastanza.

Jake scosse il capo. «Troverò qualcosa.»

Il mondo iniziava a crollare, fin troppo presto rispetto a quanto si sarebbe aspettato, e come al solito Jake era nella condizione di dover cercare una soluzione che, di norma, non era lui a trovare. Fino a quel momento, si era sempre adagiato sulle decisioni degli altri – di *Cassian*, ricordò – e adesso non sapeva come si facesse ad andare avanti.

Si diresse nella sua stanza e prese il telefono. Il display spento gli restituiva l'immagine di occhi verdi e arrossati, capelli arruffati che aveva legato in una minuscola coda ma che sembravano comunque disordinati. Doveva anche fare la barba, perché iniziava a crescere troppo. Si stupiva di come avessero fatto le ultime ragazze a trovarlo attraente: forse il fascino del selvaggio. Per quanto selvaggio potesse apparire.

Digitò il numero di suo padre e provò a chiamarlo, nonostante il fuso orario. Erano comunque le… cinque del pomeriggio, forse. Non ricordava bene quante ore di differenza ci fossero.

Ancora una volta, però, nessuna risposta.

Che diavolo, Rick Blanchard, e rispondi.

«Rick, sono io,» brontolò quando scattò la segreteria telefonica. «Ascolta, sono un po' nei casini. Lo so che non è la prima volta che rompo. Ti giuro che sto cercando una soluzione, ma…» Sospirò. Suonava patetico e lui odiava quel tono di voce. Odiava l'idea che potesse davvero sembrare una vittima che chiedeva pietà per spassarsela. Odiava dover supplicare. Abbassò la voce nel dire: «Papà, non so come fare. Richiamami appena puoi, per favore.»

Da quanto non si sentivano? Forse un paio di settimane. Non ricordava nemmeno quand'era stata l'ultima volta. Suo padre era sempre stato così sfuggente, però era comunque fastidioso non ricevere risposta.

Soprattutto perché non aveva altri a cui fare appello.

Gulliver si avvicinò a lui miagolando. «Hai già mangiato abbastanza, Gull, gira a largo.» Quello miagolò ancora. «Sei grasso, Gulliver, mangi come un porco. Smettila, non ho così tanti soldi.»

Paradossalmente, era più semplice nutrire il gatto che se stesso. Anche se, Jake doveva ammetterlo, erano rare le volte in cui mangiava a casa. E forse era anche per quello che se la passava così male con i suoi ormai esauriti risparmi. Quanto gli rimaneva? Di certo non abbastanza per tenersi l'appartamento.

Forse farei bene a chiamare i padroni di casa e chiarire.

Ma cosa doveva dire? Che suo padre se ne fregava e lui non sapeva come andare avanti? Quanto suonava patetico?

Sbuffò e recuperò le chiavi della moto.

«Ci vediamo, Gulliver.»

Quando uscì dalla stanza, Devin già era sparito. A volte sembrava un fantasma: aveva la capacità innata di dileguarsi in tempi record pur di lasciarlo nella merda o nella più totale incapacità di capire cosa fare. Decidere e muoversi.

Perché si trattava di quello: muoversi. E lui non era mai stato bravo a farlo da solo.

Gennaio 2008
Nashville, Tennessee

«*Sei sicuro che vada bene?*»

Cassian si mise a ridere. Jake aveva sempre pensato che avesse una di quelle risate capaci di scaldare il cuore. La stessa sensazione che aveva quando, con la voglia di piangere e lo stomaco in subbuglio, si rifugiava a South Queensferry *e metteva gli occhi sul mare. Le onde, il nulla, la pace. Cassian era come il mare.*

«Andrà tutto bene.» Un sorriso luminoso, un paio di occhi che trasmettevano solo tranquillità. «Doveva farlo Nathan, ma non sta bene. Non si ammala mai, ma quando deve piantarmi in asso non perde un attimo.»

Jake ridacchiò. Ai suoi occhi Nathan era uno stacanovista, anche bravo. Lo ammirava tanto, specialmente quando osservava le foto che gli faceva Cassian. Lavoravano benissimo insieme, e in ogni movimento, in ogni piccolo gesto, era chiaro quanto fossero uniti.

Ogni tanto, li invidiava.

Cassian fermò la macchina bruscamente. Odiava le sue frenate: già dalla prima volta, aveva imparato a mettere la cintura e capiva perché Nathan gli ricordasse sempre di farlo. Cass invece no, era un menefreghista, ma finché c'era lui alla guida, Jake immaginava che sarebbe andata bene.

Scesero dall'auto e Cass la chiuse, poi lo guidò verso il suo studio.

Era la prima volta che lo portava a Nashville. Cass lavorava tanto, e aveva alle spalle una carriera di vittorie. Era incredibile, perché qualsiasi cosa facesse gli riusciva bene. Che fossero fotografie o anche una semplice risposta al momento giusto. Non gli era difficile pensare a tutto quello che aveva fatto nella sua vita, a come era arrivato in alto. Non riusciva a credere che facesse parte di quella realtà, che Cassian avesse scelto lui.

Entrarono in un enorme palazzo. Cassian salutò il portiere e si aggiustò i capelli. Erano più corti di quelli di Nathan e sempre legati. Continuava a dire che voleva tagliarli come quelli di Jake, ma non lo faceva mai.

Jake non aveva ancora capito se fosse un complimento o meno.

Salirono in ascensore per nove piani, poi percorsero un corri-

doio lungo fino a una porta con una placca dorata proprio al centro.

"Cassian J. Doyle – Fotografo"

Jake emise un fischio. «Wow, che classe.»

«Questa cosina?» scherzò Cass. «Oh, sì, una sciocchezza che ho ordinato qualche mese fa.»

Jake si mise a ridere e gli diede una lieve spinta alla spalla. Cassian aprì la porta, accese una piccola luce e gli fece cenno di entrare.

Lo studio sembrava enorme, anche se magari non lo era quanto Jake aveva creduto. C'era un ingresso accogliente, con qualche sedia e un tavolino; un televisore al plasma in alto, perfettamente pulito; un'arcata che dava accesso a un'enorme stanza, che doveva essere il set fotografico. Le pareti erano bianche, il pavimento in parquet. Un paio di divani, l'attrezzatura per gli scatti, il cavalletto. Un grosso armadio da un lato, accanto al quale c'era un'altra porta ad arcata, più piccola. Sulla parete adiacente si apriva un corridoio, e dall'altro lato delle grosse finestre che Jake riusciva a vedere soltanto perché Cassian aveva tirato le tende.

«Bene, sono passati già a pulire. C'è un buon odore, no?»

Jake annuì. Lavanda, forse. Si stava bene, come in ogni ambiente in cui c'era Cassian. C'era pace.

Posò la giacca e le borse che portava sulle sedie all'ingresso, poi si inoltrò sul set. Cassian si era diretto verso l'arcata vicino all'armadio e vi era sparito dietro. «Vuoi un po' d'acqua, Jackey?»

«Sì, grazie.»

I divani erano in pelle e sembravano comodissimi. Aveva una gran voglia di buttarcisi sopra, ma non credeva fosse il caso. Cassian riapparve e gli porse una bottiglia, poi fece un sorriso divertito.

«Ehi, puoi sederti, se vuoi. Non mordono.»

«Loro no, ovvio.» Jake rise ancora. Era un po' nervoso e non sapeva nemmeno perché. «Ma non è carino scavalcare l'autorità

del datore di lavoro solo perché i divani sembrano tremendamente comodi.»

Cassian si unì alla sua risata. «Sembrano comodi, eh? Chissà se lo sono. Accidenti!»

Jake lo guardò male. Quando fece per sedersi, Cassian lo riprese. «Ehi, ehi, fermo lì. Ho cambiato idea. Forse non dovrei darti tanta libertà.»

Lui spalancò gli occhi e lo fissò incredulo. Quando fece ancora per sedersi, Cass lo richiamò di nuovo. Gli rivolse un'occhiata esasperata. «Dai, non prendermi per il culo. Cercavo di essere rispettoso.»

«Oh, sei un così bravo ragazzo, Scotty*!»*

«Smettila!» Provò a dargli uno spintone, ma Cassian indietreggiò, ridendo. E contro la sua risata lui non poteva niente.

«Non sono io che chiamo la mia ragazza Nessie*, non puoi lamentarti!»*

«Quello perché tu non vedi che la tua ragazza è un mostro!» Ed era vero: Vanessa era una stronza e Cassian non se ne accorgeva. Lasciava che lo bacchettasse per ogni cosa. Jake non riusciva a sopportarla.

Cass scosse il capo. «Tu non vedi quello che vedo io.»

«Un bel paio di tette, sì, come se ci fosse solo quello.»

«Ah, non c'è solo quello?» lo prese in giro Cassian. Sapeva dove voleva andare a parare. «E dove sei stato ieri, sentiamo. Come si chiama lei? Ha un nome?» Cass ridacchiò, come faceva quando gli veniva in mente una battuta geniale e non riusciva a trattenerla. «O ce l'ha solo la sua patata?»

«Coglione.» Jake prese un sorso d'acqua mentre lui scoppiava a ridere. «Va bene, la prossima volta le chiederò il nome, mamma.»

Cass parve quasi offeso da come l'aveva chiamato. «Oh, ti prego, no.» Jake fece uno sbuffo col naso, sul viso un sorriso triste che nascose. Non voleva tornare sul discorso famiglia, e sapeva che a Cassian dava fastidio quanto a lui.

«Allora, che tipo di fotografie volevi fare?» Era nervoso, ma

doveva rilassarsi. Era Cassian, dopotutto, andava tutto bene. «*Hai qualche vestito che devo mettere?*»

Cass fece un mugolio mentre beveva, poi ingoiò e lo indicò con la mano che teneva la bottiglia. «*Levati la camicia, voglio provare una cosa.*»

Venne percosso da un brivido. Cass non lo guardava: prese un altro sorso d'acqua e la posò sul tavolo, poi si mise a frugare in una delle borse che si erano portati. Lui fece come gli era stato detto, cercando di respirare e tranquillizzarsi.

«*Hai mica freddo? Accendo il riscaldamento?*» *Quando si voltò a guardarlo, Cass stava tirando fuori quelli che sembravano diversi pennarelli. Aggrottò le sopracciglia.*

«*No, sto bene.*» *Tremava, ma non era certo il freddo. Era così nervoso.*

«*Okay, puoi...*» *e ridacchiò prima di continuare,* «*stenderti sul divano? Faccia in su.*»

Jake annuì, anche se Cassian non lo stava guardando. Piegò la camicia – non credeva gli servisse sul serio piegarla, era stato un movimento irrazionale e meccanico – e la posò su di un divano, poi si diresse verso l'altro e si stese. Tremava ancora quando Cassian si avvicinò.

«*Sicuro di non avere freddo?*» *Cass sembrava preoccupato.*

«*Non ho freddo.*» *Un sussurro. Voleva che sorvolasse, ma Cassian non lo faceva mai. Nei suoi occhi si dipingeva la struggente gentilezza di quando cercava una soluzione. Si diresse verso l'armadio e lo aprì. Jake non lo vide, ma dopo pochi secondi sentì una musica leggera provenire dallo stereo. Musica al pianoforte, una voce lieve che cantava.*

«*L'ho scoperta su Youtube qualche mese fa. È una ragazza che fa cover al pianoforte, è bravissima.*» *Quando tornò nella sua visuale, Cassian si inginocchiò a terra, accanto a lui, e gli prese un braccio. Aveva le dita calde e gentili.*

Provò un paio di pennelli sulla sua pelle, attento. Jake non l'aveva mai visto dipingere, quindi fu rapito da come si muoveva.

Delicato, affascinante. Quando trovò i colori che gli piacevano, pulì con una salvietta i segni e lasciò il resto dei... cos'erano? Pennarelli? Pennelli? In ogni caso, li lasciò a terra. Poi ne stappò uno. Si mise sulle ginocchia e si avvicinò a lui. Sentiva il calore del suo corpo.

«Che devi fare?» *chiese. Cassian gli sorrise.*

«Scatti artistici. Volevo disegnarti dei motivi floreali sulla pelle e sul volto. Va bene?» *Gli mostrò i pennarelli.* «Sono anallergici, pennarelli professionali. Il colore va via con un po' d'acqua e sapone, non lascia nulla.»

Jake non se l'era neanche chiesto, perché Cassian pensava sempre a tutto. Era incredibile quanto si fidasse di lui. Annuì. «Sì, non è un problema.» *Tremava ancora un po', ma si sarebbe sforzato di stare fermo.*

Sobbalzò quando le dita di Cassian gli toccarono il petto.

Cass rise appena, dolcemente. Si alzò e fece spazio sul divano, così da sedersi accanto a lui. Jake lo fissava con attesa e nervosismo: era una sensazione che odiava. Conosceva Cassian, perché avrebbe dovuto essere nervoso?

«Raccontami della Norvegia,» *chiese l'altro, a voce bassa e dolce. Era sempre dolce in quei casi, perché sapeva che l'avrebbe calmato.*

«Cosa vuoi sapere?» *Gliene aveva parlato miliardi di volte, ma Cassian riusciva sempre a estrapolare dettagli in più. Qualcosa che non gli aveva detto, qualcosa che gli era sfuggito. Era l'argomento che recuperava sempre, perché era quello che gli era più caro. Il suo primo viaggio da solo, in una terra che gli era sempre piaciuta, lontano dai suoi genitori.*

Una volta, Cassian l'aveva chiamato il Discorso Rifugio. *Quello a cui ricorrevano quando sopraggiungeva la paura.*

«Parlami di Reine e dell'aurora.»

Jake sorrise. Quella era una storia già narrata, ma era quella che non si sarebbe mai stancato di raccontare. Così, mentre lui gli dipingeva il petto, si mise a parlare dei laghi della Norvegia, delle montagne e dell'aurora boreale. Del freddo, del buio, della magia della notte. Del norvegese e dei suoi dialoghi con gli abitanti del posto, dei suoi amici, delle persone che aveva incontrato e dei gatti che gli avevano fatto compagnia in albergo, all'insaputa del proprietario.

Passarono mezz'ora a parlare e parlare finché Cassian non gli chiese di alzarsi e non posò i pennarelli. «Okay. Puoi chiudere le tende? Prendo l'obiettivo e le altre cose.»

Jake fece come gli era stato chiesto. Non si era nemmeno visto allo specchio, ma non gli interessava. Se guardava in giù, riusciva a vedere dei motivi in cremisi e viola scuro arrampicarsi sulla sua pelle. Erano eleganti e la mano di Cassian delicata. «Non sapevo disegnassi.»

«Solo un hobby che coltivo sin da piccolo.» Quando si girò, Cassian stava accendendo delle candele sopra un telo rosato, forse lilla. Aveva abbassato la luce delle lampade. «Okay, vieni qui, siediti a terra.»

«Non devo mettermi nulla?»

«I pantaloni che hai vanno benissimo, Jake.» Erano dei semplicissimi jeans scuri, e portava addirittura gli anfibi. Gli restituì uno sguardo perplesso.

«Le scarpe?»

«Per ora tienile. Attento alle candele.»

Jake fece come gli era stato detto. Cass prese la macchina dal cavalletto e si avvicinò a lui, provando l'obiettivo. Aggiustò lo zoom, fece un paio di scatti casuali, poi li osservò. Riprovò con il flash, corresse l'angolazione, si avvicinò e si allontanò. «Guarda le candele, stendi quella gamba, mettiti più comodo possibile.»

«Non sono scatti che uscirebbero meglio con una ragazza?» Voleva davvero provarci con lui, o addirittura con Nathan? Non ne capiva il motivo.

Cassian, però, gli sorrise. «Dipende dall'atmosfera che vuoi creare.» Scattò una foto, poi si abbassò e ne fece un'altra. Avvicinò lo zoom. «Sei molto sexy.»

Forse arrossì e magari era il suo intento, perché fece un paio di

scatti proprio in quel momento. Quando lo guardò, Cassian sorrideva ancora, ma era impossibile capire che tipo di espressione fosse.
«A cosa ti servono?» chiese Jake.

«È un concorso a cui sto lavorando. Mi è venuta l'idea ieri.»

«Quando devi consegnare?»

«Entro domani.» *Jake si mise a ridere: in risposta, Cass rubò altri scatti.* «Sì, sono in anticipo rispetto al solito.»

«Sei incorreggibile.»

«Che gusto c'è, altrimenti? Stenditi.»

Lui si guardò attorno e si chiese come avrebbe fatto. Per fortuna, Cassian si rese conto del suo disagio, perché posò la macchina e spostò un paio di candele. Diede un colpo verso terra. «Schiena qui, il volto qui.» *Mosse delle candele perché non avesse problemi. Quando fu steso, gli aggiustò i capelli, spostò un paio di ciocche sul suo volto e gli posizionò un braccio tra le candele. Poi prese il pennello rosso e continuò una scia di decorazioni lungo quello stesso braccio. Jake lo lasciò fare, un po' curioso.*

«Okay, guarda a destra e fermo così.» *Riprese la macchina, fece uno scatto, poi lo guardò per un bel po' di tempo. Così tanto che lui ebbe paura di aver fatto qualcosa di sbagliato.* «Cass?»

Quando Cassian alzò il capo, gli sorrise con dolcezza e si chinò verso di lui. Con una mano aggiustò ancora una ciocca di capelli, poi fece scivolare le dita sulla sua guancia. Il suo cuore perse un battito a sentire la dolcezza di quella carezza.

«Jake, ti va di parlarmi della tua infanzia?»

Richiesta strana. Cassian non chiedeva quasi mai dei suoi genitori, perché sapeva che non era un argomento facile. «Tipo?»

«Quello che vuoi. Un ricordo bello. Il più bello che hai.»

3

Marzo 2015
Jackson, Tennessee

"Ti prego, *non odiarmi. Sei il mio migliore amico. Non posso perderti.*"
«*Nathan, posso parlarti un attimo?*»
Fu sfiancante.
"*Credevo che sarei stato io.*"
Era la verità, ma era stato così patetico e doloroso ammetterlo. E lo sguardo negli occhi di Nathan, quel dispiacere che non voleva vedere e di cui non voleva essere la causa... Era esausto.
«*Cod-liver?*»
«Mh?» Aveva ancora il telefono all'orecchio, ma si era perso nei propri pensieri come un idiota. Beth doveva essere esasperata, era la seconda volta che non rispondeva alle sue domande. La sentì sospirare dall'altro capo del telefono.
«*Insomma, dove sei oggi? È successo qualcosa?*»

Scosse il capo, prima di accorgersi che non poteva vederlo. «No, va tutto bene. Sono solo esausto, ieri ho dato una festa e ancora non mi riprendo.»

«Com'è andata? Hai incontrato qualcuno di interessante?»

Il pompino migliore della mia vita e la sconfitta peggiore, ma per il resto una serata normalissima.

«Solita festa, nulla di nuovo.» Si strinse nelle spalle. Stava ancora mettendo tutto in ordine e il telefono gli era scivolato un paio di volte mentre gettava nel secchio le innumerevoli bottiglie di birra sparse per la casa. Per fortuna, il piano di sopra era intatto.

«*Solita festa, nulla di nuovo*. Cavolo, bello, tirati su! Ti sento sempre così spento ultimamente. Guai a te se non trovi qualcuno che ti meriti!» Gli venne da ridere al sentire l'accento texano di Beth. Era molto più marcato del suo.

«Sì, signora.» Sentì un rumore di sottofondo e una vocina chiamare *"Mammaaaa!"* a gran voce. Si mise a ridere, mentre Beth sospirava e urlava un *"Arrivo!"* di rimando. «Il capo chiama. Tutto bene?»

«Sì, sì, sarà uno dei soliti capricci.» La sentiva muoversi per la casa. «Vuoi salutarla?»

Kacey.

Voleva farlo? Sì, voleva farlo. Kacey gli mancava. Ma non era il momento adatto, e avrebbe fatto partire una serie di pensieri a cui non voleva davvero dare ascolto. «No, non importa. Non dirle che sono io o si metterà a piangere.»

«Le manchi.» Ma entrambi lo sapevano, quindi non aveva senso insistere. «A che ora arrivi mercoledì?»

«In serata, credo prima di cena.» Non voleva davvero affrontare il viaggio fino a Garland, ma non aveva scelta. Almeno aveva dato una controllata alla moto la settimana prima, perché odiava portare la macchina. Era più sicuro, ma la odiava comunque. «Giovedì mangiamo insieme, vero?»

«Kacey ti ucciderebbe se non lo facessi, non vede l'ora che arrivi.» Poi sentì che la bambina le chiedeva chi era al telefono e Beth rispondeva probabilmente con un cenno, per zittirla. «Allora ci sentiamo nei prossimi giorni.»

«Sì, ti chiamo mercoledì.»

«Abbi cura di te.» Sapeva che non era soltanto una frase di circostanza, e sorrise. Tristemente, ma almeno sorrise.

«Anche tu. Un bacio.»

Quando attaccò, il silenzio della casa lo soffocò. Accese la radio soltanto per zittire i pensieri.

NON SI ERA NEMMENO ACCORTO di aver iniziato a bere così tanto. Insomma, sì, gli piaceva bere, ma non era mai stato un ubriacone. Nemmeno quando viveva in Texas e praticamente tutti i suoi amici passavano le serate nei locali a finire le scorte di whiskey e birra.

Eppure, era di nuovo in un locale a chiedere la terza birra. Nathan gli aveva mandato un paio di messaggi, ma non aveva davvero voglia di rispondere. Forse era meschino da parte sua, perché sapeva che il suo miglior amico si stava preoccupando per lui e voleva solo tirarlo su, ma... non sarebbe stato meglio a sentirlo. Non poteva star meglio.

Accanto a lui c'era una bella ragazza, capelli lisci e luminosi, un vestito discreto, ma generoso. Non ricordava il suo nome; l'aveva incontrata al canile, mentre ponderava l'idea di prendersi un cane. Tex gli mancava e la casa era fin troppo tetra ultimamente. Lei era una veterinaria, lavorava al canile. Carina, aveva anche dimostrato interesse, ma quello di Cody non era stato un approccio tra i migliori. E dire che avrebbe potuto semplicemente portarla a casa e scopare. Magari sarebbero diventati amici, chissà.

Magari poteva uscire da quel circolo vizioso di pensieri disturbati e inutili.

Nathan.

Non era un *frocio*. Non lo era. Lo ripeteva a suo padre nella sua testa, quando gli diceva che era sbagliato, che così sarebbe diventato un *frocio*. Cavolo, era una parola che faceva davvero schifo e più la sentiva più aveva voglia di prenderlo a pugni in faccia. O, forse, prendere a pugni uno specchio, visto che stava diventando esattamente come il suo vecchio.

Pieno di pregiudizi e spaventato.

«Allora, in cosa sei specializzato?» Si girò. La ragazza gli stava sorridendo. *Era un nome con la N. Natalie? No, forse...*

«Ho studiato molte cose, dalla fotografia al montaggio dei video,» rispose Cody. Stava ancora cercando di ricordare il suo nome ma, per qualche strano motivo, nessuno di quelli che gli veniva in mente sembrava giusto. «Mi interessano principalmente le figure umane. Ho lavorato in ambito artistico e sportivo.»

«Quindi hai un buon seguito?» La ragazza prese un sorso del suo cocktail, gli occhi ancora fissi su di lui. Sembrava davvero interessata alle sue risposte, il che la rendeva quasi tenera. Lui avrebbe voluto essere più preso di quanto non sembrava, ma era difficile. *Che mi prende? È una bella ragazza.*

Lianne – ecco come si chiamava! – era davvero carina, e sembrava con la testa a posto. Un bel corpo, anche formoso. Eppure...

Eppure, non ha il cazzo, eh? Benvenuto dall'altra parte del fiume, Cody! Per te dei bellissimi lecca-lecca a forma di...

«Ho lavorato molto e viaggio spesso,» disse, cercando di buttare fuori i fastidiosi pensieri che lo tormentavano. Non aiutava nemmeno la musica alta, o il caos nel locale. «Sono fermo da poco, era un po' stressante.»

Lei annuì. «E adesso hai deciso di stabilirti a Jackson? Sei di queste parti?»

«Garland, Texas.» Ridacchiò quando lei spalancò gli occhi. Non doveva essere davvero una sorpresa, visto che era chiaro fosse del sud, però non disse niente. «Ma per ora sono stabile a Jackson. Ho passato un sacco di tempo qui, ho le mie amicizie, la mia vita... Non mi dispiace questa città.»

«Non è niente di che, è piccola e a volte noiosa,» replicò Lianne. Poi gli fece un sorriso gentile, e aggiunse: «A meno che non ci sia qualcuno di speciale che ti lega a questo posto.»

«Già, beh...» *Sta sondando il terreno.* «Non proprio.» *Purtroppo.*

Il sorriso della ragazza si fece un po' più felice mentre arrossiva. *Tesoro, non c'è trippa per gatti, ma non ti preoccupare. Tu non puoi saperlo.*

Si era sforzato con tutto se stesso di non pensare a chi lo legava a quel posto, ma era troppo difficile. Il suo cervello non collaborava e il volto nella sua testa era uno solo. Il più sbagliato. Sospirò. Era ridicolo: gli piacevano le donne, gli erano sempre piaciute. Ma gli piaceva Nathan, quello era ovvio.

E Jake.

Non ci aveva pensato troppo. Beh, sì, forse un paio di volte al giorno. Forse si era fatto una sega nella doccia proprio quella mattina, pensando al modo in cui aveva *prestato servizio alle sue parti basse,* forse si era eccitato più di quanto non avrebbe dovuto. Ma ciò non significava che, d'un tratto, avesse tradito il lato etero della vita, no?

Potrei sempre essere bisessuale. O... curioso. Solo curioso. Non c'è bisogno che nessuno lo sappia, in ogni caso. Potrei valutare diverse alternative.

Si sentiva strano, agitato, come se avesse avuto paura di essere scoperto. Scoperto, poi, a fare cosa? Divertirsi con un altro uomo? Che problema c'era? Non erano più nel Medioevo, l'aveva sempre pensato quando suo padre tirava fuori i suoi assurdi pregiudizi sull'omosessualità. Non si era mai schierato, certo, quello era impensabile. Ma non significava che fosse d'accordo. Che la pensasse come lui. Che non potesse essere... *diverso*. Non troppo, soltanto curioso.

Chi sto cercando di convincere, esattamente?

Perché era chiaro che no, non ci credeva, e la voce di suo padre si confondeva alla propria nella sua testa.

«Uhm, Cody?»

Oh, diamine, doveva avergli fatto una domanda. «Scusa, ero sovrappensiero.»

«Non ti preoccupare!» Lianne gli fece un sorriso gentile. Aveva le guance arrossate, forse era un po' brilla. «È una bella cosa, trovare il proprio posto nel mondo.»

L'aveva trovato? Non credeva. No, se ne sarebbe andato presto, per tornare alla ricerca. Era solo una pausa, la solita pausa di quando era stanco, di quando aveva bisogno di leccarsi le ferite che non sapeva nemmeno da dove venissero. E poi, se si fosse trasferito, sarebbe dovuto tornare al sud. Non poteva allontanarsi troppo, ma scendere era fuori discussione.

Troppi pregiudizi, laggiù. Com'era ovvio in ogni posto, ma...

«E tu? Raccontami di te.»

Lianne iniziò a raccontargli del suo lavoro, di come si trovasse bene con i suoi colleghi, degli animali che curava e delle persone che incontrava. Era una compagnia piacevole e divertente, ma non riusciva a pensare ad altro se non a un drink insieme ogni tanto. Era strano, normalmente avrebbe volentieri proposto di appartarsi e diventare più intimi, ma... semplicemente, non era il momento. Forse non lo sarebbe neanche mai stato.

Che strano.

Non era davvero strano, ma si sforzò di pensarlo.

E poi un bagliore da qualche parte nella folla. Non sapeva

cosa fosse, né da dove venisse. Quando alzò lo sguardo, tutto ciò che vide fu quel sorriso seducente e perfetto che aveva ammirato la notte prima.

Jake.

Non sapeva se l'avesse visto. Jake stava ballando con un paio di persone, una donna e un uomo, e apparentemente non faceva caso ad altro. Il suo corpo era veramente ben formato, magro, e si muoveva a tempo con la musica con un movimento sinuoso e sensuale. Merda, se non era una cosa eccitante.

Ed eccolo lì. Se prima se n'era stato buono al suo posto, come se nulla avesse potuto interessarlo, adesso il suo amico dei piani bassi era attento e più che interessato.

Non sei un frocio, Cody.

Però cazzo se era allettante. «Scusa un attimo.»

Si alzò dalla sedia senza nemmeno far caso alla risposta o alla reazione della ragazza. Aveva il suo numero, si sarebbe scusato più tardi. Si fece strada tra la folla, le birre erano abbastanza perché riuscisse a muoversi a tempo anche lui. Spintonò e si allontanò da un paio di avance, finché non fu in mezzo alla pista. A pochi passi da Jake.

Era indeciso su cosa fare. Chiamarlo in disparte, salutare, far finta di non vederlo. Aveva una discreta quantità di alcol in corpo, però, e il suo cervello sembrava non essere interessato all'evenienza di poter essere visto da qualcuno. Era un locale in periferia, chi poteva mai frequentarlo?

Quindi non pensò troppo quando gli mise le mani sui fianchi e premette il bacino contro il suo, muovendolo a tempo con la musica e con lui. Jake rispose a quei movimenti senza nemmeno un accenno di timore. Girò appena lo sguardo e i loro volti furono così vicini che poteva quasi sentirne il respiro sulla pelle. No, anzi, lo sentiva eccome. Quando incontrò il suo sguardo, quegli occhi meravigliosi erano sottili e pieni di malizia.

«Ehi, Code.»

Voleva rispondere al suo saluto, ma non aveva idea di cosa dire. Se ne stette semplicemente così, premuto contro di lui, a ballare a tempo mentre attorno a loro il resto del mondo cessava di esistere. Era una sensazione inebriante e meravigliosa.

Quando Jake premette indietro il bacino, verso di lui, e il suo sesso sentì le curve di quel sedere sexy, si lasciò scappare un gemito. Cazzo, quanto lo voleva.

«Qualcosa mi dice che ieri ti sei divertito più di quanto avresti pensato.»

Tremava. Jake si rigirò tra le sue braccia e gli prese la nuca in una mano. Lo fece chinare fino a sfiorare la fronte con la sua. Adesso ne sentiva il respiro forte e caldo contro le labbra. «Cristo...»

«Hai bisogno di qualcosa, cowboy?»

Non riusciva a staccare lo sguardo da quelle labbra vicinissime. Quanto voleva baciarlo e sbatterlo al muro fino a farlo urlare di piacere. Il suo uccello premeva contro i pantaloni, faceva così male che sarebbe potuto venire soltanto con quei movimenti lenti che strusciavano contro di lui. «Jake...»

«Vieni.» Una promessa, forse. Jake lo prese per mano e lo condusse oltre la folla, verso i bagni. Lui non riusciva a capire più nulla: c'era solo quell'assurda sensazione di desiderio e impazienza, che non riusciva a scacciare. Era prepotente e insaziabile.

Jake aprì la porta di un bagno e la richiuse dietro di loro, poi lo tirò a sé in un bacio violento e bagnato. Cody gemette, spingendosi contro il suo bacino con furia quasi spaventosa. Lo sarebbe stato, con una donna. Spaventoso, rude, meschino.

Invece Jake ansimava, ed era chiaro che gli piaceva la sua reazione. Piaceva anche a lui.

«Ho bisogno di...» Non sapeva nemmeno di cosa. Si mise

a slacciare i pantaloni dell'uomo mentre lui ridacchiava e si chinava a mordergli la pelle del collo. Un piacevole dolore che gli percorse il petto fino al sesso. Faceva male quanto avesse bisogno di affondare in qualcosa.

«Vuoi la mia bocca o il mio culo?»

Venne percorso da un nuovo tremito. Voleva tutto, ed era vergognoso. Eppure, sembrava così giusto. «Jake...»

Jake non rispose se non con l'ennesima risata. Lo osservò, mentre tirava fuori da una tasca una striscia di preservativi, ne prendeva uno e lo apriva. Aveva una calma e una pazienza che Cody non sapeva da dove prendesse. Eppure la vedeva, l'erezione che gli gonfiava le mutande. Doveva essere parecchio eccitato anche lui, nonostante sembrasse così controllato.

Cazzo, quanto lo voglio.

Non era riuscito a rispondere alla sua domanda, ma era lieto che avesse optato per il culo. Perché era impossibile riuscire a trattenersi ancora, e aveva davvero bisogno di più movimento di quello di un pompino. Aveva bisogno di affondare in un corpo caldo, nel suo corpo caldo, di sentire quella voce meravigliosa gemere, il suo accento straniero chiamare il suo nome...

Si spinse contro di lui e lo baciò ancora. Entrambi gemettero più forte del dovuto. Forse sarebbe stato opportuno sperare di non essere sentiti, ma non gliene fregava nulla. Anche se li avessero sbattuti fuori dal locale, ne valeva la pena.

Jake gli infilò il preservativo e gli diede due strette al cazzo che gli mandarono scosse di piacere lungo tutto il corpo, poi si sfilò intimo e jeans per avere più libertà di movimento. Portò le dita di una mano alla bocca e vi sputò sopra. Quando si penetrò, per prepararsi, ed emise un delizioso suono simile a un urlo, Cody dovette trattenersi dal prendersi il sesso e masturbarsi, perché solo un tocco e sarebbe venuto. Era troppo eccitante, troppo bello, troppo attraente.

Non sapeva nemmeno come diavolo facesse.

«Posso farlo io?» gli chiese. Non aveva idea di come si masturbasse un altro uomo, ma diavolo se aveva voglia di provare. Jake gli fece un sorriso profondamente soddisfatto e gli prese il polso in una mano. Portò le sue dita alle labbra, proprio come aveva fatto con le proprie, e le succhiò. Merda, era anche più eccitante di prima.

Cody sentì la sua lingua che gli avvolgeva le dita e le riempiva di saliva, assecondando il suo movimento mentre penetrava più volte la bocca di Jake, come se avesse voluto scoparla. Cazzo, era quello che stava facendo, ed era una cosa che non pensava sarebbe stata tanto erotica.

Si accorse che stava ansimando soltanto quando Jake rise contro la sua mano. «Fallo, non resisterò a lungo.»

Cody portò le dita alla sua apertura e lo penetrò. Forse con più violenza del dovuto, forse con troppa impazienza, ma Jake non si lamentò mai. Al contrario, l'urlo di piacere che diede fu il suono più bello che Cody avesse mai sentito.

Era già abbastanza flessibile, caldo e stretto contro di lui, ma non ci mise nulla a rilassarsi e dimenarsi contro i suoi movimenti. Quegli occhi verdi erano lucidi e scuri e lo fissavano con attesa e impazienza. «Dai, Code.»

Lui stava già bagnando il preservativo di liquido seminale. Ci era così vicino…

Estrasse le dita dall'apertura dell'altro e si avvicinò. Jake lo aiutò a posizionarsi tra le sue gambe. Con un braccio Cody gliene tenne una, mentre Jake si rigirava in modo che potesse avere libero accesso al suo sedere. Lui si strusciò un paio di volte tra le sue natiche, poi le labbra lo reclamarono di nuovo.

Dopo, il suo sesso trovò quel che cercava e piano si spinse dentro di Jake.

«*Cristo...!*» Era meraviglioso. Dio, quanto ne aveva bisogno. «Cazzo, Jake... *Jake...*»

«Muoviti,» rispose l'altro. Senza mezzi termini o parole inutili. Cody si mantenne con una mano al muro, mentre spingeva una, due, tre volte sempre più veloce e forsennato. Voleva controllarsi, non desiderava fargli male, ma era troppo bello e Jake lo accoglieva così bene, come se avesse sempre e solo aspettato quel momento...

«Sì, ci sono quasi. Cazzo... *cazzo*.» Ogni parola era strozzata e stridula. Non si era mai sentito così bene. Jake si aggrappò alle sue spalle e si avvicinò, il volto che lo sfiorava, quella voce roca e possente che gemeva a ogni spinta. Ci era vicino allo stesso modo.

«*Merda*.» Jake venne ancor prima di Cody. Lo sentì tremare tra le sue braccia, un ringhio in gola che risuonò dritto contro la sua pelle, penetrandolo, arrivando fino al petto. Un suono animale e pieno di piacere. *Per lui*.

Non gli interessò di sporcarsi del suo seme, né di darsi un contegno. Non gli interessò quasi di nulla, se non di quella voce che ancora gemeva, quel calore, quel piacere che stava scoppiando nel suo ventre. E poi raggiunse il culmine, con un urlo roco quanto il suo, potente e sonoro.

«Cazzo,» credette di sentir mormorare da Jake. Poi udì la sua risata e lo accolse quando il suo abbraccio si fece più stretto. Si tenne a lui mentre attraversava l'orgasmo, fino a che non fu più in grado di reggersi in piedi, fino a che non dovette lasciarlo e abbandonarsi contro il muro di fronte. Erano in condizioni pietose, ansimanti e sudati, eppure era sicuro che il sorriso che vedeva sulle labbra di Jake fosse lo stesso che aveva anche lui.

Sarò anche un frocio ma, cazzo, è meraviglioso.

Gli venne da ridere a quel pensiero. Jake lo guardava con un sorriso divertito. «Cosa?»

«Guardaci, tutti sporchi nel cesso di un locale.»

«"Non è il mio primo rodeo",» rispose Jake, imitando l'accento texano. «È così che dite voi, no?»

Cody annuì, ridendo. «È il mio, però.»

«E com'è andata?»

Si fissarono per qualche secondo, in silenzio, soltanto con quegli assurdi sorrisi che continuavano ad allargarsi. Si mise a ridere. «Onestamente non lo so. Temo che mi servano altre dimostrazioni pratiche per rispondere.»

Anche Jake rise. Poi strappò della carta igienica e pulì le macchie sul suo ventre, quindi si rivestì. Lui lo imitò, cedendo un po' all'imbarazzo mentre si muovevano in quel cubicolo minuscolo e si ricomponevano. «Quando vuoi, Code.»

«Magari la prossima volta programmiamolo, eh?» offrì. E lo voleva davvero: chiamarlo per del sesso, chiamarlo anche ogni sera. Non che fosse attratto da lui in termini affettuosi, no. Ma il suo corpo... quello l'avrebbe volentieri posseduto ogni notte, se avesse potuto. «Dammi il tuo numero, potremmo vederci qualche volta.»

Jake sembrò pensarci su, perché non rispose subito. Lo guardò con quegli occhi enigmatici e pieni di così tanti sentimenti che nemmeno riusciva a distinguerli. Poi sorrise. «Perché no? A una condizione.»

«Cosa?»

L'uomo gli fu addosso con uno scatto e per un attimo rimase senza respiro. Contro il muro, pressato al suo corpo che, nonostante l'orgasmo, emanava desiderio sessuale da ogni angolo. Le labbra a un soffio. «La prossima volta ti fotto io.»

La lingua di Jake gli accarezzò le labbra, lui emise un ansito rumoroso.

«Affare fatto.»

Aprile 2015
Garland, Texas

C'ERA uno strano senso di pace nel mettere piede in Texas dopo così tanto tempo. Come di un posto ignorato da tempo, di cui non si ricordava la bellezza. Principalmente, era bello passare Texarkana, la città al confine con l'Arkansas, e inoltrarsi nella federale I-30 verso Dallas. Un cartello con la bandiera del Texas dava il benvenuto, augurando un buon viaggio. Cody sorrise e mormorò: «Sarà fatto.»

E gli piaceva che capitasse proprio prima del tramonto. Qualcuno sarebbe stato infastidito dal sole proprio di fronte a sé, ma lui lo amava. Sentirlo sul viso, filtrato dalla visiera scura del casco, che lo accoglieva a casa. E non poteva fare a meno di sorridere.

Da lì, altre tre ore di viaggio a fronte delle otto che affrontava ogni volta da Jackson a Garland. Faceva una sola sosta, a Malvern, più o meno a metà strada, e poi dritto fino casa. Odiava la stanchezza che accumulava, ma odiava ancor di più l'idea di fare tutti i cambi tra treni e aereo. Obiettivamente, visto che gli piaceva guidare, era più semplice portare la Road King – o la macchina, quando la prima non gli era possibile – giù fino in Texas.

Una lunga traversata di una decina di minuti sul *Ray Hubbard*, e poi da Rowlett dritto fino a Garland.

Viveva a Jackson da anni e tornava a casa una volta al mese, più o meno, se non più sporadicamente, quindi gli era semplice provare una piacevole tranquillità nello sfrecciare per le strade di Garland con la moto dopo tanto tempo. Non aveva in mente i lati negativi, non aveva in mente i pregiudizi della gente e quello in cui il giovane Cody Oliver Myles era cresciuto, quindi riusciva a focalizzarsi soltanto sulla voglia di buttarsi a letto e di rivedere i suoi cari.

Suo padre, deceduto qualche anno prima, aveva lasciato la gestione del ranch di famiglia a lui e sua sorella. Lui se ne era tirato fuori presto, perché la sua vita non era quella di Abigail. Gli piaceva viaggiare, gli piaceva il lavoro che faceva, gli piaceva Jackson. La vita in ranch dava soddisfazioni, ma era faticosa e richiedeva sacrifici che non era pronto a fare.

Tornare lì, però, era bello.

Sua sorella e suo marito, Keaton, avevano fatto un lavoro strepitoso. Abigail amava gli animali, Keaton aveva il senso degli affari ed era una delle persone più corrette che Cody conoscesse. Gli piaceva pensare che il ranch fosse nelle loro mani, e gli piaceva pensare che sua sorella vivesse la vita che voleva ed era felice. Il ranch era enorme e contava diversi dipendenti e molti animali. C'era sempre un sacco di lavoro, quindi non si stupì quando vide alcuni dei ragazzi ancora a sudare nelle stalle.

Arrivò di sera, verso le nove. Parcheggiò la moto e recuperò la borsa con i pochi vestiti che si era portato. Accese una sigaretta e si rilassò prima di affrontare la sua famiglia. Aveva una gran fame ed era stanco morto.

Il primo a salutarlo, ovviamente, fu Tex. Forse aveva sentito il rumore della moto da miglia di distanza, perché Cody non fece in tempo neanche a fare un tiro prima che l'abbaiare del cane lo avvertisse del suo arrivo. Rise quando l'enorme palla di pelo gli saltò addosso.

«Tex, buono.»

Era un grosso pastore tedesco completamente nero, che ormai aveva una decina d'anni. L'aveva preso poco prima di andarsene e poi, quando aveva visto che se la cavava bene con gli altri animali del ranch, l'aveva lasciato alle cure di sua sorella.

Gli era rimasto fedele e affezionato come se fosse sempre stato lì.

«Dov'è il capo, Tex?» Il cane abbaiò; la sua coda si muoveva freneticamente e lui zampettava come se avesse voluto giocare. Cody ridacchiò prima di recuperare le borse e avviarsi verso l'entrata della casa. Sentiva già la voce di sua sorella chiamare l'animale.

«*Tex!*»

«*As pride.*» Avrebbe voluto dirlo a voce più alta, ma era davvero stanchissimo. Sua sorella, però, lo sentì lo stesso. Quando lo vide comparire accanto a Tex, diede un urletto e gli corse incontro per abbracciarlo.

«Ehi, Abi.»

«Che bello vederti, C!» Lo lasciò andare e si offrì di portargli una borsa ma lui, ovviamente, rifiutò con una risata.

«Guarda che non sono ancora diventato un mollaccione.»

«Gente di città. Quando stramazzerai al suolo non ti aiuterò!» Era magrissima e sembrava più piccola di quanto non fosse, ma si vedeva che stava bene, che era in forma e che avrebbe potuto atterrare tre ladri insieme.

«Mi aiuterà Tex.» Cody si strinse nelle spalle.

«Quel cane ti adora e neanche ti vede così spesso.» Abigail si finse offesa, Tex in risposta abbaiò. Cody rise ancora, mentre risalivano le scale che portavano all'abitazione principale. Era una bifamiliare. Cody le aveva sempre ripetuto che poteva trasformare la sua parte in qualcos'altro, ma si era sempre rifiutata. Non le piaceva pensare che vivevano lontani e Cody sapeva che, in quel modo, si illudeva di averlo più vicino. Gli lasciava un posto in cui tornare che a lui in realtà non dispiaceva.

Salutò Tex con una carezza sul capo, poi seguì la sorella all'interno. «Riconosce il padrone.»

«Dovrei essere io il padrone. Poi arrivi tu e diventa un mollaccione di città anche lui.»

«Ah, smettila!»

La casa era grande; c'era un portico rialzato che collegava i due ingressi, dove lui e Keaton si mettevano spesso a chiacchierare insieme quando si vedevano. Si aspettava di salutarlo quando entrò nella spaziosa cucina di Abigail, ma non c'era. «Kit?»

«Mh, la cavalla ha partorito questo pomeriggio. È nelle stalle con gli altri ad assicurarsi che sia tutto okay, forse ti conviene salutarlo domani mattina.» Annuì, prendendo posto. Il sedere urlò di piacere a posarsi su una superficie più comoda del sellino della moto. «Hai mangiato? Vuoi qualcosa? C'è della carne, devo solo riscaldarla.»

«Non sarebbe male.» Abigail si mise ai fornelli, lui si rilassò e si guardò intorno. Era tutto come l'aveva lasciato: il disordine organizzato di sua sorella, la pulizia dei banconi, le innumerevoli carte sparse per tutta la stanza. Pietre e legno: si respirava aria di casa. «È bello essere qui.»

«E dire che potrebbe essere la tua vita.»

«Ma non lo è.» Le fece un sorriso, ma Abigail non si girò a ricambiarlo né continuò il discorso. «Sono stanchissimo. La strada è sempre più lunga ogni volta.»

«Ah, immagino. Sei partito stamattina dopo pranzo, hai idea di quanto lavoro abbia svolto prima di sentire Tex tutto agitato perché eri arrivato?»

«Sì, ho idea.» Sospirò. «Odio i mezzi pubblici. È una seccatura inutile.»

«Non ci metto nulla a...» "*...venire a prenderti a Dallas.*" Sì, lo sapeva. E odiava anche dover dipendere dagli altri. Aveva preso patente, moto e macchina appena ne aveva avuto la possibilità.

«Io e la moto stiamo bene, grazie.» Abigail gli rivolse uno sguardo arrabbiato mentre gli metteva davanti un piatto di carne. Aveva già l'acquolina in bocca a sentirne il profumo. Fece per prendere le posate, ma Abigail lo fermò.

«Ah! A lavare le mani, sbrigati.»

Cody sbuffò, alzandosi. «Non invidio per niente i marmocchi.»

«Fa' silenzio, piuttosto. Se sentono la tua voce è finita. Li ho appena messi a letto.»

Fu silenzioso nel corridoio e in bagno, e quando tornò in cucina, chiuse la porta scorrevole per non correre rischi. «Cristo, sto morendo di fame.»

Abigail lo guardò male. «Linguaggio!»

Le sorrise, ma non rispose. L'unico suono che emise fu un gemito quando la carne toccò il palato. Non sapeva quanto ci fosse di diverso, ma diamine se a Garland non aveva un sapore tutto nuovo. Sua sorella ridacchiò nel vederlo gustarsi il pasto in silenzio e velocemente.

«Ho sentito Elizabeth l'altra mattina, stava pensando di iscrivere in anticipo Kacey al primo anno di scuola.» Il tono di voce di Abigail era cauto. Cody finse di non sentirlo e tenne gli occhi fissi sul piatto.

«Perché?» chiese, sterile.

«Beh, sa già leggere e scrivere. È intelligente.»

«È piccola.»

«Ha cinque anni. Dovresti vedere quello che mi ha fatto vedere l'altro giorno, è così intelligente per l'età che ha...» Cody si azzardò a lanciarle uno sguardo ed eccola lì, l'espressione che odiava di più. Quella che gli ricordò perché non gli piaceva rimanere in Texas per troppo tempo. Quella piena di giudizio e disapprovazione. «È sensibilissima e gentile. Non capisco come faccia una bambina così piccola a sopportare... beh, un sacco di cose. Ha uno spettro di espressioni negli occhi...»

«Lo spettro è dei colori, non delle espressioni.»

«Cody...» Abigail sospirò, lui perse la fame. «Quello che sto cercando di dire è...»

«Lo so cosa stai cercando di dire.» Si unì al suo sospiro. Era sempre così, tra loro. Non capiva nemmeno perché: un attimo prima era felice di vederla, un attimo dopo era pieno di parole inutili. Le fece un sorriso triste. «Sono appena arrivato. Sono stanco, ho viaggiato per otto ore, ho soltanto voglia di dormire. È bello vederti, A, ma...» Lasciò ricadere il capo da un lato e la sua voce si sporcò di disappunto. Bassa, roca. «Dammi tregua. Almeno per un giorno. Almeno per stasera.»

Le labbra di Abigail si piegarono in una smorfia, ma annuì. «Dico solo che...» Le rivolse un'occhiata. «Sì, hai ragione. Possiamo riparlarne domani, però?»

«Domani vado da Beth.»

«È che fai sempre così, per questo non...»

«Va bene, va bene.» Alzò le mani in segno di resa. Aveva divorato un grosso pezzo di carne, ma il resto non sarebbe mai riuscito a finirlo. «Ne riparliamo domani, come vuoi. Puoi sputarmi addosso tutto il tuo sdegno per l'orribile genitore che sono e riempirmi di sensi di colpa su quanto me ne freghi della famiglia che potrei avere, ma fallo domani. Adesso ho solo voglia di gettarmi a letto e non pensare a nulla.» Si alzò dal tavolo mentre Abigail cercava di aggiungere qualcosa e veniva di nuovo interrotta. «Scusa, volevo intrattenermi per salutare Keaton, ma credo che farà tardi. Rimandiamo anche questo a domani, almeno ci sarà qualcosa di piacevole.»

«Cody, non intendevo...» Sembrava a corto di parole, per una volta. Lui prese il piatto e lo portò al lavandino, poi recuperò la carne rimasta. Quando si avviò verso la porta, lei cercò di inseguirlo. «Tex ha già mangiato oggi. Se lo riempi di cibo si vizierà e poi...»

«Non serve che tu mi dica come devo nutrire il mio

cane.» Il sorriso che le rivolse era acido. «Non gli dispiacerà un attimo di tregua. Sono quasi certo che ne abbia bisogno, dato che ogni volta che torno è a me che si attacca. Sarà empatia.»

«Sei uno stronzo, Cody.» Oh, ora iniziavano gli insulti. E lui che si era illuso di riceverli almeno il giorno dopo. «Voglio solo che tu capisca quanto ti stai perdendo.»

«A domani, Abigail.» Recuperò le borse e uscì di casa. Tex se ne stava sul portico e si mise a scodinzolare quando lo vide. Emise un fischio basso per far sì che lo seguisse, poi lo fece entrare quando aprì la porta di casa sua. Abigail disse qualcosa su quanto fosse scorretto da parte sua far entrare il cane; si sarebbe abituato alle comodità di casa, avrebbe cercato di fare il furbo una volta che lui fosse ripartito. Francamente, non gliene fregava nulla.

Gettò la carne nella ciotola all'entrata e lasciò i bagagli all'ingresso mentre Tex si gustava il suo premio. Sua sorella lo richiamò un paio di volte e poi, con l'ennesimo insulto, si allontanò. Sentì la porta della casa accanto sbattere. Fece un sospiro di sollievo.

Si diresse prima in cucina, per controllare cosa ci fosse nella dispensa. Un po' di viveri per qualche giorno, ma avrebbe dovuto fare la spesa per sopravvivere con qualcosa di più decente. Certo, poteva sempre ripartire prima del previsto, ma dopo il viaggio di mezza giornata non era così propenso a considerarlo. Controllò le lettere sul tavolo, che doveva aver lasciato Abigail, e si diresse in bagno per cambiarsi. Dopo venti minuti, era a letto e stava controllando il telefono.

Qualche messaggio, uno di Nathan e altri di alcuni clienti. Si appuntò mentalmente di rispondere l'indomani per dare loro degli appuntamenti; ci avrebbe pensato con calma.

Nel suo, Nathan chiedeva soltanto di avvertirlo quando fosse arrivato a Garland. Cody sorrise, nonostante tutto.

Odiava sentirsi felice per quella premura, odiava pensare che significasse più del sincero affetto di un amico. *"Sono arrivato, tutto a posto. Ci sentiamo nei prossimi giorni."*

Voleva sentirlo. Voleva chiamarlo e farsi cullare dalla sua voce che gli dava la buonanotte. Per quanto patetico e stupido fosse, lo desiderava tanto. Sospirò, così Tex si avvicinò mugolando. Gli fece una carezza. «Va tutto bene, bello. Dormi.»

Tex non si addormentò molto prima di lui. Se ne stette lì, a fissarlo con il muso tra le zampe e gli occhi di chi comprende fin troppo bene un determinato stato d'animo. Era soltanto un animale, eppure sembrava andare più d'accordo con lui che con la maggior parte delle persone che conosceva.

«Intanto,» iniziò, con il cane che lo osservava, «con Nathan è andata di merda. Ho fatto una stronzata.» Sospirò. «Non che non me lo aspettassi, Tex.»

Nel sentire il proprio nome, il cane mugolò ancora e si avvicinò, strusciando sul letto. Gli venne da ridere; l'animale gli leccò la mano e si mise su di un lato, appoggiandosi a lui. «E non ho davvero voglia di vedere Kacey.»

Anche se era il motivo per cui era tornato, non gli andava di vederla. Anche se bramava di sapere come stesse, allo stesso tempo non voleva. Perché era difficile, perché era doloroso e perché, sì, aveva ancora una marea di sensi di colpa che più passavano gli anni e più aumentavano.

E da quelli era difficile scappare.

4

Giugno 2015
Jackson, Tennessee

Quello che lui e Cody avevano costruito era un rapporto strano. Era come sesso occasionale, ma anche molto di più. Non parlavano, non spesso e solo di cose futili, quindi nessuno dei due sapeva troppo, ma si era creato tra loro un legame che Jake non avrebbe saputo definire. Era qualcosa che non aveva mai avuto prima, e non gli dispiaceva. Lo aiutava a *non pensare*.

Per questo, quando vide Cody immobile, appoggiato al parapetto del balcone con una sigaretta tra le labbra e una camicia di un paio di taglie più grande a coprirgli il busto, gli venne da sorridere.

Era un gran bell'uomo: i capelli biondi scompigliati, lo sguardo assorto e quel sorriso malizioso sulle labbra, pieno di aspettative e che lui conosceva a memoria. Parcheggiò accanto alla sua Road King e si levò il casco.

Alzò una mano in segno di saluto e Cody gli fece un cenno con il capo. La sigaretta, un minuscolo puntino rosso che si muoveva nel buio.

«Mi apri, Giulietta?»

«Non vedo l'ora.» Jake rise e scosse il capo, dirigendosi verso la porta. Scoprì che era aperta, così entrò e la chiuse a chiave, come Cody gli aveva ripetuto più volte. Sentì la finestra del balcone chiudersi al piano di sopra, poi l'uomo apparve in cima alle scale e gli sorrise. «Ehi, Romeo.»

«Quella è una storia che finisce male, sai?» Jake si tolse la giacca e la gettò sul divanetto in cucina, poi aprì il frigo e si prese una birra. Nel corso di tre mesi era stato così tante volte a casa di Cody – molto più grande e confortevole della sua, sebbene non quanto quella di Cassian e Nathan – che ormai era abituato a mettersi comodo da solo. E poi la adorava: in stile piuttosto rustico, sembrava appena uscita da un ranch del Texas, anche se Cody avrebbe detto che non l'aveva fatto apposta. Doveva sentirsi a suo agio in un ambiente simile a quello in cui era cresciuto. Non che Jake ne sapesse molto, in realtà: erano tutti segni che aveva letto in giro per la casa, nel suo modo di parlare, nelle poche frasi che Cody gli aveva rivolto.

Passò la birra all'amante, che la accettò di buon grado, e si legò i capelli mentre lui beveva, perché la temperatura di giugno stava iniziando a essere asfissiante. Svuotò le tasche da chiavi e telefono e posò tutto sul bancone, poi prese un paio di crackers dal vassoio sullo scaffale. Cody lo osservava placidamente fare quei piccoli gesti che a lui servivano per sentirsi più tranquillo.

Jake ne aveva sempre avuto il bisogno. Si sentiva estraneo ai luoghi che non conosceva bene, non familiari, quindi faceva di tutto pur di dimostrare alla sua mente che era a casa. Fino a quel momento ci era riuscito soltanto con l'abitazione di Cody, perché... perché era la persona che più si avvicinava al termine "fidata". Jake non riusciva a credere negli altri, ma in lui, forse, un po' ci riusciva. Un po', soltanto perché erano passati mesi dal loro primo incontro.

«Non stavi dormendo, vero?» chiese, facendosi strada verso il bagno. Aprì l'acqua e si lavò le mani, rinfrescandole, poi le asciugò.

«No, anche se la gente normale a quest'ora lo fa. Hai fatto tardi.»

«Tu non sei normale, non conta.» Sentì Cody ridere in cucina. Gli piaceva la sua risata: aveva il potere di calmarlo, anche quando non si accorgeva di essere nervoso. Quando tornò indietro, Cody era vicino al tavolo e stava giocherellando con le sue chiavi. Si fermò sull'uscio e attese finché l'uomo non alzò lo sguardo e non gli sorrise. Quando avanzò, Cody indietreggiò fino a schiacciarsi contro il bancone. Lui si premurò soltanto di accostare il corpo al suo, i volti vicini, gli occhi verdi inchiodati nei suoi, dello stesso colore.

E per un lungo istante rimasero soltanto in silenzio, a osservarsi e sorridere. Jake si sentiva come se niente avesse più importanza; era lì, con il suo amante, e non aveva voglia di pensare a null'altro se non a lui, al suo corpo, al piacere.

«Mi sei mancato,» mormorò Jake. Cody si leccò le labbra e i loro visi si avvicinarono ancora, la distanza ridotta a uno sbuffo d'aria. Mosse le mani sul suo corpo, caldissimo, le infilò sotto la camicia e gli strinse la pelle, i fianchi, fino a fermarsi sotto le ascelle. Cody gli afferrò i glutei e lo tirò di più a sé, finché lo spazio fu nullo e non rimase altro che il calore dell'uomo a fargli da rifugio.

«Ci siamo visti soltanto ieri.» L'uomo allargò le gambe e con una si avvinghiò a Jake, poi sfiorò le sue labbra. Era erotico e dolce allo stesso tempo, e Jake non riusciva a fare a meno di sorridere. Spinse l'erezione contro quella di Cody, eccitata e gonfia quanto la sua. Poi si avvicinò ancora per lasciare un bacio casto e lieve sulla sua bocca.

«Sei una cazzo di droga, Code.»

Cody ridacchiò. Il suo fiato sapeva di birra. «Attento all'overdose.»

«Non aspetti altro, vero?» Il bacio bagnato ed esigente che ne conseguì, stavolta, fu guidato da Cody. Gli accarezzò le labbra con la lingua e premette il bacino con maggiore insistenza contro di lui. Jake fece scivolare una mano sulla sua schiena e la massaggiò piano, e con l'altra scivolò in basso, ma si fermò al lembo dei pantaloni, lasciandolo agognante, vinto da una bramosia che non aveva mai provato con nessuno.

«Dipende.» Un bacio a scandire le pause. Cody suonava roco ed eccitato. «Se significa che ti avrò incatenato al mio letto dalla mattina alla sera, allora sì.»

Jake rise e si morse il labbro. Ancora una spinta al suo bacino: avevano iniziato a muoversi l'uno contro l'altro, i pantaloni strusciavano in cerca di maggiore attrito. La stanza si riempì degli ansiti di entrambi, incessanti.

«Non sapevo ti piacessero le catene.»

«Non ho mai provato.» Cody si chinò a mordergli la pelle del collo, mentre le mani che erano sul suo sedere si fecero strada verso la cintura dei pantaloni e litigarono per slacciarla. «Tu sì?»

Gli venne di nuovo da ridere, perché dal tono di voce di Cody era chiaro che non riuscisse più a sostenere il ritmo lento che avevano deciso di mantenere. E più sentiva la sua frustrazione crescere, più gli veniva voglia di stuzzicarlo e far sì che pregasse per avere di più. Era tutto più facile quando si trattava di sesso.

«No, ma perché rifiutare?»

«Magari con qualcosa di più leggero...» Ora le mani di Jake gli stringevano le natiche e una di esse stava scivolando sulla sua erezione, trattenuta dai boxer. Alla pressione, si lasciò scappare un gemito. «Andiamo su?»

«Troppa strada.» Afferrò Cody per un braccio e lo guidò verso il tavolo, poi lo fece girare. Era più alto e massiccio di lui, ma Jake lo sovrastò, gli circondò la vita e gli slacciò i pantaloni, che prese a calare rapidamente. Cody gemette e si spinse indietro, verso di lui, accrescendo il suo desiderio. Aveva un dannato bisogno di prenderselo.

«Aspetta, Jake, nella mia tasca...»

«Li ho io.» Via pantaloni e intimo, una mano gli strinse l'uccello e gli diede un paio di massaggi che riuscirono a strappargli forti gemiti di soddisfazione. La punta del sesso di Cody era già umida di liquido seminale. «Ti faresti pregare un po' di più se non fossi già tremendamente duro.»

«Per fortuna lo sei,» rispose Cody. «Sbrigati.»

Jake prese i preservativi dalla tasca e ne strappò uno, il resto cadde a terra. Tremando per l'eccitazione se lo infilò, poi prese a strusciarsi contro il sedere di Cody. Il suo sesso sbatté un paio di volte contro i testicoli dell'altro, accompagnato dai loro gemiti.

«Lubrificante.»

«L'olio ti va... bene?» Cody non riusciva quasi a parlare a causa degli ansiti. Lui annuì con frenesia, poi si chinò a succhiare il collo dell'altro mentre quello si allungava per recuperare la bottiglia dal centro della tavola. Lo osservò mentre la stappava e si ungeva le mani, poi ne versava un po' sulle dita di Jake, che erano tornate a massaggiargli il sesso.

Scivolava da dio. Emisero entrambi un gemito simile a un ringhio.

«Cazzo, Code.» Lasciò andare il membro dell'uomo per prendere il proprio e ungerlo per bene, poi gli allargò le natiche e si posizionò. Scivolò dentro senza alcun problema, con una spinta che lo portò quasi al culmine. Cody emise un urlo e prese a tremare.

«Cazzo... Jake, cazzo.» Si spinse contro di lui e Jake non poté far altro che prendere a muoversi con più lentezza possibile, dentro e fuori, scivolando e godendo di quella fessura stretta che lo accoglieva nel proprio calore. Il modo in cui Cody mugolava e ansimava a ogni spinta era meraviglioso, e non faceva altro che eccitarlo sempre più. La risposta del suo corpo era così intensa e perfetta, sincera nel mostrargli quanto apprezzasse le sue attenzioni. «Sì... dai, Jake... Dai...»

Voleva prendersela con calma, ma si ritrovò presto ad ansimare e spingere più velocemente, e la cucina si riempì delle loro voci e del rumore bagnato del suo sesso che affondava. Sentiva le palle strette e l'uccello gonfio, prossimo a esplodere.

Afferrò il membro di Cody e prese a massaggiarlo a tempo con le spinte, costringendolo a chinarsi in avanti con un urlo strozzato. L'amante strinse il tavolo con le mani, come a reggersi, a volerlo frantumare. Merda, se era bello: era l'uomo più bello con cui avesse mai avuto il piacere di fare sesso. Ogni volta ne era sempre più convinto.

Movimenti irregolari e disordinati da parte di entrambi, incapaci di trattenersi. Non parlavano più, soltanto un ingarbugliato insieme di sillabe sconnesse e grida che non tardarono a sfociare nell'orgasmo. Cody si contrasse sotto di lui e urlò più forte, fino a bloccare i movimenti all'unisono con il liquido seminale che riempì la mano di Jake. Lui continuò a pompare e affondare finché non raggiunse il culmine allo stesso modo.

Preda dei tremori, si accasciò su Cody soltanto quando fu libero di tirare un sospiro di sollievo. La schiena dell'amante lo sostenne ed entrambi rimasero immobili, in silenzio, a riprendere fiato su quell'unica scialuppa di salvataggio che era il tavolo.

«Cavolo, ne avevo bisogno...» si lasciò scappare, facendo

ridere Cody sotto di lui. Piano, si mossero entrambi; Jake si staccò dal corpo dell'amante, estrasse il membro e si levò il preservativo, che gettò nella spazzatura. Poi, senza curarsi del pavimento freddo, si sedette a terra e gli sorrise. Cody aveva fatto lo stesso, ma su di una sedia.

«Quando vuoi,» rispose. Il suo sorriso, a quel punto, era uno dei soliti gesti dolci e amorevoli che soltanto uno come lui poteva donare a un amante occasionale con cui condivideva soltanto il sesso. Cody era incredibile nel farlo star bene. Non aveva idea di come diavolo facesse.

«Devo trascinarmi a casa.» Beh, *"casa"*. Non lo sarebbe rimasta a lungo se fosse andato avanti così. Suo padre continuava a mandargli i soldi per l'affitto mensilmente, nonostante fosse diventato sempre più sfuggente, ma sapeva che non poteva continuare in quel modo. E che, anche se non voleva, anche se lo considerava un *tradimento*, doveva andare avanti e cercare seriamente un lavoro fisso che potesse mantenerlo.

Non ora. Hai appena avuto un orgasmo magnifico, non rovinarlo.

Diamine, non aveva voglia di andarsene, ma forse si era fatto tardi e aveva tenuto sveglio Cody per troppo tempo. Insomma, stare ancora a rompere i coglioni non gli sembrava opportuno, soprattutto perché non ne aveva alcun motivo.

«Rimani, Jake. È tardi.» Cody si alzò e si stiracchiò, un po' barcollante e un po' a fatica. Doveva essere davvero stanco: ricordava che erano tornati tardi la notte prima. Lui se n'era andato per le quattro, forse le cinque, quando Cody era appena scivolato nel mondo dei sogni. Non doveva aver dormito molto.

«Nah, non mi va di darti fastidio.»

«Piantala.» Cody gli porse una mano e lui la prese, per alzarsi. «Che fastidio può mai darmi un po' di sesso in più di prima mattina?»

Beh, non aveva tutti i torti e quel letto era terribilmente comodo, se ricordava bene. Dovette sembrare abbastanza indeciso, perché Cody si mise a ridere e, senza lasciargli andare la mano, recuperò quei pochi vestiti che avevano lasciato in giro per la cucina e lo condusse al piano di sopra.

Ne approfittarono entrambi per andare in bagno, poi si buttarono a letto e caddero addormentati nel giro di pochi minuti.

Luglio 2015

LA SALA da bowling era rumorosa, e c'era una luce artificiale e bassa che dava fastidio alla vista. Era la prima cosa che aveva commentato Nate quando Cody l'aveva guidato verso il bancone e poi sulla pista.

Avevano iniziato a uscire insieme dopo il suo ritorno da Charleston. Nate era un po' a disagio mentre si aggiravano per il locale. Che fosse un tipo che non usciva spesso o gli desse semplicemente fastidio il chiasso, Cody non l'aveva mai capito. C'erano luoghi in cui sembrava più sciolto, altri che lo mettevano in agitazione, come quella sera. Ogni tanto gli faceva addirittura tenerezza.

Non gli dispiaceva conoscere meglio Nate, ma la proposta iniziale era partita da Nathan. Aveva parlato a Cody *quasi* senza lasciar trapelare la propria preoccupazione: per qualche assurdo motivo, Nathan sembrava convinto che, se avessero trascorso tutta la giornata insieme, Nate l'avrebbe lasciato, quindi gli aveva detto che sarebbe stato bello per lui passare delle serate diverse in cui non dovevano per forza stare insieme.

Era un po' stupido, ma tenero.

Quando l'aveva fatto presente a Nate, lui aveva sorriso e scosso il capo. Le sue guance si erano fatte rosse e aveva farfugliato qualcosa sull'essere davvero un idiota. Era stata una reazione tanto dolce da risultare spiazzante. Perché era ovvio che provasse sincero affetto per il suo compagno, era ovvio che capisse com'era fatto, era ovvio quanto fosse forte il suo legame con Nathan.

E faceva un po' male.

La palla rotolò di nuovo a vuoto lungo la pista e ignorò i birilli. Nate se ne stette lì, immobile, a fissare il suo obiettivo mancato mentre alle piste accanto alla loro altra gente segnava strike. Cody sentì qualcuno ridacchiare dietro di lui, un giocatore che si era fermato a guardare per poi andarsene. Nate seguì lo sconosciuto con lo sguardo, poi incontrò il suo. Cody gli fece un sorriso a cui l'amico rispose con una smorfia.

«Nate, tesoro,» iniziò, mentre Nate si avvicinava e gli rivolgeva uno sguardo esasperato che voleva dire: *"Non ti azzardare."* «Forse dovrei evitare di darti un consiglio, visto che potrebbe danneggiarmi il punteggio di novanta a trentasette, ma magari sarebbe meglio provare a tirare dritto verso i birilli.»

«Fottiti.» Nate fece un cenno verso le altre palle da bowling impilate e pronte all'uso e lui si mise a ridere. «E ricordami di ignorare la tua prossima chiamata.»

«Hai chiamato tu,» osservò Cody. Prese una palla e fece i suoi tiri con una certa nonchalance, alzando ulteriormente il suo punteggio. Nate se ne stava imbronciato a fissarlo, e aveva tutta l'aria di volersi arrendere. Magari credeva che lo portasse a giocare solo per umiliarlo. Non sembrava troppo ferrato negli sport.

Non che volesse davvero umiliarlo. Non proprio.

Quando si rialzò, con un sospiro sconfitto, Cody gli diede

un paio di pacche sulla spalla. «Puoi farcela, Natey.»

«Piantala,» gli intimò l'altro, poi tirò: un lancio incurante; Nate non aveva nemmeno preso la mira, né stava guardando la palla. E stavolta riuscì a colpire alcuni birilli laterali.

«Vai, qualche punto al novellino!» Cody si mise a ridere, Nate gli rivolse uno sguardo irritato. Sembrava stesse scherzando, ma per sicurezza si appuntò mentalmente di darci un taglio. Forse non era il caso di stuzzicare così tanto il ragazzo del suo miglior amico. Che poteva benissimo avercela ancora con lui.

«Perché a te piace avere la vittoria facile, no? Come sei nobile.»

«No,» rispose Cody. «A me piace uscire con te!» Rise ancora e stavolta sulle labbra di Nate si dipinse l'accenno di un sorriso. Era così facile.

«Beh, allora la prossima volta andiamo semplicemente a prenderci qualcosa al bar.»

«Che noia,» replicò. Quando Nate ebbe mandato anche il terzo tiro a puttane, lo vide tornare indietro esasperato e iniziare a togliersi le scarpe. Gli mancava solo un tiro per arrivare al punteggio di vittoria e sapevano entrambi che l'avrebbe fatto bene.

Emise una risata, poi si allontanò mentre l'altro diceva: «Allora vorrà dire che andremo in un parco giochi.»

Tirò, un altro strike. L'aggeggio elettronico suonò la vittoria di Giocatore 1. «Spero tu intenda quelli per *bambini*,» replicò, mentre tornava indietro.

Nate ridacchiò e si guardò attorno. Ovunque, c'era gente che giocava e si divertiva. Un gruppo stava ridendo mentre disturbava il tiratore di turno, un ragazzo invece stava insegnando alla sua compagna a tirare.

Alla pista accanto alla loro, degli universitari si stavano sfidando. Nate fece un sorriso e, seguendo il suo sguardo, Cody si accorse che stava ricambiando quello di uno di loro.

Lo osservò meglio. Era un bel ragazzo: occhi luminosi e chiari, un corpo allenato e vestiti impeccabili che ne facevano risaltare la pelle abbronzata.

Che cazzo fai?

L'arroganza di un coglione e l'istinto protettivo di un deficiente.

«Che stai facendo?» gli chiese, guardando prima lui e poi il ragazzo. Nate spalancò gli occhi e alzò un sopracciglio, come se gli avesse fatto una domanda stupida. Da un certo punto di vista, lo era. Dal suo, era più che lecito.

«Nulla, mi sto levando le scarpe. Hai vinto.» Uno sguardo al tabellone, ma evitava i suoi occhi.

Code chiuse le mani a pugno. «No, stavi *flirtando*,» puntualizzò, sedendosi accanto a lui. Nate lo guardò incredulo, per poi rimettersi le scarpe e scuotere il capo. Ancora lo trattava come se fosse pazzo, ma era arrossito. Non bastavano le luci psichedeliche del locale a coprirlo.

«Gli ho solo sorriso, Cody, è educazione. Sono impegnato, ricordi?»

«Sì, con il mio migliore amico. Quindi giù gli occhi, okay?» Forzò un sorriso. Non sapeva se faceva male dirlo ad alta voce, se gli dava fastidio parlarne con lui o se stava semplicemente fingendo, ostentando, cercando una reazione che non avrebbe dovuto cercare.

Nate alzò gli occhi al cielo. «Ma dai...»

Quando si furono rimessi entrambi le loro scarpe e si incamminarono per l'uscita, Cody riprese a parlare. «In ogni caso, quello lì non aveva nemmeno la metà della bellezza di Nathan.»

E non doveva. Non erano fatti suoi e non era qualcosa che avrebbe dovuto dire. Perché era inopportuno, perché era insensibile, perché...

«E tu te ne intendi, vero?»

L'allusione lo prese alla sprovvista, e Cody non ne capì il

motivo. Il collegamento al bacio che tre mesi prima aveva rubato a tradimento a Nathan era più che ovvio, e gliel'aveva offerto su un piatto d'argento. Difficile resistere. Dopotutto, l'aveva sempre stuzzicato, ed era stato uno stronzo con lui. Perché Nate avrebbe dovuto evitargli un trattamento simile? No, non l'avrebbe fatto.

Non si era accorto di essersi fermato. Nate se ne rese conto dopo un paio di passi. Si girò, con la cazzo di espressione più preoccupata al mondo, e per un attimo non parlò. Cody non voleva che lo facesse, perché era già difficile sostenere la tensione che era salita.

«Cazzo, scusa, non intendevo dire...»

«Tranquillo,» lo interruppe. *Sta' zitto.* Gli fece un sorriso tirato, per nascondere l'espressione ferita sul suo volto. Ferita da cosa, poi? Dalla verità? O dalla verità detta dall'unica persona che aveva il diritto di rinfacciargliela?

«Cody, mi dispiace, io...»

«*Tranquillo*, Nate. È vero, me ne intendo.»

Di nuovo quel silenzio maledetto. Cody riprese a camminare, Nate lo seguì piano. Forse aveva intenzione di andare a bere qualcosa, la serata era ancora giovane, ma lui non vedeva l'ora di tornare a casa. Non poteva funzionare, non ancora. Nate era una persona davvero speciale, ma non era pronto a fare l'amicone con lui. Non sapeva se lo sarebbe mai stato, maledizione.

Nate prese aria, ed entrambi sapevano la domanda che avrebbe fatto. «Forse non dovrei chiedere...»

«No, infatti.»

Perché non avrebbe mentito e quella risposta, no, non era ancora in grado di darla senza ferire. Senza *ferirsi*. Che poi, a Nate sarebbe davvero importato qualcosa dei suoi sentimenti? Cosa si aspettava? Che rispondesse che non doveva preoccuparsi? Che era felice che lui e il suo miglior amico scopassero nel letto in cui gli aveva fatto compagnia durante i momenti bui, con tutto il cazzo di rispetto che riusciva a raccogliere? Che poteva passare sopra alle emozioni?

No, col cazzo.

«Cody, io credo che...»

«Nate, non sono capace di mentirti ora.» La sua voce suonava stanca e bassa, quasi un sussurro. Sentì Nate deglutire. «Se non vuoi peggiorare la serata, non chiedere cose stupide. Non mi va di fare lo stronzo patetico. Sto davvero cercando di farla funzionare.»

Ma suonava come tale: uno stronzo patetico. E dava fastidio.

Nate abbassò lo sguardo. «Mi dispiace.»

No, che non ti dispiace. Aprì la bocca per dirlo, ma si trattenne. Non era giusto.

E Nathan non l'avrebbe apprezzato.

«Dai, ti accompagno a casa.» Prese uno dei caschi della moto e lo porse a Nate, ma l'altro non lo prese subito.

«Non è necessario, posso chiamare...» Il nome di Nathan era sulle sue labbra, Cody riusciva quasi a leggerlo, e non trattenne un sorriso pieno di sarcasmo. «...un taxi.»

Il suo sorriso si allargò; sentiva la cattiveria scivolare nei suoi occhi, visibile, luccicante. Nate, infatti, abbassò lo sguardo.

«Sto cercando di farla funzionare anche io,» lo sentì sussurrare.

«Magari è ancora troppo presto.» *Smettila di fare lo stronzo.*

«Cody, mi dispiace. Davvero.» Fece un sospiro un po' strozzato. Tremava: forse per il fresco, per il fatto che non portavano giacche, o perché aveva paura di come si sarebbero messe le cose. La sua mente si rifiutava di pensare che fosse davvero per il dispiacere e sapeva benissimo che era meschino. «Sei una brava persona, mi piaci. Sono sicuro che un giorno...»

«Non dirlo,» lo interruppe. Odiava interrompere le persone mentre parlavano, ma l'alternativa era cedere. «Prendi il cavolo di casco, Nate, e lascia che ti riaccompagni a casa.» Nei suoi occhi leggeva sincero dispiacere. Era snervante. «Per favore. Va bene così.»

Nate non disse più niente. Fece come gli era stato chiesto, montò dietro di lui e si tenne alla moto per tutto il tragitto verso casa di Nathan. Casa *loro*.

Ebbe il tempo di sbollire un po'. Di trasformare la rabbia e la frustrazione in qualcosa di più patetico come stanchezza o tristezza, che odiava. *Si* odiava; per quello che provava, per come trattava la gente, per il suo stupido carattere e la sua stupida debolezza.

Fermò la moto davanti al cancello. Nate scese e gli restituì il casco, poi estrasse le chiavi dalla tasca. Aprì la bocca per salutarlo, ma non uscì nulla per qualche secondo. Cody attese. Non tanto per torturarlo, quanto perché non sapeva bene cosa dire nemmeno lui.

«Fa' attenzione sulla strada di ritorno.»

Lo osservò con indecisione. Nate fece un sorriso tirato e si girò. Sentì la serratura scattare, poi la porta si aprì. Nate si girò di nuovo a guardarlo e fece un cenno con il capo. Sembrava così dispiaciuto, dannazione.

Cody sospirò. «Ci sentiamo per il parco giochi.»

Nate si fermò e si voltò a guardarlo. Si sforzò di sorridere. Dopo un attimo, lui ricambiò e annuì. «Grazie.»

Non ringraziarmi. Non renderlo più difficile. «Buonanotte.»

Non attese risposta. Accelerò e sparì dal vialetto senza nemmeno girarsi a controllare che avesse capito, o che fosse arrivato alla porta sano e salvo. Semplicemente, si sforzò di tornare a casa senza andare a sbattere da nessuna parte, e calmarsi. Annullare i pensieri. Annullare i sentimenti.

Quando Jake rispose al telefono, tirò quasi un sospiro di sollievo. «Ho bisogno di scopare.»

5

Cody gli aprì la porta. Jake stava tenendo in alto la busta con il gelato, così che se la ritrovasse proprio davanti.

«Cos'è?» chiese l'uomo. Sentiva un accenno di divertimento misto a confusione nella sua voce. C'era anche stanchezza e rassegnazione.

«Gelato per donne col ciclo.»

Lo sentì ridere, una risata dapprima leggera, poi più alta. «Sei fuori di testa.» Però si fece da parte e lo lasciò entrare in casa, sul volto un sorriso dolce e grato che gli piacque più di quanto avrebbe voluto ammettere.

Non sapeva da cosa l'aveva capito. Forse dalla sua voce disperata, o dal fatto che, quando lo chiamava a quell'ora di notte, era sempre perché il cuore non stava al suo posto, non stava zitto e lo torturava più del necessario. Forse perché era la stessa cosa che succedeva a lui quando gli accadeva lo stesso.

Si cercavano per curarsi a vicenda e dimenticare, come si fa con l'alcol o con le droghe. Solo che, nel loro caso, era semplicemente un tentativo in più di non sentirsi soli.

«Vieni,» lo invitò Cody, indicandogli la porta a destra

dell'entrata. Lui lo precedette e attese, mentre l'uomo spariva in cucina e tornava con due cucchiai e qualche tovagliolo. C'erano delle candele accese sul camino a fare da unica fonte di luce e un'atmosfera confortevole, che riusciva a farlo sentire sereno. Si ritrovò a pensare che era... *romantico*.

«Non stai per chiedermi di sposarti, vero?» scherzò, mentre seguiva Cody sul tappeto davanti al fuoco. «È soltanto un gelato, forse è anche mezzo squagliato.»

Cody si mise a ridere di nuovo. «No. È che di sopra fa troppo caldo e le luci accese con la finestra aperta farebbero entrare un sacco di insetti. E poi è l'atmosfera giusta per confessarci i segreti da migliori amiche con il ciclo.»

Si fece scappare una risata. «Che coglione che sei.» Quasi adorabile, in realtà. Si sedette a terra, la schiena contro il divano, e posò il gelato tra di loro. Cody lo aprì, sporcandosi le mani di cioccolata, poi gli passò un cucchiaio.

«Niente scodelle?» scherzò Jake.

Cody sogghignò. «Se dobbiamo fare le donne col ciclo, dobbiamo farle per bene.»

«Smettila, sei inquietante.» Prese il cucchiaio e si affiancò a lui, così da poter mangiare con più comodità. Cody tenne la vaschetta tra di loro e affondò.

«L'hai detto tu, tesorino.» Entrambi fecero una smorfia di disgusto, poi si misero a ridere. Quando Cody gustò la prima cucchiaiata, le labbra si sporcarono di cioccolato. Sembrava un bambino felice, completamente diverso da come l'aveva visto quando aveva aperto la porta. Era strano: normalmente non gli interessava di come stessero i suoi partner di scopate, ma era davvero bello vederlo più rilassato e lo faceva sentire soddisfatto.

Per qualche istante non parlarono. Forse per le prime due o tre cucchiaiate. Cody non sembrava voler iniziare un discorso, quindi lui lo assecondò soltanto. Era la prima volta che si vedevano e stavano così tanto tempo senza toccarsi o finire a letto.

«Scusa per l'ora,» mormorò Cody. Leccò il suo cucchiaio, poi si adagiò meglio contro la sua spalla. Non si soffermò a pensare che il calore del suo corpo era davvero confortante e riempiva il suo cuore di qualcosa di strano.

«Come se fosse un problema.» Jake di certo non ne aveva. Stava passando giornate prive di senso, tra lavoretti di fortuna e chiamate a cui suo padre rispondeva poche volte. Forse era lui stesso ad aver bisogno di un po' di svago ogni tanto. «Tutto bene?»

Domanda di circostanza a cui non risponderai.

«Sì,» sussurrò, infatti, Cody. Gli venne da sorridere mentre si ficcava il cucchiaio in bocca e assaporava il cibo dolce e freddo. Non mangiava un gelato da una vita, ancor di più con qualcun altro. Non sapeva nemmeno come gli era venuto in mente, a parte...

Era quello che faceva Cass quando ero triste.

Un pensiero totalmente innecessario.

«È Nate. Stiamo cercando di andare d'accordo, ma...» Cody si bloccò e sospirò. Non c'era bisogno di altre parole, in ogni caso, e lui non le avrebbe ascoltate perché si era immobilizzato alla prima frase. Davvero si stava sfogando in un modo diverso dal sesso? Con lui? Perché?

«Uhm.» Pensò a cosa dire. La prassi era provare a pensare a come si sarebbe sentito lui e cercare le parole che avrebbe voluto sentirsi dire. Peccato che non era mai stato bravo con l'empatia. «Ci vuole del tempo, credo. Se volete la stessa persona.»

Cody fece un mezzo sorriso. «Immagino di sì.» Ripose il cucchiaio e lasciò a lui la vaschetta. Jake ne prese un altro boccone, poi la posò a terra accanto a loro e si rimise al suo posto, contro il divano. L'amante fece cadere il capo verso la sua spalla e sospirò.

Dio, fu bello. Quel silenzio, la penombra delle candele e i rumori di cicale e altri animali notturni provenienti dalla finestra, ovattati. Il calore del corpo di Cody contro la spalla e il braccio nudo, l'accenno di barba che gli graffiava la pelle della clavicola e i capelli a solleticargli il collo. Un brivido gli percorse la schiena e il cuore prese a battere più veloce.

Uhm. Fastidioso.

«Non dovete andare per forza d'accordo, sai?» provò a dire. Un pretesto per parlare. Cody al suo fianco non si mosse, ma stava ascoltando. «Non c'è niente di male a farsi i fatti propri. Non puoi andare d'accordo con tutti.»

«Ma Nate è una brava persona, sarebbe egoistico privarmi di un rapporto che potrebbe andare bene soltanto perché...» La testa di Cody si sollevò per un attimo, come se si fosse stretto nelle spalle. «Mi piace Nate. Solo che odio parlare di lui *e* Nathan. O pensare a lui *e* Nathan. È stupido.»

«È umano,» rispose. Si adagiò meglio contro il divano, facendo riposare il capo contro il sedile. Cody rimase appoggiato alla sua spalla, per fortuna. *Per fortuna?* «Onestamente, siamo tutti un po' egoisti, non c'è niente di sbagliato.» Poi riprese la vaschetta di gelato e ci girò il cucchiaio dentro, mescolando il liquido mezzo sciolto. «Ammettiamolo, chi farebbe qualcosa solo per qualcun altro? Anche quando si aiuta una persona, credo che parta tutto dal proprio egoismo, dal fatto che aiutarla ti crei vantaggi o ti faccia star bene e...» E si bloccò, perché girandosi aveva trovato Cody a fissarlo, con un sorriso che poteva voler dire sia "grazie di cuore" che "sei adorabile," e la seconda era... no. «Non è così?» chiese. Cody annuì.

«Sì, sì, è solo che... non so.» Abbassò gli occhi verso la vaschetta e prese il cucchiaio dalle sue dita, mettendosi a mescolare anche lui. Lo lasciò fare, osservandolo. «È la prima volta che mi dai un parere del genere, credo, ed è... piacevole, sai?» Cody si mise dritto e i suoi occhi verdi lo trafissero di dolcezza, facendogli provare un vuoto d'aria nello stomaco. «Dovremmo farlo più spesso. A me il gelato piace.»

Si ritrovò a sorridere. Non sapeva cosa rispondere perché era *davvero* piacevole, ma ammetterlo sarebbe stata la sua rovina. Anche se non sapeva esattamente perché.

«Ed è il motivo per cui devo tenerti in allenamento, altrimenti diventerai obeso.» Cody si mise a ridere e gli diede una spallata: credeva che avrebbe risposto con un'altra battuta e si sarebbe rimesso a mangiare il gelato, ma l'uomo non tornò dritto. Si bloccò così, a contatto con il suo corpo e un sorriso stupido sul viso arrossato. Gli occhi erano fissi al cucchiaio che girava nella vaschetta.

Diamine.

Era troppo confortevole, tanto che gli faceva salire una strana ansia, a stento sopportabile. Così fece scivolare una mano sotto quella del compagno e gli diede un colpetto che la fece saltare. Il cucchiaio colpì Cody sul volto e ricadde sul braccio di Jake, sporcando entrambi.

Scoppiò a ridere.

«Coglione,» lo sgridò l'uomo, tirandogli una gomitata. Lui cercò di fermarlo bloccandogli i polsi, e ben presto si ritrovarono a terra a lottare come bambini e sporcarsi di cioccolato. Si interruppero soltanto per ridere. Era un bel suono.

Jake rivolse lo sguardo all'altro. Cody se ne stava steso accanto a lui, su di un fianco, e si stava asciugando una lacrima dovuta al troppo ridere. Un lato della bocca era sporco di cioccolata e anche la guancia, dove doveva averlo colpito il cucchiaio. Gli sorrise e si allungò a leccar via il gelato. Voleva essere un gesto tenero più che seducente, ma ebbe l'effetto che era più ovvio, visto che si trattava di lui e che l'alchimia tra i loro corpi era evidente.

Cody ci mise poco a ruotare il capo e baciarlo. Sapevano entrambi di cioccolata, la lingua dell'altro era calda contro la sua. Si ritrovò a mugolare per chiedere di più. Pochi giorni e gli era mancato terribilmente.

«Jake...» lo chiamò Cody. Dio, la sua voce era roca e tanto piena di desiderio che il suo sesso fece male, eretto contro i pantaloni. Si accorse soltanto dopo qualche secondo che aveva già iniziato a spogliarlo.

Cody lo osservò per qualche istante prima di allungare una mano ad accarezzargli la guancia. Lui si chinò di nuovo a baciarlo, gli succhiò la lingua e il labbro inferiore, poi lo morse e lo lasciò con un ansito quando Cody gli percorse con le unghie della mano libera la schiena sudata.

Quando incontrò il suo sguardo, però, si bloccò. L'uomo gli stava sorridendo con una dolcezza tale da disarmarlo. La mano ancora al viso si mosse dalla guancia alla nuca, e le dita si soffermarono a massaggiargli l'attaccatura dei capelli. Quando sentì le sue unghie grattare piano anche lì, socchiuse gli occhi e diede un sospiro di godimento. Il sorriso di Cody si allargò e lo attirò a sé. Ancora, le loro labbra si incontrarono.

Era un bacio dolce e intenso, che stavolta fu Cody a guidare. La sua lingua gli accarezzò il contorno della bocca e i denti, poi prese a succhiare piano quella di Jake. Gli mandava forti scariche all'inguine e non faceva altro che eccitarlo di più. Quando anche Cody gli prese tra i denti il labbro inferiore, si lasciò scappare un gemito.

«Ti va di rimanere per la notte?» Un sussurro contro la sua bocca che avrebbe potuto ottenere tutto. Si sforzò di rimanere lucido per non accettare subito e trascinarlo a letto.

«Non so se...» *Se è il caso? Lo è. È il caso di far sesso, è il caso di correre a letto, è il caso di averlo. Merda, quanto voglio scoparlo. Cristo.*

«Dai...» Un altro bacio. «Possiamo fare in fretta e metterci a dormire. Poi, quando ci svegliamo, possiamo rifarlo. E dormire ancora. E... di nuovo, tutte le volte che vuoi.» La mano dalla sua schiena scese al sedere, e gli strinse una natica, tirandolo a sé. Il suo bacino cozzò contro l'erezione di Cody ed entrambi diedero un gemito acuto e bramoso. «Dai, Jake.»

«Non so, potremmo perderci troppo nel sesso,» ridacchiò. A Cody sfuggì un altro gemito e prese a strusciarsi contro la sua mano, che si era sostituita al bacino per fare frizione contro il rigonfiamento nei suoi pantaloni. «Potrebbe essere pericoloso.»

«Parla quello con la mano sul mio cazzo.»

Gli venne da ridere. «Ops.» La mano di Jake scivolò sotto l'elastico delle mutande e strinse il sesso dell'uomo. Cody si morse le labbra, inspirando con forza. Dio, quant'era eccitante. Mosse le dita con estrema lentezza lungo tutta l'asta, poi massaggiò con un movimento circolare e pressante la punta, spalmando il liquido seminale che già ne usciva su di essa.

«Jake, qualunque cosa tu voglia fare, sbrigati.» Ah, adorava quando lo supplicava.

Gli salì addosso, scavalcandolo con una gamba, e abbassò i suoi pantaloni quanto bastava perché avesse il sesso scoperto. Gli baciò il collo, poi il petto quando alzò la maglia, fino a seguire una scia lungo i suoi addominali. Quando prese il suo uccello tra le labbra e giù, fino in gola, l'uomo fu scosso da un tremito forte e una delle sue mani si strinse sulla sua spalla tanto da fargli male. Alzò lo sguardo: Cody si stava stringendo con forza un labbro tra i denti e tremava.

«Jake...» sussurrò.

Lui diede un mugolio e prese di nuovo in bocca il suo uccello. Succhiò piano, lavorando in circolo con la lingua per tutta l'asta fino alla punta, che prese delicatamente tra i denti. Scese ancora e Cody non riuscì a trattenere un urlo.

Allungò una mano verso il suo petto e lo graffiò, poi risalì ai capezzoli duri. Quando ne torse uno, l'urlo del compagno si trasformò in un verso strano, distorto e tremante.

«Cristo, Jake, Jake! Vacci piano… *Cazzo!*»

Lui inarcò la schiena e fece perno sulle ginocchia, poi con la mano libera iniziò a masturbarsi. *Ah, sì. Così.* La lingua riprese a dargli piacere e succhiare. Sentiva il membro di Cody pulsare.

Cody strinse le dita sul braccio ancora al petto, graffiandolo. Salì alla mano e se la mise su di un pettorale, quello sinistro. C'era una strana sensazione di euforia nel sentire quel cuore battere veloce sotto il suo palmo.

Con l'altra mano il compagno gli strinse i capelli e prese ad accompagnare i suoi movimenti, che finalmente si facevano più veloci. Quando sentì che muoveva il bacino, si fermò e lasciò che fosse lui ad affondare e scoparlo. Cody portò la mano che Jake ancora stringeva verso il membro, e la chiuse assieme alla sua attorno alla base.

Era una sensazione bellissima e inebriante. C'era unione, ogni movimento era concatenato a quello di Cody come se fossero stati una sola persona che agiva e pensava le stesse cose. Non aveva mai provato nulla di simile con nessun ragazzo che si era scopato, ma non aveva intenzione di soffermarsi a pensare a cosa significasse. Non era il caso, non ne sarebbe uscito vivo.

Ben presto, il compagno gli fece capire che era quasi al culmine. Sia i suoi movimenti che quelli della sua mano divennero disordinati e frenetici, un pulsare unico che partiva nella bocca e si univa a quello del ventre. Strinse appena di più le labbra su di lui per intensificare l'atto, e bastarono davvero pochi istanti perché si ritrovassero entrambi a grugnire e raggiungere l'orgasmo. Cody venne sul suo viso, sporcandogli la bocca e le guance di liquido seminale. Lui non si rese conto di cosa colpiva: forse il tappeto, forse le gambe dell'uomo. Non gli interessava.

Poi si accasciò su di lui e Cody lo accolse con un suono sordo, accusando il colpo sul torso. Jake gli si accoccolò contro il collo e lo abbracciò, non sapeva nemmeno perché. Di solito si allontanava dopo il sesso, si alzava o si rivestiva quasi subito. Adesso aveva soltanto voglia di addormentarsi abbracciato a lui, senza neanche curarsi di dov'erano.

«Siamo ancora vivi,» mormorò Cody, il tono leggero e scherzoso.

«Già, qualcuno lassù ci vuole bene.»

«Ammesso che esista, magari gli serviamo ancora.»

Jake si mise a ridere. «Non sei credente?»

«Tu sì?» Suonava quasi incredulo. Probabilmente lo era, perché in effetti non era esattamente il santo che ci si aspettava di ritrovarsi davanti nei panni di credente. Si strinse nelle spalle.

«Qualcosa del genere.» Non aveva voglia di entrare nel discorso, quindi si limitò a rotolare accanto a lui e tirarsi su i pantaloni. Più che per reale necessità, per pudore. «Cavolo, perché non siamo a letto?»

«Perché tu hai preferito accorciare i tempi mentre mi rimproveravi di essere un pervertito.»

Ridacchiò. Cody stava facendo lo stesso con i suoi vestiti, ma ci mise un po' di più a litigare con i pantaloni e la biancheria. «Non sono io il tentatore qui.»

«Ma per favore.» Cody si mise a sedere. «Non so se c'è più odore di sperma o gelato. Mi sa che è da buttare...» Lo vide mentre recuperava la vaschetta e ci buttava dentro i cucchiai. Prese un paio di fazzoletti accanto a lui e pulì delle macchie sul pavimento, che potevano essere sia cioccolata che liquido seminale. «Dai, muoviti, spostiamoci a letto.»

Mh. «Non so se sia il caso, non ci metto nulla a tornare.»

«Oh, dai, non mi va di sentire i vicini che si lamentano del rombo della Boneville alle quattro di mattina.»

Era già rimasto una volta a dormire da lui, forse due, ma

se n'era andato la mattina presto e il massimo che aveva guadagnato era stato altro sesso, una doccia insieme e un caffè. Non che Cody gli stesse offrendo altro. *Perché mi sembra diverso, stavolta?*

«Forza, alza quel culo sexy.» Cody gli porse la mano e lo aiutò a rialzarsi, poi raccolse le cose, spense le candele, chiuse la finestra e si diresse in cucina, probabilmente per posare il gelato e i cucchiai. Quando tornò indietro, Jake era ancora lì, indeciso, come un bambino alla sua prima notte in una casa sconosciuta. Cody gli fece un cenno col capo.

Oh, andiamo, che male può mai farmi?

Era comunque un pretesto in più per non tornare nella sua casa-non casa.

Salirono le scale e ne approfittarono entrambi per una capatina in bagno, Jake recuperò i pantaloni di un pigiama tra quelli di Cody e poi si misero a letto. L'altro si accoccolò accanto a lui sotto le lenzuola: c'era una brezza leggera che non sapeva da dove venisse e che rendeva il calore dell'amante tremendamente invitante.

Jake gli permise di posare il capo contro la sua spalla e circondargli il ventre con un braccio. Poi fu solo silenzio e imbarazzo, perché di certo non era abituato a passare la notte con qualcuno. Era stanco, però, si sarebbe addormentato presto.

Un sospiro preannunciò l'arrivo di nuove parole. «Grazie, Jake.»

«Per cosa?» chiese, perplesso.

«Per essere venuto qui. Mi hai aiutato a svuotare un po' la mente.»

«Non è chissà quale gran cosa, ti aiuto spesso a svuotare.»

Cody ridacchiò. Quando posò le labbra contro il suo collo, fu percosso da un altro brivido. «Diamine, è bello averti qui.»

Non sapeva cosa rispondere, quindi non lo fece. Se ne

stette immobile ad ascoltare il respiro di Cody che scivolava nel sonno, poi il silenzio e il suo cuore. Cazzo, quello era un tamburo impazzito, un rumore stranissimo a cui non era abituato.

Chiuse gli occhi e cercò di non pensare che, con il piacevole calore di Cody stretto a lui, era facile sentirsi al sicuro e addormentarsi.

Agosto 2015

NATE se ne stava dietro al bancone a lucidare bicchieri.

Jake lo osservava divertito, con la sua birra tra le mani. Da quando le cose tra lui e Nathan si erano aggiustate, sembrava che stesse molto meglio. Aveva iniziato a trattarlo come un amico e adesso rispondeva addirittura alle sue battute.

Cercava di non pensarci, ma era piacevole. Non perché fosse particolarmente attratto da Nate. Sì, era un bel ragazzo e si sarebbe fatto volentieri un giro con lui, ma non si trattava di quello. Era la sensazione di avere un *amico*. Strana e un po' imbarazzante, sicuramente diversa dal rapporto che aveva con Cody, ma pur sempre qualcosa.

Il bar era pieno di gente, nonostante ci fosse tranquillità. Il titolare faceva avanti e indietro dal retro alla sala, mentre Nate non era riuscito a scollarsi dal bancone nemmeno per un secondo. Un lieve chiacchiericcio riempiva la stanza.

«Credevo stessi pensando di aprire una libreria,» si lasciò scappare, mentre lo osservava.

Nate gli sorrise. «Sì, forse abbiamo trovato il locale. Non ho davvero bisogno di lavorare ancora, ma stare a casa mi farebbe impazzire e mi sentirei in colpa.»

«Per Nathan?» Jake rise. «Come se avesse bisogno di soldi.»

«Sì, beh...» Nate gli rivolse uno sguardo imbarazzato. Era tenero, a suo modo. «Non significa che non mi dia fastidio.»

Jake scosse il capo. «Che spreco.» Ma gli sorrise. Più o meno capiva. Sì, si era sempre comportato più da approfittatore che da buon samaritano, ma poteva capire il tipo di ragionamento se si trattava di Nate.

«Tu stai lavorando a qualcosa?» Lo fissò, senza mostrare alcuna emozione, e Nate lo interpretò come una domanda. «Voglio dire, fai il modello anche tu, no? Stai lavorando a qualcosa?»

Ah.

«No, sono in pausa. Vacanza.» *Dieci mesi, tra poco undici.* «Ogni tanto serve, no?» *Finché non vai sul lastrico e qualcuno ti aiuta a non crepare.*

Nate stava per rispondere, ma venne interrotto da una cliente, una bella ragazza che si era appena seduta e stava ordinando. Con il chiacchiericcio attorno a loro non aveva sentito bene, ma sembrava qualcosa con frutta secca. Nate, però, aggrottò le sopracciglia.

«Uh... aspetti... no, *esperar* un secondo!»

Suonava terribile. *"Perché era spagnolo."* Oh. Non si era nemmeno accorto che la ragazza stava parlando una lingua diversa dalla loro. Nate sembrava nel panico: si allontanò dal bancone e scappò verso il retro, per poi tornare qualche secondo dopo tutto affannato. Aveva le guance rosse.

«Okay, uhm... *Lo siento*, uh, *esperar* un poco! Il titolare sta arrivando.» Quando la ragazza fece una smorfia, come se non avesse capito, Nate sospirò piano. «Merda...»

Dovette trattenersi dal ridere. «*Espera un momento, por favor. El jefe está llegando.*»

Nate lo guardò sconvolto. «Sai lo spagnolo?»

«Un po'.» Gli fece un sorriso sghembo mentre la ragazza

lo ringraziava con tali sincerità e consolazione da farlo ridacchiare. «Credo che tu l'abbia traumatizzata.»

«Vado totalmente nel pallone quando succede. È Kate quella che si occupa dei clienti stranieri...» Nate mormorò delle scuse verso la ragazza, poi cercò conforto nel suo sguardo.

Conforto, buon Dio. Cercava conforto in *lui*. Era strano, del tutto fuori luogo e pericolosamente piacevole. «Ti serve una mano?»

«Ti va?» Nella sua domanda c'era tanta di quella speranza che non poté fare altro che annuire. Così si girò verso la ragazza e le chiese cosa le servisse, offrendole aiuto. Lei rispose con la stessa felicità e lo stesso sollievo di Nate.

«Ha un'allergia alla frutta secca, chiede se può avere una lista degli ingredienti così da scegliere cosa ordinare,» spiegò subito dopo a Nate. Lui si illuminò.

«Oh!» Frugò sotto il bancone, poi negli scaffali dietro di lui fino a rigirarsi. «Certo! Vado a prenderla!»

Jake tradusse, ed entrambi attesero che Nate tornasse sul retro per poi ricomparire con una decina di fogli. Quando li porse alla ragazza, lo avvertì: «Sono in inglese. Non so se abbia bisogno di una mano.»

Così avvicinò lo sgabello e si mise a tradurre i termini per lei. Era una bella ragazza, giovane, dai tratti delicati. Capelli scuri e pelle bronzea. Aveva una voce dolce e una bella risata. Occhi luminosi. Sembrava simpatica e gentile.

E non ne era attratto. *Tipico. Sia mai che mi scatti la scintilla per una brava ragazza.*

«Credo che prenderò questo qui!»

Jake tradusse per Nate e quest'ultimo si mise a preparare l'ordinazione, dopodiché la ragazza, Ana, spiegò a Jake che era in America da poco e che stava iniziando un tirocinio in uno studio d'architettura, quindi ancora non riusciva bene a comunicare in inglese.

Passarono almeno mezz'ora insieme, mentre Nate li osservava con meraviglia e curiosità. Quando lei se ne andò, Jake si aspettava una marea di domande a cui non gli andava davvero di rispondere. E dire che, solo qualche mese prima, i loro ruoli erano invertiti.

«Quindi sai lo spagnolo! Da quanto? Non ne avevo idea! Hai studiato lingue?»

«No,» rispose. Era sembrato acido? No, riusciva a camuffare bene. «Ho soltanto studiato qualcosa da giovane. Apprendo in fretta, tutto qui.»

«Sei straordinario, Jake!» Pura ammirazione. Era strano. Troppo strano.

«Te l'ho sempre detto, ormai è troppo tardi.» Si strinse nelle spalle con fare solenne. «Hai scelto il riccone.»

«L'hai mai fatto per lavoro?»

«No, non sono così bravo.» *E non ho mai potuto approfondire gli studi, comunque.*

«Non lo sei? Cazzo, sembravi madrelingua!» Doveva essere davvero sconvolto se si abbandonava al linguaggio colorito. Gli venne da sorridere.

«Linguaggio. Da quando sei così libertino?»

Si imbronciò, ma era chiaro che era ancora curioso. «Non cambiare discorso!»

«Non lo sto facendo,» rispose. Stava quasi diventando imbarazzante e, forse, era un po' a disagio. «È solo che non c'è molto da dire. Era una passione che avevo da piccolo, grazie al cielo è passata.»

«*Grazie al cielo?*» Era così sconvolto da risultare quasi irritante.

«Sì, beh, è un hobby costoso e io non ho soldi per viaggiare.»

Nate alzò un sopracciglio. Servì da bere a una coppia che si era appena seduta, poi commentò: «Con il macchinone con cui giri?»

«Macchinone?» Eppure era sempre in moto. Aveva avuto una macchina – prima di essere costretto a venderla per sopravvivere – ma non era di certo enorme.

«Sì, quello dove volevi che facessi un giro.» *Dove volevo che facesse un giro? Ma che... ah.*

Oh, la ragazza. Era una di quelle che aveva fatto fatica a scollarsi di dosso. Aveva dovuto smettere di frequentare i suoi locali preferiti, perché continuava a presentarsi e a chiedergli di appartarsi con lei. Non che fosse brutta, no. Aveva anche un sacco di soldi, perché *il macchinone* era suo. Ma era davvero troppo insistente.

«Non era il mio. Alle ragazze piace comprare veicoli che non usano e farli guidare agli altri per accaparrarseli.»

«Sei serio?» Oh, com'era ingenuo. «Ma è assurdo.»

Jake alzò le spalle. «Finché funziona per scopare, io non mi lamento.»

«Oh.» Sembrò accigliarsi. Non ne capiva il motivo: non era ovvio? Non aveva mai dato l'impressione che fosse dovuto ad altro, no? Scopava, guidava *macchinone*, portava le ragazze in giro... «E Cody?»

«Cody?» Stavolta era lui quello confuso. «Che c'entra Cody?»

Nate sembrò a disagio. Jake ricordò che tra loro i rapporti erano un po' aspri. «Voglio dire... non vi state frequentando?»

Eh?

«No.» *Beh, magari da fuori sembra che sia così.* Ma non si facevano mai vedere dagli altri, perché Cody era *etero*. O almeno ne era ancora abbastanza convinto da essere impossibilitato ad abbandonarsi a effusioni in pubblico. *Non che mi dispiaccia, è più semplice così.* «Te l'ha detto lui?»

«No, no!» Nei suoi occhi passò qualcosa che Jake non riconobbe. «È solo che... insomma, eravate insieme quando... Ho immaginato che ci fosse qualcosa tra di voi.»

«Cody è etero.» Non sapeva nemmeno perché lo stesse difendendo. Aveva bisogno di essere difeso?

«Sì, beh, avrei dei dubbi.» *Siamo in due.* Per un attimo si chiese se Nate fosse ancora scosso dalla sera di qualche settimana prima, quando Cody l'aveva chiamato per *sfogarsi*. Il ragazzo scosse il capo e si strinse nelle spalle. «No, scusa, hai ragione. Pensavo solo... ho sbagliato a giudicare. Scusa.»

Gli venne da ridere. «Non devi scusarti con me, Nate. E in ogni caso non sono io che devo parlarti della sessualità di Cody. Se sei così curioso, chiedi a lui.»

Nate fece una risata imbarazzata. Aveva gli occhi bassi sul bancone, stava lucidando lo stesso bicchiere da un po' di tempo e non lo guardava. Sì, forse era ancora a disagio. «No, non credo sia il caso.»

«Probabilmente non troveresti le risposte che cerchi.» Controllò il telefono, proprio mentre Nate alzava lo sguardo e salutava qualcuno. A giudicare dall'enfasi, si trattava di Nathan.

«Ehi.» Nathan sedette accanto a lui e si scambiò un bacio con Nate che poi gli offrì qualcosa da bere. Solito intruglio anti-caffeina, anti-teina, anti-alcol, anti-ossigeno. «Ciao, Jake.»

«Ehi!» Gli rivolse un sorriso e ammiccò verso di lui. «Ti trovo bene.» *Come no.*

Nathan gli fece un sorriso tirato. Come sempre. «Anche io.» Sembrò sul punto di chiedere qualcos'altro, ma quando si girò a guardare Nate, dovette ripensarci. «Come sta andando?»

«Tutto bene, c'è un po' di gente ma ce la caviamo. Kate è in Canada.»

«Wow, sono contento per lei.»

«Ehi, sapevi che Jake sa da dio lo spagnolo?» *Oh, no, no, no.* «C'era una cliente prima, sarei stato perso senza di lui!» Nathan gli rivolse uno sguardo enigmatico. Lui sapeva esattamente che tipo di pensieri si affollavano nella sua testa e, nonostante ciò, non riuscì a sostenerlo.

«Non è nulla, giusto un paio di parole.»

Nate sbuffò. «A meno che tu non abbia studiato soltanto il cibo, Jake... È più di un paio di parole!» Poi sorrise, così innocentemente che gli fu addirittura impossibile maledirlo. Sospirò.

«Sì, lo sapevo,» rispose Nathan. C'era così tanto dietro quella risposta. «Se non erro conosce cinque o sei lingue diverse.»

«*Sul serio?*» Nate sgranò gli occhi. Lui si alzò.

"Sei un fenomeno, Jackey. Non riesco a credere che te l'abbiano impedito. Sono delle pazze." Forzò il sorriso più falso che gli fosse mai uscito. Di solito era più bravo a fingere. Di solito era bravo a non far trasparire nulla.

Finché non arrivava un Doyle a fargli saltare la copertura.

«È un po' tardi, ragazzi, ho un appuntamento. Magari ci vediamo un altro giorno, okay?»

Nathan lo guardò con una punta di preoccupazione. *No, non proprio tu.* «Okay. Ci vediamo.»

Nate, forse per pudore, forse perché Jake era stato bravo a mettere su la sua facciata, non disse nulla. Gli offrì la birra per *"l'enorme aiuto"* che gli aveva dato, e lo salutò con un abbraccio. Aveva iniziato a farlo da poco: se inizialmente era stato sorpreso e si era chiuso un po' a riccio, a disagio nel ricevere gesti d'affetto che non fossero sessuali, adesso stava iniziando ad apprezzarli.

«A presto!»

Incredibilmente, sciolse un po' il nodo che aveva in gola.

Ottobre 2014

«Ma, Jake, devi fare qualcosa. Ho contatti con altri fotografi, sicuramente hanno un posto libero. Prepara un curriculum, potresti venire con me al lavoro e...»

Jake aveva sbattuto il plico di fogli che aveva portato a Nathan sul tavolo. «Senti, sto bene. Non devi preoccuparti per me. Me lo so trovare un lavoro.»

«Sì, ma... Jake, lo so che è difficile. Ma dobbiamo andare avanti.» La voce di Nathan era un po' tremante, però manteneva la calma. Aveva sempre mantenuto la calma da quando era successo. Jake lo ammirava, in un certo senso. Era il fratello di Cassian, ma si comportava come se davvero potesse andare avanti. Come se fosse possibile. «Non posso lasciarti da solo. Posso aiutarti a trovare qualcosa. Cass avrebbe detto lo stesso, e...»

«*Tu non sei Cassian!*» Forse aveva alzato troppo la voce, perché gli fece male la gola. Ultimamente lo faceva spesso, magari si era ammalato. Si sentiva irritato, arrabbiato, e voleva tornare in quel buco di casa che si ritrovava senza dover pensare al fratellino del suo ex migliore amico. O quel che era.

«*Lo so che non sono lui!*» Poi aveva iniziato a urlare anche Nathan. Cristo, era irreale. Non avevano mai litigato in quel modo e adesso tutto stava crollando. Perché Cassian non c'era più, perché fingevano un rapporto che forse non c'era mai stato. Cosa sapeva di Nathan, poi? Si erano visti qualche volta per bere, ma adesso non c'era più niente a legarli. Erano diversi, combattevano la stessa battaglia da nemici e, ormai, non c'era verso di fermarla. Era stupido continuare a quel modo anche se, sì, Cassian avrebbe voluto. Anche se...

C'era un rumore sordo e distorto. Come un ansimare, un respiro che non era un respiro.

Si girò verso di Nathan per capire cosa fosse, ma l'uomo non lo guardava. Non guardava nulla. Sembrava... terrorizzato? Perché aveva paura? Aveva urlato troppo?

Poi vide che le sue mani erano alla maglia, come se avesse male a qualcosa. Come se non riuscisse a... respirare?

«*Nathan?*» Allarmato. *Nathan scosse il capo e lo guardò.*

«*Non respiro...*» *gracchiò. Jake si precipitò verso di lui e lo sorresse, non sapeva nemmeno perché. Non sembrava che stesse cadendo ma era così pallido, e tremava. Cristo. Il cuore iniziò a battere forte, assordandolo.*

«*Come, non respiri? Che hai?*» Dio, no. Non anche tu. Ti prego, ti prego. «*Nathan, calmati. Respira lentamente.*» *Nathan scosse il capo. Stava iperventilando, era nel panico e lui non sapeva come calmarlo. Perché Cassian non era lì? Era lui che sapeva tutto, di solito.* «*Nathan, calmati...*»

Poi rumore di chiavi alla porta, qualcuno entrò. Una voce femminile, la madre di Cass.

«*Nathan, tesoro, sono a casa.*»

«*Aiuto!*»

6

Ottobre 2015

IN REALTÀ non gliene fregava nulla dell'apertura della libreria di Nate. Era un modo come un altro per non pensare al fatto che suo padre non rispondeva alle sue chiamate da un mese e lui faceva altrettanto con quelle dei padroni di casa. Sperava che, essendo in Wyoming, non si sarebbero presentati fuori dalla porta di casa. Diavolo, sperava che suo padre rispondesse presto, ma stava diventando frustrante. E lui era preoccupato.

Insomma, doveva scaricare la valanga di pensieri che gli affollavano la testa, e da solo a casa con il gatto non avrebbe risolto nulla comunque.

La libreria aveva una bella insegna.

Breathe. Respira.

Divertente ironia. O, almeno, ai suoi occhi lo era. Magari per Nathan era la solita stronzata del "Che tenero, amore! Ti amo!". Scosse il capo, facendosi spazio tra la piccola folla e mettendo piede nel locale.

C'era un buon odore di libri, carta e legno. Un'atmosfera antiquata, una musica leggera che suonava nell'aria, un chiacchiericcio basso. Nate era al bancone a parlare con una ragazza che aveva già visto da qualche parte. Forse Nathan era nascosto tra le scaffalature. Un po' di gente che non conosceva, qualcuno che aveva visto di sfuggita, due ragazze con cui aveva scopato che gli fecero un sorriso prima di tornare a parlare con i loro interlocutori. Magari nuovi amanti, chissà.

«Jake!» Rivolse un sorriso sghembo a Nate quando lui lo notò e gli corse incontro. Ricambiò impacciatamente un abbraccio e si lasciò trascinare in un tour guidato del posto. «Sei passato! Non posso crederci!»

«Sì, non avevo nulla da fare,» rispose. Si strinse nelle spalle. Era un po' in imbarazzo, ma tentò di non renderlo palese. «E poi c'era da bere.»

Nate ridacchiò e gli mostrò le varie sezioni, le scaffalature e i divanetti per la lettura. Era un posto davvero carino, arredato con gusto e accogliente. Proprio come si aspettava da Nate.

«Hai tirato su un bel posticino, eh?»

«Beh, mio fratello ha aiutato.» Nate fece un cenno verso la cassa, dietro cui c'era un ragazzo magro e con gli occhiali, che gli assomigliava tantissimo. «È soltanto un inizio, ma sono contento di come è uscito. E c'è un sacco di gente.»

«Sì, vedo.» Il locale era pieno. Beh, come ci si aspettava a un'apertura, dopotutto. «Tutti amici tuoi?»

«Conosco la metà delle persone. Saranno stati attirati dalla notizia.» Poi lo accompagnò al banco dove erano sparsi degli stuzzichini da mangiare e gli offrì un bicchiere di birra. Il vantaggio di avere amici che avevano lavorato nel settore della ristorazione era che sapevano i suoi gusti in fatto di alcolici. Gli sorrise in segno di ringraziamento.

Amici. Era davvero quello il caso?

«Non ti vedo da un po'. Sono stato impegnato con l'apertura e il resto, non ti ho nemmeno telefonato. Scusami.»

Gli venne da ridere a quelle scuse. Non ne trovava l'utilità, ma non disse niente. Era segretamente piacevole, e un po' egoistico. «Non preoccuparti. Non è che faccia molto, poi. Solita vita, solita casa, sesso, casa, sesso. Birra.» Alzò il bicchiere verso di lui e prese un altro sorso, mentre Nate si metteva a ridere.

«Sì, certo. E nel mezzo un po' di vita sana, ogni tanto.»

«Conduco la vita più sana al mondo, tesoro.»

Nate alzò gli occhi al cielo, ma stava ancora sorridendo. Poi, dietro di lui, Jake colse un movimento. Un richiamo, forse. Come in quei documentari che guardava da giovane, che dicevano che le persone erano connesse e altre stronzate sul sentire uno sguardo più intenso o cose del genere. Quando alzò gli occhi, Cody gli sorrideva.

Oh, ciao splendore. Il suo uccello gli ricordò che non lo vedeva da un po'.

«Non ne dubito,» rispose Nate, prima di girarsi a controllare che cosa avesse attirato la sua attenzione. Poi fece un sorriso, uno di quelli sornioni e complici, e aggiunse: «Vado a controllare come stanno gli altri ospiti. Fa' come se fossi a casa tua.»

«Come no,» replicò Jake. Quando Nate fu fuori dal suo campo visivo, Cody si avvicinò.

«Ehi.»

Dio, il suo sguardo. «Ehi, Code.» Jake si leccò involontariamente le labbra. Non lo vedeva da così tanto tempo... quant'era passato? Due settimane? Una? Era comunque troppo. Forse stava davvero diventando un tossico in dipendenza.

«Ehi, Jake.» Gli occhi non lasciavano i suoi. Erano scuri e pieni di desiderio e lui non vedeva l'ora di cedere. Fece un passo in avanti, entrando nel suo spazio personale. Cody, però, indietreggiò. Come risvegliato da un incantesimo, si guardò intorno e arrossì appena sulle guance.

Forse ne fu deluso.

«Ops. Siamo in pubblico, vero.» La voce di Jake era un sussurro roco. Cody rispose con un sorriso di scuse, lui rivolse lo sguardo verso il punto in cui si era diretto Nate. «Deduco sia tutto a posto.»

«Eh?» Cody ci mise un po' a capire che si riferiva al suo rapporto con Nate. «Ah, sì, tutto okay. Acqua passata.»

Ci scommetto.

«Buono a sapersi.» Non che gli interessasse davvero. «Tu come stai? Non ci vediamo da un po'.»

«Sì, tutto bene. Sono stato in Texas, scusa se non ti ho chiamato.» Perché si scusava? Non che ci fosse un rapporto che presupponeva scuse del genere. Non credeva nemmeno ci fosse un *rapporto*, tanto per iniziare.

Magari giusto sessuale.

«Visita alla famiglia?» domandò Jake. Cody si appoggiò al bancone e fece una risata nervosa, poi prese un bicchiere di birra e bevve un lungo sorso.

«Qualcosa del genere.»

Si chiese, probabilmente per la prima volta, che tipo di famiglia avesse Cody. Magari una amorevole, di sicuro convenzionale e conservatrice. Padre di famiglia, madre attaccata ai figli, un ranch, forse? Aveva un bel fisichetto allenato e robusto, mani da lavoratore. Anche se, vivendo a Jackson, non poteva essene sicuro. «È una buona cosa,» commentò.

Cody fece una smorfia. «Sì, quando non rompono perché passi poco tempo con loro.»

Jake ridacchiò. Una cosa che avevano in comune, forse.

Cody, però, si sbatteva ancora ad andare a trovarli: la diceva lunga. «È perché ti vogliono bene.» Quante volte aveva sentito quella frase? Era quasi ironico.

«E io a loro, ma non per questo ho voglia di averli tra i piedi ogni giorno tra il parto di un cavallo e le vendite del bestiame.»

Ranch, sì. Si fece scappare un sorriso soddisfatto. «Sembra figo.»

«Sembra un inferno.» Anche Cody sorrise, prima di focalizzarsi su una persona che si stava avvicinando. Una ragazza, probabilmente una sua amica. Magari collega. *Di cosa si occupava? Stava dietro o davanti l'obiettivo?* Difficile dirlo.

Si accorse che era la prima volta che faceva davvero attenzione alla storia di Cody, e non al suo sedere sodo.

«Guarda un po', la mia veterinaria preferita!» esclamò Cody. «Sei anche tu nel vortice Abraham?»

La ragazza scosse il capo. «No, passavo di qui per caso. Mi piacciono le librerie, questa qui è così carina!» Non la smetteva di sorridere. Era quasi snervante. «Tu conosci i proprietari?»

«Amico di famiglia, sì.» Diede uno sguardo a Jake, poi di nuovo alla ragazza. Anche lui non la smetteva di sorridere. Quello di Cody era un bel sorriso, luminoso, nulla a che vedere con quelli lascivi e maliziosi che gli rivolgeva quando erano da soli. Era sincero. «Come va con il lavoro sporco di cui mi parlavi?»

La donna si mise a ridere. Anche la sua risata era fastidiosa. «Ehi, non parlarne ad alta voce!»

«Ops!» Entrambi risero, mentre Jake si limitava a fissarli con astio e un vago fastidio represso da un sorriso forzato. *Cristo, un pugno tra i denti, no?*

«Vado a prendere da bere,» mormorò. Cody annuì sbrigativamente, poi tornò a conversare con la veterinaria. O quel che cazzo era, non che gli importasse.

La terza persona che si ritrovò davanti, a peggiorare il suo umore già altalenante, fu Doyle Junior. Dovette trattenere a fatica un sospiro, perché Nathan si stava avvicinando con un sorriso che poteva benissimo voler dire "salvami dalla folla". Chi era lui per tirarsi indietro?

«Ehi, Nuts.»

Rimase chiaramente sorpreso da quel nomignolo. Anche Jake lo era, perché gli era uscito piuttosto spontaneo. Come se non avesse mai smesso di chiamarlo così. Eppure…

«Ehi, *Jackey*.» Nathan si sforzò di sorridere. Aveva un bicchiere di quella che sembrava limonata tra le dita. Quando si appoggiò al muro accanto a lui il liquido traballò un po', ma non cadde a terra. Nathan diede un sospiro. «Non mi aspettavo tutta questa gente.»

«Nemmeno io. Forse non saresti passato, se l'avessi saputo.» Si strinse nelle spalle, poi il suo sguardo ricadde di nuovo su Cody. Stava ancora parlando e ridendo con la ragazza. Lui si chiedeva come facesse a sopportarla. Aveva anche una voce fastidiosa.

Finì il secondo bicchiere di birra con un solo sorso.

«Sta soltanto facendo il gentile,» commentò Nathan. Quando si girò a guardarlo, lui sorrideva.

«Cosa?»

Nathan fece un cenno in direzione di Cody. «Puoi stare tranquillo, fa così con tutti. È una persona gentile.» Si strinse nelle spalle, ma Jake rispose con una risata forzata.

«Non mi interessa, può fare quel che vuole per quanto mi riguarda.» Che tremenda bugia.

«Quindi il fatto che tu li stia guardando come se potessi ucciderla con lo sguardo non c'entra, vero?»

Nella sua testa scattò un allarme. Si guardò in giro come se avesse avuto paura di essere stato colto sul fatto. Lo stava davvero facendo? Li stava guardando male? Non era sua intenzione. Non proprio. Okay, la ragazza non gli era propriamente simpatica, ma non stava...

«Tranquillo, ti conosco da più tempo di tutti i presenti.»

«Non li stavo guardando male.» Altra tremenda bugia.

Nathan alzò un sopracciglio. Sorrideva ancora. «Non è un male provare un po' di gelosia.»

Gelosia? «Nuts, hai bevuto?» Era una domanda seria, il volto ancor di più. Forse fu per quello che la prima risposta che ricevette fu una risata. Non si scambiavano più di tre parole di fila da anni, e Nathan doveva decidere di rompere i coglioni proprio su quello.

«Tre bicchieri di limonata, finora. Stavo per prendere il quarto, ti va?»

«Non sono geloso.» Irritato, forse, ma geloso? No. Non lui.

Nathan alzò le mani in segno di resa. «Non sono fatti miei, in ogni caso.»

«No, non lo sono.» *Cazzo, datti una calmata, Jackey. Il fratellino vuole solo recuperare il rapporto perso nel corso degli anni. Per qualche cazzo di ragione di merda.*

«Calmati, va bene,» rispose Nathan, prima di distogliere lo sguardo. Lui fece lo stesso; non che avesse potuto fare altro, perché stava iniziando a essere irritante anche lui. Non su Cody, però, no. Fece scorrere gli occhi sul locale, analizzando ogni angolo, come se fosse stato davvero interessato a capire come fossero disposti i libri e il resto delle cose. Rimase in silenzio finché Nathan non tornò a parlare. «Come va, Jake? Non ti vedo da un po' in azione.»

Oh, eccolo che iniziava. Mesi di silenzio e tornava con gli argomenti più stupidi. «Sono stato impegnato. Sto bene, però.»

«Lavori?»

Deglutì. «Ogni tanto.»

Calò un silenzio pesante. Entrambi sapevano a cosa stava pensando l'altro, e lui non aveva voglia di parlarne. Per niente. Contava sul fatto che anche Nathan non volesse parlare.

Ultimamente si sbagliava spesso.

«Sai, se hai bisogno di una mano, io...»

No, non ci pensare. «Non è tua responsabilità prenderti cura di me, Nathan.»

«Non era neanche sua, eppure...»

Non serviva che continuasse. Avrebbe volentieri risposto, se soltanto non fosse stato sconvolto da quella frase. Si girò verso di lui: Nathan non lo guardava, ma era serio. Sembrava come intento a capire cosa dire. Come se avesse voluto valutare le parole, scegliere quelle migliori. Entrambi sapevano che non era possibile.

«Mi dispiace,» disse Nathan, alla fine. «Non volevo tagliarti fuori. Quando è successo... Sono andato un po' fuori di testa. So che è dura anche per te.»

Oh, Cristo. Non stiamo davvero affrontando il discorso. Non ora, non qui, non... Non così.

E invece era proprio quello che stavano facendo, e gli sembrava difficile anche solo dire un paio di parole per fermare l'onda di pensieri che gli si affollavano in testa. A lui, come a Nathan.

«Nate mi ha... detto che alla festa di Cody gli hai spiegato tu cos'era successo con Cassian.» Wow, non sentiva il nome di Cassian sulle labbra di Nathan da mesi. Da quando *lui* era in vita, precisamente. «Io... grazie. Sei sempre stato più forte di me in questo tipo di cose.»

Forte? No, Nuts, non sono forte. So solo fingere meglio di te.

Non gli venivano le parole. Doveva rispondere, dire qualcosa, perlomeno mostrarsi disinvolto per liquidare la cosa lì, come aveva sempre fatto. Ma non ci riusciva, non aveva voce. Per rispondere, per fuggire, per mandarlo a fare in culo. Non ce la faceva. Avrebbe dovuto, ma non ce la faceva.

Perché è il prezioso fratellino di Cass, e il fratellino non si tocca.

«Quindi, se hai bisogno di me...» stava continuando. Divenne abbastanza. Doveva uscire da lì.

«Senti, Nathan, sto bene.» *Non è vero.* «Non sforzarti di parlare di qualcosa che stiamo ignorando entrambi alla perfezione. Ne avevamo già parlato: amici come prima, non serve rivangare il passato. Non mi devi niente, non è tua responsabilità. Sto bene.» Nathan aprì la bocca per rispondere, ma lui scosse il capo. «Devo andare, adesso. Ti tengo aggiornato. Salutami Nate.»

«Jake, aspetta...» Quando lo afferrò per un braccio, però, lui lo strattonò. Forse fu troppo brusco, perché negli occhi di Nathan lesse delusione e sconforto. Cercò di ignorare la voce di Cassian nella sua testa che ripeteva che dovevano essere amici.

«Pensa a te,» scandì, parola per parola. «Sto bene. So badare a me stesso. Non preoccuparti per me.»

Si concesse soltanto un secondo di silenzio. Uno solo, per imprimere lo sguardo di Nathan nella mente. Lo sguardo di una persona che non sa come reagire, una persona ferita.

Quasi nel panico.

Non erano problemi suoi, quindi si diresse fuori dal locale.

Novembre 2014

Jake aspettava seduto al bar.

Non si vedevano da settimane, lui e Nathan. Avrebbe voluto fingere indifferenza, ma non riusciva a smettere di tremare per il nervosismo. Era già alla seconda birra e l'amico non era ancora arrivato.

Il locale era vuoto, fatta eccezione per un paio di studenti che chiacchieravano all'entrata. Iniziava a far freddo, anche se lui lo sentiva a stento. Se ne stava immobile, la schiena appoggiata alla sedia e lo sguardo perso sul tavolo, una valanga di pensieri nella testa che non voleva ascoltare.

Per lo più, la voce di Cass; che cercava di tranquillizzarlo, che tentava di convincerlo che non sarebbe finita di nuovo in un litigio. Non lo negava: si era spaventato da morire. Soprattutto quando la madre di Nathan aveva proposto di andare all'ospedale per dei controlli.

Una parte di lui avrebbe voluto seguirli, ma si era ritrovato a tornare a casa prima del previsto, con lo stomaco rivoltato e un'orrenda sensazione di colpevolezza e ansia. Cass non c'era più da neanche un mese e aveva già provocato dei danni a suo fratello. Nella sua mente si affollavano parole di accusa e tentativi di convincerlo che non doveva più frequentarlo, che doveva separare le loro strade. Sembrava la scelta più giusta, anche se Nathan aveva palesemente bisogno di un amico.

Beh, ne ha. Non ha bisogno di me.

«*Jake!*»

Quando si riscosse dai suoi pensieri e alzò il capo, Nathan lo guardava con un sorriso impacciato ed esitante. Lo ricambiò con un po' più di convinzione, si alzò e gli diede un breve abbraccio.

«Ciao, Nathan,» *salutò. Nathan si irrigidì, ma non disse nulla e si sedette. Era ovvio che non avesse apprezzato il modo in cui l'aveva chiamato, formale, il mancato soprannome che gli aveva dato lui stesso qualche settimana dopo che si erano conosciuti, in un locale, la prima volta che erano usciti insieme. Nuts. Suonava bene, anche se Nathan si era finto offeso, inizialmente.*

«Un'altra birra,» *ordinò, quando il cameriere arrivò al loro tavolo. Nathan fece un sorriso imbarazzato.*

«Uhm, no, scusi. Mi porti un tè.» *Quando se ne fu andato,*

spiegò: «Sto cercando di evitare l'alcol. Mente sana in corpo sano, sai come si dice.»

Jake abbozzò una risata. «Che stronzata.»

Nathan si strinse nelle spalle. Per un attimo rimasero in silenzio, come se non avessero saputo cosa dire. Jake gli chiese come stava, Nathan rispose che tirava avanti e che stava lavorando molto. Non gli chiese se avesse trovato lavoro, forse perché sapeva che non era un argomento che gli piaceva. Avevano litigato proprio per quello e magari riprendere il discorso non era la mossa migliore.

La bevanda calda di Nathan arrivò, così lui ci mise del miele e soffiò sulla tazza, per prendere un primo sorso. La rimise sul tavolo e deglutì sonoramente.

«Senti, volevo... volevo chiederti scusa.» Nathan sembrava in imbarazzo. Si rigirò la sua tazza di brodaglia tra le mani, a disagio. Non lo guardava. «Credo... Insomma, ti ho fatto spaventare. Non volevo.»

Già. Jake portò alle labbra la birra, senza dire niente. Non sapeva come ribattere, in ogni caso.

«Hanno detto che non c'era niente e che ho avuto i sintomi di un attacco di panico.» Nathan emise una mezza risata. «Ero piuttosto terrorizzato, in realtà. Pensavo di... sai... di star per morire.»

«Special combo.» Umorismo macabro. Ti fa essere una merda mentre tenti di reprimere il dolore.

«Cosa?» chiese Nathan. Per fortuna il suo sussurro era stato abbastanza flebile.

«Nulla. Mi dispiace. Non ho idea di cosa si provi, ma dev'essere brutto.» Per me lo è stato. Odio sentirmi inutile.

«Sì, beh, passerà. Dicono che è piuttosto normale dopo...» Nathan prese un respiro. «Dopo un trauma.»

«Ovviamente.»

Ci fu una pausa in cui entrambi bevvero le loro bibite... o meglio, lui bevve la birra, Nathan quella merda calda da inglesi. Che ironia. Sentiva quasi i suoi piccoli neuroni scappare di qua e di là per capire cosa dire. Passarono forse un paio di minuti, altri sorsi di birra. Era ridicolo.

«Tu... tu come stai?» *chiese Nathan.*

No, era patetico.

«Starò bene,» *rispose. Gli rivolse uno sguardo veloce: il volto dell'amico era così stanco, e così triste. Jake avrebbe dovuto provare qualcosa, ma nel petto c'era solo una sensazione di confusione e intorpidimento, come se qualsiasi cosa vi fosse, riposasse sopita. Sentimenti in letargo. Anestesia emotiva.*

«Bene. Sì, è... è difficile, ma staremo bene.» *Nathan sospirò ancora, poi di nuovo una pausa. Sembrava come se fossero finiti gli argomenti di cui parlare tra di loro. Eppure, c'era sempre qualcosa di cui conversare. Andavano d'accordo. Non erano amici stretti, certo, ma condividevano un legame... forte. Insomma, era il fratello di Cassian, e lui aveva sempre fatto in modo di metterli a loro agio. Solo adesso si rendeva conto che senza quell'anello la catena era spezzata e che nessuno poteva rimetterla insieme.*

Scosse il capo. «È patetico, Nathan.»

«Cosa?» *Nathan sembrava in allerta.*

«Noi, qui, che beviamo e cerchiamo di mantenere un rapporto che non c'è.»

Nathan lo guardò per qualche secondo, un'espressione incerta, ma che non mostrava nessun cenno di sorpresa. Come poteva? Poi un sorriso triste. «Allora non era soltanto una mia impressione.»

«No.»

Altro silenzio. Nathan sorseggiò il tè, lui scolò l'ultima goccia di birra. Nessuno sembrava trovare le parole per dare un taglio a quel discorso e la tensione sbatteva su di loro come una brezza gelida. Entrambi sembravano rassegnati al suo passaggio.

«Possiamo... provare a mantenere una sorta di amicizia,» *continuò Jake, senza particolare convinzione.* «Possiamo vederci ogni tanto per una birra, o... qualsiasi cosa ci sia là dentro.» *Nathan emise una lieve risata nasale e lui sorrise.* «Ma per il *momento, non credo sia il caso continuare con quello che c'era prima.»*

E cosa c'era? Ci vedevamo spesso, ma soltanto perché era il fratello di Cassian.

«È che, sai,» sussurrò Nathan. «Dicono che faccia bene stare insieme, per superare il...» La parola "lutto" aleggiò tra di loro senza il bisogno di pronunciarla davvero. Nathan si morse un labbro.

«Credo sia una stronzata nel nostro caso.» Nathan aveva ancora la testa bassa, ma stava ascoltando. Jake prese un bel respiro: stava diventando terribilmente difficile parlarne. L'espressione dell'altro era ferita e fragile, si sentiva come se a ogni parola gli stesse tirando una pugnalata. A disagio. Colpevole. *«Finiremmo per continuare a soffrirne. Dobbiamo andare avanti, ma non possiamo farlo insieme. Io non posso prendermi cura di te, amico, e neanche tu puoi farlo con me.»*

Nathan strinse gli occhi e non rispose. C'era dolore nel suo viso.

«Hai ragione,» sussurrò alla fine. Il tono della sua voce gli spezzò il cuore. Era ferito e triste, e odiava essere la causa di quella sensazione. Lo odiava con tutto il cuore. Ma devi prenderti cura di te stesso, Jackey, e non puoi farlo con lui. Non ti aiuterà a dimenticare. *«Magari una birra ogni tanto.»*

«Una brodaglia ogni tanto, sì,» ironizzò. Nathan forzò un mezzo sorriso. Non bastò a eliminare il groviglio che aveva nello stomaco. Sarebbe passato, come tutto. Avrebbe sepolto anche quello, perché era l'unico modo che conosceva per eliminare il dolore.

Nathan guardò l'orologio e Jake lo imitò. «Devo... devo andare al lavoro.» Erano le tre, ed entrambi sapevano bene che Nathan non iniziava fino alle cinque, ma non lo corresse. Annuì, anzi, e si alzò. Estrasse una banconota dalle tasche e la passò al barman.

«Tieni il resto.» Il ragazzo gli fece un sorriso e ringraziò, poi entrambi uscirono dal locale.

«Allora... ci sentiamo?» Nathan sembrava ancora incerto. Si riprenderà, di solito è un prepotente. È soltanto il disagio

dovuto alla conversazione. *Non suonava convincente nemmeno a se stesso.*

«Sì,» *disse. Gli offrì un abbraccio impacciato, che da parte di Nathan fu freddo.* «Prenditi cura di te.»

«Anche tu.»

Poi si voltò e si diresse alla moto. Non pensò nemmeno di controllare che arrivasse alla macchina: se avesse continuato a guardare la sua espressione, quel nodo non si sarebbe mai sciolto.

7

Ottobre 2015

OH, *cazzo.*

Non se l'aspettava. La serata era stata già abbastanza stressante senza *quello*. Per primo, Cody che flirtava con la ragazza – sì, gli aveva dato fastidio, inutile nasconderlo – poi Nathan e il suo patetico tentativo di riallacciare i rapporti. Ma quello? No, quello non se l'aspettava proprio.

«Signora Jones.»

La signora Jones, la proprietaria del suo appartamento, se ne stava sulla scalinata, con la sua borsetta rosa tra le gambe come a difendere le sue virtù decisamente inviolabili, e lo fissava con gli occhietti scuri e stretti, acidi. «Jacob.» Aveva una vocina stridula e fastidiosa.

Ed era incazzata.

Sospirò. «Salve. È un piacere rivederla.»

«Ho provato a chiamarti varie volte.»

«Dev'essermi sfuggito. Mi dispiace.» *Col cazzo.* «Vuole entrare a prendere qualcosa da bere?»

«No, Jacob, sono venuta a dirti che devi andartene.»

Ahah! No. «Ah, beh...» Gli venne da ridere. Era stupido ridere davanti alla propria padrona di casa che minacciava di sbatterlo fuori, ma non riusciva a fare altro. Forse era un crollo psicologico. «Forse potremmo parlarne davanti a una birra. Caffè. Tè.» *Quel che le pare.*

«No, Jacob.» La donna si alzò. La borsetta stretta tra le dita tozze, un vestitino beige e grigio volto a farla sembrare un essere umano più decente di quanto non fosse. «Ti ho dato il preavviso un mese fa e ti avevo detto che, se non avessi pagato, saresti andato via.»

«Sì, è che il mio garante non risponde a telefono. Appena riesco a contattarlo, le assicuro che...»

«Non c'è più tempo, Jacob.» La donna lo sorpassò. «Se entro domani sera non avrai sgomberato la casa, sarò costretta a chiamare la polizia.» I capelli scuri volteggiavano alle sue spalle. Era sicuro fossero tinti.

«Parliamone un attimo, okay?» La stanchezza lo stava travolgendo e faticava addirittura a tenere gli occhi aperti.

La signora Jones, però, era sveglissima. «Se non vuoi andartene, chiamo la polizia.» Quando estrasse il cellulare, il cervello di Jake sembrò rimettersi in moto.

«No, aspetti...» *Cazzo.* «Mi... mi serve più tempo. Entro fine settimana, è lunedì, per favore...»

«Rivoglio l'appartamento adesso, Jacob. Domani sera.» Lo schermo del cellulare si spense e quello sparì nella borsetta rosa. Poi la signora Jones gli diede le spalle.

Quando Jake provò a richiamarla, la donna non si fermò. Stette a guardarla scomparire oltre la rampa di scale come uno stupido, incapace di trovare una soluzione, di pensare addirittura.

Cassian. Ma Cassian non c'era più e non poteva aiutarlo.

Nathan. No, non l'avrebbe chiamato. Non era così disperato.

Papà.

Tirò fuori le chiavi e aprì la porta, poi se la richiuse alle spalle. Il silenzio lo salutò, insieme a un miagolio. Gulliver gli si strusciò contro la gamba e lui quasi non lo sentì. *L'ho lasciato senza cibo?* Non era davvero il caso di focalizzarsi su una cosa del genere, ma non riusciva a pensare. Non riusciva a ragionare.

Estrasse il telefono dalla tasca mentre riempiva la ciotola del gatto. Compose il numero di suo padre. Prese dell'acqua dal frigo, poi riempì anche la seconda ciotola. Il telefono squillò a vuoto. Ancora. Ancora. Ancora.

«Cazzo.»

Quando scattò la segreteria, chiuse la chiamata e ricompose il numero. Riprovò. «Dai, stronzo, rispondi. Ho bisogno di te. Rispondi.»

Aveva cominciato a muoversi per la stanza come un idiota, il cuore martellava nel petto. Stava iniziando a iperventilare e non riusciva ancora a ragionare. Perché era una situazione assurda, perché non aveva soluzioni, non aveva soldi e non sapeva cosa fare. Non sapeva come...

Il telefono smise di suonare. Dall'altro capo, qualcuno respirava.

«Oh, grazie a Dio, Rick.» Non si premurò nemmeno di ascoltare una risposta. «Ascolta, lo so, sono uno stronzo, ma ho bisogno di te. Vogliono cacciarmi di casa. Mi serve aiuto, papà, lo so che suona patetico, non dovrei chiamare ogni volta te, è che ho bisogno ancora di tempo. Un mese, e giuro...» Si bloccò. E giuro cosa? Non lo sapeva cosa giurava. Erano mesi che andava avanti così, arrivava a stento a fine mese, pochi lavoretti per fotografi disperati e poi doveva ricorrere di nuovo a suo padre. A suo padre che viveva in Scozia, a suo padre che non vedeva mai, a suo padre che...

Un singhiozzo dall'altro capo del telefono. Capì in ritardo che qualcosa non andava. Non ragionava. «Jacob...»

Pensò che era una voce femminile e che quindi non poteva essere suo padre. Pensò che era una voce che conosceva. Inconsciamente, pensò che era una voce che gli mancava, prima di realizzare che era una delle voci che non gli piacevano. E poi alla fine, soltanto alla fine, capì che se sentiva quella voce, non c'era alcuna buona notizia per lui.

«Faith.» Sua madre emise un altro singhiozzo. «Perché sei da papà?»

Che domanda stupida. Sapeva la risposta. Non sapeva com'era successo, non sapeva perché, ma sapeva la *risposta*.

«Jacob, mi dispiace... Lui...» Un altro singhiozzo. «Non lo sapevamo. Era malato da tanto tempo, non l'ha mai detto... C-ci hanno chiamato stamattina. Io n-non sapevo nemmeno che...» Ancora singhiozzi. Sentì un'altra voce in sottofondo. Ci fu un dialogo breve che non capì, poi silenzio. «Mi dispiace così tanto, Jacob.»

«Ah.» Doveva dire qualcosa, lo sapeva, ma non usciva nulla. Il petto faceva male. Il gatto era sulle sue gambe. *Il gatto?* Abbassò lo sguardo: Gulliver muoveva piano la coda e lo fissava. Attento. Lo analizzava. Gli dava quasi fastidio. «Non so cosa dire.»

«Tesoro, non devi dire niente.» *Tesoro, tesoro, tesoro...* «Noi non abbiamo ancora organizzato nulla. Se vuoi venire, insomma, a salutarlo. Forse c'è un testamento. Non lo so, non sappiamo ancora niente. Il funerale...» La sua voce si incrinò e ci fu un altro singhiozzo. «Mi dispiace, amore...» *Amore, amore, amore...* «Mi dispiace.»

Poi il telefono passò in mano a un'altra persona. Era una giornata così sgradevole e irreale che non si soffermò nemmeno a pensare a quanto fosse terribile *la sua voce*. «Jacob, sono mamma.»

«Ingrid.» Suonò come una correzione, anche se era un saluto.

Dovette fare una smorfia; riusciva quasi a vederla. «Sì. Senti, tua madre è ancora un po' scossa. Magari possiamo sentirci domani, per accordarci rispetto al funerale. Contavamo di farlo a fine settimana. Se vuoi venire, in questo modo, hai tutto il tempo di organizzarti.»

"Possiamo pagargli noi il biglietto, se ha bisogno di soldi..." sentì dire da Faith. *Col cazzo.* Sarebbe stato di sola andata e Dio solo sapeva quanto volesse evitarlo.

«Ce la faccio,» rispose, non sapeva bene a chi. «Ci sentiamo domani. Vuoi darmi il tuo numero?» Si chiese come faceva a mantenere la calma in un momento del genere. Forse suonava calmo solo a se stesso, mentre fuori... fuori era un cadavere senza vita.

«Ti mando un messaggio a questo numero.» Annuì, anche se non potevano vederlo. «Jacob, lo so che è difficile per te. Ma qui hai ancora una famiglia. Quindi, se hai bisogno, non esitare a chiamarci. Ti vogliamo be-»

Chiuse la conversazione perché l'oscurità stava diventando claustrofobica.

Quando fermò la moto nel parcheggio di casa sua, Cody notò subito che c'era qualcosa di diverso. Per cominciare, non era l'unica motocicletta parcheggiata. E, per finire, c'era qualcuno seduto sulle scale davanti alla porta.

Si levò il casco e fece un sorriso. *Jake.* Non era riuscito a beccarlo all'uscita della libreria, ma era contento che avesse voglia di vederlo. Cavolo se gli era mancato. L'ultimo viaggio in Texas era stato snervante e ancora non si riprendeva. Ogni volta che tornava a casa era più difficile. Sua sorella, Beth, Kacey...

«Ehi, bellezza.»

Jake alzò il capo. Non si era nemmeno accorto che ce l'aveva affossato tra le braccia. Cody aggrottò le sopracciglia, ma lui sorrise. E per la prima volta si accorse che era un sorriso sbagliato. Storto. Strano. Falso. No, *palesemente* falso.

Jake si alzò e gli andò incontro, velocemente. «Tutto be...» Sbatté contro di lui e si aggrappò alla sua giacca. Le loro labbra cozzarono in modo violento, gli fece male ai denti. Fece male al petto, la cerniera della giacca di pelle era sbattuta contro lo sterno per la collisione. Fece male al piede, che Cody mise dietro di sé in malo modo per evitare di cadere a terra. Fece male al labbro, che Jake morse e succhiò in un bacio che non era mai stato più disperato.

Non poté far altro che assecondarlo. Diversi secondi di silenzio teso e bocche che lottavano, l'una contro l'altra. Lottavano, si ammazzavano come soldati arrabbiati. Quando si staccò, fu soltanto per respirare.

«Jake, che c'è?»

Si accorse che tremava. C'era un lampione sulla strada che illuminava appena il viso dell'amante. Non riusciva a vederlo bene, ma colse un luccichio nei suoi occhi. Come lucidi. Come bagnati. Come lacrime, che sapeva essere impossibili da scorgere nel suo sguardo.

Jake provò ad avvicinarsi ancora, ma lui si scostò. Il tremore delle braccia dell'altro si fece più violento. Sembrava respirare male, anche se poteva benissimo essere per l'affanno lasciato dal bacio. Si ritrovò a cingergli le spalle con un braccio e tirarlo a sé. Pensava che un abbraccio tra loro sarebbe stato impacciato e rigido, invece Jake si abbandonò completamente al suo petto e lo strinse come non aveva mai fatto. Come se fosse stato l'unica ancora di salvezza a cui aggrapparsi.

«Mio padre è...» Un singhiozzo in quella parola, *"morto"*.

Jake stava *piangendo* tra le sue braccia e non aveva alcun senso. «Cristo.»

«Cazzo.» Lo strinse più forte. Era così *fragile* tra le sue braccia. «Mi dispiace, Jake...»

«Non dirlo.» Un tremore più violento, poi un passo in avanti. Incredibile che vi fosse ancora spazio tra di loro. «Smettetela di dirlo tutti quanti. È snervante, cazzo.»

«Cosa vuoi che ti dica?» Distanziò appena il capo per guardarlo in faccia. Anche in penombra riusciva a vedere gli occhi gonfi e le lacrime scivolare sulle sue guance. Era doloroso, ma bello da far paura. *Vero.*

«Non lo so,» ammise Jake. Cody gli prese la nuca in una mano e accarezzò delicatamente i suoi capelli. Jake chiuse gli occhi e li strinse. «Sono stato sfrattato.»

«Cosa?» *Che diavolo?*

«Non ho pagato il mese in tempo, mi avevano già dato il preavviso. Devo andarmene domani mattina.» Jake fece un sospiro strozzato. «E non ho idea di dove andare. Sta crollando tutto.» Un altro tremore, poi la sua testa gli ricadde sulla spalla. Cody lo tenne stretto a sé, come se in quel modo avesse potuto proteggerlo, nasconderlo da tutti. Era destabilizzante il pensiero che volesse davvero farlo e che il petto faceva male a sentirlo così fragile, spezzato, distrutto.

Devo avere un debole per questo tipo di persone.

«Una cosa per volta,» mormorò, con tutta la dolcezza di cui era capace. «Un dilemma è inesistente: puoi stare da me.» Jake iniziò a scuotere il capo, ma lui lo bloccò contro di sé. «No, ascolta. Puoi stare da me, almeno finché non troviamo una soluzione. Non è un problema. Piuttosto il contrario.»

«Ho un gatto, non puoi...»

«E io ho un cavallo in Texas.» Cody rise, mentre Jake si girava per guardarlo. Magari controllare se fosse serio. «Davvero, rimani qui. Domani andiamo a prendere le tue cose.» Jake ebbe un altro tremore, ma non si mosse né rispose. *Chi tace acconsente.* «Per tuo padre? Chi te l'ha detto?»

«Mia...» Un attimo d'esitazione. «Mia madre. Devo risentirla domani per il funerale.» Jake si schiarì la voce. Suonava roca, ma era il meglio che fosse riuscito a fare fino a quel momento. Lui di certo non gliel'avrebbe fatto notare.

«Va bene.» Annuì, poi si staccò da lui e gli prese il volto tra le mani. Jake lo guardò con una strana espressione. C'era un'emozione che non riusciva a riconoscere, qualcosa di intenso e simile alla dolcezza. C'era dolore, certo, ma anche gratitudine. Affetto, forse? Era possibile? «Allora adesso entriamo, facciamo una doccia calda e ci mettiamo a letto. Va bene? Vuoi mangiare qualcosa?»

Jake scosse il capo e, piano, si allontanò da lui. Le mani di Cody scivolarono lungo le sue braccia, una di esse strinse la sua. «Non ho fame.»

«Okay.» Fece intrecciare le dita con quelle dell'altro e lo guidò verso la porta d'entrata. Jake lo seguì come un pupazzo privo di vita. Era assurdo vederlo in quel modo. Cody aprì la porta di casa e lo fece entrare, poi se la richiuse alle spalle. L'oscurità era fredda, ma era bello ritrovarsi al sicuro delle sue mura. Per Jake doveva esserlo, perché smise di tremare.

Lo aiutò a levare la giacca, lo accompagnò verso il piano di sopra, poi in camera sua. Si avvicinò a baciarlo. Non un bacio violento, né passionale. Era un bacio dolce, amorevole, un gesto che voleva rassicurarlo, che voleva fargli sentire la sua presenza. Quando riprese a tremare, Cody gli strinse la nuca in una mano, la vita nell'altra. Lo tirò a sé, fece scivolare il corpo sul suo e, piano, iniziò a svestirlo. Jake emise un gemito basso e strozzato.

«Perché lo fai?»

Fu una domanda che lo spiazzò. Inchiodò gli occhi nei suoi e lo fissò a lungo, come se non fosse stato sicuro della risposta. Avrebbe potuto ribattere con l'ironia, come era consono alla loro relazione. Non erano mai stati seri, né avevano mostrato emozioni più attente del necessario.

Non era quello il caso. Perché era notte, perché Jake era fragile, perché lui era scosso. Perché c'erano in ballo troppe emozioni e non poteva ignorarle.

«Perché tengo a te,» mormorò contro le sue labbra. Le posò dolcemente su quelle dell'altro, poi si staccò per sfilargli la maglia, che cadde a terra. «E perché credo che tu abbia bisogno di me.»

Jake sembrò sul punto di piangere. Si morse un labbro e distolse lo sguardo dal suo, poi provò a fare un respiro profondo, ancora tremante. Mentre gli slacciava i pantaloni era fermo, lo lasciava al comando come quando voleva che facesse l'attivo. Soltanto che, adesso, non si trattava di sesso.

Alla fine, mormorò: «Non dovresti; non ne vale la pena.»

Gli venne da sorridere. «Oh, Jake... non sta a te deciderlo.» L'unica risposta fu uno sguardo pieno di paura e tristezza. Non l'aveva mai visto così e non sapeva come comportarsi. Se non riusciva a capirlo con la ragione, sarebbe andato d'istinto.

Si spogliò anche lui, poi lo condusse in bagno e aprì l'acqua calda. Era la prima volta che erano nudi nella stessa stanza e non stavano facendo sesso. Pensava che sarebbe stato strano, ma era piacevole e quasi confortante. Si chiese quando il loro rapporto fosse diventato tanto stretto da riuscire a stare in un'intimità simile.

Baciò di nuovo Jake, con intensità e dolcezza, *amore*. L'altro ricambiò il suo bacio, impacciato nel tentativo di rispondere con lo stesso carico di sentimenti. Era chiaramente incerto, poco abituato a quel tipo di effusioni. Era naturale desiderare di poterlo guidare in quella novità.

Lo spinse nella doccia, sotto il getto dell'acqua, e per un po' non fecero altro che baciarsi e accarezzarsi mentre i loro corpi si bagnavano. Pochi gemiti di piacere, lacrime che scivolavano via e si confondevano con il resto.

Un silenzio che sembrava cullarli.

La doccia durò molto. Cody si prese cura di Jake, nonostante il rossore delle sue guance e l'iniziale tentativo di farlo smettere. Era un buon segno, perché significava che iniziava a riprendere coscienza del luogo e della compagnia, anche se alzava la guardia.

Si lavarono e si misero in fretta a letto. Jake provò a mantenere le distanze, ma si arrese alle sue braccia quando Cody lo tirò a sé in un abbraccio. Il silenzio tra loro resistette per almeno mezz'ora, se non di più, interrotto soltanto da pochi baci che lui posava tra i suoi capelli. Forse troppo amorevole, ma Jake non si lamentò mai.

«Non so se voglio affrontarlo di nuovo,» sussurrò, infine. Cody rimase zitto, ad aspettare le sue parole. Dato che non parlavano mai, erano preziosissime. «La Scozia, i miei genitori... non so se ci riesco.»

Ecco di dov'è.

Era strano scoprirlo in quel modo, dopo tutto quel tempo. Cody prese ad accarezzargli i capelli, per fargli sentire che era sveglio e lo stava ascoltando. Quando Jake non continuò, si sentì in dovere di dire qualcosa. «È successo qualcosa tra di voi?»

Jake emise una risata triste. «Sono scappato.» Sospirò e si mosse tra le sue braccia. Credeva che si sarebbe allontanato, ma l'altro ne approfittò soltanto per mettersi comodo e affondare la testa nell'incavo del suo collo. Si ritrovò a sorridere. «Era un inferno, non sarei mai stato libero. Sono scappato alla prima occasione.»

«Quando è successo?»

«Più o meno dieci anni fa,» spiegò Jake. Una delle sue mani aveva preso ad accarezzargli il braccio: era piacevole e sembrava renderlo più calmo. Non si era nemmeno accorto di averne bisogno. «Sono andato da mio padre, poi sono venuto qui.»

«Come mai a Jackson?»

Sentì la tensione ancor prima del silenzio. Era chiaramente una domanda a cui Jake non avrebbe dato risposta. Nonostante tutto, attese di sentirlo rigirarsi tra le sue braccia e affondare il capo tra il suo collo e il materasso, poi stringersi a lui come se avesse voluto nascondersi. Quando gli diede un bacio sulla pelle, fu percosso da un brivido. *Okay, domanda di riserva.*

«Quando dovresti andare lì?»

«Entro il fine settimana,» rispose Jake. Non si mosse dalla posizione in cui era. «Non so nemmeno come arrivarci... Dio.»

«Dov'è che devi andare?» chiese, ancora.

Jake diede un sospiro. «Inverness.»

Perfettamente chiaro. «Scusa, Jake, non ho questa grande conoscenza della geografia britannica.»

Riuscì a strappargli una mezza risata. Almeno, stavolta, non era sarcastica. «Estremità nord della Gran Bretagna. Prima delle isole.»

«Ah-ah.» Tutto più chiaro. Jake emise un'altra mezza risata. Non si era mai accorto di quanto gli piacesse quel suono. «C'è un aeroporto?»

«Sì.»

«Okay.» Si preparò alla domanda successiva. «Ti accompagno io.»

Di nuovo la tensione che si aspettava. Il corpo di Jake si bloccò, così come le mani che lo stavano accarezzando. «Cosa?»

«Vengo con te, non ti lascio andare da solo.» *Perché no?*

«Ah... no, Cody.» Jake si staccò piano da lui per guardarlo in faccia. Aveva il volto stanco, ma non piangeva più. Era serio e un po' preoccupato. Gli fece un sorriso, nonostante sapesse che non sarebbe cambiato nulla. «Senti, apprezzo quello che stai facendo per me, davvero, ma no. Non devi caricarti questo peso, non serve. Posso farcela.»

«Non lo faccio per dovere, lo faccio perché voglio starti vicino.»

«Ma non sei tenuto a farlo.» La sua voce suonava disperata. Forse era presuntuoso da parte sua pensarlo, ma era sicuro che Jake avesse bisogno di lui, che volesse la sua presenza. O almeno quella di qualcuno di cui fidarsi... era troppo credere che fosse la persona giusta per accompagnarlo?

«Jake, non c'è nessun problema. Voglio farlo.» Quando provò a ribattere, lo tirò a sé per annullare le distanze e fermare le parole alla fonte. Fece schioccare piano le labbra contro le sue, poi gli accarezzò una guancia. «Davvero. Non ti lascio da solo se hai bisogno di me. Se è davvero così terribile, voglio esserci per te.»

«Ma non ha senso, Code.» Jake si guardò attorno e Cody sapeva perfettamente le stronzate che stava pensando. Che era una situazione assurda e irreale, che non sarebbe dovuto essere lì e che non c'era alcuna ragione per lui di comportarsi così. «Nulla presuppone che tu debba sobbarcarti la mia situazione di merda e lo stress della mia famiglia. Sarà un inferno, non voglio che tu debba passarlo.»

«Forse non ti è chiara una cosa, Jake...» Gli accarezzò la guancia con il pollice, gli occhi puntati nei suoi. C'era tanto dolore, in quegli specchi verdi, misto a paura. Forse era perché non l'aveva mai visto così, forse era vero che non avrebbe dovuto insistere, ma non ci riusciva. «Se fosse soltanto sesso, non saresti qui. Quindi smettila. È normale che io voglia aiutarti, siamo...» Non lo sapeva, in realtà, perché la parola "amici" suonava fuori luogo. Erano nudi nello stesso letto, di certo non l'aveva fatto con nessuno dei suoi amici, «...quel che siamo.»

Almeno lo fece sorridere, oltre a rimanere in silenzio. Ne approfittò per tirarlo a sé e rinchiuderlo di nuovo tra le sue braccia. Jake infilò una mano tra i loro corpi e la usò per far scivolare le coperte sopra le loro teste, così da scaldarsi e, forse, nascondersi meglio.

«Ne parliamo meglio domani, va bene?» chiese, allora, Cody. «Ora è meglio se dormi.»

Lo sentì annuire piano. Gli posò un bacio tra i capelli, poi sospirò. *Forse è perché è troppo fragile che mi comporto così. Quando tornerà a essere il solito Jake, torneremo al rapporto che avevamo prima.*

Non era credibile nemmeno a se stesso.

«Per... per quanto valga,» fu l'ultima cosa che sentì sussurrare da Jake, «anche per me non è solo sesso.»

Quando Cody si addormentò, sulle sue labbra c'era un sorriso che lui per primo non si sarebbe mai aspettato.

JAKE SI SVEGLIÒ tra le braccia di qualcuno. Il che era già di per sé abbastanza strano, per quanto piacevole. Cazzo se era piacevole. Fece un sospiro e mosse piano il corpo, cercando di capire dove fosse e cosa fosse successo. Quando si scontrò con il freddo che trovò una volta staccatosi dal petto dell'altra persona, retrocesse. Di nuovo affondò nel piacevole calore delle sue braccia.

Cody russava piano. Osservò il suo viso, pura espressione di pace, quelle labbra che non avevano mai lasciato la sua pelle, le palpebre, le guance ricoperte di una spruzzata di barba. I capelli biondi erano spettinati e lo rendevano ancor più innocente e indifeso di quanto non sembrasse. Si accorse soltanto dopo qualche minuto che lo guardava che sulle proprie labbra c'era un sorriso tanto largo da fare male, e questo lo fece sentire sporco anche se non ne capiva il perché.

Affondò il capo contro il suo collo e sospirò di nuovo. C'era odore di sudore e di uomo, assieme a sale e sabbia. Cody odorava di sole.

Il suo cuore batteva forte. Non sapeva nemmeno quando avesse iniziato. C'era pace, la stanza era in penombra e avvolta da un silenzio in cui avrebbe volentieri vissuto fino alla fine dei suoi giorni. Così, abbracciato al suo amante, cullato dal suo respiro, protetto dal mondo. Non si era mai accorto di quanto ne avesse bisogno.

In un angolo della sua mente c'erano ancora le informazioni che aveva reperito la sera prima: non aveva voglia di pensarci e abbandonarsi al dolore. Se l'avesse fatto, la pace sarebbe crollata e lui avrebbe continuato a cadere. Tra le braccia di Cody era protetto da quel cambiamento, poteva stare tranquillo e far finta che non vi fosse alcun domani e che non fosse mattina.

Doveva chiamare Ingrid, ma era l'ultima cosa che voleva.

Rimase immobile per un tempo infinito. Aveva il braccio destro leggermente addormentato, ma non gli importava. Non voleva rischiare di girarsi e svegliare Cody, anche se desiderava baciarlo. Dio se lo voleva. Quella posizione era bella, però, confortevole; valeva la pena aspettare e godersela ancora e ancora.

Finché non suonò il telefono. Una musichetta country a chitarra, con base di batteria, poi una voce maschile che ci cantava sopra. Cody diede un sospiro scocciato e si girò per prendere il telefono. Con un braccio lo stringeva ancora e, quando rispose, si richiuse di nuovo su di lui, che non si era mosso di un millimetro.

Gli venne di nuovo da sorridere.

«Ehi.» La voce di Cody era roca, sporca di sonno e maledettamente sexy. «No, mi sono appena svegliato.» Qualcuno rise dall'altra parte del telefono. Una voce maschile, probabilmente Nathan. «Oggi pomeriggio?»

Cody gli diede uno sguardo. Quando i loro occhi si incontrarono, l'uomo sorrise e lui perse un battito. Che diavolo gli succedeva? Un po' di gentilezza in un momento in cui si era ritrovato debole e il suo cuore dava di matto?

«Non lo so, ti faccio sapere. Forse ho da fare.»

Cody rise alla risposta dell'interlocutore, una risata che gli vibrò in petto e sbatté dritto contro di lui, finendo nel basso ventre. Il suo sesso rispose, e difficilmente Cody non se ne sarebbe accorto.

«No, davvero. Ho impegni con Jake, ti faccio sapere se finiamo in tempo.» Cody lo guardò di nuovo. Stavolta il suo sorriso era malizioso e la mano che non stringeva il cellulare stava scivolando verso il suo fianco, accarezzava la pelle, si avvicinava all'inguine e si allontanava in una piacevole tortura. Il respiro di Jake si fece affannato. «Okay, va bene. Nate come sta?»

Che diavolo te ne frega di come sta Nate adesso?

Ma non riuscì a fare nulla, perché le dita di Cody arrivarono, finalmente, alla sua erezione e la accarezzarono così lentamente e con cura che dovette soffocare un gemito contro il cuscino. Si morse le labbra mentre Cody rideva in silenzio.

«No, no, sto bene.» Il che non era una bugia, visto che era più che entusiasta di dimostrarglielo. Quando gli prese l'uccello in una mano, Jake emise un mugolio. «Okay, digli che appena posso passo a prendere quei libri di cui gli parlavo. Sì.» *Per quanto ancora vuoi rimanere a telefono, stronzo?* Gli rivolse uno sguardo irritato a cui Cody rispose con il sorriso più innocente al mondo. Se stava cercando di distrarlo, ci era riuscito alla grande.

Jake si chinò verso il collo dell'altro e ne baciò la pelle. Cody emise un sospiro di gradimento, ma ancora troppo lieve. Oh, no, non gli avrebbe lasciato chiudere la conversazione senza avere la soddisfazione di un gemito ad alta voce.

«Sì, okay. Allora...» Quando gli morse il collo, Cody sobbalzò e il suo respiro si fermò. Lui succhiò piano la sua pelle, una mano era scesa al ventre e stava già afferrando la base della sua erezione. «*Mh.*» Ancora troppo basso. «No, va tutto bene, ma devo andare. Ho delle cose da...» Il respiro di Cody si fermò di nuovo quando pompò un paio di volte il suo sesso. Aveva il gemito in gola, riusciva quasi a sentirlo. Scese con le labbra all'incavo tra le cavicole, leccò e succhiò piano.

«Ci sentiamo.» Cody chiuse la chiamata appena prima di lasciar andare un gemito e un'imprecazione. «Sei un cretino.»

«Hai iniziato tu,» ribatté, allungandosi a reclamare la sua bocca. Un bacio bagnato e prepotente, qualcosa che aspettava da quando si era svegliato quella mattina. Era ancor più bello di come lo ricordava. Rotolò di schiena mentre Cody gli si metteva sopra, rinchiudendolo tra le sue braccia. La coperta pendeva dalle sue spalle nude e gli bloccava la visuale della finestra con le tapparelle abbassate. Dava ancor più l'idea di protezione e rifugio.

«Jake,» mormorò Cody. Un altro brivido lungo tutta la colonna vertebrale, fino al sesso. Cody aveva accelerato i suoi movimenti e adesso si stavano muovendo entrambi all'unisono con le loro mani, i bacini spingevano e si scontravano. L'amante gli prese i polsi e li bloccò contro il cuscino, poi prese a strusciarsi contro di lui. Gemiti sconnessi e ininterrotti contro le sue labbra, che lo attirarono di nuovo.

Non ci volle niente a raggiungere il culmine. Era così eccitato che non gli importava nemmeno di prolungare l'orgasmo: voleva solo liberarsi, su Cody, tra di loro, sentire quel corpo sudato di nuovo su di lui. Non si era mai sentito così bisognoso di una persona: faceva paura, tanto quanto era piacevole.

«Code,» lo avvertì. Provò a strattonare le mani, ma Cody lo tenne stretto. Esalò un gemito frustrato. «Code, ho bisogno di venire. Ti prego.» Odiava supplicare e suonava anche patetico, ma ne aveva bisogno e Cody ci stava andando troppo piano, nonostante i corpi che strusciavano l'uno contro l'altro e gli ansiti rumorosi di entrambi.

Cody gli lasciò andare una mano e prese entrambe le loro erezioni nel pugno, accompagnando i loro movimenti. Con il braccio libero si aggrappò alle sue spalle e lo tirò a sé: per un attimo l'uomo faticò a tenere l'equilibrio e dovette poggiarsi sul gomito adiacente al suo, la fronte contro il cuscino, accanto al suo viso. Il respiro di Cody sbatteva dritto sul suo orecchio, lo mandava fuori di testa.

E poi vennero, entrambi con un urlo strozzato, entrambi tremando. Jake si aggrappò a Cody come se avesse avuto paura di cadere, scavò con le unghie nella pelle. Se anche gli fece male, l'altro non si lamentò. Passarono pochi minuti solo ad ansimare, sentiva il corpo dell'uomo vibrare contro il suo, il sudore scivolava pelle su pelle. Cody cedette e ricadde su di lui, e qualcosa nel suo cuore si allentò. Sentire il suo corpo caldo sul proprio era dannatamente rassicurante, e il fatto che si stesse rendendo conto che la mattina era iniziata, entrambi erano svegli e si sarebbero dovuti alzare dal letto, non aiutava.

Quando Cody cercò di rotolare accanto a lui, Jake lo tenne stretto.

«Resta.»

Cody fece una mezza risata e si girò a baciargli la tempia. «Mi metto solo comodo.» Poi si appoggiò al materasso e lo tirò a sé, tornando alla posizione in cui si erano svegliati. Senza che dicesse nulla, l'uomo portò le coperte sopra le loro teste, così che nessuno dei due riuscisse più a vedere il resto della stanza. Per alcuni minuti rimasero in totale silenzio, solo a respirare.

«Come stai?» chiese Cody.

Sorrise. «Con un post-orgasmo da urlo e il corpo distrutto.» Cody ridacchiò. La sua mano si muoveva sulla schiena di Jake, ed era rilassante. Reclinò il capo abbastanza per dargli un bacio sulla mandibola, lieve. Non riusciva a ringraziarlo, ma con il corpo si era sempre espresso bene.

«Sono quasi le dieci,» continuò Cody. Si aspettava il cambio d'argomento, ma non per questo lo apprezzò. *Prima o poi doveva arrivare, no?* «Possiamo fare colazione e andare a prendere le tue cose. Ti va?»

«Ho scelta?» Forse troppo duro. Cody si irrigidì, poi riprese ad accarezzarlo. Quando tornò a parlare, la sua voce era così dolce che si sentì quasi in colpa.

«Certo che hai scelta, ma prima lo facciamo e meglio è. Così abbiamo tutto il tempo per... rilassarci.» Le dita di Cody scivolarono ancora su di un fianco, poi sul ventre, fino a risalire sul petto, eloquenti.

Jake ridacchiò. «Hai un pulsante che ti spegne?»

«Lo premeresti?»

«Solo se è in un punto erogeno.» Si allungò a dargli un bacio sulle labbra. «Più volte.»

Cody rise ancora. Si stava abituando a quella risata, a quanto fosse piacevole alle sue orecchie. «Temo che non sia il caso allora.»

«Posso sempre continuare a cercare e vedere se lo trovo...» Un altro bacio. Cody mugolò contro la sua bocca, poi si leccò le labbra. I suoi occhi erano scuri e pieni di desiderio, nonostante fossero entrambi visibilmente stanchi. Fece un mezzo sorriso, prima di tirare giù il lenzuolo e mettersi a sedere. Sciogliersi da quell'abbraccio, affrontare la giornata. «Alziamoci.»

Si guardò attorno: la stanza era scura e sottosopra, i

vestiti a terra, i cassetti aperti. Sul comodino, dalla sua parte del letto, c'era il cellulare. La spia delle notifiche lampeggiava. *"Ti mando un messaggio su questo numero."* Non l'aveva ancora controllato.

Deglutì. *Va tutto bene.* Sospirò e si allungò ad afferrare il cellulare, poi controllò i messaggi. Come promesso, ce n'erano un paio di sua madre – supponeva fosse lei, perché era un numero sconosciuto – e una chiamata persa. Aveva la suoneria spenta, quindi era ovvio che non l'avesse sentito. Per fortuna.

Il primo messaggio era uno sterile *"Questo è il mio numero. Mamma"*. Fece una smorfia. Cody intanto si era messo a sedere e lo osservava, come se avesse avuto paura di vederlo crollare di nuovo. Si rese conto che doveva essere sembrato piuttosto patetico la sera prima, mentre frignava come un bambino per un genitore che comunque non c'era mai stato.

Più o meno.

Non era il momento di pensarci. Non era il momento di crollare. Poteva farcela, era quel che aveva fatto per tutta la vita: tagliare via le emozioni, tagliare via il passato. Non era difficile, poteva farcela.

L'altro messaggio era di quella mattina. *"Tesoro, appena puoi chiamami. Se hai bisogno, non esitare a chiedere a noi. Ti vogliamo bene."* Era così perfettamente strutturato che gli venne da ridere. Quanto doveva essere soddisfacente per loro aver trovato il pretesto giusto per avere il suo numero e sperare di allacciare i rapporti?

Vorrà dire che cambierò numero appena tutto questo sarà finito. Non che ci sia ancora qualcuno che debba continuare ad averlo, laggiù.

«Tutto okay?» Cody si chinò a baciargli una spalla. Gli venne da ridere.

«Da quando sei così tenero con me?» Voleva davvero suonare come uno scherzo, ma Cody sembrò pensarci sul serio. Si allontanò da lui e lo osservò come titubante, perplesso. Boccheggiò per un attimo, così si sentì in dovere di aggiungere: «Non mi dà fastidio, è che è strano.»

«Non voglio metterti a disagio,» mormorò. Jake gli prese una mano e simulò il sorriso più convincente che riuscisse a fare.

«Non mi metti a disagio. In realtà è piuttosto piacevole.» E cavolo se non era imbarazzante ammetterlo. Si ritrovò a distogliere lo sguardo e ad alzarsi, per evitare gli occhi sorpresi di Cody. Il loro rapporto era decollato in maniera spaventosa; non sapeva come comportarsi. «Più tardi devo chiamare mia madre. E devo controllare i voli.» Gli girava la testa soltanto al pensiero.

«Posso farlo io nel pomeriggio, una volta finito il trasloco.»

Ricordò che Cody voleva accompagnarlo. Non sapeva come sentirsi al riguardo. Una parte di lui bramava l'idea di non essere solo tra le grinfie della sua vecchia famiglia, mentre l'altra era del tutto in allerta per quello che avrebbe comportato. Non soltanto fargli conoscere un lato di lui che tentava di tenere nascosto con tutte le sue forze, ma addirittura farlo entrare nel suo mondo, aprirsi, approfondire il loro rapporto già estremamente intimo. Non sapeva se era pronto a farlo. *Specialmente perché lui non è Cass.*

«Facciamo così,» propose Cody, distogliendolo dai suoi pensieri. Si alzò anche lui e si diresse alla finestra, per aprirla e far entrare la luce. «Vado a preparare la colazione, poi andiamo a casa tua a prendere le tue cose. Quando avremo finito, penseremo al resto.» Quando si girò, Jake era ancora immobile a fissarlo. C'era qualcosa che gli ricordava quella situazione, ma non sapeva cosa. «Va bene per te?»

"*Va bene, Jake? Penserò a tutto io, non devi preoccuparti. Non sei solo.*"

Gli mancava il respiro, così riuscì soltanto ad annuire.

8

Dicembre 2005
Inverness, Scozia

«Jacob, sii ragionevole.»

Jake sbatté la borsa da viaggio a terra. «Non ci torno. Sono pazze. Sono psicopatiche! Non esiste!»

«Non esagerare, ora...»

Rick Blanchard lo guardava con occhi pieni di rammarico, ma anche così riusciva a scorgere il divertimento e la soddisfazione che si celavano dietro quello sguardo. In quel momento, non poteva proprio biasimarlo. Chiunque lo sarebbe stato: vincere contro due lesbiche psicopatiche e presuntuose. Oh, se era meraviglioso.

«Sai che cazzo hanno fatto? Mi hanno reso la vita un inferno! Ecco cosa!» Jake diede un calcio al secchio della spazzatura, che rotolò a terra. Carte e bottiglie vuote si sparsero per il pavimento; lui imprecò prima di mettersi a raccoglierle. «Pazze, psicopatiche, streghe...»

«Lo so, hanno un carattere particolare,» convenne suo padre, *chinandosi ad aiutarlo.* «Ma credo che tu stia reagendo eccessivamente.»

«Lo faresti anche tu se la tua lettera di...»

Rick gli mise una mano sulla spalla. «Vedremo come fare, per quello.» *Il sorriso sulle sue labbra era sincero, ed era difficile non credergli, nonostante le figure genitoriali per lui fossero state sempre terribili.* «Mi prenderò cura dei tuoi studi.»

«Non c'è tempo!» *Era orribile suonare tanto disperato, ma ormai era fatta.*

«Vorrà dire che ci penseremo l'anno prossimo. Andrà tutto bene, sistemerò le cose.»

Ma l'anno successivo sarebbe stato tardi e avrebbe presupposto un lungo periodo in cui non avrebbe fatto altro che odiare e rimpiangere le proprie scelte. Cosa ne sarebbe stato di lui? Un anno era lungo. Un anno era una gabbia in cui morire. «È troppo tardi.»

«Dici così perché sei ancora scosso. Riprenditi. Ci penseremo a tempo debito.»

Suo padre aveva degli occhi verdi e gentili. Per fortuna gli assomigliava più di quanto non somigliasse a Faith. Era stupido, ma rincuorante sapere di non essere così simile a sua madre. Ancor di più sapere che non condivideva nessun lato del DNA con Ingrid.

«Se faremo in tempo,» *mormorò. Se anche suo padre lo sentì, non ribatté. Misero a posto il casino che aveva combinato, poi Rick preparò il caffè e lui se ne stette lì, seduto nella sua cucina superinnovativa, a guardarsi attorno con aria sconfitta. Ingrid aveva già chiamato una dozzina di volte e Jake era arrivato a Inverness soltanto la sera prima. Se conosceva bene la sua perseveranza, ne avrebbe avuto ancora per molto.*

«È permesso?»

Una voce dal corridoio. Rick si affacciò; Jake lo vide sorridere prima di invitare il nuovo arrivato in cucina, poi notò che c'era una tazzina in più. Suo padre vi versò del caffè.

«Ti stavo aspettando,» *proferì.* «Scusa il disordine.»

Che non c'era, ma Jake sapeva benissimo quanto fosse pignolo suo padre. Seguì i suoi movimenti, poi si focalizzò sulla porta della cucina, da cui entrò un uomo.

Dimostrava venticinque anni, forse ventisei. Vestiva abiti di buona manifattura, probabilmente di marca. Una camicia che sembrava soffice e comoda, un paio di jeans e Lumberjack ai piedi. Una giacca appesa a un braccio, occhiali da sole sul capo e un sorriso seducente e gentile.

Era un ragazzo dalla bellezza disarmante.

«Lui è mio figlio, Jacob.» Ci mise un po' a capire che doveva alzarsi e porgergli la mano, perché il suo cervello si era fermato a quel sorriso. L'altro fu un po' più rapido: quando si allungò per presentarsi, Jake si alzò. Inciampò sulla sedia prima di riuscire a stringere le dita con le sue, calde e accoglienti.

«Cassian,» si presentò l'uomo. «È un piacere, Jake.»

Non gli era mai piaciuto quel nomignolo, principalmente perché erano le sue madri a usarlo. Sulle labbra di Cassian, però, era il nome più bello che avesse mai sentito.

Ottobre 2015
Jackson, Tennessee

FINIRONO di caricare le ultime cose in macchina proprio quando arrivò la padrona di casa per il primo controllo. Ci fu uno scambio sterile di battute, un paio di accordi per il termine del contratto e saluti falsi. Jake si accomodò sul sedile del passeggero della macchina di Cody e se ne stette in silenzio mentre tornavano a casa. La radio trasmetteva una canzone bassa e malinconica, sempre dai toni country, che Cody si mise a canticchiare.

Per metà della canzone Jake stette a guardarlo, rapito

dalla sua bellissima voce. Era intonato e aveva una tonalità grattata, l'accento palese del sud. Lo adorava: il modo in cui troncava le parole e riusciva comunque a farle sembrare orecchiabili.

L'uomo gli rivolse uno sguardo veloce e, quando si accorse che stava ascoltando, sorrise. Aveva preso a tamburellare sul volante con una mano, a tempo con la canzone, e la testa ondeggiava piano. Quando parcheggiarono, non spense la macchina finché la canzone non fu finita. Si ritrovò a sorridere come un coglione mentre lo osservava muoversi e cantare con voce sempre più forte e decisa.

Cody aveva un potere simile a quello di Cassian: tirargli su il morale con un solo sorriso. Mentre cantava come se fosse stato sul palco e lo guardava, non poteva fare a meno di sentirsi sereno, al sicuro.

Era una fortuna averlo accanto, piuttosto che essere solo. Forse così sarebbe riuscito a non sprofondare.

«Hai una bella voce, Code,» gli disse quando la canzone fu finita. Cody si mise a ridere come se avesse fatto una battuta esilarante, spense la macchina e aprì la portiera.

«Cantavo con alcuni amici quando ero più giovane, in Texas,» spiegò mentre scaricavano la roba. Un paio di mobiletti e soprammobili, più il trasportino in cui Gulliver si guardava attorno con aria stralunata e vagamente perplessa. «Sono lo stereotipo del texano: chitarra, falò, ranch.»

Jake si mise a ridere. In realtà non lo era per niente; continuava a sorprenderlo con ogni cosa che faceva e gli sembrava assurdo che non ci avesse mai fatto tanto caso prima. Forse, inconsciamente, aveva raccolto così tante informazioni che adesso era arrivato il momento di capire sul serio chi fosse l'uomo che aveva davanti. Era incredibile che fosse davvero interessato a saperlo.

«Come sei finito a Jackson, Code?» gli chiese. «Il ranch era troppo?»

Cody gli rivolse un sorriso tirato mentre apriva la porta di casa e scaricava le cose all'entrata. Lui fece lo stesso e tornò indietro con lui per prendere altri oggetti. «Non stavo bene lì, no.» Sembrava tranquillo mentre glielo diceva. Lui non sarebbe stato altrettanto a suo agio a parlare della sua famiglia. «Mio padre era una spina nel fianco, continuava a lamentarsi che io e mia sorella avremmo dovuto mandare avanti il ranch e che dovevo trovarmi presto qualcuno che avrebbe... sai, continuato la dinastia e stronzate simili.»

«Quindi voleva che ti sposassi?» Sentiva una certa affinità con quella situazione, anche se lui aveva passato tutt'altra merda. «Non sapeva che sei gay?»

«Non sono gay,» mormorò Cody. Fu una risposta strana: sembrava quasi che ci credesse davvero, nonostante la visibile vergogna nel dirlo. Jake aggrottò le sopracciglia.

«Stamattina la pensavi diversamente.»

«No, l'ho sempre pensata così,» rispose. Era a disagio e non lo guardava. «Essere gay è diverso da quello che... quello che abbiamo noi.» *E cosa abbiamo noi?* Ma era troppo meschino chiederglielo. «Tu mi piaci, così come... Nathan.» Il suo nome in un sussurro. «Ma è tutto lì. Non ho interesse negli altri uomini.»

«Non si è gay soltanto per una persona o due, Code,» ribatté. Avevano finito in fretta di svuotare la macchina; stava portando Gulliver all'interno, mentre Cody faceva scattare la serratura delle portiere. «Quello è un pregiudizio degli omofobi. Posso portare il gatto dentro?»

«Sì,» rispose, seguendolo. «Non sono omofobo.»

«Lo so che non lo sei.» Quando Cody ebbe chiuso la porta dietro di sé, lui posò il trasportino a terra e lo aprì. Gulliver lo guardò per un attimo, prima di avventurarsi fuori e osservare i dintorni. Nuova casa, nuovo ambiente. Gli lasciò il tempo di abituarsi.

Cody era ancora sull'uscio e guardava il gatto con aria

pensierosa. Jake gli si avvicinò per prendergli la vita tra le mani e baciarlo. «Penso solo che non c'è bisogno di nascondersi. Se ti piace qualcosa, ti piace e basta. Niente se e ma.»

«Non è tutto così semplice, Jake.» Cody esalò un sospiro frustrato, ma quando tentò di allontanarsi lui gli afferrò la vita e lo tirò di nuovo a sé, fino ad abbracciarlo. Un'altra cosa che non pensava gli sarebbe piaciuta così tanto; stare abbracciati, senza sesso, senza lussuria, era assurdamente piacevole. Cody sospirò. «Sai, quando sei un ragazzino e ti chiedi se tu sia… etero o meno. E non hai il coraggio di parlarne con nessuno, quindi ti convinci semplicemente di essere ciò che i tuoi credono che sia?»

Fu semplice rispondere con sincerità a quella domanda. «No.»

«Dai, c'è sempre un momento dell'adolescenza in cui te lo chiedi.»

La sua voce si ridusse a un sussurro. «Non per me.» Cody dovette capire che c'era qualcosa sotto, perché non disse più niente. Una mano salì ai suoi capelli e prese ad accarezzarli, il capo, la nuca, finché Jake non si rilassò contro di lui. Il petto di Cody era largo e muscoloso, perfetto per accoglierlo.

«Beh, è un po' come mi sento,» sussurrò Cody. «Lo so che non c'è nessuno a cui devo dimostrare di essere etero o meno, ma… è come se stessi ancora sperimentando. Forse è come dici tu, non si può essere gay solo per una persona, però ho bisogno di tempo per capire.»

Non c'è nulla da capire: ti piace il cazzo, Code.

Invece di dirlo, sospirò e annuì. Non tutti potevano essere come lui e, per fortuna, non tutti avevano avuto la sua stessa crescita sregolata. Forse era meglio così.

«Devo chiamare mia madre,» mormorò, staccandosi dall'abbraccio. Cody gli rivolse uno sguardo preoccupato.

«Va bene. Io porto i vestiti in camera.»

Jake gli rivolse un sorriso di ringraziamento, poi si

diresse in salotto e prese il telefono. Gulliver lo seguì e, senza troppi convenevoli, salì sul divano. Tentò di farlo scendere, ma fu inutile. «Psicopatico di un gatto, non è casa tua.»

Eccetto che lo era, almeno per un po'. Ancora non riusciva a credere che Cody stesse facendo tutto quello per lui.

Ritrovò il messaggio che gli aveva mandato Ingrid e premette il tasto di chiamata. Almeno avrebbe fatto in fretta.

Rispose al primo squillo. «Jake?»

«Ingrid.» Non voleva davvero suonare così freddo, ma ormai era automatico. Non aveva più nulla da spartire con loro e di certo era difficile amarle dopo il modo in cui si erano lasciati. Soprattutto con Ingrid. «Scusa se non ho chiamato finora, ho avuto una giornata impegnata.»

«Non preoccuparti. Stai bene?»

«Sì.» Rispondere il contrario non era contemplabile. «Cos'è successo?»

Ingrid rimase per un attimo in silenzio, chiaramente delusa. Non era una novità: era sempre stato deludente per lei vedere che le cose non andavano come credeva. La novità era che, per la prima volta, a Jake non interessava. Era quasi soddisfacente, in realtà. «L'abbiamo saputo ieri mattina. Siamo venute a Inverness appena possibile. Faith era ancora in contatto con lui, quindi sapeva della malattia, ma nessuno si aspettava che fosse così grave. Non l'ha detto a nessuno.»

Tipico di lui. Rick Blanchard, l'uomo tutto d'un pezzo che non avrebbe chiesto aiuto né si sarebbe mostrato debole. Per quanto riguardava Jake, forse era stato soltanto per proteggerlo. Per evitare di farlo soffrire. *Beh, grazie per un cazzo, papà.* «Che aveva?»

«Un cancro, sembrerebbe. Tua madre era troppo scossa per darmi altre notizie, e ha parlato lei con i medici. Ma anche saperne di più non cambierebbe nulla.» Pratica e fredda. Probabilmente le faceva anche piacere che l'unico appoggio famigliare di Jake fosse crollato.

Non riuscì a trattenersi. «Sarai soddisfatta adesso.»

Dall'altro lato del telefono, un sospiro. «Sapevo che l'avresti pensata così.» Jake si lasciò sfuggire una risata amara. «Jake, senti, pensala come vuoi. Non sono un tuo nemico, né lo era lui per me. Sono lieta che ci sia stato per te. Voglio soltanto il tuo bene, adesso.»

«Oh, certo.» C'era una strana soddisfazione nel sentire la propria voce tanto acida e sarcastica. Era liberatorio. «Lasciamoci il passato alle spalle e torniamo a vivere tutti e tre insieme nella vostra oasi arcobaleno.»

«Jake...»

«No, no,» la interruppe. «Zitta.» Non voleva sentire altro, nessuna scusa, nessuna parola di patetici tentativi di farlo sentire in colpa. Niente. «Quand'è il funerale?»

«Pensavamo di organizzarlo questo sabato, se per te va bene.»

«Fatelo,» rispose. «Non contate su di me, non so se riuscirò a venire. Se non mi presento, cancella il mio numero; mi secca cambiarlo di nuovo.»

«Jake, smettila di comportarti come un bambino. Sono passati tanti anni...»

«Mi faccio sentire io.» Ne aveva abbastanza. «Salutami Faith.»

Quando chiuse la conversazione, il telefono finì a terra. Non si era neanche accorto di averlo gettato sul divano. Rimbalzò sul pavimento e se ne stette lì, con lo schermo acceso sul messaggio di sua madre. Era frustrante anche così.

Si girò con tutta l'intenzione di lasciarsi ricadere sul divano, ma prima di poterlo fare incontrò lo sguardo preoccupato di Cody alla porta. Era appoggiato allo stipite, le braccia incrociate sul petto, e lo guardava pensieroso. Jake sospirò e si sedette. «Mi dispiace che tu abbia dovuto assistere.»

Cody percorse piano il salone fino ad arrivare a sedersi accanto a Jake. Stese la schiena contro lo schienale, un braccio appoggiato a esso, proprio dietro di lui. Jake era chino in avanti, i gomiti appoggiati alle gambe e il volto affondato tra le dita. Gli scoppiava la testa.

«Mi dispiace che sia così dura per te,» disse Cody. Gulliver salì sul divano accanto a loro e si avvicinò per annusare Cody. Jake provò a farlo scendere, ma l'altro lo fermò. «Non è un problema.»

Il pelo di Gulliver era folto. Non lunghissimo, ma comunque soggetto a cadute. Magari Cody avrebbe avuto da ridire più avanti, quando si sarebbe trovato la casa invasa di peli, ma per ora non sembrava preoccupato e lui di certo non aveva voglia di insistere.

«Il funerale è sabato,» annunciò, sospirando piano.

«Vuoi andare?» chiese Cody. Jake si prese un paio di secondi per pensarci. Sì che voleva farlo, voleva salutare suo padre e magari chiedere scusa perché non c'era mai stato da quando era scappato a Jackson. Non che avesse più importanza, ormai, ma c'era una parte di lui, quella irrazionale, alimentata dal lutto, che era convinta che si sarebbe sentito meglio.

Tra volere e potere, però…

«Non so se riesco, devo controllare i voli. Mi piacerebbe… fare un saluto.» La sua voce tremò appena, sulle ultime parole. Era ancora difficile parlarne a voce, mettere a nudo quel che voleva. Senza contare che non l'aveva mai fatto con nessuno. Dovette schiarirsi la gola per camuffare il dolore, anche se era sicuro che Cody l'avesse già sentito.

«Aspetta, prendo il portatile.» Cody si alzò e recuperò un Mac sottile e grigio, che accese e mise sulle gambe una volta tornato accanto a lui. Jake si abbandonò contro lo schienale, e l'uomo spostò il braccio da lì alle sue spalle. Non si soffermò a pensare a quanto fosse rassicurante.

Cody avviò il motore di ricerca e controllò su un paio di siti per voli economici. Il primo risultato, da Nashville a Inverness, era un volo eterno con due cambi e duemila dollari a corsa. Si mise a ridere quando lo vide. «Non c'è verso che io abbia tutti quei soldi. Sono stato cacciato di casa per quello.»

«Aspetta,» lo rassicurò Cody. Digitò vari cambi tra gli aeroporti di partenza e arrivo, e alla fine riuscì a far scendere drasticamente il prezzo sotto i settecento dollari. Era più abbordabile, ma non li aveva comunque. Se avesse speso così tanto, si sarebbe ritrovato sotto un ponte. *Che casino di merda.*

«Potremmo partire giovedì e arrivare venerdì. Saremo stremati, ma non ci servirebbe un mutuo per due biglietti.» Cody ridacchiò, ma lui rimase serio.

«Sei ancora convinto di voler venire?» Lo guardò: il suo volto era pulito, la barba rasata, gli occhi due specchi di gentilezza. Sapeva che fosse bello, ma non si era mai accorto di *quanto*.

«Se non ti crea altro stress, sì.» La sua mano prese a giocare con i capelli di Jake. Era rilassante e non aiutava per niente a ragionare razionalmente. Riusciva soltanto a pensare a quanto fosse rassicurante la sua presenza, e a quanto ne avesse bisogno.

«Mi creerebbe stress sapere che perdi tempo per me,» sussurrò. Non perché volesse, ma perché la sua voce non collaborava e i loro volti erano così vicini da sentire il respiro caldo di Cody sulle sue labbra. L'uomo sorrise e si chinò a dargli un bacio lieve che lo lasciò quasi deluso.

«Quello non ha importanza, non sto perdendo tempo. Basta che non ti infastidisca la mia presenza lì. Non voglio peggiorare la situazione.»

Jake ci pensò per un attimo. Non gli era passato per la

testa nemmeno per un secondo che la presenza di Cody potesse metterlo a disagio. Al contrario... «Probabilmente mi saresti di grande aiuto.»

Cody sorrise. «Allora va tutto bene.» Quando si allontanò per tornare a guardare il portatile, si sentì mancare l'aria. «Hai impegni dopo giovedì o posso prenotare?»

Jake aggrottò le sopracciglia. «Non ho impegni, ma...» Le dita di Cody si stavano già muovendo su "prenota" e sui dati dei passeggeri. «No, aspetta. Code, non ho i soldi.»

«Non te li ho chiesti.»

No. Col cazzo, no. «No, no, ferma tutto.» Cody alzò gli occhi al cielo quando Jake mise le mani sulla tastiera per afferrare le sue. «Non esiste. Non voglio.»

«Jake, non è niente,» rispose Cody. «Ho convenzioni con delle compagnie aeree, e ho abbastanza soldi, quindi ci penso io.» Ai suoi occhi sembrava un idiota e il suo cuore non la smetteva di battere sempre più forte. La testa vorticava, lo stomaco si stava rigirando. Non capiva nemmeno perché avesse quell'assurda paura di...

Si ritrovò in piedi. «*Che cazzo di problema hai?*» Non si era mai accorto di quanto fosse soddisfacente urlare. O di quanto ne avesse bisogno, in ogni caso. Cody mise lentamente il portatile accanto a sé e lo guardò con cautela. «Mi accogli a casa tua, vuoi venire in Scozia, vuoi pagare i biglietti... Chi cazzo sei, Madre Teresa?»

«Jake, calmati.»

«Io *non* l'avrei fatto per te!» Sentiva il sangue fluire al cervello. L'espressione di Cody era il riflesso di sentimenti strani. Era serio, controllato, forse... triste? Oppure era rabbia? «Non mi conosci neanche! Abbiamo scopato un po', e quindi? Basta così poco?» Gli occhi dell'altro si assottigliarono. La situazione gli stava sfuggendo di mano, ma ormai era partito e non aveva senso fermarsi. Non aveva senso ritirare le parole. Sarebbe comunque finito per strada. «Magari per te si tratta di fare una buona azione, posso capirlo. Ma così è troppo, Cody. Non ci guadagni niente.»

«Magari voglio soltanto prendermi cura di te,» rispose Cody. La sua voce era tanto calma da dargli ai nervi. Faceva paura sentire di nuovo quelle parole dopo così tanto tempo.

«Perché?»

Cody lo osservò per qualche secondo, in silenzio. Era uno sguardo che non riusciva a sostenere. Si ritrovò a chinare il capo, mentre cercava con tutte le sue forze di recuperare il respiro. Era affannato, e non aiutava la situazione generica del suo corpo, già precaria. «Pensavo di essere stato abbastanza chiaro ieri notte.»

"Perché non è solo sesso." Ma era assurdo comunque: obiettivamente, non si conoscevano affatto. *Eppure, è vero che non è solo sesso.*

«Non riesco a capire comunque.» Suonò sconfitto.

Un altro sospiro. L'uomo si alzò dal divano e gli si avvicinò, lentamente. Una mano finì sulla sua guancia, l'altra in vita per tirarlo a sé. Jake lo lasciò fare, quasi senza forze. «Hai ragione, non è razionale,» disse. «Non so perché lo faccio. Non so perché tenga a te.» La mano sul suo viso premette dolcemente, per fargli alzare lo sguardo. Negli occhi di Cody c'era la solita gentilezza e, sulle sue labbra, un sorriso sincero. «Ma tu hai bisogno di me, e io voglio farlo. Se ti serve un pretesto, consideralo un regalo di compleanno, Natale, quel che ti pare. Ma permettimi di aiutarti.»

Cristo...

Era così sincero che fece male. Non sapeva nemmeno perché. Sarebbe dovuto essere felice: aveva ancora qualcuno che teneva a lui. Qualcuno che non voleva abbandonarlo. Qualcuno che intendeva *restare*, almeno per quel che contavano ormai le parole. E invece era terrorizzato e faceva male. Al cuore, allo stomaco, alle gambe. Sembrava come se avessero potuto cedere da un momento all'altro e, nonostante quello, Cody era comunque lì a sostenerlo. Non sarebbe caduto, ed era perché c'era *lui*.

«Il mio compleanno è passato,» mormorò, incapace di ribattere. La sincerità, nuda e cruda com'era, era sempre difficile da contrastare. Cody lo capì e sorrise di nuovo.

«Scusa per il ritardo.»

9

Inverness, Scozia

Non ricordava che i viaggi in aereo fossero così stancanti.

Sì, beh, l'aveva fatto soltanto una volta – e non era stato così lungo e con così tanti cambi – ma comunque pensava sarebbe stato più semplice.

A Londra, Jake si sentiva così irascibile e bisognoso di un letto che Cody evitò accuratamente di parlargli. Non sapeva nemmeno come avesse fatto a sopportarlo durante l'ultima tratta verso Inverness.

Recuperarono i bagagli, poi si trascinarono nella sala d'attesa dell'aeroporto. Sua madre non aveva chiamato: fortuna, magari, o forse aveva sviluppato le sue precarie abilità di pazientare. In ogni caso, era ammirevole.

Si guardò intorno per qualche secondo: le sagome erano sfocate e c'era un lieve chiacchiericcio che aleggiava nell'aria e sembrava quasi cullarlo. Una ninna nanna di benvenuto. Sei a casa, Jake. Peccato che non fosse più casa sua da un pezzo e che non riuscisse nemmeno a capire bene l'accento stretto delle Highlands. Uno straniero in casa sua.

Si lasciò cadere su uno dei divanetti all'entrata e chiuse gli occhi. Sospirò.

Dopo qualche secondo, calore contro la sua spalla. Era così confortante avere la presenza di Cody lì che non sapeva come reagire. Non sapeva se crogiolarsi in quella strana e irrisoria felicità o ignorarla e attendere che passasse.

«Sei stanco, eh?» Una mano tra i suoi capelli. Dio, quant'era rilassante. Gli uscì un gemito che voleva essere una risposta, ma che suonò per quello che era: piacere. Cody ridacchiò e lo tirò a sé, per permettergli di appoggiarsi alla sua spalla.

Uh. Inaspettato.

Aprì gli occhi e alzò appena il capo per incontrare il suo sguardo. Il naso gli strusciò contro la barba prima che riuscisse a posizionarsi e guardarlo negli occhi. Cody era rilassato e sorrideva. Stanco, sì, ma più calmo di lui. *Ovviamente.*

«Non eri etero?» gli chiese Jake. Nonostante l'argomento ostico, Cody non perse il sorriso.

«Qui nessuno lo sa.»

Jake sorrise e richiuse gli occhi. «Io non mi lamento.»

Non seppe per quanto rimasero lì. Forse si sarebbe dovuto sforzare quantomeno di cercare sua madre, o chiamarla, ma non aveva voglia di vedere *nessuna delle due*. Aveva voglia di dormire, e il calore di Cody era abbastanza perché perdesse ogni altra spinta a fare uno sforzo per alzarsi. Poi lui non si stava lamentando.

«Jacob?»

E allora successe una cosa buffa.

Quando aprì gli occhi fu di nuovo bambino. Sua madre era lì, davanti a lui, e Jake era uscito da scuola con un livido sulla guancia. Gli occhi di Faith erano bagnati e c'era rabbia e costernazione nella sua espressione. Lui correva da lei e la abbracciava, e la mamma lo consolava perché a scuola le aveva prese di nuovo.

Stavolta era stato bravo, però. Le raccontava di come era riuscito a rispondere ai pugni. Sì, la mamma aveva ricevuto un richiamo e Ingrid si sarebbe arrabbiata perché doveva di nuovo tornare a scuola e mettere a posto le cose con la preside e le insegnanti, ma lui era stato bravo.

E sapeva che, prima di tornare a casa, Faith gli avrebbe comprato un gelato. Perché era una brava mamma e gli voleva bene.

Perché era ancora piccolo per capire.

Faith aveva il volto invecchiato. I capelli biondi erano più chiari e lunghi, c'erano delle rughe sul viso e aveva messo su qualche chilo. Anche il vestiario era cambiato, nonostante mantenesse lo stile impeccabile di dieci anni prima. Gli occhi erano sempre gentili e amorevoli, nonostante fossero pieni di lacrime.

Jake lasciò andare il sospiro che gli si era bloccato in gola.

E il mondo ripartì.

«Faith.» Sua madre si portò una mano alla bocca ed emise un gemito. Lui si alzò. «È... bello vederti.» Non sapeva se lo era davvero, ma sembrava la cosa giusta da dire. Faith allargò le braccia e gliele gettò al collo, poi lo strinse forte. Non si era accorto di essersi fatto più alto. Forse lei era diventata più bassa e piccola.

«Mi sei mancato così tanto, tesoro...»

La sua mente si divise in due. Una parte sputò un sarcastico: *"Oh, sì, certo"*. L'altra, quella del bambino che le aveva prese a scuola e che stava già assaporando il suo gelato, rispose: *"Anche tu"*.

Lui rimase in silenzio.

«Sarai stanco. La mamma ci aspetta al bar, stavamo cercando il tuo aereo e...» Gli venne da ridere ancor prima di sapere perché si fosse fermata. *Ecco che inizia.* Poteva quasi sentire il suo cervellino muoversi ed emettere arcobaleni. Non che non se lo fosse aspettato.

«Lui è Cody.» Faith lo fissava con questo strano sorriso trattenuto tra le labbra spalancate in segno di sorpresa. Era così *ovvia*. «Ha voluto accompagnarmi.» Non definì il loro rapporto, principalmente perché non sapeva cosa fosse più offensivo. È un amico. È il mio ragazzo. È una persona con cui scopo ma, sai, è gentile e quindi ha preferito pagarmi un biglietto per Inverness e accompagnarmi ad affrontare quelle *puttane* delle mie madri. *Ops, scusa se l'ho detto ad alta voce, mammina, non lo farò più, promesso.*

Era stanco e la sua mente stava partendo da sola. Odiava quando succedeva.

«Oh,» stava dicendo sua madre, intanto. «È un piacere, Cody, sono Faith.» Si strinsero la mano, poi lei aggiunse: «La madre di Jacob.» Ed era *ovvio* che volesse sapere cosa ci fosse tra loro, ma non le avrebbe dato la risposta che cercava. No, affatto.

«Il piacere è mio, signora.» Nient'altro. Una politica stretta di mano, poi Cody recuperò la valigia e Jake fece lo stesso. Gli venne da sorridere. *Bravo, bambino, a casa ti do la caramella.*

«State a casa di papà, giusto?» chiese Jake. Faith annuì.

«Sì, nel fine settimana arriveranno anche gli zii e qualche collega di lavoro,» rispose. «Onestamente, non lo sentivo spesso, quindi non so se dovremmo avvertire qualcun altro, ma l'annunciò è già stato fatto e credo che, se c'è qualcuno in particolare, passerà a salutare sabato.»

Jake annuì. Faith li condusse verso la saletta dell'aeroporto. Su di un divanetto, con un bicchiere in mano e gli occhi fissi sullo schermo dei voli, se ne stava una donna magra, dai capelli corti e le fattezze di una quindicenne. Anche Ingrid era invecchiata, ma tutto lo sport che faceva doveva averla mantenuta in forma. Forse era il troppo lavoro. Forse era il sangue da arpia.

Quando notò che Faith stava arrivando, si alzò e i loro occhi si incontrarono.

Questa volta, se anche ci fu un flashback a rimembrargli il passato, Jake lo represse.

«Jake!» Ingrid gli andò incontro e lo abbracciò. Rimase rigido in quel gesto, come se non sapesse come reagire, cosa fare, come si facesse a muovere gli arti. Ingrid dovette accorgersene, perché l'abbraccio durò poco. «Sarai stanco. Immagino che sia stato un lungo viaggio.» Poi si voltò verso Cody; la sua reazione fu più contenuta di quella di Faith. «Sono Ingrid, sua madre.»

Jake controllò l'espressione di Cody. Se ne stava immobile, come se i suoi neuroni avessero avuto bisogno di attivarsi. Fu un secondo, un cambiamento impercettibile che difficilmente avrebbe potuto essere notato da altri. Jake, però, lo conosceva.

Poi Cody allungò la mano e strinse quella di Ingrid, con quel suo sorriso affabile e seducente che gli scaldava tutto il corpo. «È un piacere, signora. Cody.»

«Mi accompagna,» comunicò Jake. «Spero non ci siano problemi, ma possiamo prendere una stanza d'albergo nel caso.»

«Non essere sciocco, Jake,» rispose Faith. Aveva un sorriso largo e felice. *Oh, guarda, Jackey, la mammina è contenta che tu non l'abbia delusa portandoti una ragazza a casa!* «Siete entrambi bene accetti, la casa è grande.»

«Sì. Grazie di essere venuto, Cody.» Ingrid indicò il tavolo e fece qualche passo verso il bancone. «Volete mangiare qualcosa prima di ripartire?»

«Il cibo schifoso dell'aereo basta e avanza, grazie.» Jake sbadigliò. «Preferirei tornare a casa e buttarmi a letto.»

«Sì, è meglio,» convenne Cody. «Sembri uno zombie.»

«Wow, grazie, Code.»

Cody emise una mezza risata, poi recuperò la valigia e gli passò il borsone. Faith e Ingrid fecero strada verso il parcheggio esterno e la brezza di Inverness lo salutò. Beh, in realtà lo travolse come un cucciolo che fa le feste al padrone di ritorno da un viaggio di tre settimane.

«Cristo santo,» esclamò Cody.

Fu Jake a ridere, stavolta. «Ti avevo avvertito.»

«Sì, ma... *Cristo santo.*» Cody si strinse nel giaccone e gli si avvicinò, come volesse cercare calore. Jake si limitò a ridere ancora e ad aiutarlo a trascinare la valigia sull'asfalto, fino a fermarsi davanti alla Mercedes di Ingrid. La donna aprì il bagagliaio e li aiutò a caricare le valige, poi entrambi salirono sui sedili posteriori; Faith si stava già allacciando la cintura alla postazione di guida.

«Dovevo guidare io,» le disse Ingrid. Faith per tutta risposta fece la linguaccia.

«L'hai fatto all'andata, il ritorno tocca a me.»

Ingrid socchiuse gli occhi, ma evidentemente non aveva voglia di ribattere perché si limitò a sedere accanto a lei e ad accendere la radio, per scegliere la canzone. Funzionava ancora così tra loro. Portava una valanga di ricordi che Jake non aveva intenzione di revisionare.

Sui sedili posteriori c'era abbastanza spazio perché lui e il vicino potessero starsene da una parte all'altra della macchina, ma Cody decise che il freddo aveva la meglio. Gli si addossò letteralmente contro e si strinse nella giacca, tremando. Dio, era adorabile.

«Così freddo?» chiese Jake.

«*Cristo santo,*» ripeté Cody, facendolo ridere. Allargò un braccio e lo posò sullo schienale dietro di loro, per permettergli di trovare calore contro il suo petto. Stranamente, Cody non si fece pregare. «È sempre così qui?»

«No,» rispose Jake. «D'inverno è anche peggio.»

«Non è ancora inverno?»

«Solitamente, l'inverno inizia verso fine dicembre.»

«E in Scozia è già dicembre?» Cody venne percosso da un brivido e si strinse di più contro di lui. Cercò miseramente di trattenere un sorriso, ma non ci riuscì. Quando era diventato così adorabile?

«È un bel cambiamento dall'America, eh?» chiese Faith. Solo allora si rese conto che erano ancora in macchina e che le due donne li stavano fissando con sguardi d'intesa, soddisfatti. Si irrigidì, anche se non fece nulla per allontanare il compagno.

«Da noi si sta sicuramente più caldi,» rispose Jake. La sua voce suonava scontrosa.

Cody dovette accorgersi del cambiamento, perché si raddrizzò sul suo sedile e fece appello soltanto al poco calore che riusciva a raccogliere dalla giacca. Qualcosa nel petto gli si strinse, provocandogli una fastidiosa sensazione di vuoto allo stomaco.

«Di dove sei, Cody?» Ingrid si voltò a guardarli mentre Faith si immetteva sulla strada che portava in città. «Hai un accento fantastico.»

Doveva concederglielo: non aveva ancora indagato sul loro rapporto. Forse perché aveva già dato per scontato tutto. In ogni caso, non gli interessava scoprirne il motivo e dare il via alle domande.

«Oh, Texas,» rispose Cody. «Ma vivo in Tennessee da un po'.»

«Texas! Wow, sei un cowboy!» Faith guardò prima Cody e poi lui dallo specchietto retrovisore. A Jake scappò una smorfia quando gli fece l'occhiolino. «Vi conoscete da molto?»

Ed eccola lì.

Cody gli rivolse uno sguardo. Forse voleva sapere quanto poteva dire, magari aveva intuito che era un argomento difficile per lui. Non che non fosse palese: aveva ancora la smorfia disgustata sul viso.

«Qualche mese,» rispose Jake, a denti stretti.

«Oh, wow, e hai voluto accompagnarlo fino a qui?» Stavolta era Ingrid. Si girò a guardarli e fece loro un sorriso complice. Maledizione, il vuoto allo stomaco si era trasformato in un nodo. Aveva la nausea. Si stava stringendo sempre più. «È proprio amore.»

«Non stiamo insieme.» Tanto valeva sistemare il fraintendimento subito. *Quale fraintendimento?* «Siamo solo amici, ha un gran cuore, fine. Non è sempre tutto amore e arcobaleni come la pensate voi.»

Per un attimo calò il silenzio, interrotto soltanto dalla musica bassa dei Pretty Reckless. Ingrid strinse le labbra e lo fissò; Jake poteva quasi seguire il flusso di quei pensieri che tornavano a tanti anni prima, lei che aveva voglia di sgridarlo e si rendeva conto che, guarda un po', adesso aveva trent'anni.

«Uhm... quindi non sei gay, Cody?» Incredibile come potesse chiederlo con la sfacciataggine e la solita tenerezza, tipiche di Faith. Aveva sempre avuto più sensibilità, ma in quanto a tatto... quello, con quell'argomento, non combaciava mai.

«Non sono fatti vostri, in ogni caso,» rispose Jake. Era già tanto se non era stato più scurrile. Cody lo guardò ancora, ma non si girò a rassicurarlo. Non sapeva cosa doveva dire, tra l'altro: il coming out dipendeva da Cody e l'omosessualità era una cosa che non ammetteva nemmeno a se stesso, figurarsi a...

«Sto esplorando le possibilità. Non voglio... Preferisco non darmi un'etichetta.»

Tu stai cosa? Stavolta lo guardò e fu Cody a non ricambiare quello sguardo. Aveva il collo rosso ed era certamente imbarazzato. Per contro, c'era ancora qualcosa nello stomaco di Jake che proprio non la smetteva di dargli grane. Dio, era snervante.

«Quindi state insieme? Perché è abbastanza palese, ragazzi. Vi mangiate con gli occhi.»

Okay, come si faceva a scendere dalla macchina? Doveva per forza buttarsi? Perché sì, forse era pericoloso, ma l'avrebbe fatto volentieri. Si fece avanti, sporgendosi verso i sedili anteriori.

«Senti, perché non pensi a guidare e lei non pensa a sentire la sua musica di merda, così noi possiamo starcene in silenzio a recuperare le cazzo di ore di viaggio senza rispondere a domande cretine come le vostre?»

«*Linguaggio, Jake.*»

«*Non sono più tuo figlio, Ingrid.*»

Ingrid si voltò di scatto verso di lui e fu una fortuna che fosse Faith a guidare, perché aveva sicuramente più sangue freddo di lei. Infatti, non fece nulla per fermare quella che era la prima di tante discussioni. Lo sapeva, si era preparato ampiamente. Scommetteva sulla decina al giorno, ma era fin troppo ottimista. Forse venti, magari venticinque.

Ingrid aprì la bocca per discutere e lui la fissò quasi con sfida. Sì, non vedeva l'ora di rispondere a tono, insultarla, magari ferirla. Era possibile? Non era lei la donna di ghiaccio che aveva il coraggio di rovinare la vita a suo figlio?

«Ha ragione, Ingrid,» si intromise Faith. *Ah, davvero?* «Lasciamoli riposare. Saranno stanchi.» Il tono triste di Faith fece male solo un po'. Ingrid lo fissò per altri cinque o sei secondi, prima di rigirarsi e alzare la musica. Lui si accostò al finestrino e osservò i campi fuori che si susseguivano.

La strada verso Culloden non era lunga. Suo padre viveva in un villaggio nell'area provinciale di Inverness, a pochi minuti dalla città stessa. Era un posto tranquillo, da quel che ricordava. Villette a schiera e bambini che giocano, un tempo di merda. Non era molto, ma dopo dieci anni lontano da lì la mente iniziava a fare cilecca.

Faith parcheggiò davanti la vecchia casa di suo padre. Era incredibile quanto il vicinato apparisse tranquillo, nonostante Rick non fosse più lì. Come se non fosse successo nulla, come se la vita andasse avanti.

Ma va avanti, Jake, e tu lo sai.

Sospirò. Nessuno disse nulla uscendo dall'auto. Recuperarono le valige e poi si diressero verso la porta d'ingresso. Una villetta in mattoni, un ampio giardino recintato, un vecchio cane steso di fronte alla sua cuccia, con l'aria sconsolata, che li notava e alzava il capo. Poi lo fissava. Immobile.

«Ehi, Toby,» lo salutò lui. Lasciò il borsone accanto a Cody e si diresse verso il cane. Un movimento della coda, poi uno scodinzolio ininterrotto. Il cane abbaiò e gli corse incontro.

Era un meticcio di taglia media, ma riuscì comunque ad atterrarlo quando gli saltò addosso. Jake scoppiò a ridere. Il cane prese a leccargli i vestiti e il volto, e fece fatica a spingerlo via e rimettersi in piedi.

«Wow, Jake, non l'ho mai visto fare così!» sentì dire da Faith. «Menomale! Era così giù...»

Jake quasi la ignorò. Si inginocchiò ad accarezzare il cane dietro le orecchie, mentre quello non la smetteva di muoversi. Presto Cody gli fu accanto e si chinò per farsi annusare da Toby. Ovviamente piaceva anche all'animale.

«Ciao, bello,» mormorò Cody.

«Gli piaci,» gli disse Jake. Abbozzò un mezzo sorriso. «Che novità.»

«Ho un cane a Garland,» spiegò Cody. «Me la cavo con gli animali.» Poi alzò lo sguardo verso di lui e, prima di continuare, controllò che le donne fossero lontane. «Stai bene, Jake?»

Un angolo della bocca gli si alzò. «Non preoccuparti. Una

dormita e sarò come nuovo.» Entrambi si alzarono e si diressero verso il vialetto. Le donne erano dentro casa, perché la porta era aperta. Recuperarono le valige. «Avrei dovuto avvertirti.»

«Non importa,» rispose Cody. «Immagino sia una situazione di merda, eh?»

«Non hai idea.»

Non l'aveva davvero.

LE DUE DONNE li guidarono verso una stanza ampia, con un letto matrimoniale e due armadi colorati. C'era una grossa finestra che dava sul viale e lasciava entrare la luce, una scrivania e un lampadario colorato, in tinta con gli armadi. Parquet sul pavimento, pareti bianche e arancio.

Faith gli chiese se preferisse stare in una stanza separata piuttosto che dormire con Jake, ma il compagno rispose che andava benissimo così, e la liquidò. Lo osservò mentre chiudeva la porta e si dirigeva alla finestra, per controllare l'isolato. Era visibilmente stanco, scosso e nervoso.

Voleva fare qualcosa per lui, ma non aveva idea di come aiutarlo.

Non sapeva nulla, in realtà. C'era di certo astio tra Jake e le sue *madri*, quello era palese, ma non sapeva perché. Immaginava c'entrasse qualcosa il fatto che se ne fosse andato dall'altra parte del mondo.

«Vogliamo fare una dormita?» chiese Cody. Erano stati in viaggio per una giornata intera, senza contare le ore passate a New York in aeroporto, e lui era sfinito. Sì, avevano dormito un po' in aereo, ma non era stata la cura adatta per lo spossamento del cambio di fuso orario.

Jake si voltò verso di lui e lo fissò per diversi istanti. Non riusciva a leggere nulla nei suoi occhi, vi era solo uno sguardo sterile ed enigmatico. Forse voleva dirgli qualcosa, ma dovette arrendersi. Cody si avvicinò piano e fece scivolare le braccia lungo la sua vita, tirandolo piano a sé e stringendolo.

Non si sarebbe mai abituato alla sensazione meravigliosa che gli trasmetteva stringere il corpo di Jake. Non era paragonabile a nulla di quello che avesse provato fino a quel momento. Era qualcosa di completamente nuovo, inspiegabile e *bello.*

«Grazie,» sussurrò Jake contro il suo orecchio. Un brivido gli percorse la schiena. «E scusa. Non volevo sbottare così in fretta, me l'ha tirata fuori lei.»

«Non preoccuparti, Jake.» Cody gli baciò il collo e lo condusse verso il letto, dove lo fece sedere. Di fronte a lui, ancora in piedi, gli accarezzò i capelli. Jake chiuse gli occhi e sospirò, godendosi quel tocco.

«Volevo scopare, ma non ne ho la forza adesso.»

Cody ridacchiò. «Ci penseremo dopo una dormita. Saprò soddisfarti meglio una volta riposato.»

Jake sorrise, e il suo sguardo gli diede una scossa di desiderio. «Attento alle parole che usi, potresti svegliarti con il mio cazzo in gola.»

Sentiva già i pantaloni stretti, ma sapeva che nessuno dei due aveva la forza di fare qualcosa in quel momento. Ne aveva una gran voglia, certo, ma era stanco. Si chinò a dargli un bacio bagnato e breve, poi lo spinse contro il letto e salì su di lui. Un altro bacio. «Quando ci saremo svegliati potrai scoparmi la bocca come meglio credi.»

Gli occhi di Jake erano scuri. «Intendevi questo quando hai detto che stavi esplorando le possibilità?»

Gli aveva dato fastidio, eh? Si morse un labbro. «Forse.» Lo baciò ancora, poi entrambi si sdraiarono, il capo sui cuscini. Jake prese le coperte appoggiate alla struttura del letto e le avvolse sui loro corpi, poi si avvicinò per tirarlo a sé e abbracciarlo.

«Forse?» Un nuovo bacio, stavolta ad avvicinarsi fu Jake.

«Forse,» ripeté Cody. La sua voce si faceva sempre più un sussurro. «O forse voglio soltanto fare qualcosa per te.»

Era semplice essere sinceri con Jake. Mentiva spesso agli altri quando gli faceva comodo, ma esternare i propri sentimenti con quell'uomo era diventato automatico come respirare. Gli piaceva, e gli piaceva l'effetto che faceva su di lui. Quello sprazzo di dolcezza e affetto, forse anche imbarazzo, il modo in cui non diceva nulla, sorrideva e lo baciava, come se la risposta fosse stata tutta lì, tra le loro labbra, un segreto custodito soltanto tra di loro.

«Dormi, adesso. Ne riparliamo quando ci saremo svegliati.»

«Lubrificante e preservativi sono nel tuo borsone.» Le tende della finestra erano aperte, ma dopo che ebbe tirato su le coperte, fino sopra le loro teste, l'ombra fu abbastanza perché il torpore si facesse sentire.

Jake sorrise, prima di scivolare nel sonno. «Lo so, è accanto al letto apposta.»

SI SVEGLIÒ DI SERA, con un gemito roco e disperato. Il suo.

Era duro e il piacere era concentrato in basso, nel sesso caldo e umido. Quando diede un altro gemito, stavolta più pressante e acuto, si rese conto che c'era una bocca avvolta su di lui. *Jake, Cristo, sì.*

Tremava. Allungò una mano verso il basso, a stringere i capelli di Jake. Lui gliela scostò e si staccò dalla sua erezione, fino a baciarlo. C'era urgenza e lussuria su quelle labbra, e le mani dell'altro erano strette sulle sue braccia e lo tenevano fermo. Non facevano altro che accrescere il suo desiderio.

«È ancora valida la proposta?» chiese Jake. Anche lui

aveva la voce roca. Non riuscì a far altro che annuire freneticamente. Fece per mettersi a sedere, ma Jake lo schiacciò contro il materasso e gli morse il labbro. Forse fino a spaccarlo, perché sentì il sapore ferroso del sangue in bocca.

Lo vide tirarsi su e avvicinare il bacino verso di lui; era già nudo. Come aveva fatto a non accorgersi che si era svegliato? Non che gli importasse.

Jake portò gentilmente una mano verso il suo volto, e con il pollice gli schiuse le labbra. Con l'altra si teneva il sesso, a cui diede un paio di carezze. Era duro ed eretto. Quando gli strofinò la punta contro la bocca, Cody lasciò uscire la lingua e raccolse il liquido seminale che già lo bagnava. Dio, era splendido.

«L'hai mai fatto prima?»

Era una domanda sciocca, perché Jake sapeva perfettamente che era inesperto. Scosse il capo, poi tornò a leccargli la punta del sesso. Il respiro di Jake era affannato. Non era pratico di pompini, ma era pur sempre l'uccello di un altro uomo; quanto poteva essere diverso dal suo in fatto di piacere?

Jake gli prese una mano con delicatezza, poi la portò alla base del membro. La lasciò lì, per accarezzargli una guancia. «Sei splendido.»

Qualcosa gli si gonfiò nel petto, come orgoglio. Sorrise mentre accoglieva il sesso di Jake in bocca, fino alla mano che lo stringeva, e faceva scorrere la lingua lungo tutta l'asta. L'uomo gemette e il corpo sopra di lui tremò. Sapeva che Jake era sensibile, ma non credeva che gli piacesse così tanto avere quel potere su di lui, quel controllo, quella dipendenza dalla sua lingua e dal modo in cui lo succhiava. Era una sensazione meravigliosa.

Scese di più su di lui, fino a che il sesso non gli toccò la gola, poi tornò indietro, lentamente, e lo lasciò andare con un lieve e umido schiocco. Jake ebbe un altro tremito intenso.

«Sbrigati, Code.»

Sogghignò. «Altrimenti?»

Jake chinò il capo verso di lui e spalancò gli occhi. Era rosso, e aveva gli occhi scuri e famelici. Una scossa lo percorse fino al basso ventre, ricordandogli che aveva un urgente bisogno di venire anche lui. Provò a ignorarlo.

«Dai, non torturarmi.»

«Altrimenti?» ripeté. Jake sbuffò, ma le successive parole si persero in un nuovo gemito, stavolta più simile a un urlo. Qualsiasi cosa stesse facendo, mentre tornava ad accoglierlo in bocca con un solo movimento deciso che quasi lo fece soffocare, lo stava facendo bene.

«*Cristo.*» Jake gli strinse i capelli in una mano e dimenò il bacino verso di lui, come a voler prendere il controllo. Cody portò le dita ai suoi fianchi e cercò di farlo stare fermo, con risultati scarsi.

Okay, allora.

La prima spinta di Jake fu lenta e quasi premurosa. Serrò le labbra su di lui e accompagnò il suo movimento con lingua e denti, delicatamente, per non fargli male. Sentiva quella durezza pulsare nella sua bocca, calda, e la mente viaggiare pericolosamente. Piegò le gambe per dare tregua alla propria urgenza, in un movimento vano.

Poi, piano, Jake aumentò il ritmo, e prese possesso della sua testa scopandolo senza alcun freno. Un paio di volte minacciò di soffocare, ma riuscì a mantenere il controllo e la dovuta calma per coordinare il respiro con i movimenti dell'amante, succhiare, leccarlo come meglio riusciva. Non era esperto, ma dai gemiti di Jake immaginava che non fosse nemmeno tanto male.

Non durò molto. Jake spinse sempre più forte, fino a che i tremiti non divennero pressanti e tutto si ridusse a una serie sconclusionata di spinte e suoni. L'uomo uscì appena in tempo dalla sua bocca perché un getto caldo di liquido seminale lo colpisse sul viso. Cody chiuse gli occhi, ma la mano che aveva stretto il sesso del compagno tornò a pomparlo, per permettergli un orgasmo soddisfacente.

L'urlo di Jake fu di puro piacere. *Ah, potrei ascoltarlo per tutta la vita.*

Scivolò sotto di lui, dimenando il bacino. Aveva una mano ancora serrata sul fianco dell'uomo, le unghie scavavano nella sua pelle e si aggrappavano come fosse un'ancora. L'altro aveva la schiena appena inarcata e ansimava rumorosamente. Quando tornò a guardarlo, il suo volto era così in estasi, sudato e pieno di piacere, che si ritrovò a sorridere.

«Jake, non ce la faccio più,» mormorò. L'uomo si chinò a baciarlo e scivolò su di lui. Quando incontrò la sua erezione, perse qualche istante per strofinarci il sedere contro. «*Cazzo*. Ti prego, Jake.»

«Cosa vuoi?» sussurrò l'altro a fior di labbra. Anche Cody tremava, adesso.

«Non lo so, qualsiasi cosa, fammi venire.» Era un tono così disperato e urgente che il rossore sulle sue guance poteva benissimo essere di vergogna, oltre che di piacere.

«Altrimenti?»

Scoppiò a ridere. «Figlio di puttana.»

«Sì,» Jake gli diede un bacio, poi scese con le labbra sul suo collo e succhiò piano. «Sì, lo sono entrambe.»

Quando chinò lo sguardo, Jake stava sorridendo, ma non lo guardava. C'era una scintilla di tristezza nel suo volto che non gli piacque. Una mano del compagno scivolò verso il basso, e ogni parola si perse nella sensazione di soddisfazione che gli provocò. Finalmente lo toccava. «*Dio, sì*.»

Jake gli baciò un orecchio. «Vieni per me, Cody.»

Un sussurro roco che fece esplodere qualcosa dentro di lui. Bastarono pochi movimenti della sua mano perché anche lui raggiungesse il culmine. Quando venne, ebbe la decenza di mordersi il labbro, già dolorante, per evitare di urlare.

Un milione di scintille che gli fecero vorticare la testa. Si rese conto soltanto dopo qualche secondo di blackout che Jake lo stringeva a sé, e che il suo cuore batteva così forte da temere che potesse scoppiare.

«*Cristo...*»

La risata di Jake gli colpì il petto. «Quanta fede per un non credente.» Un bacio sulla guancia, poi sulla fronte, fino a posarsi soffice sulle sue labbra. Adorava quando Jake diventava così premuroso.

«Mio Dio, Jake, sei...» Non trovò le parole, così non disse nulla. Avrebbe capito in ogni caso, come sempre. «Forse... forse abbiamo fatto troppo rumore?»

«Chi se ne frega,» rispose l'uomo. Rotolò su di lui fino a stendersi sul letto, poi lo tirò a sé e gli avvolse le braccia e le gambe al corpo. Lo fece sorridere: era come un animale che aveva bisogno di rendere palese il possesso. L'idea che Jake potesse pensare che era *suo*... fu stranamente piacevole.

«Immagino siano parecchio *aperte* di mente...»

«Non solo di mente,» rispose Jake. Le sue mani gli percorrevano la schiena sotto la maglia completamente madida di sudore. I pantaloni erano abbassati, ma per ora non gli dava fastidio essere così esposto. «Diciamo che mi sto prendendo anche una piccola vendetta per le notti insonni da adolescente.»

«Cavolo,» ridacchiò. «Dev'essere stato stressante.»

«Dev'essere stato un inferno,» rispose Jake. C'era ancora quella venatura di tristezza nella sua voce che, in qualche modo, gli perforava lo stomaco. Era spiacevole.

«Cos'è successo tra di voi?»

Era una di quelle domande che sapeva non avrebbe dovuto fare. L'argomento che Jake rifuggiva di più era il suo passato, qualsiasi cosa lo riguardasse. Con tutto l'astio che aveva visto dimostrare verso i suoi genitori, immaginava che fosse pressoché impossibile per lui rispondere sinceramente. Però, in qualche modo, sperava che si aprisse. Era narcisistico e sciocco, ma lo sperava. Non sapeva neanche perché gli interessasse tanto.

Jake rimase in silenzio per qualche secondo. Forse Cody avrebbe dovuto ritrattare e parlare di altro, ma non ci riuscì. Era troppo egoista per farlo. Era troppo bisognoso di saperne di più.

«In breve,» mormorò, poi, Jake. «Sono persone prepotenti e meschine. Hanno manie di controllo, e vogliono che tutti facciano quello che dicono. Soprattutto se credono che qualcuno gli appartenga.»

«È quello che è successo a te?» Voleva saperne di più, voleva tutta la storia. «Volevano che facessi quello che dicevano loro?»

«Volevano che *fossi* quello che dicevano loro,» spiegò Jake. «Un figlio perfetto, affascinante, gay. Un modellino a loro immagine e somiglianza, con una bella storia pronta per *Diritti Queer & Co.*»

«Diritti Queer & Co?»

Jake scoppiò a ridere. «L'ho inventato, Code. Non è quello il punto.» Una mano salì ad accarezzargli i capelli. Era così rilassante... «Magari ti racconterò più tardi. Ora è meglio se ci diamo una lavata e mettiamo qualcosa sotto i denti. Anche se non ne ho voglia, immagino di dover parlare con loro per saperne di più riguardo ai prossimi giorni.»

Cody si girò per cercare il telefono. Era ancora nella borsa, così lentamente si staccò dal suo amante e rotolò giù dal letto per recuperarlo. Erano appena le otto di sera.

«Abbiamo dormito un sacco.»

Jake stava recuperando qualcosa dal suo borsone, che Cody scoprì essere l'occorrente per la doccia. «Già, vorrà dire che dovremo tenerci occupati in qualche modo stanotte.»

Rise e lo imitò, aprendo la valigia. «Fai la doccia prima tu o vuoi che vada io?»

Quando non sentì risposta, si girò a guardarlo. Jake era accanto alla finestra, quindi riusciva a vederne bene l'espressione grazie alla luce proveniente dall'esterno, dai lampioni e dalla luna. Aveva un ghigno meraviglioso sulle labbra. Non si era mai accorto che gli piaceva così tanto. Certo, gli piaceva, ma *così tanto*? Stava sviluppando quasi una dipendenza.

«Non avevo messo in conto di fare due docce, tesoro.» Jake ammiccò e si coprì il bacino con un asciugamano. «Credo proprio che ne basti una. E poi, ti devo un pompino.»

Furono fuori dalla stanza in pochi istanti e fu grato che le due donne non fossero nei paraggi per vederli sgattaiolare in bagno mezzi nudi.

10

«Allora, com'è l'America, Jake?»

Non poteva pretendere di passarla liscia. Troppo facile.

D'altronde, c'era un silenzio quasi insopportabile a tavola. Avevano preparato la cena per lui e Cody – *Wow! Che cosa materna!* – e per un attimo c'era stato quel classico momento assurdo di quando quattro persone si ritrovano forzatamente a mangiare insieme, che Jake aveva sempre odiato. Non gli era mai piaciuto mangiare con gli altri. Si sentiva a disagio, era una cosa che *non gli piaceva*. Con loro, poi, era sempre stato difficile.

Affondò la forchetta nel suo pezzo di carne e se lo portò alle labbra, stringendosi le spalle. «Normale.»

«Normale?» Ingrid fece quella faccia da finto interesse che faceva sempre quando doveva dimostrarsi affabile e delicata davanti alla sua bella mogliettina. «Dai, raccontaci qualcosa.»

«Grande. Piove di meno e strascicano di più.» Faith gli rivolse uno sguardo interrogativo, così dovette stringersi di nuovo nelle spalle e fare un cenno verso di Cody. «L'hai sentito parlare, no?»

«Ehi!» Cody gli tirò un calcetto sotto il tavolo e lui si mise a ridere. Per un istante, perché le sue madri li guardavano con i soliti occhi sognanti e a lui *non* piaceva. Come, del resto, tutto ciò che riguardava la loro deliziosa serata.

«Beh, allora… come vi siete conosciuti?»

Oh, oh. Gliel'avevano chiesto davvero. Jake rivolse uno sguardo veloce al vicino. Cody guardava il piatto e il collo gli si era fatto rosso. *Adorabile.* Perché lo pensava così spesso, ultimamente?

«Uhm… A una festa.» *Dove io gli ho offerto un pompino e una sega. O era solo la sega?* «Era ubriaco e gli ho dato una mano.» *Di certo gliel'ho data.*

«Oh.» *Sì, Faith, proprio in quel senso.* Sua madre guardò prima lui e poi Cody. Il compagno era sempre più in imbarazzo. Lo fissò per un attimo, come per dire "Grazie tante, Jake. Fanculo".

«E come siete passati dal *darvi una mano* alla compagnia durante un viaggio così lungo?» Ingrid era sempre stata perspicace con questo tipo di discorsi. Soprattutto se implicavano un doppio senso sul sesso.

«Lui è una persona gentile, tutto qui.» Come se non fosse nulla. Con l'unica eccezione che lo era, qualcosa. Qualcosa di piuttosto speciale, cazzo. Nessuno aveva mai fatto una cosa del genere per lui, almeno non dalla morte di Cassian. Sì, magari era per vedere la Scozia e stronzate varie, ma… pagargli il biglietto? Non esitare un attimo? Accoglierlo in casa?

Sentì un disgustoso nodo allo stomaco.

«Non è niente, volevo soltanto…» Cody si bloccò per un attimo, evidentemente per qualcosa di imbarazzante che aveva pensato, visto che arrossì. Cody che arrossiva. Sul serio? Gli scappò un sorriso.

«Essere gentile. Perché è quello che fai di solito.»

Cody sbuffò, ma non rispose. Non sapeva se fosse imbarazzato per quello che stavano dicendo o per il fatto che i suoi genitori fossero davanti a loro. Forse per entrambe le cose. Era strano: se ci pensava, non aveva mai parlato apertamente con lui come negli ultimi giorni. Di solito pensavano a scopare e le poche volte che conversavano era di argomenti futili e brevi.

Si ritrovò a pensare che gli piaceva sentir parlare Cody.

«Sono contenta che tu abbia delle persone così premurose al tuo fianco, Jake.» Era Faith, quindi poteva provare a credere che fosse sincera. Almeno, i suoi occhi lo sembravano, per cui si limitò a sorriderle appena e tornare a pensare alla sua carne. Se Ingrid non avesse detto nulla di sconveniente, forse sarebbe anche riuscito a cavarsela. «E per quanto riguarda il tuo amico, il fotografo? Lui come sta?»

Si bloccò.

Perché lo sa? Perché diavolo lo sa?

Quando alzò lo sguardo, i suoi occhi erano puro terrore. Li vedeva rispecchiarsi in quelli di sua madre, che per un attimo sbiancò. Doveva temere di aver detto una stronzata, qualcosa di orribile. L'aveva fatto. L'aveva fatto eccome.

«Io... io e Rick ci tenevamo in contatto,» spiegò Faith. «Mi ha detto che... che eri con questo ragazzo, un fotografo di Nashville, e che stavi bene. Volevo... volevo solo accertarmi che stessi... sai...»

«Nashville?» sentì sussurrare da Cody. Gli rivolse uno sguardo veloce, soltanto per controllare la sua espressione. Confusione, perplessità. Era soltanto l'ennesima cosa che non sapeva di lui, ma forse era quella che più avrebbe dovuto sapere. Ovviamente.

Tornò a guardare Faith, poi il suo piatto. «È deceduto un anno fa.»

Con quanta più noncuranza era capace di metterci. Anche se il petto aveva iniziato a far male. Fastidiosi spilli nello stomaco, che non la smettevano di perforarlo quando era il momento meno propizio. Doveva finire la sua carne, ma col cavolo che l'avrebbe fatto senza vomitare.

«Oh, mio Dio...» Faith si portò una mano alla bocca. «Mi dispiace così tanto, Jake...»

«Non ne avevamo idea.» *Ovviamente.* «Dev'essere stato difficile.» Ingrid sembrava addirittura sincera nella sua costernazione. Lui stava per vomitare anche quello che aveva già mangiato.

«Beh, è passato tanto tempo. Si va avanti.» Rivolse un sorriso amaro alle due donne. Ancora non riusciva a guardare Cody. «È quello per cui siamo qui, no?»

«Sì, certo...» Faith aveva gli occhi lucidi. *Sul serio?* «Ma... Jake, è per questo che avevi chiamato tuo padre? So che lavoravi con lui, forse sei in difficoltà? Se hai bisogno di qualcosa, noi...»

Posò le posate nel piatto. Impossibile mangiare a quel punto. «No, senti. Apprezzo lo sforzo, ma sto bene. Me la cavo meravigliosamente da dieci anni senza di voi e continuerò a farlo. Non serve sforzarsi di dire qualcosa.»

Silenzio. Controllò le loro espressioni: Faith, come al solito, aveva quella faccia triste che minacciava un crollo emotivo. Sembrava che la depressione post-parto non l'avesse mai abbandonata. Ingrid, invece, aveva le labbra strette e gli occhi crudeli. Quanto voleva sgridarlo, anche se non era la persona più indicata a farlo.

Cody aveva ancora la testa bassa sul piatto. *Scusa.* Odiava che dovesse subire le conseguenze del suo passato sregolato. Era il motivo per cui non voleva che partisse con lui.

«Quindi, com'è organizzato il funerale di domani?»

Quando tornarono in camera, dopo una lunga conversazione circa onoranze funebri e tipi di rituali – per fortuna, Faith era riuscita a convincere la sua *dolce* consorte a partecipare a un funerale religioso, visto che suo padre era cristiano – Jake sapeva già che Cody avrebbe fatto delle domande.

Insomma, sarebbe stato stupido non farlo. Com'era stupido farlo, ma sapeva che non l'avrebbe risparmiato.

«Stai... bene?»

Gli venne da sorridere. Era sempre così maledettamente premuroso, anche quando era ovvio che si stesse arrovellando di domande. *Chiedi e basta, così non è facile per nessuno dei due.*

«Sì,» mentì. Chiuse la porta a chiave, poi si levò la felpa e la maglia che teneva sotto, e si mise quella che usava per dormire. Via i jeans, su un paio di pantaloni del pigiama scuri. Cody lo stava ancora fissando, ma non aveva voglia di sollecitarlo a cambiarsi. Se non voleva dormire, erano fatti suoi.

«Era Cassian?»

Eccoti, finalmente.

«Sì.» Dal borsone, estrasse una bottiglia d'acqua. Dava ancora le spalle a Cody.

«Sei venuto in America per lui?» Non riusciva a decifrare la sua voce. Era cauta, sicuramente, ma c'era tristezza? C'era rabbia? Cos'era? Forse si stava immaginando tutto, soltanto perché per lui *Cassian* era qualcosa di speciale, mentre agli occhi di Cody poteva semplicemente essere il suo datore di lavoro.

«Sì,» rispose ancora, prima di bere un sorso della sua acqua.

Cody rimase in silenzio. Sentiva quasi il suo cervellino elaborare. Cosa stava pensando? Magari stava facendo qualche strana associazione con Nathan, o si chiedeva come fosse stata la sua vita. Forse era miserabile ai suoi occhi, forse aveva capito che, se non aveva ancora trovato un altro lavoro fisso dopo Cassian, non era il caso di sprecare tempo con lui, perché era un reietto della società, perché non ne valeva la pena, perché...

«Stai bene, Jake?»

Si girò a guardarlo. Aveva un'espressione preoccupata, e c'era cautela nei suoi modi di fare. Nel suo atteggiamento. Nei passi che diresse verso di lui.

«Ti ho già risposto di sì,» disse, forse un po' perplesso. Più che un po'. Cody si fermò a poca distanza da lui, abbastanza vicino da poterlo toccare.

«Intendo riguardo a lui,» specificò Cody. «Non ho mai pensato al fatto che potesse avere degli amici. Forse credevo, stupidamente, che la famiglia fosse l'unica che ne soffriva ancora. Nathan, sai... Non conoscevo bene Cassian, quindi non ne avevo idea. Ma dev'essere stato difficile anche per te.»

Ah.

Aprì le labbra, ma non ne uscì nulla. Non se l'aspettava. Faceva male. Faceva male da morire.

Quanto ho aspettato per sentire parole del genere? Quanto le ho desiderate?

Perché Jake è quello forte, non gliene frega nulla. Può farcela. Nathan, invece, era suo fratello, lui può crollare, ha attacchi di panico, ha subito un trauma. Jake può farcela, perché è quello che ha sempre fatto. Perché dovrebbe crollare? Chi è lui, in fondo?

Il respiro gli si bloccò in gola. Forse era troppo stretta, gonfia, forse c'era qualcosa di strano perché faceva male da morire, come se si fosse infiammata tutta d'un tratto. Magari era il tempo orribile della Scozia, il fatto che facesse più freddo, che...

Poi si ritrovò stretto in un abbraccio, e tutto divenne più surreale e assurdo.

E gli occhi pizzicavano, ma a lui non piaceva mostrarsi così debole. L'aveva fatto troppe volte negli ultimi giorni, non era il caso. La gola faceva un male dannato, ma non si sarebbe permesso di crollare per un motivo così stupido.

L'abbraccio di Cody era bello e confortante. Caldo. Familiare. Tutto ciò che aveva sempre desiderato e atteso. Bastava così poco, eppure quanto aveva dovuto aspettare per averlo? Quel conforto che, cazzo, necessitava anche lui.

Chiuse gli occhi.

«Mi dispiace,» sussurrò Cody. «Non ne avevo idea. Mi dispiace.»

Jake si chiese di cosa si stesse dispiacendo. Non aveva colpe per quella situazione di merda. Era lui a dover chiedere scusa, era lui che stava diventando quello che non voleva.

Desiderava spingerlo via e dire che era tutto a posto, ma non ci sarebbe mai riuscito. Con Cody era sempre difficile. Mentire, nascondere, fingere di stare bene. Forse perché era più semplice abbandonarsi a lui e crollare. Perché Cody *capiva*. Non aveva idea di come facesse, ma *lo capiva*.

Emise un respiro strozzato. Le mani si strinsero debolmente alla maglia di Cody. L'uomo fece un passo in avanti e i loro corpi aderirono. Era così *caldo*.

«Jake, io ci sono per te.» Quanto era *bello* sentirglielo dire. «In qualsiasi momento tu abbia bisogno. Ci sono, non sei solo.»

Passarono diversi minuti abbracciati, senza dire nulla, solo ad ascoltare i loro respiri. Sentiva un battito potente e veloce all'altezza del petto, ma non sapeva se fosse il suo o quello di Cody. Era l'unico assordante rumore che sentiva.

«Quindi è davvero quello il motivo per cui non hai un lavoro?» Una mano risalì ad accarezzargli i capelli, l'altra scese su un fianco. Cody allontanò un po' il viso dal suo per guardarlo. I suoi occhi erano specchi verdi pieni di sincerità e...

Affetto. Era solo *affetto*. Si rifiutava di leggere altro, si rifiutava di ammettere altro.

«Ho fatto qualche lavoro,» disse, e dovette schiarirsi la

gola perché la voce uscì roca. «Non ho un contratto fisso, ma non mi sono fermato del tutto.»

«Però?» Era davvero così semplice da leggere? Non era mai stato così. *Fatta eccezione per Cass, ovviamente. Ma Cass era l'unico a cui importasse davvero.*

«Però niente, tutto qui.» Si portò una mano al viso per strofinare gli occhi. «Sto bene, Code, devo solo rimettermi in carreggiata.»

Cody gli accarezzò il viso, spostandogli una ciocca dietro le orecchie. Era un gesto che lo fece sorridere: il classico materiale da principesse e ragazzine, con l'unica differenza che lui non era né una principessa né una ragazzina. «Sei stato sfrattato perché non riuscivi a pagare l'affitto, Jake.»

«Troverò un modo per riprendermi. Non ti darò fastidio per molto, promesso.» Gli rivolse un sorriso, ma era troppo scosso per nascondere il tono sarcastico. Cody, infatti, aggrottò le sopracciglia e lo guardo torvo.

«Non è un problema per me, te l'ho detto.» Si staccarono per cambiare posizione e sedersi sul letto, ma quando si ritrovò lontano dalle sue braccia sentì freddo. Una sensazione sgradevole. «Sono soltanto preoccupato.»

«Sto bene,» ripeté. Wow, era passato del tempo dall'ultima volta che aveva dovuto rassicurare così tanto una persona. «Vedrò di trovare qualcosa.»

Si misero comodi sul letto, lui a gambe incrociate contro la testata, Cody da un lato, rivolto verso di lui. Si levò le scarpe e iniziò a spogliarsi. «Non potevi chiedere a Nathan? Edward ha sicuramente bisogno di altri modelli, non hai mai pensato di proporti?»

«Ho fatto qualche lavoro anche per lui,» rispose. «Ma... non è quel che cerco. Non lo so.» *Oh, sì che lo so. Non è il lavoro che voglio.*

«Ok, ma dev'esserci qualcos'altro. Jake, diamine, avresti

potuto parlarmene... O anche con Nathan, sono sicuro che ti avrebbe dato una mano. È suo fratello.»

Si ritrovò a ridere. «Dio, Cody, non è una tua responsabilità. E non è semplice stare ventiquattr'ore su ventiquattro a contatto con i Doyle. Non che avessi voglia di piangere sulla spalla del fratellino devastato, non sono così insensibile.»

Cody gli rivolse un sorriso triste. «Non sei neanche di ghiaccio...»

No, non lo era. E Cody era l'unico a saperlo.

Rimase in silenzio per qualche istante prima di rispondere al suo sorriso e rilasciare un sospiro lieve. Si allungò verso di lui e gli prese un braccio, poi lo tirò a sé per baciargli le labbra. Piano, dolcemente.

«Basta parlare, abbiamo davanti una lunga notte.»

***

Settembre 2014
Jackson, Tennessee

JAKE ENTRÒ NELL'OSPEDALE CORRENDO. *La porta sbatté dietro di lui e nemmeno se ne accorse. Un rumore meccanico, qualche* bip *proveniente da non sapeva nemmeno dove, voci basse nell'area d'attesa.*

«Devo vedere un paziente.» La sua voce non sembrava appartenergli mentre pronunciava il suo nome.

«È un parente?»

Sì. *«No, ma...»* Sì, è la persona più importante della mia vita. Dov'è?

«Signore, deve rimanere in attesa.»

Fatemelo vedere. Fatemi vedere...

«Jake.» Il sorriso gli morì sul volto prima ancora di nascere.

Perché, stupidamente, quella testa del cavolo aveva sentito la voce di Cassian. Ma non era lui. No, non era lui.

Perché ha gli occhi lucidi? Nathan non piange mai.

Poi lo abbracciò. Nathan non lo faceva. Sì, erano amici, ma un abbraccio era troppo. Era Cass quello affettuoso, ed era con lui che aveva un rapporto più stretto. Nathan era solo... solo...

Un altro membro della famiglia? Un.. un... Mio...

«Jake.» Solo quel nome, la voce di Nathan era distorta, tremava, il suo corpo era cenere tra le sue braccia, se avesse stretto troppo sarebbe crollato. Non che stesse stringendo: era ancora immobile, ancora non capiva.

No, ho capito. L'ho capito fin dall'inizio.

Da quando era arrivato. Non era destinato a durare. Nulla lo era, con lui, e adesso...

«Era per strada, è... la macchina.»

«Calmati, Nuts.» *Provò a staccarsi, ma Nathan lo tenne saldo al suo corpo. Non per proteggerlo, per cercare protezione. Per cercare aiuto. Perché gli era rimasto soltanto lui. Perché Jake era* quello *forte.*

Sono quello forte?

"Sì, Jackey. Sei forte, anche se pensi di non esserlo. Te lo ripeto sempre."

Si chiese perché non ci vedesse più. Doveva esserci qualcosa, magari nei suoi occhi, perché era diventato tutto appannato. Portò una mano al volto e lo trovò bagnato. Cos'era? Lacrime? Perché stava piangendo? Eppure, non faceva alcun rumore.

Poi si accorse che il petto faceva male, e che il ventre era un groviglio di organi. Aveva la nausea. Stava per vomitare. Non doveva farlo, ne era piuttosto certo. La mamma lo ripeteva sempre, che nei locali pubblici devi dimostrarti un vero gentiluomo, e i gentiluomini non rimettono sul pavimento di un ospedale mentre tuo fratello ti dice che...

Non è mio fratello.

"Trattalo pure come un fratello, tanto è piccolo e carino. No, Nuts?"

"Fanculo, Cass."

«Ah.» Cos'era? Un gemito? Sembrava un verso sterile, non aveva emozione, non aveva nulla. Nathan si staccò da lui e lo osservò. Jake si mise istintivamente una mano sullo stomaco. Perché il petto faceva così dannatamente male? Era orribile.

«Jake...» Nathan alzò una mano. Quasi lo toccò. Era all'altezza del petto, come se avesse saputo dove gli faceva male. Poteva anche eliminarlo? Perché, Dio, ne aveva bisogno. Per favore, fallo smettere.

Aveva ventinove anni. Li aveva compiuti da poco, Cassian gli aveva regalato una giacca. Sapeva che gli piaceva andare in moto e aveva pensato che gli sarebbe servita. Così si sarebbe potuto riparare dal freddo. Così avrebbe potuto guidare con prudenza. Glielo ripeteva sempre. Non era bravo ad ascoltare i propri consigli.

Si asciugò il volto. Perché sei quello forte.

"L'amore di mamma. Tu sei un ometto coraggioso, vero?"

Nathan tremava. Visibilmente. Fu per incoscienza che si levò la giacca e gliela mise sulle spalle. Forse perché ci era abituato, tutte le volte che avevano bevuto insieme. Nathan non reggeva per niente l'alcol, lui aveva una buona resistenza. Era semplice giocare al fratello maggiore quando Cassian non era nei paraggi. Ancora gli chiedeva perché non vivesse con loro, se la casa era così grande.

Perché vivere con i Doyle non era facile.

Forse perché lo era troppo, e perché quella felicità non sarebbe durata.

Come sempre.

«Andrà tutto bene.» Quella non era la sua voce, eppure veniva fuori dalle sue labbra. «Andrà tutto bene, Nuts.»

Nathan scosse il capo e il tremore si fece più intenso. «Jake.»

Suonava così terribile il suo nome.

Jake mise una mano sulla nuca di Nathan e lo tirò a sé, lo abbracciò. Non l'avevano mai fatto, non erano pratici di quel gesto.

Eppure, sì: ora che era lui a farlo, sembrava giusto. Sembrava quel che doveva fare, quel che avrebbe fatto Cassian. Sapeva che si sarebbe congratulato con lui, perché si stava dimostrando il fratellino adottivo perfetto. Sapeva che l'avrebbe fatto.

Ma Cassian non lo fece mai.

11

Ottobre 2015
Inverness, Scozia

Il funerale fu un po' strano.

Non c'era nulla di anormale, certo, ma il fatto di essere tra tante persone che non conosceva e che parlavano un accento stretto e quasi incomprensibile era già di per sé motivo di disagio.

Jake era visibilmente nervoso. Cody lo osservava mentre faceva avanti e indietro dalla stanza del rinfresco a quella con la bara. Ogni tanto parlava con qualcuno, salutava della gente, e poi riappariva per dirgli che non ce la faceva più e che voleva tornare a letto insieme a lui. Era palese che lo dicesse solo per nascondere la tristezza, ma quelle poche parole riuscivano comunque a far sorridere Cody, e pensare che Jake trovasse in lui un attimo di respiro lo rendeva... felice.

C'era un suonatore di cornamusa in un angolo, che aveva

intonato una cantilena che gli avevano detto essere una canzone tipica della Scozia, ma di cui non ricordava il titolo. Qualcosa con i fiori.

Un'altra cosa che aveva scoperto da poco: gli piaceva il suono della cornamusa. Quando l'aveva detto a Jake, lui si era messo a ridere. «Sei proprio americano.»

«Perché?»

«Perché dopo che cresci in Scozia e le senti così spesso, non ti viene tanta voglia di dire che ti piacciono.» Aveva indicato il musicista e aveva scosso il capo. «No, è una lagna.»

La cerimonia era stata di tipo religioso, una breve messa e parole di commiato. Lui era rimasto in disparte mentre il prete parlava e decantava le sue *lodi al Signore*. Odiava quel tipo di cerimonie, ma andarsene sarebbe stato scortese e irrispettoso nei confronti del compagno.

Compagno.

Ultimamente ci rifletteva spesso. Forse era l'influenza delle madri, forse era il modo in cui si erano aperti a vicenda l'uno con l'altro. Si era ritrovato a pensare che gli piaceva passare il tempo con Jake, più di quanto potesse essere vedersi per del sesso occasionale ogni tanto. Gli piaceva conoscerlo e gli piaceva il modo in cui, talvolta, quasi più per istinto che per necessità, Jake cercava un contatto fisico con lui. Durante la cerimonia e anche mentre erano al ricevimento in memoria del defunto, Jake si era fermato più volte accanto a lui per cingergli la vita con un braccio e appoggiarsi a Cody mentre parlavano, o soltanto per starsene in silenzio. Era bello non doversi preoccupare del giudizio degli altri, vivere quel qualsiasi cosa ci fosse tra di loro come se fosse stato *normale*, come se fosse stato accettato.

Sapeva che, se ne avesse parlato con Jake, gli avrebbe risposto che era quello che era. Normale. Accettato dagli altri e, se anche non fosse stato così, che si fottessero. Stava iniziando a pensarla come lui.

«Gesù, ma quando se ne vanno...» sussurrò Jake quando, per l'ennesima volta, lo raggiunse per appoggiarsi a lui. Cody gli cinse le spalle e chinò il capo per dargli un bacio tra i capelli. Semplicemente, come se avessero sempre mantenuto quell'atteggiamento affettuoso. Come se ci fossero abituati, anche se soltanto averlo lì accanto, in quel modo, era abbastanza per fargli partire il cuore a mille. Era strano.

«Va tutto bene?» gli chiese, con una punta di preoccupazione nella voce.

Jake fece un sorriso tirato e sospirò. «Sì, non preoccuparti. Sono più tranquillo adesso.» Lo sentì stringersi nelle spalle e accoccolarsi meglio contro di lui. «Forse non me ne sono ancora reso conto per bene. In ogni caso, è più la stanchezza e tutti questi maledetti *estranei*.»

Cody gli sorrise e posò di nuovo le labbra tra i suoi capelli. «Possiamo sempre andarcene prima, se sei stanco. Basta dire alle tue madri che vogliamo stare un po' da soli.»

Jake si mise a ridere. «Le hai inquadrate proprio bene, eh?»

«Più o meno,» sogghignò. Jake infilò la mano sotto la giacca del completo di Cody e prese ad accarezzargli la schiena da sopra la camicia, lentamente. Fece scivolare il capo finché non fu appoggiato all'incavo del collo. I capelli gli facevano il solletico sulla pelle nuda.

«Domani potremmo fare un giro, se ti va.» C'era un tale affetto nella sua voce che gli scaldava il cuore. Forse era soltanto lui che lo percepiva ma, diamine, era bello.

«Sì, mi piacerebbe vedere qualcosa.»

Jake alzò lo sguardo e gli sorrise, poi posò un lieve bacio contro la sua mandibola, ricoperta di barba corta. «Vedrò cosa posso fare. Non sono mai stato nelle Highlands più a nord in realtà, ma possiamo andare al Loch Ness.»

Era soltanto lui che sentiva quel tono tenero e felice mentre ne parlava? Forse stava impazzendo. Si ritrovò a sorridere come un deficiente. «C'è davvero un mostro?»

Jake ridacchiò. «Oh, sì. E ci porterà nelle profondità per mangiarci.»

«Wow, non vedo l'ora!»

L'uomo scoppiò a ridere, poi gli occhi si soffermarono nei suoi. Per un attimo non ribatté, rimase soltanto a guardarlo. Come se ci fosse stato qualcosa in sospeso, una domanda che non aveva ancora fatto, qualcosa di personale da dire. C'era... non era tensione, ma più una scarica elettrica di consapevolezza e sentimento. Quando si leccò le labbra, Jake gliele fissò brevemente prima di tornare agli occhi.

Dovette sforzarsi di ricordare che erano in un posto pubblico e che, anche se in disparte, non sarebbe stato corretto prendere a baciarsi lì davanti a tutti senza nemmeno allontanarsi.

«Tu sei cresciuto qui?» chiese. Jake scosse il capo, un angolo delle labbra fece uno scatto verso l'alto.

«No, io sono cresciuto a Stirling. È molto più giù, verso Edimburgo.»

«È tanto lontano?»

Jake si strinse nelle spalle. «In moto ci vorranno più o meno tre ore e mezza, se andiamo veloci e non c'è traffico.» Poi aggrottò le sopracciglia. «Perché vuoi vedere Stirling? Non c'è granché.»

Oh, beh... «Voglio vedere il posto dove sei cresciuto.» Lo disse istintivamente, ma si sentì arrossire subito dopo. Era una cosa così stupida, diamine. Sembrava una ragazzina. Jake infatti gli sorrise. Pensava di scherno, ma le sue labbra continuarono ad allargarsi fino a che non vide anche i denti bianchi. Tra di essi la sua lingua.

«Cristo, è la cosa più tenera che abbia mai sentito.»

Non è per niente imbarazzante, no. Cody distolse lo

sguardo, ma era impossibile che non fosse rosso. Jake emise una risata bassa e lo strinse a sé, schioccando un bacio sulla sua guancia. «Vuoi vedere anche le foto di quando ero piccolo?»

«Piantala.»

«Magari ho ancora la copertina. Faith adora conservare le cose, posso chiederle di lasciarmela portare a Jackson, così ci dormi quando non sono con te.»

Cody gli diede una gomitata, ma Jake continuò a ridere. «Sei un idiota. E io che sono stato sincero.» Provò a staccarsi da lui, fingendosi offeso, ma Jake lo strinse in vita e lo tirò a sé. Un paio di ragazzi si girarono a guardarli e Cody scorse dei sorrisi. Era davvero così *semplice* lì?

Come se fosse normale. Come se non stessero pensando "quei finocchi del cazzo". Come se stessero prendendo tutto per... per quello che è realmente.

Si ricosse soltanto quando sentì che Jake lo stringeva in un vero abbraccio, la testa appoggiata alla sua spalla, le braccia avvolte a lui. Gli cinse le spalle e affondò una mano tra i suoi capelli. Le ciocche brune gli accarezzavano la nuca e si arricciavano un po' sulle punte. Erano ribelli, ma gli stavano davvero bene.

Poi un sussurro contro il suo orecchio. «Grazie, Code.»

«Per cosa? Per essermi sputtanato così che potessi ridere di me?» scherzò. Jake emise una mezza risata.

«Per essere venuto con me e aver impedito che crollassi,» mormorò. «E perché ti importa al punto da voler sapere anche chi ero.»

Oh, Dio. Per un attimo non riuscì a parlare. Il cuore gli batteva forte nel petto, sembrava volerlo sfondare. C'era qualcosa, come un vuoto d'aria, farfalle che andavano dal ventre fino alla gola. Una sensazione intensa e pericolosa che non credeva di aver mai provato prima. Beh, forse una volta, ma non era stato così piacevole.

«Di niente,» riuscì a formulare. Il cuore sembrava scoppiare.

Jake strinse appena di più e spinse il capo contro il suo con un sospiro. I loro corpi erano così vicini che ne sentiva il calore anche sotto strati e strati di vestiti eleganti. Il suo profumo era inebriante, e la sicurezza che gli trasmetteva incredibile. Un senso di *casa*, come se non ci fosse altro posto dove essere.

«Mi piace quello che c'è tra di noi,» ammise Cody. Era una verità scomoda, che lo faceva sentire fragile e vulnerabile, ma sembrava giusto dirlo. Sembrava giusto confessarlo a *lui*.

Jake non rispose per qualche istante. Si chiese che tipo di espressione avesse, ma non aveva il coraggio di guardarlo né di staccarsi da quell'abbraccio. L'uomo respirava piano contro di lui, ma il battito impazzito che sentiva non era soltanto il suo.

«Anche a me,» mormorò poi, in risposta. Sentì distintamente il sorriso in quelle parole.

Rimasero in silenzio per un po', fermi in quella posizione finché uno dei due non sconfisse la riluttanza a staccarsi. Quando si guardarono, probabilmente entrambi avevano la stessa espressione timida ed estasiata. Come un'overdose di sensazioni.

«Allora potremmo andare a Loch Ness,» riprese Jake, con il viso appena arrossato. «E poi scendere fino a Stirling. Se vuoi, possiamo continuare fino a Edimburgo, ma credo significherebbe fare tutto di fretta. A meno che non ti vada di dormire lì.»

«Potremmo prendere una stanza d'albergo e visitare la città in giornata, prima di riprendere l'aereo lunedì sera.»

Jake annuì. «E mi porterebbe lontano da Faith e Ingrid. Se sei d'accordo mi faresti un favore, in realtà.»

Cody gli sorrise e annuì. «A una condizione.» Avvicinò la

bocca alla sua, fino a che non ci fu soltanto un sussurro tra di loro. Jake sorrideva, come se avesse pensato di sentire qualcosa di sconcio. Dovette deluderlo. «Mi racconterai quel che è successo.»

Il sorriso sparì per far spazio a un'espressione intensa. Non delusa né arrabbiata, ma in allerta. «Mh.»

«Con le tue madri,» aggiunse. Il suo respiro sbatteva contro le labbra di Jake. «E come sei arrivato a Jackson.»

Jake sospirò piano. Lui si avvicinò per dargli un bacio leggero a cui l'altro rispose con poco trasporto. «Affare fatto?»

Le labbra del compagno si piegarono in una smorfia. «Soltanto quello che mi sentirò di dire.»

Cody annuì. «Qualsiasi cosa andrà bene.»

Sembrò rilassarsi, anche se il volto era ancora guardingo. «Va bene.»

Un altro bacio e poi, finalmente, si staccarono. Il mondo continuava a girare, le persone si muovevano attorno a loro e Cody si ricordò che non erano soli, che erano ancora in mezzo alla gente che chiacchierava e scambiava parole, alla musica, al cibo.

Jake si guardò attorno come se anche lui si fosse accorto soltanto in quel momento di dov'erano. «Dici che possiamo defilarci? Così facciamo un giro veloce in città e torniamo a letto.»

Il sorriso sulle sue labbra era abbastanza eloquente.

«Perché no?»

Partirono di prima mattina, quando Ingrid e Faith ancora dormivano.

Jake guidò Cody verso il garage e tirò fuori la vecchia moto di suo padre, controllò la benzina e si preparò per il viaggio. Cody fece un fischio d'approvazione quando la vide: era un modello datato di Guzzi California, grigio chiaro. Ricordava che suo padre gliene aveva sempre parlato con orgoglio: non faticava a capire perché.

Cody attese mentre la portava fuori dal garage. Tremava ancora per il freddo: era divertente vederlo saltellare per scaldarsi. Ed era davvero grato che fosse lì con lui; non sapeva come avrebbe fatto ad affrontare il tutto, altrimenti.

Il funerale era stato devastante, dalla veglia fino al ricevimento successivo alla cerimonia, ma era riuscito ad andare avanti proprio perché, ogni volta che si girava, i suoi occhi verdi erano lì a sostenerlo e quel suo sorriso non lo abbandonava mai.

Non si sentiva così al *sicuro* da molto tempo, ormai.

Entrambi misero il casco, lui montò sulla Guzzi di suo padre e l'accese, per poi fargli cenno di salire dietro di lui. Cody si mise a ridere. «Non facciamo la conta per decidere chi guida?»

«Se sono stanco, guiderai al ritorno,» ridacchiò. Cody esitò per un attimo, ma poi scavalcò il sedile e si posizionò dietro di lui. Vicino. *Molto* vicino. «Code, giusto un po' più indietro...»

«Oh,» Cody si fece indietro e si posizionò sulla parte posteriore del sedile, per i passeggeri. Jake tolse la sicura ai poggiapiedi e l'altro si appoggiò. Sembrava nervoso.

«Che c'è?» chiese, dando gas.

«Nulla, è che... non sono mai montato dietro a qualcun altro.»

Jake si mise a ridere. «Okay, provo ad andare piano se hai paura.» La risposta fu uno schiaffo sulla schiena che quasi non sentì.

«Non ho *paura*. È solo che è strano, tutto qui.»

Jake si strinse nelle spalle. «Tieniti.» Si immise sul vialetto e controllò il traffico. Cody non lo toccava, ma dagli specchietti controllò che stesse bene. Aveva le mani sulle cosce e si guardava intorno allo stesso modo. Impacciato come un bambino.

«Code,» lo richiamò. Con una mano prese la sua e lo esortò a tenersi a lui.

Cody fece una mezza risata. «Jake, non ce n'è bisogno, so ten...»

La sua voce fu coperta dal rombo della moto quando accelerò. Partì verso la strada che portava al lago, e il compagno dovette giudicare la sua guida un po' *spericolata*, perché lo sentì cingergli la vita anche con l'altro braccio e chinarsi su di lui. Il suo corpo contro la schiena, un calore che non pensava gli sarebbe piaciuto tanto. Un'altra delle cose che Cody gli faceva scoprire.

«Guidi sempre così?» chiese l'uomo. Jake ridacchiò.

«Veloce?»

«Un po'.»

Però fu l'unica cosa che disse. Per tutto il viaggio si godettero la vibrazione della moto tra le sue gambe, il vento sul viso e l'oscillare dolce del mezzo di trasporto. Gli piaceva pensare che anche Cody si stesse beando del calore dei loro corpi abbracciati, proprio come lui.

Costeggiarono il lago per almeno mezz'ora, poi Jake fermò la moto e la parcheggiò al castello di Urquhart. Nella sua testa era la prima tappa: il lago si estendeva per diverse miglia, e l'unico posto che gli era venuto in mente era quello. Sì, c'erano altri luoghi lungo la strada dove fermarsi per ammirarlo, noleggio di barche e cose del genere, ma le rovine del castello erano un buon pretesto per far vedere qualcosa a Cody.

«Okay, prima tappa. Ti faccio fare un giro.» Quando Cody non rispose, ancora attaccato a lui, si voltò per controllare che stesse bene. «Tutto okay? Ti sei addormentato o stai per vomitare?»

Cody non alzò la testa, ma una delle sue mani risalì dalla vita al suo petto e lo accarezzò con una presa salda e piuttosto *intensa*. «Dici che romperemmo la moto se ci facessimo sesso sopra?»

Jake scoppiò a ridere. *Non lo so, ma proverei volentieri.* «Dico di sì, ed è meglio non farlo.»

«Preferisci preservare la moto?»

«Preferisco preservare il mio cazzo,» rispose. Gli prese le mani con delicatezza e, prima di allontanarle, le tirò verso le labbra per baciarle piano. «Mi sa che ci faremmo male. Forza, giù dal cavallo, pervertito.»

Smontarono e si fecero scortare fino alle mura in rovina. Jake prese due biglietti, anche se non credeva che Cody avesse davvero voglia di ascoltare la registrazione del tour guidato. Un paio di volte gli rivolse uno sguardo interrogativo, infatti, ma non si ribellò né chiese perché volesse andarci, così entrambi passarono oltre le mura e su, a seguire il sentiero che portava al castello. Era presto, passato da poco l'orario d'apertura, ma c'era già un gruppetto di gente che faceva il giro. Cody gli camminò accanto guardandosi intorno con aria meravigliata.

«Credo sia stato fatto esplodere nel 1500, o giù di lì,» disse all'altro. Cody lo guardò con interesse, con quel suo mezzo sorriso da cowboy, e qualcosa nel suo cuore saltò. Una valvola, forse, un mostriciattolo che ci viveva dentro, chissà. Decise di non curarsene. «Per... per un'invasione. Mi pare.»

«Sei sul serio scozzese?» scherzò.

Jake gli tirò uno schiaffetto, ma si mise a ridere anche lui. «Non mi sono mai interessato alle rovine scozzesi. Se dovessi documentarmi su ogni monumento storico qui, la mia testa esploderebbe.»

«Non sia mai.»

Castle Urquhart si ergeva su un promontorio e affacciava

direttamente sul lago. Jake ci era stato un paio di volte durante l'adolescenza, con la scuola e con suo padre. Non era mai stato troppo interessato a visitare luoghi storici, ma non poteva negare che fosse un bel posto. Aveva un'atmosfera nostalgica, anche se lui, ovviamente, non sapeva nulla del periodo in cui era stato eretto.

Camminare per quelle stradine con Cody, poi, rendeva il tutto... *diverso*. Si ritrovò un paio di volte a scendere con gli occhi alla sua mano, come un cretino alla prima cotta. Aveva voglia di prenderla, ma si sentiva stupido anche solo a pensarlo.

Cody sembrava totalmente a suo agio. Era un ragazzino entusiasta, che si guardava attorno come se avesse visto una meraviglia. Che, rispetto all'America, magari lo era. Aveva i capelli biondi e corti un po' spettinati, e stava incredibilmente bene immerso com'era nel paesaggio. Il sorriso sul suo volto, poi, glielo illuminava tutto, fino agli occhi che riflettevano talmente tanta luce che Jake si chiedeva da dove provenisse.

«È tutto verde,» lo sentì sussurrare mentre camminavano. Lo fece ridere. Erano anche fortunati ad aver beccato una giornata relativamente bella. Insomma, c'erano diverse nuvole, ma non pioveva e si vedeva anche uno sprazzo di sole. Non faceva nemmeno troppo freddo... beh, almeno per lui, visto che Cody ancora si stringeva nella giacca e aveva la sciarpa che gli aveva prestato avvolta al collo.

«Hai freddo?» gli chiese. Cody si strinse nelle spalle.

«Un po'. È un bel cambiamento; a casa fa caldo, in confronto.»

«In America fa sempre caldo.»

Cody gli rivolse uno sguardo scettico a cui non servì risposta. Risalirono il giardino fino alla costruzione in rovina della torre. Jake lo guidò attraverso quello che rimaneva delle stanze, visitarono gli ambienti medievali e osservarono il lago dalla cima del promontorio. Poi, quando ebbero fatto il giro del luogo, Jake riscese per un sentiero che portava in riva al lago, e lì sedettero per riposare.

«Allora, dov'è questo mostro?» chiese Cody.

Lui rise. «Adesso sta dormendo. La sua tana è là,» specificò, indicando un posto da qualche parte in direzione di Inverness, a nord. «Ma di sera migra dall'altra parte per mangiare, sai.»

«Così che la tana e la cena siano separate, intelligente!»

«Sì. Poi durante le domeniche si sveglia prima e viene a fare colazione qui con i passanti. Gli piace la carne americana.»

Cody ridacchiò. «Ops. È patriottico? Magari posso eluderlo se ti sto vicino.» E con "vicino" dovette intendere "appiccicato", perché gli si buttò addosso a peso morto e gli cinse le spalle. Ci fu un attimo in cui perse l'equilibrio, ma riuscì a sostenerlo senza cadere steso a terra.

«Oh, ma io ti tirerei tra le sue fauci. Era il mio obiettivo fin dall'inizio,» scherzò Jake.

«Sei in combutta con lui?» Cody si finse offeso. «Come hai potuto! E io che pensavo che mi amassi!»

Il suo disagio fu troppo palese. Silenzio, il battito del cuore accelerò terribilmente, forse dovette anche fare una faccia strana perché, quando Cody lo guardò, la sua risata scemò e le guance gli si arrossarono appena. Avrebbe pensato ancora una volta che era adorabile, se non fosse stato più imbarazzato di lui.

«Ah... Intendevo... non nel senso letterale. Era solo una battuta.» E per un attimo si chiese il perché. Sì, ovviamente era una battuta, e ovviamente stava scherzando, ma c'era davvero bisogno di appesantire parole così innocenti? Eppure, c'era qualcosa che lo rendeva nervoso, forse lo spasmo che aveva fatto il suo cuore nel sentire quella parola, nel sentire il pensiero che ne conseguiva e quella strana speranza, piacere, come se davvero...

Smettila.

«Sì, lo so,» rispose, simulando meglio che poteva disinvoltura. «Tranquillo.» Avrebbe dovuto aggiungere qualcosa per mantenere lo scherzo, ma non gli venne in mente nulla. Così lasciò che Cody riprendesse in mano la situazione, mettendosi dritto e schiarendosi la gola.

«Uhm... comunque è davvero bello,» lo sentì dire, a voce bassa. «È così diversa dall'America. Inverness, e ora questo... ci sono dei paesaggi magnifici.»

«Sì, è vero,» convenne. «Dovresti vedere Edimburgo. La adorerai.»

Cody gli sorrise. «Non vedo l'ora.» Poi chinò il capo verso di lui e si appoggiò alla sua spalla. E ancora una volta il cuore perse un battito. C'era una bella atmosfera, pace, calma. E il calore di Cody accanto a lui era... *perfetto*.

Si ritrovò a chinare il capo contro il suo e a sospirare, in un silenzio che sembrava cullarli e tenerli al sicuro. Per un attimo, pensò che gli sarebbe piaciuto rimanere lì. Perdersi, non sentire più niente e nessuno, soltanto il calore dell'uomo accanto a lui. Se avesse potuto, era sicuro che gli sarebbe bastato.

Forse addirittura per tutta la vita.

12

Stirling, Scozia

Jake guidò per un'altra ora fino a Fort Williams e poi, dopo una pausa per prendere qualcosa e rifocillarsi, dritto a Stirling per altre due ore. Nonostante la strada lunga e la guida spericolata di Jake – che in realtà era attenta e cauta, sebbene spingesse la moto a una velocità a cui Cody non era abituato – non sentì la stanchezza nemmeno per un attimo.

Gli piaceva eccessivamente stare dietro di lui e stringerlo mentre guidava. Sentiva gli addominali contrarsi e le ossa muoversi mentre l'uomo assecondava le curve, il suo calore sotto le mani, nonostante gli strati di vestiti. Era meraviglioso.

Fort Williams si rivelò un paesino carino e caratteristico, così come il paesaggio circostante. Jake gli indicò il "ponte di Harry Potter" e lo sgridò quando Cody gli disse che non l'aveva mai visto. C'era un castello anche lì, e ne incontrarono altri durante il cammino.

La strada verso Stirling si rivelò costellata di laghi e vegetazione. Cody non aveva mai neanche immaginato nulla di simile: erano paesaggi incantevoli, c'era una tranquillità incredibile e si sentiva come se fossero su un altro mondo, magari in un film fantastico con tutte le tribù a contatto con la natura, le praterie, le valli e la magia. Era sicuramente magia, perché non si era mai sentito così.

E poi arrivarono a Stirling.

Dalla strada, Jake gli fece notare il castello, arroccato su una collinetta di alberi e vegetazione. Man mano che si inoltravano nella cittadina, apparivano sempre più edifici e casette in mattoni e pietre, da cui Cody si aspettava di veder spuntare personaggi in abiti d'epoca e ragazzini che maneggiavano il potere dei quattro elementi.

Il cielo era più nuvoloso di quando si erano fermati a Loch Ness ma, in qualche modo, rendeva il tutto più caratteristico. La gente camminava tranquilla per le strade, entrando e uscendo da negozi di abiti e caramelle, dalla posta e dagli altri edifici.

«Questa è la tua città?» chiese a Jake, mentre lui si infilava tra le varie stradine che, evidentemente, conosceva bene. Il compagno annuì.

«Sì. Lo so, non è niente di che. Non lamentarti.»

«Jake, hai dei seri problemi di giudizio,» ribatté. L'uomo ridacchiò, ma non parlò più finché non parcheggiarono.

«Se ti va, da qui proseguiamo a piedi. Possiamo pranzare e fare un giro per il corso principale. Se vuoi arrivare al castello, in caso, possiamo riprenderla più tardi.»

Cody scosse il capo. «Mangiamo qualcosa e poi mi fai fare conoscenza con il posto in cui sei cresciuto.» Lo disse un po' apposta: sapeva che gli sarebbe piaciuto e, infatti, Jake sorrise e distolse lo sguardo. Gli occhi erano visibilmente felici e c'era qualcos'altro che glieli illuminava in un modo strano, qualcosa che aveva già notato durante la giornata, ma che ancora non riconosceva. Gli piaceva.

Si fermarono a mangiare; Jake gli raccontò vagamente qualche aneddoto sulla sua infanzia. Nonostante non si sbilanciasse ancora troppo, era chiaro che si stava sciogliendo di più. Era bello venire a conoscenza di tutte quelle piccole caratteristiche di lui che, in quei mesi di *solo sesso*, non aveva notato.

Jake aveva un modo di muoversi sexy e a tratti tenero, anche se credeva non se ne rendesse conto. Si toccava spesso i capelli, soprattutto quando era sovrappensiero e parlava o descriveva le cose. Quando era a disagio abbassava gli occhi e si leccava i denti, mentre quando si eccitava riguardo a qualcosa che gli piaceva particolarmente si muoveva un sacco e spesso portava il corpo in avanti. Gli occhi, in quel caso, gli brillavano sempre e sembravano quasi farsi dorati, piuttosto che verdi. Le sue labbra erano sempre morbide e seccavano difficilmente.

Cosa ancora più incredibile, di cui non si era mai accorto e che, forse, faceva parte della magia della Scozia, aveva delle leggerissime lentiggini in cima agli zigomi, che si notavano soltanto con la luce e che lui trovava *adorabili*.

Come tutto, del resto. Jake era una continua sorpresa.

Una volta che ebbero finito di mangiare, andarono a fare un giro per le strade del centro, poi verso la periferia e le parti con la vegetazione. Non che Cody fosse stato discreto nel dimostrarlo, ma Jake doveva aver notato che gli era piaciuta particolarmente l'ambientazione naturale della Scozia.

Mentre camminavano cadde un silenzio strano, che lui in qualche modo si sentì di spezzare.

«Allora,» iniziò. «Portami in qualche posto particolare.»

Jake si mise a ridere. «Qui? Non c'è niente.» Non se ne

rendeva proprio conto, era incredibile. «Particolare tipo come?»

Cody ridacchiò. «Non lo so. Dove portavi i tuoi fidanzati, magari,» scherzò. Per un attimo temette di aver toccato un altro argomento delicato, come quando aveva usato la *parola con la A*, ma Jake non perse il sorriso e sembrò non farci caso.

«Fidanzati?»

«Non avevi fidanzati?»

Si strinse nelle spalle. «Fidanzate, più che altro.»

Oh. Non sapeva perché gli sembrasse così strano. Non avevano mai parlato dell'orientamento sessuale di Jake, quindi aveva dato per scontato che fosse gay. Forse anche lui aveva passato un periodo simile al suo, nel dubbio e nella frustrazione? No, gli sembrava strano: aveva delle madri *speciali*, che sicuramente non l'avevano mai fatto sentire a disagio. Non era come lui.

Jake dovette notare il suo stupore, perché disse: «Sono bisessuale, Cody.» *Oh, ecco.*

«Uhm... sì, sì,» ribatté. «È che... beh, avrai avuto anche fidanzati, no?»

Dei muscoli sul volto di Jake si mossero impercettibilmente. «Non che io ricordi... all'inizio, ma mi metteva a disagio.»

«Sul serio?» Era sconvolto. Jake fece un mezzo sorriso e sospirò, annuendo.

«Era...» Un altro sospiro, stavolta rassegnato. «Va bene, momento confessioni.»

Finalmente. Non riuscì a trattenere un sorriso. Stavano camminando per una strada poco trafficata e non c'era quasi nessuno. Anche i mezzi di trasporto erano diminuiti, probabilmente perché era primo pomeriggio e non c'era ancora il caos delle ore di punta.

Jake si mise le mani in tasca. «Mi hai chiesto delle mie madri.»

«Oh. Sì.»

«Ecco...» Fece una pausa, come se avesse voluto riorganizzare i pensieri. «Mi volevano, questo è certo. Mi volevano davvero tanto.» Una breve risata, che poteva essere sia triste che nostalgica. Anche se non ne sapeva nulla, a Cody si strinse il petto. «Erano giovanissime. In realtà non posso dire di capirle: normalmente non vuoi un bambino a quell'età. Io non l'ho mai desiderato.»

E dal petto scese nello stomaco. Gli si aggrovigliò. «Non lo vorresti?»

Jake scoppiò a ridere. «Uh, no. No, amico, non sono proprio adatto. Non so come si usano.»

Doveva essere una battuta, ma Cody non rise. Emise un lieve: «Oh,» e la sua espressione dovette tradire quel qualcosa che non capiva nemmeno lui, ma che aveva messo in allarme il suo stomaco. Il ventre. Le gambe. Qualsiasi cazzo di muscolo nel suo corpo.

Jake lo guardò con un sorriso. «Tu vorresti un bambino?»

Normalmente era bravo a mentire. «Uh... no, no, certo che no.» E non stava nemmeno mentendo. Non del tutto. Non ancora. Ma Jake se ne accorse lo stesso.

«Oh, Gesù,» disse, con un sorriso entusiasta. «Vorresti un bambino!» Poi fece una mezza risata, ma non di scherno. La stessa di quando... «Che tenero, santo cielo. Non mi ero accorto di quanto fossi adorabile.»

Non dovrebbe piacermi così tanto. «Piantala!» Stavolta, quando provò a colpirlo, Jake si scansò e gli saltellò davanti, ridendo ancora. «Sto bene così. E comunque, non saprei come crescer*la*.»

«Crescer*la*? Vuoi una bimba?»

Cazzo. «...O crescer*lo*.» *Calmati. Parla di altro. Cazzo, cazzo, cazzo.* «Nel senso, non ho una vita stabile. Viaggio molto per lavoro, non potrei prendermene cura.» *È la verità, calmati. Ti prego, Jake, non chiedere.*

«Beh, c'è sempre un modo, se lo vuoi.» Sorrideva ancora, ma era tornato serio. Ed era come se... come se avesse davvero *capito*, anche se non sapeva nulla. Anche se non sapeva la verità. Gli provocò una fitta al petto pensare a quanto Jake riuscisse a essere comprensivo anche se, visto ciò che *non sapeva*, non avrebbe dovuto.

«Immagino di sì,» disse, brevemente. «Beh, continua.»

Jake fece una breve pausa, quasi sul punto di dire qualcosa che, per fortuna, decise di non esternare. «Sì... come avrai capito, mio padre era il donatore. Ovviamente ha donato anche diritti e responsabilità. Faith è la madre biologica.»

Cody annuì. L'aveva intuito: Jake non somigliava per niente a Ingrid, se non in alcuni comportamenti. Non somigliava troppo nemmeno a Faith e, da quel che aveva visto al funerale, era la copia più giovane e affascinante del padre. Gli sarebbe piaciuto conoscerlo.

«Mi amavano, almeno credo. Mi amavano davvero tanto, mi hanno viziato un sacco. Non posso lamentarmi della mia infanzia.»

«Viziato?»

Jake sogghignò. «Dai, sono un arrogante bastardo.»

«Sì, ma quello è diverso.» L'uomo lo guardò come a dire *"Ah, ma grazie, quindi lo pensi davvero?"*. Cody ridacchiò e si allungò per cingergli le spalle con un braccio e tirarlo a sé, poi gli diede un bacio sulla guancia. Jake rise. «Quindi, come si arriva alla parte del "no ai fidanzati"?»

Jake non si allontanò, quindi lui lo tenne contro di sé. Il suo corpo emise un urlo di vittoria. «Mh... Quando ero piccolo, non me ne accorgevo. Dicevano che non dovevo pensare al giudizio degli altri e che mi avrebbero amato in ogni caso. Se mi fosse piaciuto un ragazzo, o una ragazza, o un ragazzo, o un ragazzo, o un *ragazzo*...»

«Oh...» Iniziava a capire il problema, insieme a molte altre cose, a cominciare dai discorsi incentrati su Cody e sul suo orientamento sessuale. *Ha avuto una crescita completamente diversa dalla mia...*

«Poi,» continuò Jake, «a quindici anni, forse, ho portato la mia prima ragazza a casa. Era molto carina, si chiamava Cora. Me ne accorsi lì.» L'uomo fece una pausa, come se avesse avuto paura di continuare, magari di non riuscire a dire altro. Era visibilmente in difficoltà e Cody gli passò una mano tra i capelli per calmarlo. Era una cosa che a Jake piaceva: infatti si rilassò.

«La... la trattavano da schifo. Non capivo, era un angelo. Fatto sta che la fecero scappare.»

«Caspita... addirittura?»

Jake annuì. «Sì. Il giorno dopo mi disse che non voleva stare con me e che le mie madri erano psicopatiche.» Rise appena, ma la sua voce si stava riempiendo di amarezza. «Dio, aveva ragione. Ma io ero ancora il bimbo viziato con le madri perfette, quindi ero dalla loro parte. Finché non mi accorsi che lo facevano con tutte le ragazze.»

«Mh.»

«E poi arrivò un ragazzo,» concluse Jake, senza guardarlo.

«E andò bene.»

Uno sbuffo dal naso che poteva essere tranquillamente l'ennesima risata. Cody prese un altro appunto: Jake rideva eccessivamente quando era a disagio. «Lo adorarono. Continuavano a dirgli di quanto sarei stato *un buon partito* e di quanto erano felici. Non importava chi fosse, fintanto che era un maschio.»

«Caspita...» E lui che pensava che Jake avesse avuto una vita *semplice.*

«Già, una merda.» Un'altra pausa, poi un'alzata di spalle. «Così iniziai a portare sempre più ragazze.» Scoppiarono tutti e due a ridere. «Sai, piacevo abbastanza, quindi facevo lo stronzo. Le portavo a casa e le facevo scappare il giorno dopo.»

«Coglione,» commentò, ma si allungò comunque a dargli un altro bacio sulla guancia. «Mi dispiace. Immagino che sia stato frustrante. Non so cosa avrei fatto al tuo posto.»

Jake gli sorrise. «Beh, immagino che alla fine l'abbiano vinta loro. Ho portato a casa un ragazzo.»

Oh. Un brivido gli percorse il corpo, e si ritrovò a lasciargli andare le spalle. «Oh, Jake... mi dispiace, io...» Si chiese perché si stesse scusando, anche se da qualche parte nel suo cervello sembrava la cosa più giusta da fare.

Jake, però, spalancò gli occhi e scosse il capo. «No, no!» Si fermarono, e l'uomo gli prese il volto tra le mani. «Non intendevo quello. Sono felice che tu sia qui, non...» Una pausa in cui abbassò gli occhi, poi tornò a guardarlo. «Non avrei voluto altri.»

L'ennesima morte del suo cuore. Per fortuna funzionava ancora bene, o almeno così sembrava, perché pareva essersi fermato e aver perso diversi battiti durante gli ultimi giorni. Quando Jake lo baciò, si ritrovò a tremare sotto il suo tocco.

Diamine, amo quest'uomo.

E quella consapevolezza, quelle parole, fecero luce su tutte le sensazioni che provava, aprendo un oblio sotto le sue gambe. Teneva molto a Jake, tanto da comportarsi con lui come non si era mai comportato con nessuno. A pensare cose che mai avrebbe creduto possibili.

Inizialmente aveva creduto che fosse perché Jake era vulnerabile e lui aveva un debole per quel genere di situazioni. Come con Nathan, si era posto a sua protezione totale e non si era fatto alcuna domanda, perché era giusto così, perché voleva fare qualcosa per lui. Ma non si trattava più di quello, e non si trattava più nemmeno di sesso. Jake era capace di farlo sentire un bambino entusiasta e un disastro emotivo nel giro di un secondo, di farlo passare dai brividi di freddo al calore scottante del fuoco.

Era lui a renderlo vulnerabile e, per la prima volta, non gli importava.

Quando il compagno riprese a parlare, Cody era ancora frastornato. «Comunque, diciamo che sono cresciuto con l'idea di iscrivermi al college e andarmene via. Così, dopo la scuola, ho mandato l'iscrizione a varie università.»

Annuì, perché era l'unica cosa che riusciva a fare. Continuarono a camminare; Cody si strinse nella giacca quando una folata di vento li investì. Stupido tempo assurdo. Almeno non pioveva e il cielo si manteneva per metà nuvoloso e per metà sereno, così potevano continuare a passeggiare relativamente senza troppi problemi. Magari, una volta tornati a casa, lui si sarebbe preso una broncopolmonite.

«Ho aspettato, e aspettato, e aspettato,» continuò Jake. Nella sua voce c'era qualcosa di strano: era bassa e, forse, un po' tremante. «E poi Ingrid è venuta da me con una lettera da uno dei college. Avevano rifiutato la domanda.»

«Merda.»

Jake fece un sospiro. Quando ricominciò a parlare, il tremore nelle sue parole era chiaro e la ferita esposta e pericolosa. «Ma sai, c'erano gli altri. Quindi ho aspettato ancora e sono arrivate tutte le lettere. Fiasco totale.»

«Con tutti i college?» *Ma è assurdo.*

Jake alzò le spalle. «Già. Ma beh, c'erano le mie madri a tirarmi su, e io ero piuttosto depresso, quindi diciamo che ho pensato di lavorare per racimolare qualcosa e trasferirmi. Non sapevo cosa fare. Trovai lavoro... Oh...» Si guardò intorno, poi indicò una via più avanti. «In una biblioteca qui vicino, in fondo alla strada. E beh, un giorno, qualche mese dopo, è arrivata questa lettera.»

Jake si bloccò e deglutì sonoramente. Cody controllò il suo sguardo: era pieno di un sacco di emozioni, per lo più tristezza e paura. Gli occhi sembravano lucidi; Jake guardò in alto, poi sospirò ancora per farsi coraggio. Voleva toccarlo, ma forse avrebbe peggiorato la situazione. E poi, egoisticamente, voleva davvero sapere cosa fosse successo.

«Ero stato io a prendere la posta quel giorno, per quello la trovai,» continuò, un po' tremante. «Veniva dall'università di Edimburgo, la mia prima scelta. Dentro c'era un modulo per la richiesta di una borsa di studio e...» Un sospiro tremante che gli spezzò il cuore. Jake si schiarì la gola. «Una lettera, che diceva che gli dispiaceva che avessi rifiutato la loro proposta e che, se avessi voluto tentare di iscrivermi al secondo anno dopo aver frequentato quello che *pensavano* stessi frequentando, sarebbero stati felici.»

La voce di Jake si incrinò. Cody si fermò, così lo fece anche lui. «Non capisco,» mormorò.

La successiva risata del compagno fu agghiacciante. «Ero l'amore della mamma, non potevo andarmene. Immagino sia stato lecito, per loro, rifiutare tutte le proposte e scrivere lettere false.»

Mio Dio.

Scattò verso di lui con un'imprecazione. Jake non fece forza quando lo tirò a sé e lo strinse: si limitò a starsene tra le sue braccia e a tremare come non l'aveva mai sentito fare. Quanto doveva essere difficile per lui ricordare una cosa simile, essere lì, *rivederle*? Affondò le dita nella sua giacca e lo tenne stretto, aspettando che il tremore si calmasse un po' e che Jake potesse essere di nuovo in grado di parlare.

Nel suo petto, solo *rabbia* cieca.

«Le odio,» sentì, un mormorio ovattato e roco. «Le ho sempre odiate.»

«Jake, mi dispiace così tanto...» Girò il capo per dargli un bacio tra i capelli, poi attese. Jake si aggrappò alla sua giacca e non lo lasciò per un sacco di tempo.

Non credeva che facesse ancora così male.

Erano passati dieci anni. L'incontro con Ingrid e Faith era andato meglio di quanto tutti avessero pensato e adesso eccolo lì, che crollava di nuovo con Cody. Doveva crederlo un mollaccione che piagnucolava soltanto. Dio, odiava essere così, lasciarsi andare, scoprire tutte le ferite che ancora bruciavano.

Odiava l'idea che Cody avesse potuto allontanarsi da lui. Magari perché *non era forte* come tutti credevano che fosse, perché tutto si stava sgretolando, il passato tornava a bussare alla sua porta e lui aveva *paura,* così tanta paura da non riuscire a muoversi.

Eppure eccolo lì, che lo stringeva, che gli diceva che *gli dispiaceva* come se davvero importasse, come se non fosse stato patetico, e piccolo, e *insignificante* in quel miscuglio di bugie e maschere che si era creato nel corso degli anni.

Lo stringeva come se avesse capito tutto, come se fosse stata la cosa giusta da fare.

Lo era, maledizione. Era *giusto* e *perfetto.*

«Va tutto bene,» sentì sussurrare. «Sono delle puttane e non hanno più potere su di te. Va tutto bene...»

Jake strinse gli occhi e tirò su con il naso. Annuì. «Sono scappato,» mormorò. «Da mio padre, a Inverness. Non volevo più vederle.»

«Ovviamente,» rispose Cody. Staccò appena il volto dal suo e una mano corse a scostargli una ciocca di capelli bagnata dal viso. Il sorriso che gli rivolse era dolce e pieno d'affetto e fece impazzire il suo cuore che già batteva fin troppo velocemente. La mano di Cody rimase sulla sua guancia mentre si chinava a dargli un bacio lieve sulle labbra, per poi guardarlo ancora *in quel modo.* «Immagino sia stato difficile...»

Annuì. «Avevo solo diciannove anni... E poi è arrivato Cass.»

Cody si irrigidì impercettibilmente. Si era già chiesto cosa ne pensasse e se, magari, avesse *capito*. Non quello che era palese a tutti, che fossero buoni amici, che Cassian l'avesse salvato, no. Quello che si nascondeva dentro di lui, i sentimenti che non aveva mai confessato a nessuno. Cody l'aveva capito? Cosa ne pensava?

«Aveva contatti con mio padre per lavoro e avevano parlato di me,» spiegò. «Voleva che lo aiutassi con una modella cinese che non parlava inglese. Sai, quando Cass si mette in testa una cosa deve ottenerla.»

Aveva parlato al presente. Se Cody se ne accorse, non lo diede a vedere. Aggrottò le sopracciglia. «Cinese? Sai il cinese?»

Uh. «Oh, sì.» E come sempre, si ritrovò in imbarazzo ad ammetterlo. «So diverse lingue. Era quello che volevo studiare al college.»

Cody spalancò gli occhi. «Oh. Wow, Jake, che figata! Quante ne sai?»

«Sei o sette.»

Gli occhi di Cody si allargarono ancor di più. «*Sette?* Affascinante, cavolo! Quali?»

Si sentì arrossire. Non sapeva perché gli facesse tanto piacere. «Uhm... Beh, lo spagnolo... Ingrid è per metà spagnola. E cinese, ovviamente. Un po' di giapponese. Francese, tedesco...» Fece una pausa, per fare mente locale. «Norvegese. Ah, e qualcosa di italiano.»

«*Cristo.*» Cody si staccò appena da lui e gli fece un sorriso pieno di stupore e... orgoglio? *Sul serio?* «Sei... sei fantastico.»

Non credeva di essere mai arrossito tanto in vita sua. Abbassò gli occhi. «Nah, non è niente.»

«Niente? Sei meraviglioso. E loro sono delle teste di cazzo, scusa se lo dico. Non posso crederci.»

Okay, se lo faccio continuare, mi risveglierò all'ospedale per mancanza di ossigeno o un arresto cardiaco.

«Uhm... grazie.» Si allungò a baciarlo velocemente, poi si leccò i denti e strinse un labbro tra di essi. Cody fece un sorriso divertito nel vederlo ma, per fortuna, la smise con i complimenti.

«Quindi sei venuto a Jackson con Cassian?»

«Sì. Quando ha visto me e la cinese insieme, mi ha chiesto di lavorare per lui, davanti all'obiettivo. Sapeva la mia storia e sapeva che volevo andarmene... A me non piaceva fare il modello, ma ho colto la palla al balzo. L'America era a miglia e miglia dalle mie madri.»

Cody annuì. «L'avrei fatto anche io.»

«Sì,» convenne, sorridendogli. «Beh, il resto è storia.»

«Wow...» Cody si prese un attimo, forse per immagazzinare tutte le informazioni che aveva ricevuto. Jake ne approfittò per guardarsi intorno. Erano in un quartiere residenziale molto calmo; ci era stato diverse volte quando era più giovane. Da qualche parte più a sud c'era quella che una volta era casa sua, mentre più avanti il suo vecchio liceo. Non era nemmeno tanto lontano.

Oh.

Diede uno sguardo a Cody: l'uomo lo ricambiò e gli sorrise, poi si guardò attorno allo stesso modo. «Uhm, comunque sia è una bella cittadina.»

Non rispose, ma lo prese per mano e iniziò a camminare. Una scarica gli percorse tutto il corpo fin dalle dita, che si intrecciarono a quelle del compagno. *Finalmente.* Dio, voleva farlo da tutta la cazzo di giornata.

«Dove andiamo?» Cody suonava divertito e Jake gli sorrise.

«Hai chiesto per un posto.» Camminarono per qualche

minuto, fino ad arrivare al parco nei dintorni della scuola, in cui si introdusse. Era quasi il tramonto, ed era perfetto. Seguì diversi sentieri; era come tuffarsi nel passato, la nostalgia quasi insopportabile. Gli stessi suoni, gli stessi odori, un cinguettio leggero, qualche corvo gracchiava. Una madre con un bambino che tornavano a casa.

Lo condusse verso la costruzione di un piccolo tunnel in legno che passava tra gli alberi. Chinò la testa per non sbattere, Cody fece lo stesso.

E poi furono lì. I ricordi si mescolarono con il presente in un dolce miscuglio di nostalgia e tristezza che, per una volta, non gli dispiacque. C'era un'unica panchina in legno, ormai rovinata e consunta, e un'apertura tra le travi che costituivano la costruzione, che affacciava dritta sul cielo. Cody si guardò intorno ed emise un fischio.

«Che posto è?»

«Mi hai chiesto dove portassi i miei fidanzati.» Si strinse nelle spalle. «Ti presento la mia prima volta.»

Cody spalancò gli occhi e gli fece un sorriso. «Qui? Sul serio?» Quando Jake annuì, lui ridacchiò. «Wow, eccitante.»

«Vero? Dio, lo era.» Lo fece sedere sulla panchina e si mise accanto a lui. Cody continuava a guardarsi attorno, posava gli occhi sui fiori e le foglie che si arrampicavano sulle travi in legno. Rimasero per qualche secondo in silenzio, soltanto a guardare, sentire, percepire.

C'era calma, ed era bello. Come un posto lontano dal mondo, dove potevano essere al sicuro, dove potevano dimenticare tutto ed essere solo quel che erano insieme, due persone che forse si volevano bene, forse si amavano, chissà. Non aveva importanza.

«Ti dirò anche un'altra cosa.» Jake indicò la piccola apertura simile a una finestra sul cielo. «Da lì, tra circa mezz'ora, vedremo un tramonto mozzafiato.» Il sole si stava già posizionando e le nuvole creavano un caleidoscopio di colori terrificante. In senso buono.

Era una fortuna che fosse una bella giornata.

«Aspettiamo, allora,» rispose Cody, nonostante avesse freddo e si stringesse tra giaccone e sciarpa. Jake annuì e gli si accoccolò contro, e non importava se era davvero un gesto troppo romantico e *tenero*, perché erano nel suo posto sicuro, nel sogno che non aveva mai osato sognare, nemmeno per sbaglio.

L'amore non era per lui, ma per una volta poteva almeno comportarsi come se lo fosse stato.

Mise le gambe su quelle di Cody e si appoggiò al suo petto, il capo contro il collo. Cody mise un braccio dietro la sua schiena, sostenendolo, e l'altro attorno al busto, una mano che afferrava l'altra, rinchiudendolo in una coperta sicura e calda fatta del suo corpo. Jake sospirò, godendosi semplicemente il momento.

Dio, se puoi, fa che duri per sempre.

Aveva imparato a non sperare in nulla, a privarsi di qualsiasi cosa avesse potuto dargli una delusione. Ma per una volta, almeno per una volta, voleva credere in qualcosa. Anche solo per un tramonto lontano dal mondo, voleva credere e lasciare che fosse il cuore a provare qualcosa.

Perché sei un sentimento prezioso e fragile, e domani svanirai. Ma per un istante, soltanto per istante, Code...

13

Edimburgo, Scozia

A Cody piacque molto Edimburgo, proprio come pensava Jake.

Forse perché era caratteristica, per lo stile dei palazzi, delle strade, persino le persone. Era più grande di Stirling e più movimentata, soprattutto con la pioggerella serale. Stettero poco fuori, un giro veloce e una cena a base di pesce. Poi affittarono una stanza e ci si rifugiarono quasi subito.

Jake era... *felice*. La chiacchierata a Stirling aveva avuto il potere di calmarlo e sciogliere un nodo che si portava dentro da troppo tempo. Si fidava di Cody ed era semplice parlare con lui. Gli piaceva: per la prima volta non si sentiva a disagio a spogliarsi troppo, a farsi vedere per quello che era, con il suo passato annesso. A farsi *curare*, in un certo senso.

E poi c'era la solita sensazione di calore al petto e lo sfarfallio nello stomaco, certo, che lo rendevano un po' ansioso e un po' euforico allo stesso tempo.

Quando si ritrovarono in camera, dopo il tempo passato fuori e con la stanchezza di una giornata di viaggio, Jake si sentì nervoso. Fecero una doccia e decisero cosa fare il giorno dopo. Rimasero sul vago riguardo il ritorno a Jackson: Jake sapeva che l'aereo era alle otto di sera, e tanto gli bastava. Non voleva pensare al Tennessee, non voleva pensare alla sua vita.

Una volta uscito dalla doccia, trovò Cody che salutava qualcuno a telefono. L'uomo attaccò e posò l'apparecchio sul tavolo. «Inizia a far cilecca. Dovrò prenderne uno nuovo.»

«Era Nathan?» si ritrovò a chiedere. «O la tua fidanzata?»

«Nathan *è* la mia fidanzata,» rispose Cody, ridacchiando. Non sapeva perché gli avesse dato fastidio quella risposta, ma tentò di non dare troppo a vederlo. «Sì, gli ho chiesto come stava il gatto e gli ho detto che torniamo martedì.»

«Oh, Gulliver se l'è già mangiato?»

«Sembra che vadano d'accordo,» rispose Cody, sedendosi sul letto matrimoniale. Jake rimase sulla soglia della porta mentre dava una rapida controllata al suo telefono e lo spegneva. «A che fidanzata ti riferivi?»

«Non ti sei fatto la fidanzata all'inaugurazione?»

L'espressione che Cody gli rivolse era sorpresa. «Chi? Lianne? Scherzi?»

«Lei stava sicuramente flirtando con te.» *E anche tu.*

«Non dire stronzate, dai.» Jake si strinse nelle spalle e si diresse al bauletto dove aveva messo i vestiti. In camera c'era il riscaldamento e si stava bene. Non credeva avrebbero sofferto il freddo.

«Jake,» si sentì chiamare. Quando alzò lo sguardo, Cody sembrava divertito. «Non sei geloso, vero?»

Merda. «Cosa? No!» *Sì, ti ha proprio beccato, Jackey.* «Puoi fare quel che vuoi, Cody.»

Doveva essere arrossito, però, perché il sorriso di Cody si allargò e prese quell'accezione da "Dio mio, quanto sei adorabile". Forse un po' aveva iniziato a odiarlo. «Dillo,» disse.

«Non dirò una bugia solo per farti piacere,» rispose Jake.

«Perché non è una bugia! Dai, se tu lo ammetti, io ti dirò qualsiasi cosa tu voglia.»

«Sei fuori di testa.» Jake si levò l'accappatoio e mise boxer e pantaloni, rimanendo a petto nudo. Una volta fatto salì ai piedi del letto e si sedette lì davanti a Cody, che gongolava ancora.

«Voglio saperlo.»

«Egocentrico,» rispose Jake. «Non gira tutto intorno a te.»

«Oh, dai. Dev'esserci una verità che posso scambiare per quella! Qualcosa di imbarazzante.»

Jake ci pensò per un attimo. Il fatto era che sapeva poco e niente del passato di Cody, quindi doveva basarsi sul presente, e non gli veniva in mente nulla che avesse urgenza di sapere.

A meno che... «Okay. Sei ancora innamorato di Nathan?»

Il sorriso di Cody scomparve, mentre quello di Jake si allargò, nonostante facesse male. Non sapeva perché faceva male. «Vedi? Ora smettila di chiedere cose stupide.»

«Non lo so,» rispose, invece, Cody. Lo stomaco ebbe uno spasmo. «È il mio migliore amico e non smetterò mai di amarlo. Però è sicuramente diverso dal tipo d'amore che potrei provare per...» I loro occhi si incontrarono, prima che il compagno distogliesse di nuovo lo sguardo. Ma non significava nulla, no? «Per un amante, insomma.»

Non significa nulla, non stava pensando a me. Stupido e cieco desiderio. «Capisco.»

«Ora tu.» Jake provò a rispondere con uno sguardo esasperato, ma Cody piegò il capo, come per dire "non osare". Allora sbuffò e abbassò gli occhi. *Che male c'è, devo solo ammetterlo. Lui è stato sincero.*

Non significava, però, scoprirsi troppo? Permettere a Cody di sapere che aveva potere su di lui, che era *importante* al punto da desiderare di essere l'unico, di essere il solo ad avere il privilegio del suo sorriso? Si sentì arrossire.

«Va bene,» mormorò. «Sì, forse ho provato un po' di gelosia.» Non aveva il coraggio di guardarlo e le lenzuola sembravano la cosa più interessante del mondo. «Volevo baciarti, ma tu eri *etero* e non potevi, mentre con lei ridevi e scherzavi. Mi... mi ha dato fastidio.»

Beh, tanto vale mostrargli una compilation di mie cadute e figuracce. Nulla potrebbe essere più imbarazzante di questo.

Il silenzio si fece carico di tensione e pesante. Jake stava quasi per allungarsi verso la luce sul comodino ancora accesa e mettersi a letto, quando Cody mormorò: «Vieni qui.» Allora alzò il capo.

L'uomo lo fissava con un sorriso dolce e comprensivo. I suoi occhi erano intensi, un po' più scuri del normale, e andavano dal suo sguardo alle sue labbra, poi al corpo per tornare al viso in un chiaro invito. All'improvviso si sentì nervoso.

«Coraggio. Sei piuttosto grandicello ormai per fare il ragazzino timido nel nascondiglio del parco.»

Si ritrovò a ridere mentre gattonava sul letto fino a lui. Scavalcò con un braccio e una gamba il suo corpo, per posizionarsi sul compagno, e quando gli prese la nuca con una mano e lo tirò a sé, Jake non fece resistenza. Rispose a quel bacio con la stessa lentezza dell'altro, mosse le labbra contro le sue quasi pigramente, lasciando che fosse la sua lingua a prendere il sopravvento e a cercare quella di Jake.

«Sei con me,» mormorò Cody, contro la sua bocca. «Non devi aver paura.»

«Non ho paura.» Un altro bacio, più intenso e sensuale del primo. Cody sorrideva.

«Sei un bravo bugiardo,» disse a Jake.

«La maggior parte del tempo.»

«Con la maggior parte delle persone.» Emise una risata, più per tirare fuori un suono che per altro. Se non l'avesse fatto, forse quel qualsiasi cosa aveva dentro sarebbe scoppiato. Si sedette su di lui e gli cinse le spalle con le braccia, poi lo strinse. Lo strinse davvero *forte.* Tanto da ritrovarsi a tremare.

Solo che non era colpa della forza, no. «Ora ho paura.»

«Di cosa?» La voce di Cody era talmente dolce e comprensiva da riuscire a tranquillizzarlo.

«Di te,» ammise. «Inizi a sapere troppe cose.»

«Ed è un male?» Un bacio sul suo collo, poi sempre più giù. Jake sospirò di piacere.

«Non lo so,» rispose, chiudendo gli occhi. «Non so più nulla.»

«Non serve.» Cody gli posò un altro bacio sul petto, poi lo spinse verso il letto e si mise su di lui per unire di nuovo le labbra con quelle di Jake, stavolta con foga, passione, anche urgenza. Scivolò su di lui con una scia di baci caldi e intensi, seguendo la linea tra i pettorali, poi sugli addominali fino all'ombelico. Quando spinse giù i suoi pantaloni e l'intimo, con una lentezza estenuante, Jake si concesse un ansito di desiderio.

Cody gli prese il sesso tra le dita e alzò lo sguardo verso di lui, incontrando il suo. Dio, era meraviglioso. Chino a qualche centimetro dal suo sesso, che lo masturbava piano e intanto lo fissava, gli occhi scurissimi e seri che parevano prossimi a divorarlo e quella mano che, in totale disaccordo, sembrava andare sempre più lentamente.

Quando non ne poté più, reclinò il capo e chiuse gli occhi, spingendo con il bacino contro di lui. Cody rise contro il suo sesso, tirò fuori la lingua e, *finalmente,* iniziò a leccarlo. Sempre una tortura assurdamente lenta, ma era un passo avanti.

«Cody, *dai...*»

L'amante, però, rimase lì ancora per qualche incessante minuto, dapprima con una carezza soltanto leggera e poi accogliendolo tra le labbra. A quel punto gli occhi pulsavano di luce anche se erano chiusi, e il corpo tremava tutto. Dovette respirare piano e cercare di distrarsi per non venire troppo in fretta. «*Cody,*» ringhiò.

Cody succhiò forte il suo sesso per qualche altro secondo, poi lo lasciò mentre prendeva i preservativi e il lubrificante nella borsa. Lui si aggrappò alle lenzuola ed emise un gemito di pura sofferenza. Uno strappo, poi Cody srotolò il preservativo ed esitò un attimo, guardando Jake. «Uh, posso...?» Anche lui aveva il viso percorso da estasi e urgenza. Jake annuì.

«Sì, basta che fai in fretta, Cristo, non ce la faccio più.»

Odiava e amava allo stesso tempo i sorrisi soddisfatti di Cody quando riusciva a estrapolargli qualcosa che, normalmente, non avrebbe detto. La cosa incredibile era che quell'uomo era l'unico che ci riusciva ed era l'unico con cui potesse farlo. Lo osservò quasi con affetto mentre si metteva il preservativo e stappava il lubrificante, massaggiandosi il sesso. Non si era nemmeno tirato giù completamente i pantaloni; Jake si mise a sedere e lo fece per lui, approfittandone per baciargli il muscolo laterale del ventre quando fu chino. Poi, Cody lo spinse di nuovo verso il letto e tornò a baciarlo.

La sua lingua gli violò la bocca prepotentemente e gli mostrò una possessività che Jake non aveva mai apprezzato in nessuno... fino a quel momento. Gli piaceva pensare, *fantasticare* sul fatto che Cody lo considerasse *suo*. Era strano, perché non era mai stato una persona che gradiva quel pensiero. Gli dava l'impressione di essere in gabbia, di non potersi muovere, di essere vulnerabile; con Cody, però, era tutto diverso.

Due dita lubrificate scivolarono dentro di lui senza problemi, mandandogli scariche elettriche lungo tutto il corpo. Quando se ne aggiunse un terzo e, incurvandosi, andarono a stimolare la prostata, il gemito ininterrotto tra le loro labbra divenne un urlo. «Cazzo, Cody! Fammi un favore e fottimi!»

Cody sorrise. «Quanto sei impaziente, Jake.»

«Smettila, non ce la faccio più.» Tirò su le gambe e le allacciò al bacino di Cody mentre lui estraeva le dita e si posizionava. Portò le braccia a cingergli le spalle, una mano tra i capelli del compagno e l'altra stretta sulla sua pelle. Cody si spinse dentro di lui ed esalò un gemito che poteva essere sia di piacere che di dolore, dato che Jake affondò le unghie nella sua spalla.

Un movimento di nuovo troppo lento, ancora frustrante. Cercò di rilassarsi, però, e di accoglierlo con pazienza; quando lasciò andare un urlo roco di lussuria, si accorse che aveva trattenuto il respiro.

«*Cristo!* Jake...» Qualsiasi cosa avesse da dirgli morì contro le sue labbra. Cody si fece indietro con il bacino e affondò di nuovo dentro di lui, con una spinta secca che fece ritrovare Jake senza respiro. Ancora si ritrasse, sempre con lentezza estenuante, e di nuovo affondò, prendendo quel ritmo che divenne una vera e propria tortura. Jake dovette abbandonare il bacio per imprecare.

«Cody, ti prego,» mormorò confusamente. «Ti prego, ti prego...»

«"Ti prego" cosa?» Oh, aveva voglia di fare il bastardo. *Che bello, non vedevo l'ora! Merda...* «Ti prego ancora, ti prego più lentamente, ti prego sii dolce...»

«Ti prego smettila di fare il bastardo e scop*ah!*mi...» aggiunse lui, perdendosi un mezzo urlo quando Cody affondò nuovamente.

«Ma lo sto facendo,» ridacchiò Cody. «Non va bene? Forse dovrei fermarmi, allora...»

«*Porca puttana.*» Non ce la faceva più; mosse il bacino disperatamente contro di lui, per aumentare il ritmo. Cody lo tenne fermo spingendolo con una mano verso il materasso. «Cody, ti prego, di più. Dammi di più, ti supplico!»

«Mio Dio, Jake Blanchard mi sta supplicando...» Stava cercando di prenderlo in giro, ma era chiaro quanto anche lui non riuscisse più a controllarsi, perché il suo ritmo stava già aumentando e gli stava già dando un po' di sollievo. Jake portò una mano a prendere quella di Cody, che stava ancora spingendo contro di lui, e la strinse tra le lenzuola.

«Sei fantastico,» sussurrò Cody, contro un suo orecchio. Poi, finalmente, prese a muoversi più veloce, e il piacere divenne insopportabile. Non ci volle niente perché le scariche elettriche gli mandassero in pappa il cervello e il ventre si ritrovasse senza alcun freno. Quando Cody gli strinse il sesso in una mano, poi, allora fu perso.

Raggiunse l'orgasmo con un urlo che si strozzò, venendo copiosamente tra i loro corpi sudati. Poche spinte e, mentre ancora tremava per la deliziosa sensazione di estasi che lo stava attraversando, anche Cody si contrasse e pulsò dentro di lui in un'ultima spinta che portò entrambi a sbattere contro la testata del letto. Cody ci si appoggiò con quella che doveva essere una risata, ma che suonò distorta a causa della situazione. Jake ci fece caso a stento.

«*Mio Dio,*» si ritrovò a sussurrare. «Mio Dio...»

«Stai bene?» chiese Cody. Uscì lentamente da lui, mantenendo il preservativo che poi si levò e gettò a terra, quindi ricadde accanto a Jake. «Sei vivo, vero?»

«Non lo so, chiedimelo tra un po'.» Cody ridacchiò e gli avvolse un braccio alla vita, tirandosi più vicino. Merda, se era bello averlo lì mentre si rilassavano e riprendevano fiato dopo l'orgasmo. Jake tremava ancora, ma scoppiava di felicità e soddisfazione. «Sei un figlio di puttana ma, cazzo, sei bravo.»

Cody posò un bacio sul suo petto. «Lo so.»

«Oh, bene. Narcisista.» Piegò il capo per guardarlo: Cody lo osservava con l'espressione più compiaciuta e *dolce* del mondo. Da qualche parte nella testa lo sfiorò il pensiero: *"Potrei abituarmi a vedere quel sorriso per tutta la vita."* Non aveva alcun senso, ma per ora gli piaceva pensarlo.

«No,» mormorò Cody. «Sono uno stronzo e sono bravo *per te*, è questo quello che so. E mi sta bene, se ti fa quest'effetto.» Un altro bacio sul petto, poi si allungò verso le sue labbra. «Volevo farlo durare.»

«Volevi uccidermi,» ribatté Jake.

«No, volevo farti godere.»

E l'hai fatto. Dio, se l'hai fatto. Ma non rispose. Forse perché quella frase, quella generosità nascosta nella voce stanca di Cody, gli aveva fatto perdere un altro battito. Forse si stava ammalando, chissà.

Gli baciò la tempia e litigò con le coperte sotto di loro, per tirarle a scaldare i loro corpi. Lo fece sorridere l'immobilità di Cody, che lo aiutò solo nel piegare le gambe per far sì che scivolassero al caldo. Come se non avesse voluto abbandonare la loro vicinanza per nulla al mondo. Jake si allungò a spegnere la luce e si accoccolò nell'abbraccio dell'amante. *Potrei abituarmi anche a questo per tutta la vita.*

Fu l'ultima cosa che pensò prima di sprofondare nel sonno.

Visitarono Edimburgo per tutta la mattina e Cody la *adorò*. Non nel modo in cui si poteva adorare Houston, o Nashville, persino New York, ma nel modo in cui un bambino adora il Natale, o il proprio compleanno. O nel modo in cui sorride quando vede sua madre per la prima volta, o quando arriva a casa dopo un periodo in cui è stato dagli zii cattivi dell'Alaska.

Okay, sì, forse l'Alaska era la Scozia, se messa a confronto con l'America, ma insomma.

Nonostante la pioggia leggera che non aveva smesso di cadere dall'inizio della giornata, nonostante il tenero modo in cui Jake si lamentava del "solito tempo della Scozia" e di come "non gli fosse mancata per niente", anche se gli brillavano gli occhi come se avesse ritrovato il senso del mondo. Gli piaceva cosa faceva quel posto a *loro*.

Dovrò convincerlo a venirci più spesso. Sono sicuro che gli piacerebbe, senza lo stress di dover incontrare le sue madri.

Visitarono il centro della città e il castello, Jake gli fece vedere distrattamente anche dov'erano localizzate le università. *Distrattamente* nel senso che lo fece con finta disinvoltura, in un modo palese e a tratti imbarazzante, dato che Cody lo capiva benissimo. Non sapeva in quale momento avesse iniziato ad accorgersi di quando Jake mentiva, ma da un lato era lieto di poterlo fare. Dall'altro era snervante sapere che, se gliel'avesse fatto notare, forse l'avrebbe messo a disagio.

Era bello quello che c'era tra loro e non voleva rovinarlo per mancanza di tatto.

Mangiarono qualcosa al volo, poi tornarono alla moto. Jake gli diede le chiavi con un sorriso. «Tutta tua.»

Esitò, nonostante avesse una gran voglia di guidare. «Sicuro? Non voglio rovinarla, è anche il lato sbagliato della strada...»

«Andrà tutto bene. Mi fido.» Ed era vero. Dio, *era vero*. Non riuscì a trattenere un sorriso mentre si metteva il casco e saliva a cavallo della California. Jake montò dietro di lui e fece scivolare le braccia attorno alla sua vita, il corpo appoggiato al suo, i caschi che si sfioravano leggermente.

Cercando di ignorare il batticuore, diede gas con una mano e controllò il quadrante della moto e i dintorni. «Ok, dove vado?»

Jake gli diede le indicazioni per uscire dalla città. Siccome non dovevano passare per Stirling – purtroppo – il compagno gli indicò la strada più veloce, che passava per il centro della Scozia ed evitava la regione montuosa. Oltre a qualche avvertimento sullo stare sul lato sinistro della strada, parlarono poco e si godettero il viaggio. Passarono un mucchio di cittadine di cui non ricordava il nome, un lungo ponte sospeso sul mare, e il *Cairngorms National Park*. Una manciata di paesaggi tutti diversi da quelli a cui era abituato, che non fecero altro che aumentare la meraviglia che provava per quello Stato.

«E tu vivevi qui?» aveva chiesto a Jake, mentre erano in viaggio. Lui aveva risposto con una risata.

«Sì, beh, è piuttosto bella.»

«*Piuttosto* bella.» Aveva scosso il capo e non aveva detto più nulla, guidando per tre ore ininterrotte lungo tutta la strada fino a Inverness.

Arrivarono verso le cinque di sera, quando ormai era buio. Avevano ipotizzato di girare Inverness nelle ore precedenti alla partenza, ma a quel punto della serata erano troppo stanchi per muoversi da casa, così si limitarono a rifare le valige e a mettersi sul divano a guardare qualcosa.

Faith e Ingrid provarono a chiedere loro com'era andato il viaggio, ma le risposte di Jake furono vaghe e prive d'interesse. Non poteva biasimarlo e, dopo quello che gli aveva raccontato, anche lui non aveva voglia di essere gentile. Non riusciva nemmeno a immaginare l'inferno che aveva passato, da solo a diciannove anni. Lui aveva avuto una buona infanzia, aveva studiato quello che voleva e si era trasferito dopo vari lavori che gli avevano permesso una solida base economica. Certo, non se l'era passata benissimo, ma non poteva nemmeno lamentarsi.

«A che pensi?» gli chiese Jake, mentre erano sul divano. La televisione dava uno strano programma in cui c'erano personaggi che partecipavano a varie prove di sopravvivenza, o qualcosa del genere. Non stava seguendo per niente.

«A nulla, sono solo stanco,» mentì. Jake aveva un sorriso dolce sulle labbra, e i suoi occhi esprimevano così tanto affetto da destabilizzarlo. Non sapeva come aveva fatto a costruire quel rapporto con lui, ma era come essere sulle montagne russe ogni volta che lo guardava. Montagne russe di tantissime emozioni contrastanti.

Il compagno si allungò a dargli un bacio lieve. «Prova a dormire un po' sul volo per New York. È lunga da lì, se non riposiamo saremo a pezzi.» La sua voce tremò soltanto un po', ma riuscì a nascondere bene la tensione in quelle parole. Cody mise un braccio sulle sue spalle e lo tirò a sé per baciargli i capelli.

«Va bene,» rispose. «Cerca di farlo anche tu, e di stare tranquillo.»

«Sono tranquillo.»

Emise una lieve risata. «Sei un bravo bugiardo, sì.»

Jake non rispose, ma si strinse impercettibilmente a lui, spingendosi contro il suo petto. Dio, che sensazione *meravigliosa*!

«Jake, è meglio se andiamo, adesso.» Il compagno si staccò da lui per guardare sua madre, appoggiata all'arcata che portava in salotto. L'espressione della donna era sconfitta e un po' triste, sembrava stanca e molto più vecchia di quanto non fosse. Cody si alzò per primo, mentre Jake spengeva il televisore e si dirigeva in camera per prendere le sue cose.

«Spero che tu ti sia trovato bene qui, Cody.»

Oh, no, non conversare con me.

Almeno, delle due, Faith sembrava quella più ragionevole e calma. «Sì, grazie. La Scozia è molto bella.»

«Non è niente di speciale,» rispose Faith. «Scommetto che in Texas avete cose molto più interessanti e un tempo più gradevole.»

«Sono due posti diversi, non c'è alcun paragone.»

Jake tornò indietro con la sua borsa e la valigia. Cody lo aiutò a portarla fuori mentre seguivano sua madre alla macchina. Ingrid era in giardino che sistemava il prato e, quando li vide, venne loro incontro per salutarli. Fu molto fredda sia con lui che con Jake, così come lo furono loro.

Non gli piaceva per niente. *Ora capisco perché non può nemmeno vederla.*

Lui e Jake, poi, salirono in macchina e Faith li portò via dalla cittadina, verso l'aeroporto. Trenta minuti di silenzio imbarazzante, intervallati da qualche canzone locale che passava alla radio. Jake si era anche seduto sul sedile davanti, così lui era solo.

Arrivarono in aeroporto e fecero subito il check-in. Era piccolo e non c'era nemmeno tanta gente. Se la sbrigarono velocemente fino al momento dei saluti. Faith abbracciò sia lui che Jake, su cui si soffermò per un sacco di tempo. Contrariamente a quanto aveva fatto con Ingrid, l'altro godette di quel contatto come se gli avesse davvero fatto piacere.

«Ascolta, Jake...» disse Faith, quando lui ebbe ripreso il suo borsone. «Io- io avrei voluto parlare di più con te, ma non ho trovato un attimo per...» Sembrava in difficoltà.

«Non preoccuparti,» rispose Jake, ma lei scosse il capo.

«No, tesoro, io volevo... volevo scusarmi con te.» *Oh.* Anche Jake sembrava sorpreso. «So che non è stato facile, e so di non essere stata una brava mamma per te.» La voce della donna tremò. Quando Cody fece per allontanarsi, nel tentativo di dar loro più spazio, lei lo fermò. «No, per favore, rimani. Non c'è alcun bisogno di lasciarci soli.» Faith gli fece un sorriso pieno di lacrime. «Hai molto più diritto di stargli accanto di quanto ne abbia io, Cody. Sembri un così caro ragazzo... sono felice che mio figlio possa contare sul tuo appoggio. Ti ringrazio.»

Forse, soltanto forse, arrossì un po'. «Non ce n'è alcun bisogno.»

«Faith, senti, il passato è passato,» disse Jake. Era visibilmente a disagio; Cody si chiese cosa stesse pensando, quale emozione fosse prevalente in lui, in quel momento. Rabbia? Tristezza? Malinconia? Inconsciamente, si ritrovò a desiderare di portarlo via e *proteggerlo*, anche se non aveva alcun senso. «Non devi preoccuparti. Va tutto bene.»

«È che... Jake, per favore.» Stava piangendo. Era così piccola mentre guardava suo figlio. «Io vorrei mantenermi in contatto con te. Basta un messaggio ogni mese, una chiamata a Natale, al tuo compleanno... voglio soltanto sapere che stai bene. Per favore.»

Non conosceva quella donna, ma la sua sincerità era palese, il dolore completamente esposto. Cody era sicuro che anche Jake se ne fosse accorto, perché sembrava tremare, nonostante la fermezza della sua espressione.

Dopo un tempo che parve lunghissimo, l'uomo annuì. «Sì, certo. Mandami un messaggio con il tuo numero, Ingrid dovrebbe avere il mio.» La donna prese a tremare, le lacrime non si fermavano nonostante non emettesse nemmeno un rumore. «Con... con calma, magari. Ma posso mandarti un messaggio ogni tanto, mamma.»

La sua voce era ridotta a un sussurro quando disse quella parola, soppressa dal singhiozzo di Faith che lo abbracciò di nuovo. Jake le cinse le spalle con il braccio libero e chiuse gli occhi, il solito modo che aveva di rispedire le emozioni dentro di sé per non crollare. Quando lo guardò, Cody gli sorrise e annuì.

«Ora sarà meglio andare,» disse Jake, congedandosi. Faith si asciugò gli occhi e li accompagnò fino al gate, poi continuò a guardarli mentre superavano i controlli e si allontanavano. Jake si voltò verso di lei soltanto una volta, salutandola con una mano. Sul volto aveva un miscuglio di emozioni che per Cody era difficile anche soltanto da osservare, così tanta sofferenza tutta insieme da far stare male persino lui. Sembrava fragile e vulnerabile, nonostante l'aspetto da uomo cresciuto e l'atteggiamento di chi non poteva essere scalfito da nulla.

Mentre si dirigevano all'aereo, Cody lo prese per mano. Jake non si girò nemmeno a guardarlo: intrecciò le dita con le sue e le strinse forte, come se avesse voluto trasmettergli tutto ciò che provava, cercare conforto in lui. Un conforto che Cody desiderava ardentemente concedergli. In quel momento, come in quelli a venire.

«Quindi è finita,» mormorò Jake quando furono al loro posto.

«Sì.» Cody strinse quella mano che ancora era aggrappata alla sua. «Sei stato bravo.»

«Anche tu,» ridacchiò Jake. «E ora dobbiamo solo tornare a Jackson.»

È terrorizzato. Il cuore gli spedì una fitta per tutto il corpo.

«Andrà tutto bene, Jake.» Cody tirò verso di sé le loro mani unite, per posarvi un bacio. «Sono con te. Non sei più da solo.»

Jake chiuse gli occhi, e per un attimo credette che si sarebbe messo a piangere. Poi, piano, annuì e sospirò. *Non sei più da solo, ti proteggerò io.*

E intendeva farlo. Da tutto e da tutti.

Seconda Parte

14

Uno scampanellio alla porta. Una, due, tre volte. Cody non accennava ad alzarsi, lui non aveva idea di che ore fossero.

Jake aprì a fatica un occhio, si rigirò in quell'intricato nodo di arti e lenzuola e controllò l'orologio. Le cinque e trentaquattro del mattino. Davvero qualcuno aveva voglia di venire a rompere, in una casa in periferia della piccola Jackson, alle cinque e trentaquattro del mattino?

«Code, la porta.»

Poi sprofondò nel letto mentre, con un movimento quasi analogo, Cody si alzava di scatto. Lo sentì inspirare rumorosamente e scendere, poi recuperare quelli che credeva fossero un paio di pantaloni. Jake si rigirò tra le coperte e sospirò, beandosi del caldo e della dolce sensazione del materasso morbido sotto il suo corpo. C'era odore di sesso e sudore – si erano svegliati nel corso della notte, entrambi eccitati, e si erano sfogati con un pompino veloce – ma era quasi confortante al buio della stanza di Cody. Sesso e sudore, e un vago profumo di sabbia e sole.

Mentre, da qualche parte, una bambina singhiozzava.

Dicembre 2015
Jackson, Tennessee

Kacey se ne stava da un lato del piccolo divanetto, rannicchiata nella giacca di Cody, a tremare. Sembrava cercare con tutte le forze di non piangere più e calmarsi. Con lo sguardo era ancora aggrappata a lui, ma rimaneva in silenzio come aveva fatto per tutto il tempo; gli stava spezzando il cuore.

«È successo l'altro ieri, a notte fonda,» iniziò Abigail. «Kacey era da noi quando la polizia è venuta a dircelo.» *Cristo.*

Cody si ripeté che doveva essere forte e che non era quello il momento di crollare. Per niente. Doveva mostrarsi una roccia, perché Kacey ne aveva bisogno. Non era quello che Beth gli ripeteva sempre?

Beth. Merda, gli veniva da vomitare.

«Lei... è rimasta molto scossa. Con noi non parla.»

Quando Cody si girò, Kacey non li guardava. Non guardava nulla, se ne stava solo lì a tremare. Lui si alzò e si avvicinò per inginocchiarsi davanti a lei. «Tesoro, hai freddo?»

Kacey scosse il capo, piano. Le chiese se volesse dell'acqua, e ancora scosse il capo. Mentre le aggiustava i capelli e chiudeva la giacca in cui si stringeva, per tenerla meglio al caldo, Abigail riprese a parlare.

«Cody, ho dovuto portarla qui, ma tu dovresti tornare a Garland con noi,» continuò Abigail. *Ovviamente.* «È importante, non possiamo destabilizzarla più di quanto...» Fece una pausa in cui la sentì sospirare. «Cody, non è il momento di giocare a fare Peter Pan. Lo capisci, vero?»

Oh, adesso si tratta di quello.

«Abi,» iniziò, alzandosi. La rabbia era così tanta che era persino difficile parlare. «Capisco il tuo punto di vista, ma *non posso*. Ho altro da fare qui, ho...» Diede uno sguardo alla porta. Jake era tornato in camera? Era in corridoio? *Dio*, era andato via? «Ho tante responsabilità qui. Beth sapeva che poteva contare su di me, ma non...» Dovette schiarirsi la gola, perché era difficile parlare. Cercò di ricacciare la paura dentro di sé. «Non lo so se posso prendermi cura di lei, viaggio sempre, non posso darle nulla se sono da solo. Scuola, amici fissi... Abigail, non posso farlo.»

«Non lo saresti a Garland. Io non posso tenerla al ranch, Cody, lo sai.» Era irritata, anche se si manteneva calma per amore di Kacey. Sua sorella sapeva essere così egoista e arrogante quando voleva. Si era quasi dimenticato di quanto la odiasse. «E lei non ha altri parenti stretti. Cody, per la miseria, dovresti smetterla di pensare solo a te stesso e...» Si bloccò quando il rumore di qualcosa che cadeva a terra li fece sobbalzare. Cody si girò di scatto. Kacey guardava spaventata il casco, che evidentemente le era scivolato dalle mani ed era rotolato a terra. Quando alzò lo sguardo, i suoi occhi erano di nuovo pieni di lacrime.

Cody le fu subito accanto e la abbracciò. «Non è niente, tranquilla. Non si rompe mica.» Le fece un largo sorriso, poi se la mise in braccio. «Ti sei fatta male?»

Lei scosse il capo e gli si accoccolò contro il petto, tirando su col naso varie volte. Cody prese un pezzo di carta per pulirle il viso, poi le soffiò il naso.

«Sei stanca, eh?» Kacey annuì. «Devo finire di parlare con la zia, cucciola. Vuoi che ti porti a letto?» La piccola scosse il capo violentemente, di nuovo fu scossa da singhiozzi. Lui la strinse, baciandole i capelli. «Va tutto bene, tesoro, non vado da nessuna parte.»

Non era bravo in quelle cose e odiava essere sotto lo sguardo accusatorio di sua sorella. Odiava quella situazione in generale; si rendeva conto a malapena di cosa stesse succedendo. Quando la controllò, l'espressione di Abigail era indecifrabile.

«Senti… non è il momento adatto per parlarne.» Sua figlia tremava tra le sue braccia e lui era visibilmente stanco. Aveva la testa piena di domande, ma non era il momento per quello. Non lo era di certo. «Devo prima occuparmi di lei. Lo capirai, visto che non sai dire altro.» Non aveva il tempo di preoccuparsi di sua sorella e di qualsiasi maledetta conseguenza di tutto quel casino.

«Direi di no,» rispose la donna. «Mettila a letto. Aspetto qui.»

Kacey scoppiò a piangere e scosse ancora il capo, stringendosi a lui, ma non disse *nulla*. Cody la abbracciò più stretta, sibilando per calmarla. Dentro al petto qualcosa si stava rivoltando e la cieca paura lo attanagliava.

«Non ti preoccupare. Io e te adesso andiamo un attimo di là, ti va? Ti porto a vedere la stanza di cui ti parlavo, quella con la vista sulla campagna. Ti ricordi?»

La piccola annuì. Lui si voltò di nuovo verso Abigail, in segno di congedo, e uscì dalla cucina.

Ci mise qualche minuto per farla addormentare. Non un tempo eccessivo, perché la bambina era davvero stanca. Le parlò di Jackson, le fece vedere il sole che sorgeva, le disse che era una bella città e che l'avrebbe portata a fare un giro nei giorni seguenti. Kacey si addormentò mentre lui canticchiava a bassa voce, un miscuglio di melodie country che a Elizabeth piacevano tanto. Forse fu per quello che si addormentò così in fretta.

Non disse neanche una parola per tutto il tempo.

Cody la lasciò al buio della stanza, con le tapparelle abbassate. Poi, quando fu in corridoio e incontrò di nuovo lo sguardo di Jake, desiderò non essere diventato così bravo a leggere dietro la sua finzione.

Era distrutto. Stanco, sconvolto e *distrutto*. Non parlava

neanche. Quanto doveva odiarlo in quel momento? E cosa c'era nella sua testa? Che tipo di domande? Che genere di insulti?

«Lo so,» mormorò, mentre ancora erano soli. Non voleva che sua sorella sentisse, quindi si avvicinò il più possibile a lui. Quando Jake si ritrasse, Cody si bloccò e il suo cuore si spezzò. *Ha ragione.* «Scusa. Scusami, lo so.» Era difficile controllare la sua voce mentre parlava. «Non volevo che ci andassi di mezzo.»

Non volevo che lo scoprissi così. Non volevo perdere la tua fiducia.

Jake fece una cosa che parve stranissima, una cosa che non gli vedeva fare da mesi. *Forzò* un sorriso. «Non credo che tu avessi programmato una visita a sorpresa alle cinque del mattino,» sussurrò, gentilmente. *Perché devi fare così? Perché devi fare proprio così?*

«No, infatti,» sospirò. Tentò di sorridergli, davvero, ma fu difficile sembrare sincero. «Ti spiegherò tutto. Mi dispiace di non averlo fatto prima, non ne ho avuto...» *È una cazzo di stronzata, e tu lo sai. Lui lo sa. Davvero vuoi essere talmente irrispettoso da dire la parola "occasione"? Dopo tutto questo tempo?* «Ti prego, perdonami.»

Non stava aiutando per niente, ma parlare era diventato eccessivamente difficile. Esprimersi, spiegarsi, eliminare l'espressione ferita di Jake che crollava sempre più, distruggendolo.

Le labbra dell'uomo fecero un movimento verso l'alto, sull'angolo. Doveva essere un sorriso, ma rappresentò una smorfia tremante. Era orribile. «Dimmi cosa ti serve che faccia.»

La voce di Jake tremò e gli fece ancora più paura. Come un nervo scoperto, come un colpo di pistola. Erano stati entrambi bravi a nascondere le cose, un tempo, ma adesso era diventato difficile. La falsità era crollata da tanto, e ora c'era solo... Cody non ne era sicuro, poteva solo immaginarlo. Delusione. Tradimento, magari. Poteva considerarsi *tradimento* se era semplicemente un'informazione omessa? *Lui si è aperto a me, e io non gli ho detto la cosa più importante.*

Cristo, aveva la nausea.

«Cosa devo fare, Cody?» continuò Jake, stavolta con più urgenza. Come se non avesse sopportato di continuare a parlare, guardarlo, aspettare. Un'altra persona sarebbe scappata: lui no, lui rimaneva lì in *attesa* di sue direttive. Non perché non sapesse cosa fare, no. Stavolta non si trattava di quello.

Era immensa generosità, mista all'affetto che li legava, che impediva lo scontro. Jake sarebbe rimasto finché le cose non si fossero tranquillizzate, perché era più altruista di lui.

Era orribile ma, cavolo, se gliene era grato.

«Puoi... puoi darle un'occhiata? Se si sveglia mi chiami, non devi fare nulla, non serve che tu interagisca.» A Jake non piacevano i bambini, e non avrebbe accettato se si fosse trattato di quello. «Solo... forse sarei più tranquillo se qualcuno fosse qui a controllare che non... Non lo so.»

«Nessun problema.» Poi Jake sembrò indeciso sul fare qualcosa, avvicinarsi, allontanarsi, Cody non riusciva a capirlo. Sollevò una mano e gli toccò una spalla, strinse piano, come a volerlo rassicurare. Entrambi sapevano che non era il modo giusto di farlo, ma Cody non disse nulla. Per un attimo chiuse gli occhi e fu sicuro, senza alcun dubbio, che si sarebbe messo a piangere, che sarebbe scoppiato, che si sarebbe aggrappato a lui in cerca di un rifugio.

Invece non uscì nulla. Quando Jake allontanò la mano, con un nuovo sorriso sul volto, un po' più convincente e rassegnato, lui sussurrò: «Grazie.»

Non fu capace di dire altro.

Era una bambina davvero bella, per quanto ne sapeva lui, e somigliava molto a Cody.

Lunghi capelli biondi, un viso delicato che forse aveva preso dalla madre, un corpicino esile e fragile. Debole. Vulnerabile.

Era quello che lo spaventava tanto dei bambini. Che fossero vulnerabili, che fosse semplice spezzarli e che fosse ancor più probabile che loro non opponessero resistenza, che non sapessero né potessero difendersi.

Ne stava alla larga perché se avesse, inaspettatamente, arrecato danni a uno di quei *cosini*, il suo senso di colpa sarebbe stato fottuto a vita.

Era incapace di rapportarsi a loro. Non ci aveva mai avuto a che fare e non intendeva farlo. Lo spaventavano.

Ed eccola lì, la *figlia* di Cody che dormiva sul letto nella stanza degli ospiti, stretta a un vecchio cuscino colorato e rannicchiata tra le coperte che le aveva dato il *padre* e che, Jake era sicuro, avevano il suo odore. Fragile, con il respiro pesante e gli occhi ancora pieni di lacrime. Vulnerabile.

Era strano.

Percorse la camera a passi lievi e silenziosi, respirando più lentamente che poteva. La testa era un casino di parole, ma almeno non avrebbe svegliato la bambina. Non aveva comunque alcuna voglia di uscire da quella stanza.

In cucina, voci basse e ovattate che parlavano. Sembravano arrabbiate.

«Senti, Cody, ho sopportato questa tua situazione di merda per cinque anni, ma adesso devi darti una regolata. Kacey è una bambina intelligente e sensibile, non puoi fare l'egoista e...»

«Tu non sai come vivo io, cosa ti aspetti che faccia? Che torni al ranch e diventi un vecchio stronzo come papà? Non lo farò, Abigail, non posso occuparmi di lei in quel modo.»

«Sei un bastardo irrispettoso.» Una pausa, poi un rumore

di bicchieri sul tavolo. Probabilmente stavano bevendo. «Vuole te, sei suo padre.»

«Lo so, non intendo tirarmi indietro,» diceva Cody. «È che devo organizzarmi. Converrai che non è una situazione facile, non vivo da solo e...»

«Non mi interessa, è tua figlia!»

«Lo so, Cristo! Abbassa la voce!»

Jake sospirò e si prese il capo in una mano. Gli girava la testa. *Almeno ha detto che non vive da solo.* Sì, ma per quanto sarebbe durata?

«In ogni caso, io non posso farla stare al ranch mentre tu ti *organizzi*,» riprese la donna. «Rimarrà qualche giorno con te, poi si vedrà. Trova del tempo per venire a parlare con l'avvocato.»

Cody se ne stette in silenzio. Nonostante non fosse in cucina, Jake poteva sentire la sua agitazione, il modo in cui cercava di mantenere la calma, di pensare a una soluzione. Era sempre così, Cody: non accettava di ritrovarsi senza sapere cosa fare, risolveva sempre tutto. Era un po' come Cassian in questo, era quello che trovava la soluzione. Nessun dubbio sul perché Nathan si fosse aggrappato a lui.

Smettila.

In cucina presero a parlare di altre questioni, di un ranch che lui non aveva mai visto, di vestiti e scuola, asilo, impegni della bambina. Nominarono persone che Jake non conosceva. Mantenevano la voce bassa, quindi per ora sia la donna che Cody erano calmi, almeno in apparenza. Era una buona cosa perché sentirli litigare sarebbe stato spiacevole e avrebbe svegliato la cosina che si rigirava nel letto.

Perché diavolo lui era ancora lì? A badare a una mocciosa di cui non gli importava nulla, figlia di un uomo che... che non conosceva. Faceva così *male* rendersene conto. Lui, che dopo tanto silenzio e menefreghismo gli aveva aperto il cuore, l'aveva portato nella sua città, gli aveva mostrato *tutto quanto*, non aveva idea di chi fosse Cody.

Poi un movimento su letto.

Oh, cazzo.

Si voltò come se ci fosse stato davvero un fantasma davanti a lui. Un paio di occhi di bambina brillavano nell'oscurità. Cody stava parlando da un sacco di tempo, il che significava che era immerso in uno dei suoi discorsi del cazzo. Doveva chiamarlo? Poteva urlare nel bel mezzo della notte... no, del mattino, e spaventare la *marmocchia* che si stava mettendo seduta sul letto?

Oh, cazzo, cazzo, cazzo. Come si usa uno di questi cosi? Non hanno un manuale d'istruzioni? Code... Maledizione.

«Ehi.» Si schiarì la gola, avvicinandosi. La piccola spalancò gli occhi e si strinse nella sua coperta. Oh, merda. Alzò le mani. «Non spaventarti. Sono un amico di tuo padre.»

Certo, bella mossa, non vede l'ora di essere consolata da un coglione che gli compare davanti come l'Uomo Nero appena si sveglia.

Infatti, la bimba si strinse nella sua coperta. Il labbro le tremava. *Merda.*

«Okay, vado a chiamare tuo padre. Non piangere.» Si rigirò e fece per uscire dalla stanza, ma nel farlo sbatté contro qualcosa a terra. «*Cazzo.*»

Si ripiegò verso il terreno, massaggiandosi un polpaccio. Nel farlo urtò altri vestiti che si sparsero sul terreno. «Merd...» *Linguaggio, è una mocciosa!* Ma quando alzò gli occhi, quasi con terrore, la bimba lo fissava con curiosità e forse l'accenno di un sorriso. *Ma sì, ridi pure, stronzetta.*

«Sì, ridi. Non fa male per niente,» mormorò. Lei lo guardava ancora, ma non sembrava più troppo spaventata. Incerta, forse curiosa. Aveva gli stessi occhi di Cody. *Quello era un pugno allo stomaco? Da dove è arrivato?*

«Mica ti ho svegliata io?» Provò a simulare un sorriso, ma la bimba non ricambiò né rispose. Si fece più indietro, verso lo schienale, e scosse piano il capo. Doveva provare a dire altro? Oh, merda, e se la rompeva?

Poi notò che stava tremando. «Oh, hai freddo?»

La piccola, dopo un attimo di incerta sorpresa, annuì e il labbro riprese a tremare. *Oh, no, no, non piangere.* «Aspetta, tieni.» Senza neanche pensarci si levò la felpa imbottita e si avvicinò a lei, poi gliela appoggiò sulle spalle fino a ricoprirla interamente. Come una cazzo di coperta. *Quanto è piccola.*

«Stai meglio?»

Lei annuì, così Jake fece il primo sorriso sincero della giornata. Era un sollievo vedere che non piangeva; gli aveva sempre dato un gran fastidio vedere i bambini piangere, principalmente perché non aveva idea di come si facesse a farli smettere.

Ponderò cosa fare. Avrebbe potuto provare a calmarla, ma non sapeva bene come comportarsi con i più piccoli e per lei doveva essere un estraneo. Lo era, in realtà. Poteva romperla con nulla.

I bambini non sono fatti di cenere, coglione. Può sopportare un paio di parole. Nonostante ciò, decise per la cosa più ovvia e semplice da fare. «Vado a chiamare tuo padre, va bene?»

Lei annuì piano, e si strinse nel groviglio di vestiti e coperte. Lui si alzò dal letto – non si era accorto nemmeno di essersi seduto – e si diresse in corridoio proprio mentre Cody e la donna stavano uscendo dalla cucina. Quando incontrò il suo sguardo, l'espressione di Cody si colorò di preoccupazione.

«Cos'è successo? Kacey?»

Era quasi tenero, tutto preoccupato. In altre circostanze avrebbe riso con sincerità, invece di simulare un cazzo di sorriso di circostanza palesemente falso. «Sta bene, è solo che si è svegliata. Credo sia meglio che venga tu.»

Cody annuì. Era visibilmente teso; aveva le spalle contratte mentre dava un foglietto alla donna e si richiudeva la porta alle spalle. Stette a guardarlo mentre sospirava e, con occhi vuoti e sconfitti che non aveva mai visto, tornava indietro. Uno sguardo verso di lui, il più sofferente e impaurito che gli avesse mai visto addosso, poi Cody si sforzò di sorridere e si mise a sedere accanto alla bambina.

«Tesoro, sono qui. Che c'è?»

La bambina non rispose, ma si accoccolò tra le sue braccia. Cody sembrava triste, solo e spaventato. E, forse per istinto, si sentì autorizzato ad attendere uno sguardo che l'uomo non gli rivolse. Una richiesta d'aiuto che non arrivò. Com'era lecito che fosse, perché che rassicurazione poteva mai dargli lui che era, si ripeté, *uno sconosciuto?*

Ero uno sconosciuto anche un mese fa, a Stirling, quando gli ho aperto il mio cuore?

Non riuscì a rimanere. Doveva scappare prima di crollare, prima che l'abisso lo inghiottisse. Era difficile anche respirare. *E non è ironico, Nuts? Adesso sono io quello che non riesce a respirare, e tu quello che non può accollarsi il problema di Jake, il fratellino distrutto.*

Si diresse in salotto e accese il camino. Un riflesso incondizionato che serviva per svagarsi, per calmarsi e ripetersi che tutto andava bene, che si sarebbe risolto, che avrebbe trovato una soluzione. Perché lui era quello forte, e come tale si sarebbe comportato.

Anche se si sentiva crollare.

Sedette sul divano e lasciò che la testa gli cadesse tra le mani. Gli stava scoppiando; una marea di pensieri gli si affollavano uno dopo l'altro in quel cervello bruciato che si ritrovava, e non riusciva a metterli a posto. Aveva voglia di urlare, invece se ne stette in silenzio, a cercare di respirare e mantenere la calma. Era così maledettamente difficile, mentre passato e presente si intrecciavano e diventavano confusi,

Cassian tornava e si sostituiva alla figura di Cody anche se non avevano nulla a che fare l'uno con l'altro.

Non era facile respirare lentamente, ma ci provò comunque. Fece un sospiro lungo, alzò il capo e unì le mani. Sbatté gli occhi più di una volta, si guardò intorno ed eccolo lì, sulla soglia, immobile. Cody lo guardava ed era un bene che non ne vedesse l'espressione, perché non sapeva se avrebbe retto.

Per un attimo rimasero entrambi fermi, immobili, come in attesa di qualcosa. Jake non aveva idea di cosa fosse, ma non voleva muoversi. Per nessun motivo al mondo.

Poi Cody lo raggiunse, lentamente, e ricadde sul divano accanto a lui. Ancora silenzio, una fiammella flebile nel camino che, assieme alle lucine dell'albero di Natale in un angolo, illuminava le pieghe del suo volto e gli occhi lucidi. Pareva distrutto: Jake non sapeva come sentirsi, perché sembrava che il cuore avesse smesso di battere e le emozioni fossero diventate tutte un miscuglio pericoloso di rabbia, paura e cieco dolore.

«Sua madre è...» Cody fece una pausa, la voce era roca e sofferente. Prese un respiro, poi continuò: «*Era* più o meno la mia migliore amica. Non avevamo una relazione.» Aggiunse l'ultima frase velocemente, come se avesse voluto giustificarsi.

«Non l'ho chiesto.» Davvero quel tono freddo e basso era il suo? Sembrava un cazzo di ringhio.

Cody fu percorso da un brivido. «Lo so. Ma volevo specificarlo.» Un altro sospiro tremante. «Eravamo ubriachi. Credo di... di essermi dimenticato il preservativo.» Sembrava che ogni parola accrescesse il tremore dell'altro. Era straziante vederlo così e comunque, nonostante tutto, non riusciva a dire nulla. Cody stringeva i pugni sulle proprie cosce; Jake gli prese la mano sinistra e lui subito la intrecciò con la sua, forte, come se avesse voluto fondersi con essa. Cercare coraggio. Prese un altro respiro profondo.

«Non lo sa nessuno, Jake,» specificò. Stava diventando irritante. *Che importanza ha?*

«Non ha importanza,» rispose, non sapeva se a Cody o a se stesso.

«*Ce l'ha*, invece.» La voce sempre più bassa e roca. Cody tirò su col naso e chiuse gli occhi. Vide distintamente una lacrima scivolare sulla sua guancia. «Perché in questo momento ho il fottuto terrore di perderti, ed è l'ultima cosa che voglio.»

Cristo.

Jake distolse lo sguardo. Non sapeva come rispondere a quelle parole, alla sincerità che ci sentiva, alla voce rotta dalla paura e dalle lacrime, vera, *sincera*, così maledettamente sincera che sentiva il suo cuore farsi in frantumi. Veniva da piangere anche a lui, cazzo.

«*Ti amo*, Jake.» Come una pallottola piantata tra le scapole, un dolore sordo e acuto che gli rese le gambe molli. Se si fosse alzato, era sicuro che sarebbe caduto. Non soltanto sul pavimento, no: sarebbe scivolato nell'oblio che sembrava attorniarlo e attendere soltanto un cedimento. Perché erano delle parole che, si accorse, aveva aspettato per settimane, mesi, forse *anni,* terrificanti e meravigliose allo stesso tempo. «Ti amo. So che è spregevole dirlo in un momento del genere, e che sembro troppo scosso per essere sincero, ma è così. Ti prego, Jake…»

Ebbe il coraggio di guardarlo: quegli occhi lucidi e luccicanti lo supplicavano, lui non sapeva nemmeno perché. Cosa avrebbe dovuto dire? Cosa doveva fare, come doveva comportarsi?

Poi strinse impercettibilmente la sua mano e, non sapeva nemmeno come, annuì. Prese un respiro profondo, nonostante la gola bloccata e il cuore impazzito, il dolore là dove la pallottola era ancora piantata, lo stomaco rivoltato e la sensazione di nausea che diventava più pressante.

«Cos'è successo?» riuscì a chiedere.

Cody sospirò, guardando dritto di fronte a sé. «Un incidente d'auto.»

Che cazzo.

Si ritrovò a sorridere; non sapeva perché, era stato un gesto automatico, ma aveva impedito il crollo, quindi lo assecondò. «Perché è così difficile stare attenti alla *cazzo di strada?*» Dovette bloccarsi, perché anche la sua voce si incrinò sulle ultime parole.

Non respirava.

È troppo difficile. Non ce la faccio in questo momento.

«Cody, possiamo...» gracchiò, prima di prendersi una pausa per schiarirsi la gola. «Possiamo parlarne più tardi? Ho bisogno di fare un giro per schiarirmi le idee.»

Cody iniziò a tremare. Si manteneva immobile, il volto senza alcun sentimento diverso da quelli che aveva prima, ma il corpo percosso da una vibrazione continua che lo spaventava. Lentamente lasciò la sua mano, anche se era difficile.

«Tornerai?» Quel sussurro sparò un altro colpo al suo petto.

Tentò di simulare un sorriso. «Non avrei comunque altro posto dove andare.»

15

In tutta la sua vita, Cody non aveva mai sentito un dolore del genere.

Sordo. Intenso. Insopportabile. Graffiava la gola e trapanava lo stomaco, lo lasciava senza fiato mentre il cuore... il cuore faceva così male che sembrava sul punto di esplodere. Forse era proprio così.

La porta si aprì, lentamente, e la figura di Nathan comparve sulla soglia. Gli aveva mandato qualche messaggio perché non aveva neanche la forza di parlare, poi aveva atteso che arrivasse, come un cavaliere dall'armatura scintillante, a salvarlo dall'oblio della sua bugia. O a condannarlo.

Cody non ebbe il coraggio di spostarsi dal punto in cui era. Semplicemente, osservò il suo migliore amico mentre si guardava intorno, si sporgeva prima in cucina e poi in salotto e, infine, lo identificava in fondo al corridoio e sobbalzava.

«Cristo, Cody.» Nathan sussurrò come se avesse *saputo*, o forse come se spezzare il silenzio fosse stato difficile. «Che ci fai lì al buio?»

Cody aprì la bocca per rispondere, ma non ne uscì niente. C'era ancora uno spaventoso nodo nella sua gola, che non la smetteva di catturare tutte le parole che voleva dire. Non che fossero tante, visto che anche la testa era immersa in una nebbia di tristezza.

«Ehi,» riuscì a sussurrare.

Nathan si avvicinò lentamente, fino a fermarsi di fronte a lui. Gli afferrò la nuca, piano, e lo tirò a sé. «Ehi, vuoi dirmi che succede?»

Come poteva farlo? Dire al suo migliore amico che gli aveva nascosto una cosa del genere? Stava già perdendo Jake, e perdere anche Nathan... l'avrebbe ucciso. Tutto per una stupida verità non detta.

«Scusa,» gracchiò, affondando il capo contro la sua spalla. Ora *sì* che voleva piangere. Quanto voleva piangere... «Scusa.»

«Per cosa?» Nathan sembrava preoccupato e anche un po' sconvolto. Era stato forte per così tanto tempo che non gli era difficile immaginare quanto fosse strano vederlo in quello stato. Non riusciva nemmeno a riprendersi. Aveva ragione Abigail, era soltanto un bambino che non voleva crescere.

Si staccò lentamente da lui e fece un cenno verso la camera accanto a loro, con la porta socchiusa. Nathan corrugò la fronte e si sporse, poi adocchiò il fagottino che respirava pesantemente sul letto. Cody lo vide distintamente mentre spalancava gli occhi e tornava a guardarlo. Con un sospiro tremante, iniziò a dirigersi in cucina, seguito dall'amico.

«Di chi è quella bambina?»

Perché no, ovviamente non poteva essere di Cody. Figurarsi, non era possibile che avesse tenuto nascosta una cosa del genere a Nathan, a *Jake*. Jake, Jake, Jake...

«È mia.» Porse una birra a Nathan e si sedette al tavolo. Dopo pochi secondi di stupore, l'uomo seguì il suo esempio e ne bevve un sorso.

Era la prima volta dopo tutto quel tempo che lo vedeva bere alcolici.

«Raccontami cos'è successo.» Quando Cody gli rivolse uno sguardo di supplica, Nathan rispose con occhi seri e fermi. Non un'emozione, niente disgusto o dolore, nemmeno gentilezza. Solo un po' di severità.

«Mi dispiace...» mormorò ancora. Nathan strinse impercettibilmente gli occhi, così Cody sospirò e prese un altro sorso di birra. Non serviva a nulla temporeggiare. «Era Beth, te ne ho parlato. La mia amica di Garland.»

Nathan annuì appena, così lui continuò con le stesse parole che aveva usato per Jake. Almeno era qualcosa che conosceva, perché pensare ad altro era difficile. «Eravamo ubriachi, abbiamo dimenticato il preservativo. Le ho detto che non potevo prendermi cura di lei ma che mi sarei preso le mie responsabilità.»

«Che le è successo?»

«Un incidente d'auto.»

Nathan fece la stessa, identica espressione di Jake. Era incredibile quanto si somigliassero: non ci aveva mai fatto caso.

O forse l'ho sempre saputo e mi sono lasciato avvicinare da Jake soltanto per questo.

No, amava Jake. Provava davvero un sentimento forte per lui. Erano mesi, ormai, che non pensava più a Nathan in quel modo, e che il suo punto focale era diventato l'uomo con cui viveva.

«Avevo paura,» continuò, perché Nathan non parlava e il terrore aveva iniziato ad attanagliarlo di nuovo. «Credevo che me la sarei cavata, non pensavo che...» Ma Cody non andò avanti perché la sua voce si strozzò. Per un attimo, si sentì come se non avesse avuto il respiro, come se il mondo avesse preso a girare verso di lui per inghiottirlo. Faceva così male...

E allora Nathan si alzò dalla sedia e gli si avvicinò, per abbracciarlo. In quel gesto lui si abbandonò totalmente, chiuse gli occhi e prese diversi respiri che sembravano singhiozzi, che venivano fuori senza lacrime.

«Shh, va tutto bene,» sentì dire dalla voce di Nathan. Le sue braccia, forti e accoglienti, lo strinsero e lo cullarono, come se fosse stato un bambino in cerca della mamma. «Non sei solo, va tutto bene. Sistemeremo tutto.»

Cody voleva credergli così tanto, maledizione. Anche se sapeva che non era giusto, che era egoistico, che dopo tutto quello che aveva fatto, dopo essersi proclamato come un estraneo agli occhi dell'uomo che lo conosceva più di chiunque altro, dopo esser stato *ferito* da quella sottospecie di segreto che dormiva nella stanza accanto, Nathan non gli doveva proprio niente.

Eppure, lo strinse e continuò a parlargli dolcemente. «Sono qui per te.»

«Non dovresti,» sussurrò. Era difficilissimo proferire quelle parole. «Sono uno stronzo…»

«Ne parliamo più tardi, ora respira.»

Cody si mise a ridere, una risata vuota che finì in un singhiozzo. Uno vero, stavolta. Deglutì e si sforzò di rimanere calmo, nonostante fosse difficile. Era ciò che aveva fatto per tutto il tempo: essere forte e rimanere calmo. Adesso era semplicemente *abbastanza*. «Scusa…»

«Sta' zitto,» rispose Nathan, ma i pensieri si affollavano a una velocità impressionante.

«Avrei dovuto parlarvene, avevo paura.»

«Sta' zitto, Cody.»

«È morta mentre io non ero con lei.»

Nathan fece una pausa mentre lui tratteneva a stento un altro singhiozzo. Si aggrappò con entrambe le mani all'uomo e strinse la sua maglia come se avesse potuto, con quel gesto, fermare il subbuglio che urlava per esplodergli dentro. Doveva fermarlo, perché era patetico.

Se solo Jake fosse qui non mi sentirei così miserabile.

Jake l'avrebbe capito, forse. Avrebbe accettato anche un pianto liberatorio, avrebbe *capito*.

Ma Jake non era lì. Proprio come non c'era stato lui per la sua *famiglia*.

«Se solo fossi stato con loro... avevo paura.» Si incurvò sulla sedia, posando la fronte contro lo stomaco di Nathan. Le mani erano ancora aggrappate a lui, ai lati della sua testa, incavata tra le spalle come a cercare rifugio. La bocca spalancata, a riprendere fiato e parlare, parlare, parlare. «Avevo così paura, e Beth aveva detto che si sarebbe occupata di tutto. Io... io c'ero, non stavo scappando dalle mie responsabilità. Mandavo loro i soldi, andavo a trovarle. Volevo prendermi cura di Kacey, *voglio* prendermene cura, ma.... non lo so, Nathan.»

«Non importa, sono decisioni che hai già preso, non ha senso ripensarci adesso.»

Cody si mise a ridere e alzò lentamente il capo, combattendo con il mal di testa. «E non è ironico? Ho fatto un casino senza dirlo a nessuno, ed ero sicuro che avrei pensato dopo alle conseguenze. E guardami adesso, che ripenso alla causa quando, finalmente, dovrei prendere in mano la mia cazzo di vita di merda.»

Nathan non disse niente. Lui si staccò lentamente dalla sua maglia e prese un altro sorso di birra, poi posò di nuovo il bicchiere sul tavolo. Sospirò, si pulì il volto sulla sua manica e chiuse gli occhi. La testa non la smetteva di girare.

«Quindi si chiama... Kacey?»

«Sì,» rispose, piano. «Ha cinque anni.» Il che implicava che aveva mentito a Nathan per ben cinque anni. Cosa doveva esserci nella testa del suo miglior amico, in quel momento?

Nathan sospirò, piano. Doveva essere difficile trovare le parole giuste da dire a uno come lui in quel momento. Cody non avrebbe saputo farlo. Così provò ad aiutarlo, a parlare ancora, a sfogarsi. Era l'unica cosa in cui riusciva.

«Non volevo cambiare la mia vita, sono stato egoista. Non avevo intenzione di fare come tutti quegli stronzi di Garland che hanno messo incinta la ragazza e se la sono sposata per mandare a monte il loro futuro a vent'anni, non sono così.»

«E non hai vent'anni,» ironizzò Nathan.

«Fottiti.» Però riuscì a strappargli un sorriso. Nathan si appoggiò al bancone con la birra in mano, e sogghignò lievemente. Era bellissimo quando lo faceva. Cody si prese un paio di secondi per sospirare, poi continuò: «Ero lì soltanto una settimana fa. Stava bene, voleva...»

Voleva andarsene da Garland e trovare lavoro, mettere su famiglia. Una vera famiglia con un bravo ragazzo e Kacey, un cane e magari una bella casa sul mare. E aveva tanto ancora da fare, una vita intera da portare avanti. Qualcosa che lui non avrebbe mai potuto darle.

E comunque Cody era lì, e lei non c'era più.

Nathan gli mise una mano sulla spalla. «Cody, smettila.» Come se gli avesse letto nel pensiero, come se avesse saputo. «Non si possono prevedere queste cose. Non ha senso pensarci adesso.»

«Se fossi stato con lei...»

«Non sarebbe cambiato nulla.» Nathan gli strinse piano la spalla. Il suo sguardo era deciso e serio, e gli trasmetteva una sicurezza che lui non aveva. Una finzione che aveva mantenuto per anni e che adesso, con poche parole e al pianto di una bambina, crollava.

Crollava tutto.

«Lo so che è facile incolparti,» continuò Nathan, «ma

devi tenere presente che non è colpa tua e che non avresti potuto comunque fare nulla.»

«No, non lo sai, se fossi stato con loro...»

La risata di Nathan fu agghiacciante. «Oh, credimi, *lo so.*»

Merda.

Cody abbassò gli occhi e una punta di vergogna gli penetrò lo stomaco. «Scusa.»

«Figurati, non si tratta di quello.» Nathan sospirò e si adagiò meglio contro il bancone. Una mano, quella che riposava sulle spalle di Cody, prese ad accarezzargli i capelli. Rimasero in silenzio per qualche istante, il tempo necessario per riuscire a rilassarsi contro il corpo del suo miglior amico.

«Mi dispiace, Cody, so quanto può essere doloroso.» Anche se non credeva fossero parole che voleva sentire, lo lasciò parlare. Era rincuorante. Era la voce di Nathan, una voce dolce e comprensiva, una voce che amava. Non poteva far altro che stare ad ascoltare. «Prima o poi impari a conviverci, ma per ora dedica al... alla tristezza il tempo che vuoi.»

Fosse così facile. «Non posso, ho Kacey.» E per lei, diamine, per lei doveva essere forte.

«Credi che lei non soffra? O che sia meglio farle vedere che non c'è nulla di cui essere tristi, così che si senta meglio?» Nathan scosse il capo. «Non è possibile, Cody, è finzione. Quindi sì, prenditi cura di lei, ma non ha senso fingere che non esista il dolore. Non porta a conseguenze tanto piacevoli.»

Cody rimaneva in silenzio, appoggiato a lui, e lo ascoltava. Era bello lasciarsi andare, contare finalmente su qualcuno. Non credeva nemmeno di averne tanto bisogno. Con un movimento impercettibile gli strinse la camicia, il respiro si fece più calmo, arrivò una sorta di *pace*. Nathan mosse piano il capo verso il suo e gli accarezzò i capelli.

«Grazie,» mormorò lui. Una parola che sbatté contro il suo collo. In risposta, Nathan gli strinse la nuca.

E per un attimo parve Jake. Il suo corpo, la sua forza, il suo odore persino. Forse portavano lo stesso profumo. Forse si conoscevano meglio di quanto lui non conoscesse nessuno dei due, perché *Jake era venuto a Jackson con Cassian.* Non ci aveva mai fatto particolare caso, eppure aveva senso che si somigliassero in così tante cose se erano cresciuti per anni insieme.

Braccia forti, spalle accoglienti, un collo caldo su cui posare le labbra...

E poi se ne accorse. No, non era Jake. Era diverso, era *estraneo,* era sbagliato.

Era Nathan, e con lui era semplicemente troppo strano. Non era più desiderio, era una situazione onirica e imbarazzante.

Così si staccò da lui di botto.

«Scusa.» Anche se non sapeva per cosa. Per aver posato le labbra sul suo collo? Per essersi intrattenuto per troppo tempo in un abbraccio sbagliato? A chi stava chiedendo scusa, esattamente?

«Nulla.» Anche se Nathan lo guardava con tensione e circospetto. Cautela, com'era comprensibile.

Diamine, se potessi cancellare tutto.

C'era una strana euforia nel rendersi conto che il corpo di Nathan non faceva più lo stesso effetto di prima. Certo, era bellissimo e ne era ancora attratto, ma l'affetto si era trasformato in qualcosa di puramente fine a se stesso.

Era impensabile considerare Nathan come quello di prima e pensare di... cosa? Tradire Jake? Qual era esattamente il loro rapporto?

«Che intendi fare con lei, quindi?» chiese Nathan. Parole distorte, unico pretesto per parlare. Una voce priva della calma precedente, o della comprensione. In allerta come se avesse parlato a un estraneo. *Oh Dio, no...*

«Devo prendermi cura di lei, è mia figlia.» Si strinse nelle spalle, ma non riuscì a guardarlo. «Non lo so, Nath. Viaggio sempre, so che non posso garantirle qualcosa di stabile e che non è giusto, ma non ho altro.»

«Non aveva parenti?»

«No,» rispose Cody. «Non credo, non ne ha mai parlato. So per certo che sua madre è morta, suo padre... non credo l'abbia mai nominato.»

Il padre di Cody, invece, era venuto a mancare anni prima, e per quanto riguardava Abigail... non voleva pensarci. Era un bene che si fosse offerta di andare a fare la spesa e alcune altre commissioni per lui, così da lasciarlo solo almeno per un po'.

«Beh, se hai bisogno di una mano, io e Nate siamo sempre disponibili.»

Gli venne da ridere, non sapeva esattamente se per la sua proposta, per l'aver nominato Nate o per altro. Si sentiva a disagio.

Nonostante tutto, però, annuì. «Sì, grazie.» Poi controllò l'orario. «Non devi andare al lavoro?»

Nathan esaminò la sua espressione e lui tentò di fare appello a tutta la forza che gli rimaneva per fingere disinvoltura. Per fingere che non fosse un velato invito ad andarsene.

«Sì, va bene.» Si avvicinò a lui piano, come si fa con un animale spaventato. Cody lo lasciò fare quando lo tirò a sé e gli baciò, lieve, una guancia. Un contatto velocissimo e quasi sfiorato, qualcosa che non voleva prendersi troppo spazio. «Chiamami se hai bisogno, ci sono sempre.»

Carina questa.

«Mh.» Cody annuì e lo accompagnò alla porta, attese mentre si rimetteva gilet e giacca e controllava il telefono. «Ci sentiamo.»

Nathan esitò sulla soglia, e in quegli occhi del colore del cielo ci fu qualche secondo di indecisione e quello che sembrava dolore.

«Cody, senti...» Una pausa, il suo sguardo si spostava ovunque sul pavimento, ma non si alzava. «Mi dispiace. Io...»

«Stai travisando.» Con una calma che non credeva avrebbe sentito. Un sorriso triste si dipinse sulle sue labbra screpolate dal freddo e dal nervosismo. «Va tutto bene.»

«Sei importante per me, davvero.»

«Lo so.» Anche se suonava scettico e sarcastico, lo sapeva sul serio. Nathan sembrò capirlo, perché annuì e si soffermò ad accarezzargli la barba trascurata, la nuca, una spalla. I suoi occhi vagarono sulla stanza, poi lo lasciò andare e la dolcezza scemò piano.

«Parlane con Jake. Credo aiuterebbe più di me.»

Già, Jake.

Cody fece un sorriso poco convinto, ma annuì. «Sì, lo farò più tardi.» Sembrava quasi una bugia ma sapeva che avrebbe dovuto farlo davvero e, da un lato, ci sperava. Rifletté su quanto fosse patetico ad aver *paura* di non vederlo più tornare. Rimanere solo, rimanere *senza di lui*.

Attese che Nathan entrasse in macchina, mettesse la cintura e la accendesse. Poi l'uomo alzò di nuovo una mano in saluto, e un sorriso affascinante gli si dipinse sul volto. Cody lo ricambiò con amarezza.

E ora devo solo aspettare.

Come ci sono arrivato qui?

Non che avesse sempre fatto cose sensate nella sua vita. Non ne aveva fatte mai. Era sempre stata una scelta impulsiva dopo l'altra: poco ragionamento, sempre azione, sempre fuggire.

E adesso era lì. Davanti al *Breathe,* la libreria di Nate. Immobile all'entrata come uno stupido, indeciso se andarsene e cercare un altro posto dove rifugiarsi o entrare e lasciare che una faccia *amica*, per quanto fosse strano quel pensiero, curasse il suo *qualunque cosa avesse.*

Non riusciva a capirlo. Sconforto? Delusione? Tradimento? Era un insieme di sensazioni che non provava da tanto tempo, e che non gli erano mai piaciute. Portavano alla mente ricordi dolorosi, che non credeva sarebbero tornati proprio a causa di Cody. Non dopo che era diventato un po' il suo rifugio, non dopo quello che credeva stessero costruendo.

Non era mai stato un tipo romantico, nemmeno quando ancora provava ad avere relazioni, in adolescenza, prima di rendersi conto che era troppo succube di Ingrid e Faith e che doveva smetterla di credere alla favoletta del principe azzurro e che doveva vivere la sua vita senza farci troppa attenzione. Con Cody, però, era diverso. Con lui era stato sempre tutto diverso fin dall'inizio, riusciva a lasciarsi andare. Cody riusciva a *capirlo*.

E Cody l'aveva tradito. Con una stupida bugia.

"Non è una bugia, è solo una cosa che non ti abbiamo detto!"

Se ci ripensava, gli girava la testa. Come aveva fatto a essere così stupido? A fidarsi così in fretta, per un po' di coccole e un biglietto d'aereo verso la tomba di suo padre?

«Jake?»

Alzò lo sguardo. Dalla porta mezza aperta, Nate lo guardava con un'espressione interrogativa e un po' preoccupata. Era così palese? Provò a sorridere, ma uscì la solita smorfia. Era così stanco di nascondersi, eppure non riusciva a fare altro. «Ehi, bellezza.»

«Che fai là fuori? Entra!» Nate si scostò dalla porta e la tenne aperta per lui. Jake non voleva davvero entrare, o parlare, o fare qualsiasi altra cosa, ma dicembre era più che inoltrato e iniziava a fare freddo. Attese pochi secondi prima di accettare l'invito e cedere al calore invitante della libreria.

Dall'inaugurazione Nate aveva fatto proprio un bel lavoretto. L'ambiente era caldo e accogliente, l'odore di legno e carta onnipresente, e le lucine di Natale alla finestra come tra gli scaffali rendevano il tutto più sereno. Una volta che si fu allontanato dalla porta per dirigersi verso il bancone assieme a Nate, le spalle si rilassarono.

«Come mai eri lì?» chiese Nate. Gli offrì il cesto di caramelle che teneva sul bancone e Jake prese quella alla menta, com'era sua consuetudine.

Non che andasse spesso a trovare Nate, no. Ogni tanto aveva voglia di leggere qualcosa, ogni tanto si trovava a passare ed entrava per un saluto. Okay, forse era diventata un'abitudine mensile, quasi settimanale, ma non lo faceva per stare con lui. Lo faceva per passare il tempo, per calmarsi, per svuotare la mente. Lo faceva quando si sentiva solo e la vicinanza di Cody diventava terribile a causa del divario tra di loro, dei pensieri su Cassian che, ironia della sorte, ultimamente lo tormentavano, riempiendolo di dolore e sensi di colpa. E poi lui era ancora disoccupato e Cody aveva una bella carriera, era spesso fuori casa per…

Per andare in Texas. Per sbrigare delle faccende e portare a termine dei lavori.

Merda, era così stupido. Riusciva quasi a sentire la voce di Cassian. *"Non ti preoccupare, risolveremo tutto. Io ci sarò sempre per te, io e te siamo una squadra."* Il senso di colpa che aumentava e lui che voleva vomitare.

«Ti senti bene, Jake?» Nate aggirò il bancone e mise lo sgabello accanto a lui, poi gli toccò gentilmente un braccio per indurlo a sedersi. Jake lo fece senza nemmeno protestare.

«Sì, scusa, ho…» *Ho un crollo psicologico. Dio, è patetico, ho un crollo psicologico con Nate.* «Ho dormito poco. Scusa.»

Nate non sembrò convinto. «Sicuro di stare bene? È successo qualcosa con Cody?»

I suoi occhi scattarono come quelli di un animale spaventato, ma riuscì a deglutire e calmarsi. Tra le mani la caramella, l'involucro di carta faceva rumore mentre se la rigirava tra le dita. Aveva un colore verde luccicante, e c'era scritto sopra *"menta"*.

Non riuscì a rispondere, così Nate continuò: «Va bene se non ne vuoi parlare.» Gli posò una mano su una spalla e la strinse piano. Un calore confortante che non si era accorto di necessitare. «Stavo per mangiare. Posso prepararti un panino, se ti va.»

Non aveva fame, ma non voleva nemmeno andarsene. Non sapeva perché: era irrazionale e stupido, non avrebbe comunque parlato con Nate – per dirgli cosa, poi? Che Cody aveva una figlia, e sorbirsi la sua reazione sconvolta? – e non aveva senso rimanere lì a perdere tempo.

Ma annuì comunque.

Non voglio rimanere da solo. Non ora.

Nate gli rivolse un sorriso incoraggiante, gli strinse ancora la spalla e poi si diresse verso il suo ufficio, dietro il bancone. Lui fissò la porta per alcuni secondi prima di distogliere lo sguardo.

Non si era accorto dell'orario. Era uscito di casa presto, ma aveva passato un sacco di tempo sulla strada con la moto e poi in giro per la città, a cercare qualcosa da fare per svuotare la mente dal sovraccarico di pensieri ed emozioni dovuti a ciò che gli aveva detto Cody.

Era già orario di pranzo e la libreria era pressoché vuota. Una musica leggera risuonava nell'aria, due voci femminili che aveva già sentito da qualche parte.

"So keep on climbing, though the ground might shake,
just keep on reaching though the limb might break..."

Sospirò e mise le braccia sul bancone, riversandosi su di esso. Appoggiò la testa sugli avambracci e rimase così per tutto il tempo mentre aspettava di veder tornare indietro

Nate. Dopo qualche minuto, l'uomo riapparve con due sandwich tra le mani e lo stesso sorriso rassicurante di prima.

«Spero vada bene al formaggio.»

«Sì, tranquillo.» Accettò il panino e attese che lui gli si sedesse accanto, prima di aggiungere: «Grazie. Scusa se sono... sai.»

«Figurati.» Nate sorrise. «Puoi venire tutte le volte che vuoi.»

Jake ridacchiò. «È un invito, signor Doyle?»

Inaspettatamente, Nate rise e scosse il capo. «Siamo entrambi impegnati, amico.»

Impegnati. Già. Il suo sorriso scemò e Jake abbassò lo sguardo sul sandwich per prenderne un morso. Non era nulla di speciale, ma era buono.

Nate dovette accorgersi del suo disagio. «Almeno spero,» aggiunse, aggrottando le sopracciglia. «È successo qualcosa con Cody?»

Lui fece un sorriso amaro, ma non alzò lo sguardo. Si limitò a stringersi nelle spalle. *Ah, al diavolo.* «Non saprei.»

«Se vuoi parlarne, non farti scrupoli. Non è mai un problema offrire una spalla agli amici.»

Forse, ma soltanto forse, quella parola gli scaldò un po' il cuore. *Amici.* Non aveva mai considerato nessuno tanto vicino da essere chiamato amico; c'erano state conoscenze strette, qualche vecchio compagno di scuola e, ovviamente, le persone che si scopava, ma *amici?* Jake non sapeva nemmeno cosa significasse, anche se per Nate sembrava ovvio.

«Non voglio tediarti. Non sono venuto per scaricarti addosso i miei problemi.» *O quelli di Cody e del suo uso dei preservativi con le donne.*

«Jake, che è successo?» Nate aveva smesso di mangiare e adesso lo guardava dritto negli occhi. Diamine, quanto potevano essere espressivi nonostante fossero normalissimi occhi nocciola. Era tanto deciso ad *aiutarlo* che riusciva quasi a convincerlo.

«Non saprei,» ripeté. *Non sai cosa? Non sai cos'è successo? Beh, sì, effettivamente non ti è mai stato spiegato, altrimenti non saresti in casa con una mocciosa tra i piedi.* «Normalmente in un...» *Cos'è? Cosa diavolo abbiamo io e Cody?* «...rapporto affettivo, non ci si aspetta sincerità?»

Nate rimase in silenzio per qualche secondo. Sembrò rifletterci con attenzione, per poi rispondere: «Dipende. Di solito sì, ma magari non è semplice come si può pensare.»

«Ma se...» *Ah.* «Mettiamo caso che tu abbia un segreto. Non dovresti condividerlo con Nathan, per essere sincero con lui? Non dovresti parlargliene?»

«Dipende, Jake. Ci sono segreti e segreti, se si tratta di una cosa personale...»

Lo interruppe. «Mettiamo il caso che tu abbia scopato con una cretina ubriaca e ci sia scappata una mocciosa, allora.» Gli si era alzata la voce e sentiva il cuore battere sempre più veloce, la pelle calda. Il cervello partire a mille. Nate ebbe un tremore, ma non si scompose. «Mettiamo che tu non ne abbia parlato con nessuno per cinque maledettissimi anni. Non credi che a un certo punto sarebbe meglio dire uno straccio di... *qualsiasi cosa* al tuo compagno? O è ancora una cosa personale? Perché ho seri problemi a distinguere ciò che è *personale* da ciò che è un altro essere umano con il tuo DNA, in questo caso.»

Nate spalancò gli occhi e lo fissò come se avesse visto un fantasma. Non si muoveva, non parlava, il sandwich bloccato tra le mani. Ci mise un po' per schiudere la bocca e chiedere, con cautela: «Cody ha una figlia?»

«No, era un'ipotesi per spaventarti,» pronunciò con sarcasmo. «Ogni tanto mi diverto così. La gente sforna pargoli, io dico stronzate per sfogarmi.» Non aveva più fame, quindi posò il suo panino sul bancone e portò una mano agli occhi per massaggiarli con le dita. Gli stava scoppiando la testa e aveva la nausea.

Nate si alzò e tornò pochi secondi dopo con due bottigliette d'acqua. Ne passò una a Jake, stappò l'altra e prese un lungo sorso. «Okay, calmiamoci. Se non ti ha detto una cosa del genere, dev'esserci un motivo.»

«Ne ho vari: gli piace mentire. È un omofobo. Ha la passione per la figa. È uno stronzo.»

«*Tu* non fare lo stronzo, adesso. Non è niente di ciò.» Nate sospirò mentre lui stappava la bottiglietta con un gemito e beveva. L'acqua era fresca e gli diede un inaspettato sollievo in gola. Faceva un male cane. «Se non te l'ha detto dev'esserci altro, Nathan non mi ha mai parlato di una cosa del genere, quindi deve averlo tenuto nascosto a tutti.»

«A meno che tuo marito non lo sapesse.»

Nate arrossì, ma non si soffermò sulla parola "marito". «Non credo. Non lo so, ma se è una cosa importante per Cody non escludo che Nathan possa averlo nascosto per lui.» Poi si strinse nelle spalle. «Almeno credo.»

«Che bellezza, fidarsi di qualcuno solo per rendersi conto che potrebbe nasconderti più di quanto credi, eh?» Sfiducia e sarcasmo sfuggivano dalle sue labbra senza neanche rendersene conto. Dovette sospirare ancora e bere altra acqua per darsi un contegno. «Cristo, ma non ce l'hai una birra? Qualcosa di più forte?»

Nate ignorò la sua richiesta. «Jake, lo so che sei scosso. Lo sarei anche io.»

«Certo che lo saresti, scopi ogni giorno e poi ti capita il pargolo di mezzo e improvvisamente il mondo ti crolla addosso e il cazzo ti si ammoscia.»

L'altro alzò gli occhi al cielo. «Non credo sia scopare il problema. Proprio per niente.»

Jake sollevò le sopracciglia. «Pronto? Jake Blanchard? Dai, ma mi conosci?»

«Sì, ti conosco.» Nate lo guardò con tale serietà da farlo tremare. «È proprio per questo che lo dico.»

Mentre Nate si alzava e tornava in ufficio, Jake rifletté. Avrebbe voluto rispondere, dire altre cose meschine soltanto per sfogarsi, ma la verità era che Nate aveva ragione. Non era per niente per il sesso. Non era perché aveva in casa una bambina, non era perché era in astinenza. Era sconcertante rendersi conto di quanto, in realtà, Nate lo conoscesse. Più di quanto avrebbe immaginato.

L'altro riemerse dall'ufficio con due birre e le mise sul bancone. Controllò la porta per un attimo, poi sedette di nuovo al suo posto. Il viso, una maschera di concentrazione.

Jake prese la birra e ne bevve un lungo sorso.

«Cos'è successo? Dal principio. Da quando l'hai scoperto.»

Gli rivolse uno sguardo esasperato, ma la birra aveva un sapore buonissimo in gola, e si sentiva così bene a sfogare la frustrazione, finalmente, che lasciò scivolare via tutto. Lasciò scivolare via il loro risveglio, ciò che aveva sentito dalla donna che aveva portato Kacey a casa, quello che ricordava della bambina e, soprattutto, quello che aveva detto Cody. Che aveva paura, che era distrutto, che lo amava.

Nate rimase in silenzio per tutto il tempo e, quando Jake ebbe finito, prese anche lui un sorso di birra, senza parlare per diversi istanti.

«Jake, cosa stai cercando esattamente?» chiese, alla fine. Lui aggrottò le sopracciglia e gli rivolse uno sguardo interrogativo, così Nate scosse il capo e sospirò. «Non è un motivo, perché me l'hai appena detto. Onestamente, non fatico a capire la sua paura di parlarne. Se la bambina ha già cinque anni dev'essere una cosa a cui si è abituato.»

«Va in Texas almeno una volta al mese, se non due. Avrebbe potuto...»

«Per come stai reagendo, Jake, credo che sia più che

logico che si sia spaventato.» Nate sospirò ancora. «Senti, vi conosco entrambi e so che tiene molto a te. So cosa significa perdere una persona che si ama per un malinteso. Fa schifo. Posso capire la sua paura.»

«Puoi capire, puoi capire...» Jake distolse lo sguardo e fece un sorriso amaro. «Cosa cazzo ti aspetti che faccia, allora? Visto che capisci, che cazzo faresti? Perché sì, lo capisco anche io, ma non significa che non faccia...» *Male. Da morire.* Ma non riuscì a dirlo, le parole si strozzarono in gola e dovette abbassare lo sguardo e portarsi ancora le dita agli occhi. Si sentiva fragile e vulnerabile; era una sensazione che odiava.

Nate gli posò di nuovo una mano sulla spalla. «Lo so che fa male. È perché anche a te importa, e penso che dovresti essere sincero con lui.»

«Tipo?» Jake lo guardò brevemente, poi emise un gemito e si passò una mano tra i capelli. «Non posso dirgli che mi dà fastidio. È sua figlia. Non posso dargli altre grane a cui pensare, adesso.»

Le labbra di Nate si incresparono verso l'alto. «Certo che no, perché non è quello che vuoi. Ma puoi dirgli che sei ferito, e che ti dispiace che te l'abbia tenuto nascosto.» Jake provò a ribattere, ma Nate lo interruppe ancora. «Lo so che è difficile e che sei troppo orgoglioso, ma essere sinceri è sempre meglio, come credo tu abbia capito.»

«Non lo so. Non credo neanche di sapere cosa significhi ricevere sincerità dagli altri.» *Non è mai successo.*

«Cerca di calmarti. Cody non è il mostro che la tua mente vuole farti credere.» *Lo so che non lo è.* «Ed è vero che tiene molto a te. Probabilmente in questo momento è preoccupato per te.» *Lo so.* «Cerca di capire che per lui dev'essere stato difficile, soprattutto confessarti i suoi sentimenti in quel modo.» *Lo so, lo so, lo so...*

«Lo so,» mormorò, sconfitto. Poi lasciò ricadere di nuovo la testa tra le braccia. «Cavolo, che casino.»

La mano di Nate si fermò tra i suoi capelli e li accarezzò gentilmente. Si ritrovò a pensare che era calda e rincuorante, che era *bello* avere accanto qualcuno. Lo faceva sentire meno solo e miserabile.

Grazie. Anche se non era una persona a cui piaceva ringraziare.

«Senti, devo fare l'inventario di questi libri,» gli disse Nate, dopo un po' che se ne stavano così, in silenzio. Jake alzò il capo e corrugò le sopracciglia mentre lui gli mostrava una lista. «Si tratta soltanto di controllare quante copie sono rimaste tra quelli in lista, sono anche in ordine. È semplice e svuota la mente. Ti va di darmi una mano?»

L'intento era palese e lo fece ridacchiare. Finì la bottiglia di birra e la gettò nel cestino sotto il bancone, poi gli rivolse uno sguardo intenerito mentre prendeva la lista e la controllava.

«Nate, ma come fai?» si lasciò scappare.

Nate gli restituì uno sguardo interrogativo. «È un lavoro che mi piace, altrimenti non avrei...»

«No, intendo...» Ci pensò un attimo, poi sospirò. «A cercare sempre di tirar su le persone che...» Non voleva dirlo ad alta voce perché era strano accettarlo, era strano superare la paura e ammetterlo.

Nate gli fece un sorriso dolce. «Le persone a cui voglio bene?» Lui tremò appena, ma sostenne il suo sguardo. Era una tenerezza di cui, si accorse, aveva bisogno. Qualcosa che doveva sentirsi dire, per potersi alzare e pensare a come affrontare Cody una volta a casa.

«Anche quello è un lavoro che mi piace,» rispose Nate, alla fine. «Mi aiuti o no?»

16

«Si è rotto nel weekend,» spiegò Cody, sospirando. «Ero fuori per un servizio fotografico, ma appena tornato non potevano ripararlo. Intendevo andarci oggi...»

Ma, ovviamente, il suo telefono avrebbe avuto tregua il giorno dopo, visto com'erano andate le cose. Aveva spostato qualche appuntamento della settimana e, quando la bambina si era svegliata, le aveva fatto fare un giro della casa e poi della città. Più tardi, assieme a sua sorella, avevano rifornito la dispensa di cibo per Kacey e aveva fatto loro vedere la casa.

Mentre lui e Abigail preparavano la cena, adesso, sua figlia era di nuovo sul divanetto in cucina e sembrava aver fatto amicizia con Gulliver, il gatto di Jake, che le faceva le fusa sulle gambe.

Almeno non si sentirà sola.

In quanto a Jake, non aveva notizie da quando quella mattina era uscito di casa. Ovviamente chiamarlo era fuori discussione, vista la mancanza del telefono, e l'ansia lo stava uccidendo. L'idea di non poterlo vedere più era insopportabile. *Devo farla funzionare. In qualche modo.*

Il problema era: come? Tutto cozzava insieme, nella sua vita e ovunque.

«Accidenti, che tempismo di merda.» Quando Abigail prese le bistecche dalla padella, lui ne mise una da parte per Jake. Lei non chiese nulla, ma fece una strana espressione.

«Maledizione, mi sento un idiota,» ammise, quasi tra sé e sé. «Non credevo che sarebbe potuto succedere. Avevo pensato a tutto...»

«Lo so, Cody.» Abigail gli mise una mano su di una spalla. «Non è colpa tua. Nessuno poteva prevederlo.» La sua voce era tesa nel tentativo di rassicurarlo. Con tutta probabilità, stava cercando di ingraziarselo perché non facesse storie a tornare in Texas. Ovviamente.

Beh, lui non l'avrebbe fatto.

«Era alla Montclair?»

«Beth voleva iscriverla, ma non l'ha ancora fatto.» *E non lo farà mai.*

Cody socchiuse gli occhi e annuì. Non aveva grossi ricordi sulla sua scuola elementare, ma non gli era mai piaciuto troppo studiare. A quel tempo, fino all'età di tredici anni, più o meno, era sempre stato affascinato dal ranch di suo padre e l'unica cosa a cui pensava era che un giorno l'avrebbe affiancato lì, che della scuola non gli importava. Poi le cose erano precipitate, lui era cresciuto e i rapporti si erano fatti più instabili.

Era entrato nel club di fotografia al liceo, dove aveva incontrato Beth, e il ranch era stato dimenticato.

«Ho sentito che la Washington D. non è male. È in un quartiere tranquillo.»

«La Washington D.? Non l'ho mai sentita. È a nord?»

«È a Jackson.»

Abigail fermò le mani. Cody riusciva quasi a sentire il sangue ribollirle nelle vene e il cervello caricare i temibili cannoni della colpevolezza e puntarli verso di lui. Sospirò, preparandosi al lancio.

«Cody, mi pareva fosse chiaro che ciò non è possibile.» Abigail si mise le mani sui fianchi e l'affrontò faccia a faccia. «Non sei un bambino, hai un lavoro che puoi fare benissimo a Garland. Kacey è cresciuta lì.»

«Kacey *non è cresciuta*,» la interruppe. «Senti, apprezzo la tua preoccupazione per la mia bambina, ma hai espresso chiaramente il fatto che non puoi occupartene, e va bene. Non è una tua responsabilità.»

«Se tu provassi a…»

«Fammi finire. Anche io ho una vita, non so un,» abbassò la voce, «*cazzo* di come si cresce una bambina e l'avevo chiaramente spiegato a Beth. Ma è vero, è mia e devo occuparmene io. *Voglio* occuparmene io. Alle mie condizioni, però, perché la mia vita è qui.»

Abigail aveva preso a camminare per la cucina. Cody diede uno sguardo a Kacey, che sembrava ancora intenta a giocare e a coccolare Gulliver. «Sei incredibile. Ti rendi conto di quanti *io* e *mio* tu dica? Sei un egoista irresponsabile. Si tratta di una bambina, Cody…»

«Lo so, A, per questo intendo fare del mio meglio per crescerla, ma non significa che dimenticherò tutto il resto. Ho bisogno solo di tempo per organizzarmi, ma sarò io a occuparmene, quindi lei viene a Jackson perché io rimango qui.»

«E secondo te io dovrei accettare questa stronzata per i tuoi capricci da bambino?»

«No, per Kacey. So di avere bisogno del tuo aiuto, non sono stupido. E poi devo organizzare il lavoro e trovare babysitter di cui mi fidi, devo…»

«Babysitter! Mio Dio, ma ti senti?»

«È così che funziona nella vita reale, Abigail! Soltanto perché i tuoi crescono nel ranch tra tutti i ragazzi che li viziano non significa che non ci siano altri modi! Sono le mie condizioni, è la mia soluzione.»

«È il *tuo* egoismo, testa di cazzo!»

Cody le diede una spinta al braccio e prese i piatti dal bancone per spostarli sul tavolo. «Abbassa la voce, nessuno ha mai detto che mia figlia debba crescere come una...»

«Oh, ecco gli insulti! Quando non sai come argomentare le tue idee insulse arrivi sempre a quelli, eh?»

«Sarà di famiglia.» Fece una smorfia.

Il quarto piatto con la bistecca venne coperto da carta argentata e Cody lo lasciò nel microonde. Si avvicinò a Kacey, che era sulla soglia a osservare il gatto bere dalla ciotola vicino all'entrata. «Tesoro, si mangia.»

Kacey guardò prima lui, poi ancora il gatto.

«Gulliver ha mangiato prima, ricordi? Meglio non rimpinzarlo, o Jake si arrabbierà.»

Lei gli rivolse un altro sguardo interrogativo. Prima o poi avrebbe dovuto spiegarle anche quello, ma era troppo per un solo giorno. Bastava che sapesse che vivevano insieme, avrebbe trasformato più avanti la definizione di "buoni amici". *Sempre se torna.*

Sedettero a tavola e consumarono la cena in silenzio finché lui non accese la radio. Canzoni pop e country riempirono l'aria, rendendo l'ambiente meno teso. C'era ancora silenzio, ma almeno non era costretto a sentirlo.

«Kacey, tesoro,» disse, poi, Abigail. «Tu cosa vuoi fare?»

Eh?

Cosa pensava di fare? Usare Kacey per i suoi comodi? Cody la fulminò con uno sguardo arrabbiato e incredulo. Davvero stava cercando di far decidere alla bambina? Di metterlo in condizione di dover imporre le sue decisioni? *Bastarda.*

«Vuoi tornare a Garland con zia e papà? Ti piace venire al

ranch, vero? Potremmo stare tutti insieme. Tu e Mia e Keaton Jr. potreste giocare e andare a scuola insieme.»

«Non è il momento di parlarne, Abigail,» ringhiò. Kacey guardò prima lui e poi sua zia. Aveva un'espressione indescrivibile sul volto, confusione assieme a qualcosa di più nascosto, come serietà, comprensione. E, ovviamente, il perenne velo di tristezza nei suoi occhi.

«La zia può iscriverti alla scuola di cui ti parlava la mamma, così.»

«*Basta.*» Cody sbatté le mani sul tavolo e si alzò, furente. «Non hai nessun diritto di farle il lavaggio del cervello in casa mia. Ti rendi conto di quanto sia tu a essere egoista, adesso?»

«Voglio soltanto il suo bene.»

«No, vuoi soltanto la coscienza pulita!» Avrebbe aggiunto anche altro, sputato il suo disprezzo, forse l'avrebbe insultata e cacciata di casa. Ma Kacey si aggrappò alla sua maglia e lo costrinse a girarsi. Negli occhi della bambina, lucidi per lo spavento e la tristezza, c'era una supplica che lui non capì. *Vuole tornare? Oh, merda...*

«Che c'è, tesoro?»

Kacey abbassò gli occhi e spalancò le labbra, come se avesse voluto parlare. Ci sperò con tutto il cuore, attese in un silenzio pesante, rotto soltanto dal ritmo delle canzoni e pieno di tensione. Si inginocchiò, nel petto c'era tanta speranza. *Parla, tesoro.* «Che c'è, piccola?»

Abigail se ne stava zitta, probabilmente condividendo la stessa speranza. Incredibile.

Poi Kacey boccheggiò per qualche secondo parole che non capì, richiuse la bocca e gli gettò le braccia al collo.

Me. Non sapeva come faceva a esserne sicuro, era qualcosa che veniva da dentro, una consapevolezza strana di una risposta che non avrebbe sentito, dolcissima, che si avvinghiava al suo cuore e lo scaldava in maniera inspiegabile. Forse per la prima volta dopo aver iniziato a parlare con Abigail per autoconvincersi che poteva farcela, pensò davvero che voleva tenerla con sé e che non aveva nessuna intenzione di riportarla a Garland. Era piccola, fragile, e *sua*. La *sua* bambina.

«Vuoi rimanere qui con me?» mormorò. Kacey annuì.

«Papà vuole stare in questa città, però. Fa freddo e non è vicino al ranch,» provò a dire Abigail. «Anche se magari, se glielo chiediamo insieme, può tornare a Garland con noi.»

La uccido.

Kacey lo guardò negli occhi, ancora quello sguardo strano e intelligente. Poi scosse il capo e lo abbracciò ancora, sciogliendo un nodo che non si era accorto si fosse creato lì, al centro del petto, tra le scapole. La strinse forte a sé. *Grazie, piccola.*

«P-possiamo riparlarne, certo. Dopo che ci saremo organizzati tutti e tre.» La voce di Abigail tremava di rabbia contenuta e appariva ovattata. Gli venne da sorridere. Cody accarezzò la testa della bambina con un'immensa sensazione di gratitudine nel petto e sollievo, forse perché non era solo, forse perché *non si sentiva più* solo.

«Dai, finisci di mangiare.» Le diede un bacio sul capo, e Kacey si sedette di nuovo e prese la forchetta con il pezzo di carne che le aveva tagliato. Abigail aveva già finito il suo piatto e stava sorseggiando una birra in silenzio. Era furente.

Poi sentì la porta d'ingresso aprirsi e il mondo non esistette più.

Jake.

«Scusa un attimo,» mormorò, scattando in piedi. Ignorò lo sguardo confuso di Abigail e il modo in cui Kacey si sporse a guardare la porta, da cui comunque non poteva scorgere l'ingresso. *È tornato. È davvero tornato.*

Quando lui varcò la soglia, Jake si stava pulendo le scarpe sullo zerbino e slacciando la giacca.

«Ehi,» mormorò, notandolo. Il viso rosso per il freddo e quegli occhi verdi lucidi e brillanti, pieni di qualcosa tra l'incertezza e l'imbarazzo ma *vivi*, su di lui.

Senza neanche soffermarsi a pensare gli buttò le braccia al collo e lo strinse a sé. Tutto il mondo tornò a muoversi attorno a lui, che non si era neanche accorto che si fosse fermato. Come un dipinto in bianco e nero che improvvisamente acquista colore, un colore caldo e bellissimo.

Jake rimase rigido per un attimo, ma quando ricambiò l'abbraccio la stretta fu ancora più forte della sua. Cody avrebbe giurato che entrambi, in quel momento, avessero ripreso a respirare.

«Mi dispiace,» mormorò Cody. «Mi dispiace, mi dispiace tanto...» Gli strinse i capelli umidi per il freddo, respirò l'odore di cuoio e sigarette della sua giacca, la sensazione del suo corpo contro di lui, di *casa*.

«Shh,» sussurrò Jake. «Dispiace anche a me. Scusa il ritardo.»

«L'importante è che sei qui.» *Dio, è qui.* Cody gli prese il volto tra le mani e lo guardò negli occhi. C'era un sorriso bellissimo sul viso del compagno, le guance rosse per il freddo, le labbra un po' secche vicine alle sue, il fiato che gli sbatteva sulla bocca già schiusa e desiderosa di trovare il suo posto.

Distolse lo sguardo per spostarlo alla porta che dava alla cucina. Jake capì, perché si allontanò piano da lui, lasciando solo una mano ad accarezzargli una guancia. Merda, voleva così tanto baciarlo ed eliminare la distanza tra di loro.

«Dove sei stato?» chiese, mentre Jake levava la giacca e la appendeva all'ingresso.

«In giro.» Vago e un po' preoccupante, ma Cody non incalzò né chiese che avesse fatto. Forse aveva timore della risposta.

«C'è della carne per te nel microonde. La scaldo.»

Jake sorrise. «Grazie.» Di nuovo lo sguardo alle sue labbra, nonostante la tristezza che non se ne andava e un lieve e impacciato disagio nei movimenti. Entrambi erano indecisi su cosa fare, e Cody sentiva che doveva girarsi e tornare in cucina, anche se le gambe volevano fare tutt'altro.

«Cody?» Si girarono verso Abigail, che li guardava con una strana espressione di confusione e qualcos'altro. Cody temeva fosse disgusto, che avesse capito e che il suo atteggiamento fosse palese, ma cercò di nascondere il disagio.

«Sì, arriviamo,» rispose, il suo sguardo viaggiava da Jake a lei come indeciso, in panico. «Lui è Jake, credo di non avervi presentati.»

Jake si allungò per stringere la mano a sua sorella. Seppur la stanchezza e l'imbarazzo, il sorriso dell'uomo era ancora il più bello e affascinante che avesse mai visto. Dovette per forza far colpo anche su sua sorella, perché la sua espressione si addolcì impercettibilmente.

«Sono Abigail, sua sorella.»

«Jacob Blanchard.»

«Il mio coinquilino, ricordi?» spiegò Cody, osservando prima l'espressione di Abigail e poi quella di Jake. Da un lato confusione, supposizioni azzardate e ancora più giudizi. Dall'altro… delusione?

Cazzo, riesco solo a dire la cosa sbagliata.

Ma confessare il vero rapporto che aveva con Jake proprio a sua sorella? No, quello era fuori discussione. Non ce la faceva ancora ad ammetterlo, non poteva. Era davvero troppo in un solo giorno. Era davvero troppo in molto più di un giorno.

«Sì. È un piacere, Jacob.» Poi Abigail si rivolse a lui. «Posso parlarti un attimo?»

Merda.

Cody scambiò uno sguardo con Jake. Si vedeva quanto fosse spaventato? Oppure riusciva a nasconderlo?

«Scaldo la carne,» disse il compagno.

Lui annuì e lo osservò sparire in cucina, poi nel lieve rumore della radio un saluto non ricambiato e rumore dell'acqua del lavandino. Per finire, gli occhi stretti e accusatori di Abigail.

«Che diavolo sta succedendo qui?»

NON ERA in competizione con la bambina, non avrebbe mai potuto, ma il fatto che continuasse a fissarlo come se fosse stato una specie di alieno non aiutava per niente.

Aveva provato a ignorarla, ma proprio non riusciva. Era lì, a tavola, ferma e in silenzio come sempre, e lo fissava. Sentiva i suoi occhietti verdi sulla schiena. Il corpicino immobile, la postura quasi perfetta e, proprio per questo, ancora più inquietante.

Il microonde si aprì e lui ne estrasse il piatto, posandolo sull'unico posto ancora libero a tavola, che immaginava essere quello accanto ad Abigail e di fronte a Cody. Fece un sorriso forzato alla mocciosa, che ancora lo fissava, e prese a tagliare la sua carne.

Non riusciva a sentire cosa stessero dicendo Cody e sua sorella nell'ingresso, ma immaginava che non fosse nulla di buono. Se aveva capito bene la situazione – e non era così facile visto che, no, non sapeva nulla della famiglia di Cody e, no, non era mai stato in condizioni di dover nascondere una relazione ai suoi genitori, pur essendoci andato vicino – c'era una buona probabilità che il discorso vertesse sulla sua presenza lì.

Perché ovviamente adesso sono io che stono, non la mocciosa.

La voce di Nate in testa lo sgridò, dicendo che doveva smetterla di fare lo stronzo egoista e cercare di mettersi nei panni di Cody e della bambina. Se era arrivato a sentire anche le riprese di Nate, con tutta probabilità il prossimo passo era la pazzia.

Gulliver miagolò ai suoi piedi, poi si fermò a lato della sedia. Lui gli rivolse uno sguardo quasi di sfida, gli occhi azzurri del gatto innocenti mentre, dopo qualche secondo, decideva di aggrapparsi con gli artigli alle gambe e saliva sulle sue cosce. «Gulliver, giù.»

Il gatto si sporse verso il tavolo, lui lo spinse a terra. Quello ricadde con eleganza e alzò coda e testa, dando un altro miagolio.

«No,» rispose, non sapeva nemmeno a quale domanda. Il gatto miagolò ancora. «No, hai...» Poi si bloccò. Non sapeva se avesse mangiato, in effetti. Di solito lo faceva mangiare prima di cena, e Cody doveva aver imparato gli orari, ma... l'aveva fatto? Non era tenuto a prendersi cura del suo gatto. Diede uno sguardo alla bambina, che stava guardando con interesse l'animale gironzolare sotto il tavolo e accanto a lui.

«Sai se ha mangiato?» chiese. Kacey sobbalzò e spalancò gli occhi. *Oh, diavolo.* «Il gatto. Di solito mangia prima di cena, ma non so se Cody gli ha dato qualcosa.»

Lei lo fissò qualche secondo, poi di nuovo il gatto, poi ancora Jake. Stava quasi per rassegnarsi a non ricevere una risposta, ma alla fine lei annuì. L'istinto fu di sorridere.

«Allora non hai scuse, Gulliver,» disse in direzione del gatto. «Sei grasso, mettiti a dieta.»

Gulliver miagolò ancora una volta e se ne andò, ondeggiando con la coda fino ad accoccolarsi sul divanetto, tra coperte e vecchi cuscini. Lui emise una breve risata nasale e poi guardò la bambina, che ancora osservava con attenzione sia lui che l'animale. Le fece l'occhiolino. «Grazie.»

Lei spalancò di più gli occhi e chinò lo sguardo, stringendosi su se stessa. Mh. Era difficile capire cosa pensasse, soprattutto perché non era abituato a nessun tipo di bambino. Non ne aveva mai visti, era figlio unico – per fortuna, povere le creature che avessero avuto la sfortuna di incontrare le sue madri – e non aveva idea di come ci si comportasse.

Quando vide il sorriso lieve e mal trattenuto della piccola, però, gli venne da sorridere di rimando. Forse non aveva fatto poi chissà quale casino.

Cody e sua sorella tornarono in cucina, così lui analizzò le loro espressioni. Quella di Abigail era ancora perplessa, ma si sforzò di sorridere quando lo vide seduto a tavola. Cody era... una maschera. Impossibile capire cosa pensasse davvero, soprattutto quando gli sorrise con tanto calore da non riuscire a distinguere falsità da vero affetto. Andava tutto bene? O stava fingendo per amore di sua figlia e della sorella?

«Kacey, tesoro, che dici se la zia ti porta di là e ti legge una storia?» le propose Cody. La sua voce era distorta quando parlava con la figlia, più dolce; aveva una tenerezza che non credeva di aver mai sentito in lui e che, inconsciamente, invidiò. «È tardi, i bambini devono andare a letto a quest'ora. Dopo vengo a rimboccarti le coperte.»

Kacey aggrottò le sopracciglia e guardò prima il padre, poi Abigail e, infine, lui. Jake fece del suo meglio per rivolgerle un sorriso, che lei osservò finché non si volse verso il gatto. Poi, piano, annuì e si alzò, lasciandosi prendere per mano da sua zia. Abigail si rivolse a lui.

«È stato un piacere, Jacob.»

«Anche per me.» *Non troppo, in realtà, ma va bene lo stesso.*

Osservò la bambina che andava dal padre e lo abbracciava, Cody che le dava un bacio sul capo e le augurava buonanotte. Poi Kacey si rivolse a Jake e lo guardò per un attimo, la manina libera stretta alla sua maglia di *My Little Pony*.

Provò a farle un altro sorriso; la piccola si girò a guardare il gatto, poi ancora Jake e alzò la mano per un attimo, come per salutare. Stette a fissarla andarsene dalla cucina, un po' incredulo. Abigail fece scorrere la porta fino a chiuderla, così che il rumore della radio non desse fastidio ai suoi tentativi di far addormentare la bambina. Poi davanti a lui ci fu soltanto Cody.

«Come stai?» domandò l'uomo. Jake avrebbe voluto essere il primo a chiederlo, ma sentì uno strano e subdolo calore in petto nel riconoscere la preoccupazione nelle sue parole. La domanda era: cosa rispondere?

"Digli che sei ferito, che ti dispiace perché non te l'ha detto." Ma se Cody lo guardava in quel modo, con tutta la dolcezza e la paura del mondo, era difficile anche soltanto respirare. *"Devi essere sincero, ma ricorda che non sei l'unico a stare male."* Avrebbe voluto scacciare la voce di Nate dalla sua testa, maledizione.

«Meglio,» mormorò. «Uscire ha aiutato.»

Cody si sporse sul tavolo e si appoggiò sulle braccia, allungate verso le sue mani. Non lo sfiorò nemmeno, non fece nulla, come se avesse voluto rispettare il suo volere aspettando che fosse lui a fare la prima mossa. Jake fremeva per toccarlo, ma qualcosa lo bloccava.

«Tutto bene di là?» chiese, allora. Fece un cenno verso la porta, anche se era ovvio di cosa parlasse. Cody sospirò e annuì.

«Sì, è stata una giornata pesante.» Abbassò un attimo gli occhi; le dita tamburellavano sulla tovaglia come fossero indecise e Jake sapeva, con assoluta certezza, che Cody voleva toccarlo. Per qualche motivo, non lo aveva ancora fatto. «Non sono mai andato d'accordo con mia sorella.»

«Sa qualcosa?» Anche se la risposta era ovvia, perché Cody *non era gay*. Non fuori dalla Scozia.

L'uomo, infatti, scosse il capo. «No, certo che no.» Un attimo di silenzio, di nuovo una pausa per sospirare. «Ha fatto... delle domande. Non so se abbia capito.»

Ma tu hai negato. Non serviva chiederlo e non voleva nemmeno ricevere la risposta affermativa che ne sarebbe conseguita – perché gli interessava, poi? – quindi si limitò ad annuire e a prendere un altro boccone di carne. Cody lo osservò in silenzio per qualche secondo, prima di tornare a parlare.

«Hai pranzato?»

«Ho mangiato un panino con Nate.» Lo stupore fu chiaro negli occhi dell'altro. Sarebbe stato sorpreso anche lui, perché di solito non usciva con Nate, o con chiunque altro. Di solito si faceva i fatti suoi, ed era sempre andata bene così.

«Con Nate?» Jake annuì. «E… ha detto qualcosa?»

«Riguardo a che?»

Cody si voltò verso la porta chiusa, poi abbassò lo sguardo. «Non avete… parlato?»

Forse non avrebbe dovuto dirglielo? *Avevo tutto il diritto di sfogarmi con…* no, non avrebbe ammesso anche alla sua mente che reputava Nate un "amico". Si strinse nelle spalle. «Era sorpreso.»

Cody emise una risata lieve e triste. «Era sorpreso.»

«Non dovevo?» chiese Jake. Nonostante la gentilezza delle sue parole, era chiaro che non gli importasse di una risposta negativa. «Nathan lo sa, no?» *Più acido di quanto avrei voluto.*

Cody lo fulminò. «No, non l'ho detto a nessuno.» Poi deglutì e, davanti alla sua sorpresa, riformulò. «Voglio dire, ci siamo visti stamattina, ma non lo sapeva ancora. Te l'ho detto, Jake, non lo sapeva nessuno.»

«Non ha importanza.»

«Voglio che sia chiaro che…»

«Non cambia il fatto che tu non me l'abbia detto.» Cody rimase a bocca aperta, i suoi occhi pieni di dolore fissi su di lui, impauriti, un tremore flebile del suo corpo, trattenuto a stento. Jake ingoiò e si versò della birra in un bicchiere. *Sii sincero. Ricorda che soffre anche lui. Andrà tutto bene.* «E che io sia...» *Sii sincero.* Ma la gola faceva un male cane. «Ferito.»

Cody sembrò reagire come se fosse stato colpito da un proiettile. Si fece indietro e abbassò lo sguardo, gli occhi erano lucidi e il tremore palese. Ne sentiva il dolore senza il bisogno che parlasse, gli arrivava diretto e faceva *male*.

«Mi dispiace,» sussurrò Cody. La sua voce era roca e incredibilmente vulnerabile. «Non avrei mai voluto ferirti, volevo proteggerti. Avevo paura di perderti.»

«Lo so,» rispose, ma Cody scosse il capo. «So anche che non eri tenuto a farlo, ma...»

«No, hai ragione. È che le cose sono precipitate, ma non giustifica il fatto che non te ne abbia parlato e che fosse una cosa che andava fatta. Hai ragione, ti chiedo scusa.» Credeva che quelle parole avrebbero calmato un po' la delusione nel suo cuore, ma la resero soltanto più difficile da sopportare. Quegli occhi pieni di sofferenza, il corpo di Cody che sembrava quello di un bambino, che sembrava poter crollare da un momento all'altro e lui che se ne stava lì, con il suo piatto davanti e senza appetito, soltanto con l'istinto di vomitare. «Spero che tu possa perdonarmi, un giorno. Voglio soltanto che sia chiaro che non cambia ciò che provo per te, e che ero serio stamattina riguardo ai miei sentimenti. Che non voglio perderti.»

"Ti amo, Jake."

Lui non sapeva nemmeno cosa significasse. L'aveva dimenticato due anni prima.

«Lo so,» mormorò. L'espressione di Cody era ancora sconfitta, sembrava avere difficoltà a sostenere i suoi occhi e c'era ancora tanta paura. *Sii sincero.* Era difficile, ma lo era anche stare a guardare. «E non voglio perderti neanche io.» Lo sguardo incredulo di Cody schizzò verso il suo. Jake deglutì. «Non intendo andarmene, se... se è quello che vuoi.»

Ecco fatto. Hai detto tutto. Ora vattene e nasconditi a letto, Dio, perché non puoi proprio sopportare altra sincerità.

Cody rimase immobile per qualche istante in cui il tempo parve fermarsi. Poi il corpo prese a tremare di nuovo e Jake lo vide incurvarsi sul tavolo e coprirsi il volto con una mano, le spalle scosse terribilmente, un sospiro tremante di puro sollievo uscire dalla sua bocca. Se anche fosse stato difficile capire cosa provava, era impossibile pensare che quel dolore non fosse reale.

Jake si allungò sul tavolo con lentezza e gli toccò con una mano i capelli, una guancia, la nuca. Con l'altra gli scostò delicatamente le dita, che coprivano il viso rosso e incrinato, e si chinò piano a sfiorare quelle labbra tremanti. Il bacio che ne nacque fu dolce e passionale allo stesso tempo, triste e felice, spaventato e sollevato. Un connubio di contrari che erano loro due e che, ora che ci si soffermava, era tanto delizioso quanto entusiasmante.

Quell'uomo, di fronte a lui, gli aveva aperto il cuore e si era dimostrato pronto a incassare ogni colpo pur di tenerlo accanto a sé. Era una cosa a cui non era abituato e a cui non avrebbe mai potuto abituarsi, ma era una sensazione unica e meravigliosa che non faceva altro che scaldargli il petto, sempre più.

Che non faceva altro che farlo sperare e desiderare in un sentimento che lui non aveva mai avuto il privilegio di conoscere. Che lui *bramava* con tutto il cuore.

«Sistemeremo tutto,» sussurrò a fior di labbra, contro il sorriso e il respiro tremante di Cody.

Perché non ho intenzione di perdere anche te.

17

Trovare un lavoro, rimettersi in piedi, pesare il meno possibile a Cody.

Con Cassian era stato semplice sentirsi al sicuro e sapere, con quella certezza che bramava più di ogni altra cosa, che veniva prima di tutto e che sarebbe andato tutto bene. Ma adesso che la loro vita stava cambiando così tanto, Jake non credeva avesse altra scelta se non quella di fare in modo di essere preparato a ogni problema. Darsi da fare e farlo in fretta, così da non ritrovarsi per strada senza nemmeno il tempo di capire cosa fare.

Non aveva esperienza o corsi formativi alle spalle, l'unica cosa che gli restava erano gli anni come ragazzo immagine – per Cassian, più precisamente – e un curriculum che non aggiornava da qualche mese... non che avesse saputo cosa scrivere, chiaramente.

L'orgoglio si metteva in mezzo ogni volta che sfiorava l'idea di chiedere aiuto a Nathan. Era una cosa che non voleva fare e che non avrebbe fatto, anche se era infantile e stupido. Nonostante le divergenze ormai si fossero risolte – soprattutto dopo il Ringraziamento passato insieme a lui,

Nate e Cody – non si sentiva ancora pronto a riaprirsi proprio con quell'unica persona che lo collegava a quella che una volta aveva definito *famiglia*. La sua sicurezza sgretolata in tanti piccoli pezzi di una torre ormai in rovina.

No, avrebbe dovuto trovare qualcosa in città, per quanto difficile fosse stato.

Così si era alzato presto, aveva dato un bacio tra i capelli spettinati di Cody ed era sceso per fare colazione prima di prepararsi per uscire.

Cody era rimasto immobile nel letto, distrutto dalla pesantezza del giorno prima. Non l'aveva sentito tornare a letto dopo aver salutato la bambina, che faceva fatica ad addormentarsi; ricordava soltanto che, a un certo punto della notte, si era svegliato e le braccia pesanti e calde dell'uomo erano avvolte a lui, lo stringevano come fosse stato un tesoro d'inestimabile valore. La sua testa riposava sul petto e il respiro era lento e pesante, cullava la mente all'unisono con il battito del cuore ricolmo di pace.

Con Cody si trattava sempre di pace: era incredibile perché, nonostante la paura, nonostante i casini che li perseguitavano e il loro rapporto altalenante, l'unica costante di quell'uomo era che rendeva Jake tranquillo e protetto. Era una sensazione meravigliosa, ed era quella a cui proprio non poteva rinunciare.

Entrò in cucina con un sorriso lieve nel pensarci, sorriso che scemò quando si accorse che non era vuota. Era presto e la stanza era ancora in penombra, ma distinse chiaramente la figura della sorella di Cody seduta sul divano a sorseggiare caffè e ad accarezzare Gulliver, accanto a lei.

«Buongiorno,» disse la donna quando lo vide. Un sorriso di circostanza prima di indicare la macchinetta del caffè. «Ce n'è dell'altro, se gradisci.»

«Grazie,» rispose Jake. Era un po' intontito dal risveglio, così si limitò a versarsi una tazza e a bere per darsi una svegliata. Osservò l'orologio che segnava le sette. «Mattiniera?»

«Se hai delle bestie da sfamare e un intero ranch da portare avanti, diventa difficile fare altrimenti.» Abigail sorrideva, ma il suo sguardo rimaneva fisso sul gatto. «È un animale molto bello. È tuo, immagino.»

«Sì,» rispose Jake. Riempì ancora la tazza di caffè, aggiunse del latte e poi si andò a sedere accanto a lei. «Si chiama Gulliver.»

«Lo tieni molto bene,» commentò Abigail, per poi cambiare discorso. «Da quanto conosci Cody?»

Osservò la donna. Manteneva il sorriso e la solita tranquillità, ma c'era una sorta di consapevolezza nascosta nei suoi occhi. Jake pensò a come fare a rispondere. «Credo sia quasi un anno, ormai. Ci siamo conosciuti a marzo.»

«E come avete deciso di... *convivere?*»

Abigail sapeva chiaramente qualcosa o, almeno, la intuiva. Era palese, dopotutto. Dal modo in cui si comportavano, da come Jake doveva guardare Cody; sapeva che l'affetto che provava per lui era più che ovvio, soltanto che non credeva fosse giusto dargli altri problemi in un momento simile. Era più che convinto che, tra le tante persone che *non* dovevano sapere del loro rapporto, la sua famiglia era la prima nella scala *Codyiana*.

La realtà andrà bene. È l'unica che potrebbe distogliere l'attenzione dalla verità. «Ho perso il lavoro qualche mese fa. Non è stato facile riprendermi, così finché ho potuto sono andato avanti con il sostegno economico di mio padre, per quanto patetico possa suonare.» Abigail scosse il capo, ma nei suoi occhi era chiara una nota di altezzosità. Nonostante tutto, nonostante il fastidio, si costrinse a continuare. «È venuto a mancare a ottobre, in concomitanza con lo sfratto.»

«Oh, buon Dio, mi dispiace tanto.»

«Grazie,» mormorò. «Cody è stato l'amico migliore che

io potessi avere al mio fianco. Mi ha accolto senza che potessi rifiutarmi e mi ha aiutato ad affrontare la situazione. Con lui...» *Sto bene. Con lui sono di nuovo vivo.* «È bello averlo vicino. È una persona eccezionale.» La voce si spezzò appena, così dovette schiarirsi la gola per riprendere una sorta di contegno. «E adesso che lo sai dovrò ammazzarti ed eliminare le prove,» aggiunse, ridacchiando.

Anche Abigail, incredibilmente, rise. Aveva il sorriso del fratello. Entrambi presero un sorso di caffè, poi la donna gli posò una mano sulla spalla. Jake si irrigidì involontariamente. «Mi dispiace per quello che hai passato. Ora capisco.» Si chiese cos'era che capiva. Se capiva davvero, o se capiva soltanto la parte che aveva cercato di trasmettere. «Immagino che né tu né lui abbiate una ragazza, oppure sarebbe davvero difficile gestire la situazione a casa, eh?»

Cazzo.

Sentì un soffio di freddo percorrergli la schiena, il sudore scorrergli sulla nuca. Voleva rispondere che non l'avevano e che non l'avrebbero mai avuta, che poteva andare al diavolo se pensava che avrebbe mai lasciato Cody a qualcuno e sbattergli in faccia che, se non sapeva nulla del fratello, poteva ficcarsi le sue frecciatine su per il culo. Voleva dire tante cose, ma il cuore era stretto in una morsa di ragione e fastidio.

«No, io...» *Ragiona, perché se intuisce qualcosa è Cody che ci andrà di mezzo.* «Non sono esattamente la persona più propensa ad avere relazioni fisse. Un sacco di scappatelle, ma non ho proprio la testa per qualcosa del genere.» *E Cody? È giusto dire qualcosa anche per lui?* «Per quanto riguarda Cody, credo dovresti chiedere direttamente a lui.»

«Non vede nessuno?» Abigail strinse gli occhi e lo guardò con sospetto.

«Ha frequentato un paio di belle donne, ma non credo ci sia nulla di serio. Me l'avrebbe detto.»

«E comunque sia non sono fatti tuoi.» La voce di Cody gli provocò un brivido lungo tutta la schiena: era gelida e arrabbiata, roca per il sonno, tagliente. Si voltò per incontrare il suo sguardo irritato.

«Buongiorno anche a te,» rispose Abigail, infastidita. «Vedo che l'educazione non manca mai in casa tua, eh?»

«Di solito no, ma anche lei ha problemi con determinate compagnie.» Non aveva mai sentito tante parole da Cody di prima mattina. Lo osservò mentre faceva dell'altro caffè e si riempiva un bicchiere d'acqua. Abigail sospirò e rivolse a lui uno sguardo esasperato, come se cercasse un alleato. Si sforzò di non scoppiare a ridere.

«Kacey dorme?» chiese Cody.

«Sì, per fortuna.» Qualche altro secondo di silenzio in cui tutti stettero ad aspettare il caffè, poi Cody si riempì una tazza e fece un cenno a Jake, come a chiedere se ne volesse altro. Lui scosse il capo.

«Più tardi chiamo l'avvocato,» continuò Abigail, osservandoli. Era la donna più sospettosa che avesse mai incontrato. «Oppure vuoi farlo tu?»

«Posso farlo io,» rispose Cody. «Hai sentito Keaton? I bambini?»

«Stanno tutti bene.» Abigail si alzò per posare la tazza di caffè nel lavello. «Non vedono l'ora di rivederti. I bambini saranno contenti di poter crescere con loro zio.»

Jake rivolse uno sguardo a Cody. Avrebbe voluto soltanto controllarne la reazione, ma probabilmente nei suoi occhi ci fu tanta confusione e tanta paura che l'altro si sentì in dovere di scuotere il capo, come a rispondere a una domanda telepatica tra di loro, come a rassicurarlo.

«Se la smettessi mi faresti un favore,» disse Cody alla donna. «È prima mattina, non ce la faccio a litigare ogni giorno con te.»

«Non c'è bisogno di litigare per forza,» rispose lei. Quando provò ad avvicinarsi, Cody si allontanò.

«Se continui a insistere, sì.» Gli rivolse uno sguardo, poi andò alla porta e nel corridoio, scomparendo dalla loro vista. Jake immaginava fosse andato a controllare la bambina, visto che entrambi avevano iniziato ad alzare la voce.

Abigail cercò un cenno d'assenso nel suo viso, come se fosse stata certa che lui sarebbe stato dalla sua parte. *Oh, no, non ci contare.* L'espressione di Jake rimase fredda e sterile mentre, senza dire una parola, riponeva la tazza e si dirigeva in corridoio. Una volta lì, vide Cody che usciva dalla stanza degli ospiti con la bambina in braccio.

«Oh, buongiorno,» mormorò, sforzandosi di sorridere. Lo sguardo di Cody si addolcì alle sue parole; lui si sentì arrossire. *Cristo*. Kacey aveva un'espressione indecisa, poi si strinse di nuovo al padre e non rispose.

«Scusa,» sussurrò Cody. Jake gli fece un sorriso più convinto.

«Va tutto bene,» rispose, azzardandosi ad accarezzargli velocemente una guancia. Era calda. «Senti, io faccio un giro. Torno prima di pranzo, se per te va bene.»

Cody annuì, ma il suo sguardo era confuso. «Va bene. Cosa devi fare?»

«Volevo... solo cercare un lavoro, insomma.»

Cody strinse gli occhi. «Jake, non voglio che tu ti senta con il fiato al collo...»

«Lo so,» lo interruppe. «Voglio soltanto stare più sicuro. So che non mi stai cacciando, va tutto bene.» Non dovette suonare troppo convinto, perché l'espressione di rimprovero di Cody non scemò.

«Non voglio che tu te ne vada,» chiarì Cody.

Le sue labbra si incurvarono appena verso l'alto. «E io non voglio andarmene. È soltanto per riacquistare un po' d'autonomia. Va tutto bene.»

«Okay.» Cody sospirò e gli accarezzò i capelli, un gesto leggermente più lungo di quanto si sarebbe aspettato. Kacey non si muoveva, rimaneva con il volto affondato nel collo del padre e le braccia aggrappate a lui. «Nei prossimi giorni potrei essere via per...» Indicò la bimba con gli occhi, Jake annuì.

«Va bene. Vuoi che...» Si guardò intorno. Oh, Dio. Stava per chiedere se sarebbe dovuto andare da qualche altra parte nel frattempo, ma non aveva idea di dove. Forse da Nathan e Nate?

A casa di Cassian?

No, assolutamente no.

Cody, per fortuna, intercettò il filo dei suoi pensieri. «No, no. Voglio che tu badi alla casa, se puoi. Se vuoi. Insomma, vorrei che rimanessi qui.» Le sue dita si soffermarono sulle labbra di Jake. Lui stava per rispondere, ma non riuscì a parlare; una scarica di desiderio e affetto gli attraversò il corpo, e il suo cuore prese a battere velocemente.

«Okay,» sussurrò. Prima che Cody potesse levare le dita dal suo volto, le baciò lieve e gli fece un sorriso timido. In risposta, le labbra del compagno si incurvarono ancora di più, scoprendo i denti bianchi. Felicità e *amore*, amore per *lui*.

Non ci era abituato, ma era la sensazione più bella al mondo.

***

Garland, Texas

Gli piaceva viaggiare verso il Texas, di solito, ma quel particolare viaggio si rivelò una tortura. Sua sorella lo costrinse a prendere l'aereo – per amore di Kacey che, in effetti, non avrebbe retto un viaggio di otto ore in macchina con lui e Abigail – e il volo fu eccessivamente lungo, noioso e gli diede anche claustrofobia. Gli capitava spesso di viaggiare per lavoro, ma farlo accanto a sua sorella e Kacey che, chiaramente, avrebbe preferito mangiare dieci minestre di broccoli piuttosto che rimanere sospesa in aria per due ore, non era il massimo.

Kit andò a prenderli all'aeroporto di Dallas e in meno di un'ora furono al ranch.

Poi ci fu la sfilza di condoglianze e parole di circostanza. Cody non si era preparato: sì, pensava che gli avrebbero detto qualcosa, ma non che l'avrebbero trattato come un marito che aveva perso la moglie devota e adorata. Era una cosa che odiava.

«Allora, come va a... Jackall?»

«Jackson.»

«Sì, Jackson. Nel Tennessee, insomma.»

Un gruppo di vecchi amici era radunato attorno a lui con sua sorella, stavano tutti bevendo qualcosa e, purtroppo, sembravano interessati davvero a cosa facesse Cody. Lui non vedeva l'ora di tornarsene a casa e buttarsi a letto. Aveva sentito l'avvocato prima di partire e aveva fissato un appuntamento per il mattino successivo. Così, forse, se la sarebbe sbrigata velocemente.

«Va tutto bene,» rispose, stringendosi nelle spalle. «Il lavoro procede bene, viaggio spesso... Non mi lamento.»

«La tua ragazza dev'essere triste ogni volta che parti!» disse una ragazza. Kim. Kira. Katie. Kam. Non ricordava proprio il suo nome.

«Ah, no, è...» *Accidenti*. Quanto avrebbe voluto sputare che non si trattava di una ragazza.

«Sì, beh, le donne sono sempre un po' difficili da trattare, eh?» lo interruppe un altro ragazzo. Uno dei lavoratori del ranch, Logan, rise e alzò la sua birra, prima di portarla alle labbra e bere.

«Cody non ha la ragazza, è uno scapolo in cerca di moglie,» specificò Abigail. Tutti si misero a ridere tranne Cody, che la fissò con astio e irritazione. Se solo si fosse fatta gli affari suoi. Diede un'occhiata a Kacey, che giocava con gli altri bambini. O, perlomeno, sembrava seguire i loro movimenti, in silenzio come era sempre stata. Avrebbe dovuto chiedere a qualche dottore se era normale che ancora non riprendesse a parlare.

«Ehi, ehi, C, attento,» lo riscosse Matthew, un altro dei suoi ex compagni di liceo. «Non vorrai finire come Simon, vero?»

«Sissi-Simon la fighetta.» Altre risate. Lui gelò. «Ehi, l'avete visto l'altro giorno? Sulla Main con il suo vestitino attillato a cercare un cazzo da succhiare?»

Risero ancora, soltanto una delle ragazze lo ammonì per il linguaggio scurrile.

«Quella checca proprio non impara a fare l'uomo, Cristo. Te lo ricordi al liceo, C?» Cody si limitò a fissarlo. *Oh, non chiedere il mio parere. Non farlo.* «Dio, proprio una principessina di merda! Ricordo che mio padre, quella buon'anima, copriva sempre gli occhi a mia sorella minore per non fargli vedere quello scempio. Insomma, dai, che casino di esempio può dare quello lì? L'avete visto, no? È un... una... un...» Evidentemente stava cercando l'insulto giusto.

«Omosessuale,» concluse Cody. Tutti si zittirono e si girarono verso di lui, alcuni dei sorrisetti di scherno scemarono. «Omosessuale, Henry. Il che non significa che dia un cattivo esempio.» Qualcuno sgranò gli occhi, Henry fece una mezza risata, ma lui non lo lasciò continuare. «E sì, me lo ricordo. Un bravo ragazzo, volenteroso, che si dava da fare a scuola e al ranch, quando veniva ad aiutarmi a spalare merda mentre quello stronzo di mio padre era a ubriacarsi con coglioni come voi.»

Silenzio. Per qualche secondo di gelo nessuno parlò, poi una delle ragazze forzò una risata e con lei qualcun altro.

«Hai ragione, Cody,» disse Logan. «Sempre a cercare una scusa per non lavorare, ah!» Le risate si fecero un po' più sincere.

«Sì, beh, Simon è un bravo ragazzo, in effetti.»

«Un bel paio di braccia forti. Ha fascino.» Le ragazze si guardarono e annuirono. Gli scappò un sorriso, perché era quello che aveva sempre pensato anche lui.

Henry non sembrava della stessa idea. Era... infastidito, addirittura. «Sì, beh, però facevano bene a tenerlo lontano dai bambini.» Cody strinse i pugni nelle tasche. «Insomma, dai, C, non puoi negarlo.» *Ah, no?* L'uomo prese a gesticolare, come a mettere enfasi nella sua spiegazione. «Guarda Kacey: è una bellissima bambina perché è cresciuta con quella povera creatura di Beth e con te, due genitori etero, due bravi ragazzi. È così che dev'essere, così è giusto.»

Perché così è giusto, perché così dev'essere. Perché non esistono genitori omosessuali, va contro natura, bisogna che abbiano una figura maschile e una figura femminile e solo così potranno crescere normali. *La normalità, Cody, la normalità.*

Ma il petto faceva male, per quanto sembrava volesse esplodere, e stava diventando difficile respirare. Tutto ciò che aveva sepolto dentro di lui per trenta lunghissimi anni, urlava per uscire, minacciava di implodere e distruggerlo. La gola raschiava, il corpo tremava, si sentiva addirittura accaldato.

Una delle ragazze scambiò lo sguardo con lui mentre il chiacchiericcio dava ragione a Henry e qualcun altro rideva di nuovo. «Sì, insomma, non ci si può aspettare nulla di buono. Che vadano in giro a succhiare cazzi e lo facciano a casa loro, lontano dai bambini. No, Cody? È così che è giusto.»

Lui implodeva e nessuno si accorgeva di niente, nessuno si accorgeva che l'unica cosa sbagliata era lì in mezzo, in quel cerchio di ipocrisia e ignoranza.

«Invece no.»

La sua voce era bassa, un ringhio, ma comunque fece zittire tutti. Lui sorrise. «E invece no, Henry, Kacey non ha mai avuto un padre etero.»

Incrociò lo sguardo con sua sorella, che stava spalancando così tanto gli occhi che sembravano uscirle dalle orbite. Henry socchiuse la bocca, ma non ne uscì niente. «E ti dirò anche un'altra cosa. Nulla di ciò che possiate dire voi figli di puttana qui avrà importanza. Sai perché?» Il suo sorriso si allargò: nessuna felicità, solo sadismo e rabbia a nascondere il dolore. «Perché lei avrà per sempre un padre omosessuale, e verrà cresciuta dal suo padre omosessuale e dal suo meraviglioso compagno perché diventi la donna rispettosa e gentile che anche sua madre voleva che fosse. E tu, *voi* non potete farci proprio nulla.»

Gli occhi di Henry erano spalancati e il suo viso era rosso. Nessuno aveva il coraggio di parlare, ma lui non avrebbe sentito comunque alcuna obiezione. Sorpassò i presenti e raggiunse sua figlia a grosse falcate. Lei lo stava fissando con tale attesa e *comprensione* che si sentì sprofondare.

«Andiamo, Kacey.»

La bambina gli porse una mano e lui la prese, guidandola verso la porta. Raccolse le giacche e mise a Kacey la sua, mentre Abigail lo chiamava. Uscì senza voltarsi.

Fuori, Tex lo salutò scodinzolando e lo seguì mentre lui e la piccola percorrevano il porticato e la stradina che conduceva al suo cottage.

«Cody, ti ordino di fermarti!»

Si bloccò, soltanto per girarsi di scatto verso di lei e

urlarle, con rabbia: «*Va' all'inferno, Abigail!* Va' al...» *Cazzo di inferno.* Ma non poteva imprecare così tanto, perché Beth non avrebbe mai voluto che Kacey sentisse. La bimba strinse piano la sua mano, così si sforzò di prendere un respiro e concludere. «Va' all'inferno.»

Lei continuò a chiamarlo, ma lui si chiuse la porta alle spalle e salì le scale del piccolo cottage con sua figlia, Tex al seguito come se avesse avuto paura di vederli crollare entrambi. Una volta al piano di sopra, con il silenzio confortante che li avvolgeva, lui si permise di lasciare andare la mano della bambina e lasciarsi ricadere su di una sedia.

Tremava di rabbia e i suoi occhi erano lucidi.

Ed ecco fatto, il suo patetico segreto spiattellato davanti a tutti.

Cazzo, che male.

Non pensava che sarebbe stato così. Terribile, disgustoso. Gli veniva da vomitare.

«Per la miseria...» sussurrò, prendendosi la testa tra le mani e chinandosi fino ad appoggiare i gomiti sulle ginocchia. Accanto a lui, Kacey gli posò una mano sulla gamba. Era terribile farsi vedere da sua figlia in quello stato, ma non poteva fare altrimenti. Non riusciva più a trattenere nulla.

«Scusami, Kacey.» Le rivolse uno sguardo quasi supplichevole mentre si inginocchiava davanti a lei e le accarezzava una guancia. La bimba era spaventosamente seria e calma. Non sembrava spaventata, piuttosto preoccupata per lui. Era terribile. «Scusami, non sono riuscito a trattenermi.»

Cody sospirò. Cosa avrebbe dovuto dirle? Kacey non parlava, non rispondeva a nulla quindi era ancora più difficile continuare a spiegarsi, cercare le parole giuste anche se non avrebbe avuto nessun riscontro dal suo piccolo interlocutore.

«Ascoltami, Kacey,» iniziò. La bimba sbatté gli occhi e continuò a fissarlo. «Voglio che tu... voglio che tu cresca rispettosa di chiunque, va bene? Che tu non offenda mai nessuno come hanno fatto loro. È spiacevole, non è giusto. È chiaro?» La piccola annuì e lui la imitò. «Voglio che tu sia sempre libera di dire quello che senti e che provi, e voglio che tu possa amare chi vuoi. Voglio che tu sappia che sei bellissima e che lo sarai sempre, va bene? Che ti amo, tesoro.» Poi la sua voce si ruppe, e sentì le lacrime scivolare sulle sue guance. Si passò una mano su di esse per fermarle, perché era davvero orribile piangere di fronte a sua figlia. Sua figlia che continuava a guardarlo senza un accenno di paura o disgusto.

«Voglio che tu sappia sempre che sei meravigliosa qualsiasi cosa tu provi o faccia, va bene? Che nessuno possa mai farti pensare il contrario, perché sei una bambina meravigliosa e...»

Dovette bloccarsi perché Kacey, con le sue braccia esili e il corpicino piccolo, lo abbracciò. Una stretta forte e calda, piena d'amore e di comprensione, piena di tutte quelle sensazioni di cui aveva bisogno, di tutto l'affetto che avrebbe potuto curare il dolore che sentiva al petto.

Gli occhi tornarono umidi e, stavolta, non riuscì a ricacciare dentro di sé i singhiozzi. Pianse come un bambino tra le braccia di sua figlia, Tex che guaiva e cercava di strusciarsi su di loro, intrufolarsi nell'abbraccio e ovviare a quel problema che poteva solo percepire.

Un disastro di famiglia, ma la migliore a cui avrebbe mai potuto ambire.

Pianse per un tempo che parve infinito, finché il telefono non squillò. Quando vi lesse il nome di Jake, sentì nuove lacrime salirgli agli occhi. Non era pronto ad affrontare la sua voce, anche se aveva un bisogno disperato di sentirlo.

Kacey lo fissò come a voler controllare che *rispondesse*, così fece scivolare il dito sul pulsante di risposta e portò l'aggeggio all'orecchio.

«Ehi.» Una voce roca e rotta che per qualche secondo stupì la persona dall'altra parte del telefono.

«Code? Tutto bene?»

Represse un singhiozzo. Kacey si allontanò con Tex e insieme si accucciarono in un angolo, a giocare e a coccolarsi. Lui si schiarì la gola e si diresse nella stanza più vicina, il piccolo bagno prima della camera da letto. «No,» rispose, poi.

«Che succede?» La voce di Jake era terribilmente preoccupata e premurosa. Quanto avrebbe voluto averlo accanto a sé.

Provò a schiarirsi ancora la gola prima di parlare, ma la voce uscì comunque tremante. «Ho fatto coming out.»

«Tu *cosa*?» Una pausa, poi Jake sospirò. «Cristo… con tua sorella?»

«Con tutti.» Gli venne da ridere. «Stavano parlando di questo ragazzo gay, erano così… erano così stronzi, Jake. Non ho potuto fare altro che… Sai.» Poi sospirò, mentre Jake non rispondeva e lo lasciava sfogare. E, *dannazione*, ne aveva così bisogno. «Gliel'ho detto. Che mia figlia sarebbe cresciuta migliore di tutti loro stronzi, che l'avrei cresciuta io che non ero affatto un padre etero, e che l'avrei cresciuta assieme al mio compagno. Quei figli di puttana si sono ammutoliti. E quella stronza di mia sorella, Cristo…» Poi si fermò e fece un respiro tremante. Con la mano libera si asciugò di nuovo le lacrime che gli rigavano il volto. Si sentiva così *arrabbiato* e deluso.

«…Wow.» Jake non disse altro. L'ansia sostituì la rabbia e lo avvolse per qualche lunghissimo secondo, prima che riuscisse a raccogliere un po' di calma e a fare respiri profondi.

«Come va a casa?» chiese.

«Eh? Ah… bene. Bene, io e Gulliver ce ne stiamo qui a…» Poteva quasi vederlo guardarsi intorno. «Non fare niente.»

«Avete mangiato?»

Jake ridacchiò. «Sì. Ho dimenticato che gli avevo già dato da mangiare, quindi lui ha mangiato due volte.»

Anche Cody rise. «Diamine. Adesso diventerà grasso.»

«È già grasso.» Altre risate. Il nodo nel suo petto si sciolse un po'. Diede uno sguardo a Kacey, che ancora accarezzava Tex – addossato a lei come un cucciolo – e poi si ritirò in bagno.

«Vorrei che fossi qui,» mormorò. Jake non rispose subito.

«Anche io,» disse, poi. Era sincero e anche triste, gli strinse il cuore. Sentiva ancora gli occhi pizzicare e la gola farsi sempre più stretta.

«È normale sentirsi così...» Una pausa per fare un grosso respiro e riuscire a concludere: «Soli?»

La risposta di Jake fu veloce. «Sì.» Cody chiuse gli occhi e si appoggiò al muro. «Ma non lo sei. Non davvero.»

Cody sorrise. «Già. Beh...» Si schiarì la gola. «Domani vedo l'avvocato. Se va come dovrebbe andare, credo che sistemerò tutto dopodomani e nei prossimi giorni saremo a casa.»

«Okay,» rispose Jake. «Cody, hai sentito cosa ho detto?»

Gli venne da sorridere di nuovo nel sentire che Jake aveva colto il suo tentativo di cambiare discorso. «Sì.»

«Non sei solo. Ci sono io, va bene? E non importa se sono degli stronzi succhiacazzi. Io lo faccio meglio, tu lo fai meglio ed entrambi siamo migliori di loro in tutto il resto.»

Cody si mise a ridere. «Sì, beh. Abbiamo più esperienza.»

«Intendo come persone,» rispose Jake, anche se la voce era divertita. «Sei una bella persona, non devi dimostrare loro nulla. Se ancora non l'hanno capito, e ne dubito, non importa. Qui lo sappiamo tutti: io, Nathan e anche tua figlia. Sei un brav'uomo, Cody Myles.»

Quella che voleva essere una risata si tramutò nell'ennesimo singhiozzo, e il suo volto si rattrappì. Faceva male e bene allo stesso tempo, era una sensazione strana, straziante e stupenda.

«Ti amo, Jake.»

Sapeva che Jake non avrebbe risposto, ma doveva dirlo. Anche se quelle parole che bramava più di ogni altra cosa non fossero arrivate, sentiva che Jake doveva saperlo, perché era tutto ciò che gli era rimasto insieme a Kacey; era l'uomo al suo fianco e che *c'era* per lui, che non lo faceva sentire solo. Quel bellissimo uomo fragile e forte, malizioso e dolce, quell'uomo di cui si era innamorato a una velocità sorprendente, senza nemmeno accorgersene.

«Code, chiamami se hai bisogno, va bene?» disse Jake, dopo un paio di minuti in silenzio ad ascoltare soltanto il suo stesso respiro tremante. «Stasera, stanotte, domani. Chiamami. Ci sono, okay?»

«Sì,» rispose lui. «Grazie, Jake.»

«Figurati, tesoro.» Perse un battito. Era la prima volta che quella parola non suonava come un vezzeggiativo senza significato. Era *reale*, era... «Dai, adesso credo sia meglio che tu e Kacey riposiate. L'hai messa a dormire?»

«No, sta...» Si schiarì ancora la gola. «È di là con il cane. Ma era stanca, forse hai ragione tu. Grazie.»

«Non devi ringraziarmi,» ridacchiò Jake. «Ci sentiamo domani, va bene? Ma se hai bisogno...»

«Ti telefono, sì.» Cody sorrise. «Ti amo.»

«Sì, l'hai già detto.» Non ne era infastidito, però. Anzi, sembrava quasi che gli piacesse sentirlo.

«Abituati, allora,» scherzò lui. «Buonanotte, Jake.»

Non ci aveva sperato, ma sentire la sua risposta gli trasmise comunque la sensazione perfetta, la più dolce e rassicurante al mondo.

«Buonanotte, tesoro.»

18

Fu avvicinato da sua sorella una volta terminato l'incontro con l'avvocato.

«Cody, aspetta!»

Lui si stava già dirigendo con Kacey verso il cottage e non era intenzionato a fermarsi a parlare e a sorbirsi la critica di Abigail sulla sua sparata della sera prima. Non aveva avuto modo di vedere nessuno quella mattina, a parte uno dei lavoratori del ranch che l'aveva salutato con un cenno veloce del capo prima di tornare a lavorare.

«Cody, per favore, solo un secondo.» Sua sorella lo raggiunse e si affiancò a loro, provò a fare una carezza a Kacey ma lei si avvicinò a lui. Trattenne un sorriso di soddisfazione. «Com'è andata con l'avvocato?»

«Bene.» No, era stato estenuante, almeno per quanto riguardava il ricordo di Elizabeth e tutte quelle firme che stavano a indicare che la sua vecchia amica d'infanzia non c'era più. Nient'altro da decidere, solo carte e indicazioni sugli averi della donna e su quello che spettava a sua figlia. Per il resto era un uomo con la testa a posto, aveva un lavoro e una casa, era perfettamente in grado di crescere la bambina e, dopo la sera prima, non aveva intenzione di delegare quel compito a nessuno.

Sarebbe ripartito nei giorni seguenti. Non vedeva l'ora di tornare a casa.

«Ci sono stati problemi?» continuò lei. Cody scosse il capo. Erano arrivati sul portico davanti al suo cottage, ma quando lui fece per prendere le chiavi dalla tasca dei pantaloni, Abigail lo fermò.

Si rivolse a Kacey. «Tesoro, perché non vai a giocare un attimo con Tex mentre io e tuo padre parliamo?» La bambina non sembrò volersi muovere. Fissò la zia con occhi arrabbiati e decisi, così Abigail rivolse uno sguardo di supplica a lui. A malincuore, Cody mise una mano sulla spalla di Kacey e le fece cenno di andare da Tex.

«Se stai per dirmi che il mio stile di vita non è sano per una bambina, la conversazione può finire tranquillamente qui.»

Gli occhi di Abigail si fecero stretti e irritati. «Niente di tutto ciò. Ti conosco, so che sarai un buon padre per lei, anche se negli anni sei stato... scostante.» *Prima frecciatina.* «Ma va tutto bene, ora capisco.» *Seconda frecciatina.* Stava per ribattere, ma Abigail continuò. «Avresti dovuto dirmelo. Sono tua sorella.»

«Diciamo che non ti sei mai dimostrata di grande apertura mentale...» rispose Cody. Abigail si portò molto teatralmente una mano alle labbra.

«Io? Oh, Cody, ma ti sono sempre stata accanto!»

Ah! Certo. «Sì. Senti, vorrei tanto fermarmi a parlare, ma ho delle cose da sistemare prima di ripartire.»

«Te ne vai?» Abigail sgranò gli occhi proprio come se fosse stata sorpresa. Cody represse una risata di scherno.

«Ah, certo che sì! Davvero, dopo ieri sera, avresti il coraggio di chiedermi di restare ancora?»

Tex prese ad abbaiare, e per un attimo entrambi si voltarono a guardare il cane e la bambina che si rincorrevano. Cody fu colto da un moto di tenerezza a osservare come il sole illuminava i capelli biondi di Kacey, il suo sorriso così bello e allo stesso tempo caduco.

«Senti, C, i ragazzi stavano soltanto scherzando... Tutti ti conoscono, lo sanno che sei una persona normale.»

«Cosa significa che sono una persona normale?» La fulminò con lo sguardo, ma lei non sembrò troppo a disagio. Si schiarì la gola, si aggiustò i capelli ricci ma lo osservò senza ombra di rimorso.

«Sì, insomma, che non sei esagerato, non lo ostenti come gli altri. Avevo dei dubbi quando ho visto il tuo... *amante* a casa con te, ma non me ne ero accorta prima di qualche giorno fa.»

«Non lo *ostento*?» Gli veniva da ridere e vomitare insieme. «Non lo *ostento* significa che non sono libero di baciare il mio *compagno* davanti a tutti e che quindi lo faccio nel mio letto quando scopiamo?» Abigail sobbalzò, quindi lui si sentì di sorridere. «Sì, glielo metto in culo. Anzi, me lo mette *lui* in culo. Ed è meraviglioso.»

«Smettila di dire queste porcherie!»

«Perché, tu non scopi mai? La cicogna ti ha bussato alla porta per ben due volte?»

Abigail scosse il capo e si voltò. «Con te è inutile. Volevo essere comprensiva, ma non me ne dai proprio la possibilità. È colpa vostra se pensiamo quel che pensiamo di *voi*.» L'ultima parola trasudava un disgusto che non era disposto a sopportare.

«Kacey, andiamo,» chiamò, rivolto a sua figlia. «Tex!»

Sia lei che il cane lo avvicinarono. Abigail si era girata a guardarli, ma non si muoveva da davanti a loro. Si aspettava delle scuse?

«Non hai detto che dovevate prendere un altro cane?» le chiese. Sua sorella lo guardò con perplessità.

«Sì, dobbiamo andare dai Rinner in questi giorni. Danno via l'ultima cucciolata.»

«Bene,» rispose lui, annuendo. «Perché Tex viene con me.»

Abigail sgranò gli occhi, ma lui si era già girato e stava tornando verso casa. «Cosa? Non puoi, Cody! Tex mi serve al ranch, è addestrato! Non puoi!»

«Fino a prova contraria è ancora il mio cane, e non ho nessuna intenzione di lasciarlo qui.»

Kacey gli stringeva la mano e aveva un sorriso timido sulle labbra che fece sorridere anche a lui, nonostante la tristezza che gli annodava lo stomaco. Se c'era lei poteva fare tutto, essere tutto. Si era dimenticato quanto fosse rincuorante avere una responsabilità che gli impediva di perdersi in ansie e paure inutili. *Al diavolo tutto. Al diavolo lei, al diavolo questa città di merda.*

Jackson, Tennessee

JAKE SI SVEGLIÒ due volte quella notte. La prima fu perché aveva sentito dei rumori al piano di sotto, voci basse e versi canini. Aveva riconosciuto il tono dolce e stanco di Cody, che doveva averlo rassicurato e rispedito nel mondo dei sogni.

La seconda fu circa un'ora dopo, nel silenzio della stanza. Il letto, che era stato freddo per tutti quei giorni senza il compagno, era tornato improvvisamente ad essere un posto confortevole. Delle braccia lo stringevano e il volto di Cody era incastrato contro il suo collo, il respiro caldo e lieve sbatteva piano sulla sua pelle.

Si ritrovò a sorridere. «Code?» sussurrò. Quando le

labbra del compagno si posarono sulla giugulare, che pulsava come impazzita dalla felicità, si ritrovò a tremare. Si girò verso di lui e lo accolse tra le braccia, poi gli fece alzare il volto e sbatté contro la sua bocca. E fu di nuovo a casa.

Fu un bacio affamato e pieno di rabbia e felicità insieme, lingue che si rincorrevano, i denti che sembravano voler spaccare le labbra dell'altro in un gesto di possessività e disperazione. Quando si staccarono, entrambi ansimavano.

«Dio, quanto mi sei mancato,» mormorò la voce di Cody, roca. Ed era vero, si sentiva dal tono disperato, da quelle labbra che sembravano non volerlo abbandonare, dagli occhi lucidi e pieni di sentimento. Il corpo di Cody si stava già strusciando contro di lui, completamente nudo; Jake si maledisse per essersi messo a letto con i pantaloni del pigiama.

«Vedo,» ridacchiò, in risposta. Prese quasi istintivamente ad assecondare il suo movimento mentre gli posava un bacio prima sulla fronte, poi sulla guancia fino alla mandibola che pungeva per la barba, al collo che succhiò leggermente. Cody emise un gemito più acuto di quanto si sarebbe aspettato, che arrivò dritto al suo sesso già completamente eretto e dolente nei boxer. «Sei in astinenza?»

«Mi sei mancato,» ripeté Cody, quella punta di dolore nella voce più evidente. Le sue mani corsero agli indumenti di Jake e lo denudarono in pochi secondi. Strusciarono sesso contro sesso, ansimando, quasi incapaci di fare altro se non ricordare com'era sentire il proprio corpo su quello di qualcun altro, quello del proprio *compagno*.

Jake non ci era abituato. Di solito passava di letto in letto senza aspettare o porsi alcun problema, ma stavolta no, stavolta se n'era stato buono buono per tutto il tempo. Non aveva cercato altri né aveva sentito il bisogno di farlo, il che era tanto spaventoso quanto affascinante.

«È stato orribile.» La voce roca di Cody si incrinò, il volto tornò a nascondersi contro il suo collo con il pretesto di posarvi altri baci. Jake venne trascinato su di lui, finché non gli fu completamente addosso. Il respiro nel suo. «Ho bisogno che tu mi scopi.»

C'era tanto in quelle parole su cui Jake non si era mai soffermato più di tanto. C'era una richiesta di farlo sentire protetto e *amato*, che non significava soltanto scopare, ma prendersi cura di un altro corpo in un modo che Jake non aveva mai sperimentato. Non sapeva se ne era in grado.

Gli occhi di Cody, però, brillavano nel buio, le sue mani gli massaggiavano la nuca e le spalle in modo estremamente dolce e accomodante, come se avesse voluto convincerlo, come si fa con un padrone che ha bisogno di lusinghe e favori prima di cedere alla clemenza. Non gli piacque; fu doloroso e fastidioso, accrebbe il desiderio di *fare qualcosa*, qualsiasi cosa, prendersi cura di lui anche se forse non ne era in grado, anche se aveva timore.

Si chinò fino al suo orecchio e lo baciò lieve. «Anche tu mi sei mancato.» La sua voce tremava un po'. Per la paura, per quei sentimenti scoperti e messi a nudo, per la propria vulnerabilità. Gli accarezzò una guancia, scese al collo, poi alle spalle fino al pettorale, quindi passò lieve i polpastrelli sui capezzoli inturgiditi, facendolo sobbalzare. «Non c'è stato giorno in cui non abbia pensato a te.»

Cody fremette e gli avvolse le spalle con le braccia, lasciandogli completa libertà d'azione. Qualsiasi cosa Jake stesse facendo, forse stava funzionando. Forse era apprezzata.

Lui si chinò a baciarlo ancora, stavolta con meno veemenza. Un bacio che iniziò lieve, un semplice sfiorarsi di labbra, poi gli accarezzò la bocca con la lingua, spinse contro di lui con tale dolcezza che disarmò persino se stesso. Non ci era abituato, certo, ma era bello.

Si ritrovò a tremare allo stesso modo di Cody.

«Sei bellissimo, Cody,» sussurrò, una volta che ebbe il

coraggio di staccarsi. Un altro bacio, la sua mano che continuava ad accarezzarlo e massaggiarlo. Sentiva sotto le dita il corpo dell'uomo, incontrollabile, spaventato ed eccitato, che non faceva altro che aumentare il suo desiderio e quella piccola fiammella di tenerezza che gli si era accesa nel petto.

«Sei il mio bellissimo uomo del Texas,» aggiunse. Non gli sfuggì il tremito più forte al possessivo *"mio"*.

«Jake, ti voglio dentro di me.»

Lui sorrise. Lo baciò ancora e ancora, poi scese lentamente sul suo corpo, sul collo e sulle spalle, fece lo stesso percorso che avevano seguito le sue mani, con terribile lentezza: dalle scapole al petto, poi i capezzoli su cui si soffermò a lungo, per leccarli e morderli. Riuscì a strappargli gemiti sempre più forti e disperati. Sentiva il sesso eretto di Cody sbattere contro il suo, che pulsava per la fretta di ricevere un po' di sollievo.

«Jake, ti prego, ti prego...»

«Shh, tesoro,» sussurrò in risposta. Ancora tremore. «Voglio soltanto dimostrarti quanto sei eccezionale e quanto adoro il tuo corpo voglioso.»

Un altro gemito. Stavano iniziando ad essere inebrianti.

«Oh Dio, Jake, ti prego...»

Jake scese ancora, percorse gli addominali definiti dell'uomo, si soffermò sulla piega che creavano i muscoli del bacino e leccò l'interno coscia, riservando al sesso di Cody, già gocciolante di sperma, soltanto un tocco leggero della guancia. Gli prese le gambe e le accarezzò, portandole lentamente in alto. «Amo il tuo uccello che freme per avermi,» sussurrò contro la punta del membro di Cody. «Vuoi che ti dia un po' di piacere?»

«Oh, Dio,» fu tutto ciò che il compagno riuscì a dire. Artigliò le lenzuola e le strinse quando Jake tirò fuori la lingua e raccolse il liquido seminale sulla punta. Poi prese ad accarezzarlo con un movimento circolare, a cui Cody rispose con un urlo trattenuto a stento, che lo fece tremare ancora di più. «Jake, ti prego, ti prego, ne ho bisogno.»

«Di che cosa?» lo stuzzicò lui, prima di gettarsi per intero sul suo sesso. Cody non riuscì a rispondere perché divenne una confusione sconnessa di suoni disperati e lussuriosi. La sua schiena si inarcò e il corpo si dimenò e contorse tutto, Jake dovette tenerlo fermo per godersi il suo lavoro. Era incredibile quanto bramasse di vederlo ridotto a tutto quel desiderio.

«Jake, Jake, Jake...» Un continuo ripetersi del suo nome, che non gli era mai piaciuto così tanto. Non era mai stato egocentrico fino a quel punto, ma il potere che aveva su Cody gli dava una sensazione spaventosamente piacevole.

«Dimmi cosa vuoi che faccia,» chiese Jake, calmo. Gli succhiò piano i testicoli, poi di nuovo passò la lingua lungo tutta l'asta. Cody gli strinse i capelli con entrambe le mani, senza spingere o tenerlo fermo, soltanto per aggrapparsi. Fu costretto a fermare il movimento per alzare lo sguardo su di lui. «Dimmi cosa vuoi che faccia,» ripeté.

«Voglio...» Cody si schiarì la gola, la sua voce era terribilmente roca. «Voglio che tu mi possegga. Ho bisogno di... Di non pensare, per un attimo.»

Il suo sorriso si alleggerì. Scivolò di nuovo verso l'alto e lo baciò ancora. «Ti possiedo già,» sentì dire dalla sua stessa voce. Suonava distorta, come se non fosse stata la sua, sporca dell'accento scozzese. «Ti possiedo da mesi. Posso solo reclamare ciò che è già *mio*.» Il fatto che fosse *vero* gli faceva sentire una strana euforia.

«*Cristo*,» esclamò Cody, spingendo il bacino in avanti per struciare contro il suo. «Jake, ti prego, adesso, ti prego.»

«Shh,» gli intimò ancora. «La piccola dorme, tesoro, preferirei non svegliarla proprio ora.»

Cody annuì, ma non disse niente. Jake non sapeva se fosse perché aveva bisogno di non parlarne o perché voleva che si sbrigasse. In entrambi i casi gli avrebbe dato quel che voleva.

Si allungò per prendere il lubrificante dal comodino, poi una striscia di preservativi. Ne staccò uno e lo aprì con i denti, tirandolo fuori. Cody glielo prese dalle mani e si sbrigò a metterglielo, mentre lui stappava la bottiglia e versava il liquido sul petto del compagno. Gli massaggiò la pelle, lo unse per intero e si prese altro tempo non necessario, che accrebbe la frustrazione di Cody. Il suo corpo luccicava nella penombra e gli faceva salire l'acquolina in bocca. *Ed è mio.*

«Jake, per favore,» ringhiò Cody. Stavolta suonava come un ordine.

Lui scoppiò a ridere. «Per favore cosa? Dillo.»

«E dai!» Cody sbuffò mentre Jake si versava altro lubrificante nella mano. Quando incontrò il suo sguardo, nella penombra dovuta alla luce che filtrava dalle finestre, gli occhi scuri dell'uomo lo supplicarono. «Fottimi.»

Gli sorrise, ferino. Con la mano unta di lubrificante spinse contro l'anello di muscoli del culo di Cody prima uno, poi due dita e, dopo qualche spinta e gemiti sempre più desiderosi, anche il terzo. Nel frattempo, non smise mai di baciarlo, ovunque riuscisse ad arrivare. Il collo era chiaramente un punto debole, quindi succhiò e leccò ogni pezzo di pelle come se avesse voluto dimostrargli estrema importanza. Tornò spesso sulla bocca, incapace di resistere ai suoi baci.

Anche Cody prese il lubrificante e gli unse il preservativo, con più energia e impazienza di lui. Fu difficile focalizzarsi sul suo lavoro e non pensare all'urgenza di venire e dovette tirarsi indietro quando non riuscì più a sopportarlo. «Mi serve,» mormorò soltanto. Cody annuì con frenesia.

«Ti prego, ti prego.»

Il sesso di Jake scivolò con estrema facilità dentro di lui e strappò un gemito pieno di lussuria a entrambi.

«*Cristo*,» mormorò Cody, senza voce. Jake non riuscì nemmeno a ribattere, prese a spingere con lentezza e urgenza allo stesso tempo, diviso tra quello che desiderava e quel che voleva dare al compagno.

E, diamine, Cody lo guardava ancora una volta con occhi pieni di piacere e *amore*, quelle sensazioni che lui non credeva di aver mai provato, che lo facevano sentire completo dopo tanto tempo, così dolci e terrificanti da non sapere bene come comportarsi. Le *desiderava*, ne voleva sempre di più, come se ne fosse dipendente.

«Sì, sì, di più Jake...» Cody tornò a stringergli le spalle e lo tirò a sé, gli assicurò le gambe al bacino e lo strinse come nessuno dei suoi amanti aveva mai fatto. Forse era semplicemente perché con lui era diverso, perché provava qualcosa di più forte, che ancora non capiva, da cui era terrorizzato ma, allo stesso tempo, non riusciva a distogliere lo sguardo. Non riusciva a fuggire.

Si chinò fino alle sue labbra, le sfiorò e respirò il suo stesso fiato, che sapeva di menta e *casa*. Le spinte si fecero più intense, entrambi tremavano per resistere all'ingente bisogno di venire.

«Dimmi...» Jake ansimò, socchiuse gli occhi e si sentì ancora più vulnerabile. Non aveva ancora terminato la richiesta, ma sentiva già gli occhi pizzicare. Aveva *paura*. «Dimmi che mi ami.»

Il tremore era insopportabile. Cody spalancò gli occhi e lo guardo per qualche secondo, la tristezza di prima sepolta dietro tanta dolcezza, ancora amore. Si sentiva così terrorizzato da quello sguardo e così attratto che quasi bloccò le spinte.

«Ti amo, Jake,» mormorò poi, contro le sue labbra. Un bacio lieve, diverso da quelli di prima, più dolce e tenero allo stesso modo della loro unione. Era tutto così *diverso* con lui. «Ti amo. Ti voglio con me e ti amo.»

Jake emise un suono tremante. Non sapeva come ribattere, non sapeva cosa rispondere ma aveva bisogno di sentirlo. Disperatamente, anche se da qualche parte nel suo cuore si faceva strada un senso di colpa che non sapeva da dove avesse origine. *Non voleva saperlo.* «Continua, per favore.»

E finalmente Cody sorrise. «Ti amo,» sussurrò contro le sue labbra. Lo baciò ancora mentre Jake aumentava le spinte, più veloci e più intense di prima. «Ti amo. Ti amo come non ho mai amato nessuno.»

«Cody...» sussurrò, talmente piano che, se non fossero stati così vicini, sarebbe rimasto inudito. Sentiva il bacino fremere e il ventre contrarsi, le palle strette, il sesso pulsare; era prossimo a venire, così afferrò con una mano anche il sesso di Cody.

L'uomo fremette, ma mantenne la calma necessaria per continuare a dirlo. «Ti amo e ti sono grato per essere entrato nella mia vita. Ti voglio con me, Jake. *Mh...* Ti voglio. Ho bisogno di te, ho bisogno di proteggerti.»

«Voglio proteggerti anche io,» si lasciò sfuggire. Anche se non era giusto perché sapeva di non essere preparato a tale responsabilità e sapeva che si stava gettando in un pozzo senza via d'uscita. Era stato facile dipendere da Cassian e lasciare ogni decisione a lui, seguirlo in ogni cosa, ma quella responsabilità, quello scambio pieno di rispetto e bisogno... non era *pronto*. «Non so come fare.»

«Lo fai già,» mormorò Cody, baciandolo. La sua voce usciva tremante e roca, sobbalzava a ogni spinta e a ogni movimento della mano di Jake sul suo sesso. «Amore mio, lo fai già.»

Amore mio.

E fu quello a farlo scoppiare. Toccò il punto di non

ritorno, affrettò le spinte per raggiungere un orgasmo che lo lasciò senza fiato, che gli impedì di vedere qualsiasi cosa. Il pensiero di affondare il capo contro il cuscino per attutire il suo urlo fu inconscio, così come la consapevolezza che i loro corpi venivano colpiti dagli schizzi potenti dell'uccello di Cody.

Raggiunsero l'orgasmo in modo indecente e potente, e lui fu travolto da tutti quei sentimenti e quelle sensazioni che erano troppo forti e dolci, di cui aveva bisogno, di cui non poteva fare a meno. Si strinse al compagno in un abbraccio che dava e richiedeva allo stesso tempo, e Cody lo accolse e lo mantenne saldo con tutta la forza che era capace di donare.

«Ti amo,» sussurrò Cody per l'ultima volta, quelle parole che Jake non sapeva se sarebbe mai stato pronto a ricambiare.

19

Fu pochi giorni dopo.

C'era una musica lievissima che risuonava in salotto. La stanza era in penombra a causa del tramonto e Jake se ne stava steso sul divano a giocare a un gioco stupidissimo sul telefono. Kacey, a qualche metro da lui, leggeva un libro che le aveva regalato il padre qualche giorno prima.

Cody gli aveva chiesto di rimanere a casa con lei mentre sbrigava qualche faccenda burocratica che non ricordava. Durante il periodo passato da solo a Jackson, Jake aveva cercato lavoro e aveva passato quasi tutti i pomeriggi con Nate. Era una presenza che lo tranquillizzava, quindi era stato semplicissimo cedere all'istinto di andare a trovarlo.

Uno o due giorni prima, Nate gli aveva chiesto di affiancare lui e la sua collega in libreria, giusto finché non avesse trovato qualcosa di più stabile. Inizialmente aveva pensato di rifiutare, ma anche in quel caso si era ritrovato a cedere.

Quel pomeriggio era libero, così era rimasto a casa con Kacey che, mentre si svagava, se ne stava in silenzio – non solo nel vero senso della parola, perché era davvero una bambina calma – senza dargli alcun fastidio. Non gli pesava stare con lei, proprio perché era serena e rimaneva ferma a farsi i fatti suoi mentre lui faceva lo stesso.

Ultimamente gli sorrideva anche di più. Jake non sapeva perché, se fosse per qualcosa che aveva fatto o, più semplicemente, perché rendeva suo padre felice. Non voleva pensarci.

«Ma no!» esclamò, quando il mostro che stava combattendo uccise i suoi. Sbuffò e si rigirò sul divano, prima di ripetere la battaglia. Dopo qualche secondo, Kacey comparve davanti a lui.

La piccola se ne stava accanto al divano e muoveva gli occhietti prima sul telefono, poi su di lui, di nuovo sul telefono. «Che c'è?» le chiese. Lei si strinse nelle spalle, così lui si rigirò perché potesse avere una visuale migliore dello schermo. «Vuoi vedere?»

Kacey annuì e si appoggiò al divano. Lui si limitò a continuare a giocare senza fare troppa attenzione a lei, finché non perse di nuovo. «Ma che ca...» Si bloccò, Kacey lo guardò, lui forzò un sorriso. «Non riesco a batterlo. Ci sto provando da un'ora.»

Quando ricominciò la battaglia, Kacey si sporse di più e indicò con un ditino uno dei mostri. Lui scosse il capo. «No, l'altro è quello più forte, è lui che devo far fuori.»

Lei fece "no" con la testa e indicò ancora il mostro più piccolo. Con un sospiro, Jake provò ad attaccare quello lì, che morì in pochi turni. Kacey allora indicò l'altro mostro minore. «Guarda che perdiamo di nuovo.»

Lei non cambiò idea.

Continuarono con quella scenetta per tutta la battaglia. Jake faceva fatica a reprimere un sorriso alla tenerezza della bimba. Non le era mai stato così vicino, ne aveva sempre avuto timore, ma adesso sembrava quasi divertente.

Uscì fuori che, senza i mostri minori a rompergli le scatole e curare quello grosso, battere il *boss* fu più semplice del previsto. Quando uscì la scritta di *"vittoria!"* sullo schermo, Kacey gli fece un sorriso soddisfatto.

«Va bene, va bene, tu sei la pro-gamer e avevi ragione. Contenta?» Kacey annuì, anche se Jake dubitava che avesse capito quello che aveva detto. Lo fece ridacchiare. «Avevi bisogno di qualcosa?»

Kacey scosse il capo, così lui si limitò a continuare a giocare. Dopo qualche minuto che erano lì, la bimba salì con un po' di fatica sul divano e si mise accanto a lui, stesa. Jake si irrigidì subito.

Oh, Dio. Oh, Dio! Cody, l'hai vista? Si è messa vicino a me! Oh, Dio!

Forse era arrossito come un ragazzino, ma era l'ultima cosa che si aspettava. Sì, la piccola si era avvicinata a lui, ma fino a quel punto lo credeva ancora impossibile. Invece lei si mise addirittura sotto il plaid che si era messo svogliatamente sul torso e sulle gambe, e il suo corpicino caldo si attaccò a quello di Jake. Era una bella sensazione.

«È la prima volta che vedi questo gioco?» le chiese, allora. Kacey scosse il capo: se ne accorse nonostante avesse ancora il volto allo schermo, perché era così vicina che sentiva il movimento della sua testa contro la propria spalla. «Ecco perché sei così brava.»

Passarono alcuni minuti di silenzio prima che sentisse una vocina piccola e delicata che diceva: «Ci giocava mamma.»

Cazzo.

Jake si gelò. Volse piano il capo verso di lei: Kacey guardava ancora lo schermo, immobile come se non avesse appena detto le prime parole che sentiva dalla sua voce. Era abbastanza certo che fossero le prime da quando era venuta a Jackson perché altrimenti Cody gliel'avrebbe detto.

Sta parlando con me? Cazzo.

Della madre, oltretutto. Non credeva di essere pronto a

un discorso del genere con una *bambina* che conosceva appena, eppure era con *lui* che stava parlando. *Cazzo*.

Deglutì a fatica. «Era brava?»

Kacey annuì. Aveva gli occhietti brillanti e lucidi, ma gli era impossibile prevedere se sarebbe scoppiata a piangere da un momento all'altro. Sperava di no, perché non aveva idea di come si facesse a consolare una bambina.

«Io sono un imbranato.»

«Sei maschio,» rispose ancora Kacey. Nel suo cervello qualcuno urlò. *Ha parlato di nuovo!*

«Come sarebbe a dire?»

Kacey si strinse nelle spalle, ma c'era un accenno di sorriso tra le sue labbra. Fece ridere anche Jake, come uno stupido.

Provava una strana euforia a sentire la voce di Kacey per la prima volta, a sapere che si stava rivolgendo a *lui*. Non vedeva perché un bambino dovesse desiderare di parlargli, figurarsi una bambina con il mutismo selettivo. *Selettivo*, nel senso che aveva *scelto* lui. Merda, era gratificante.

«Va bene, allora ti faccio vedere io. Diventerò il più bravo del gioco.»

Kacey rise piano, una lacrima le scivolò sulla guancia. Lui si allungò a catturarla con un dito, prima di tornare a giocare. Non voleva darci troppa importanza perché aveva paura che scoppiasse davvero a piangere, ma la piccola non sembrò sul punto di farlo. Se ne rimase lì, in silenzio, a guardare le sue dita che si muovevano sullo schermo per sfidare altri mostri.

Solo dopo diverso tempo la sentì parlare ancora. «Papà non crede al Paradiso.»

Jake girò appena il capo. «Te l'ha detto lui?»

Kacey annuì. «Tu ci credi?»

«Sì,» rispose Jake. Non stava nemmeno fingendo: era credente, in un certo senso. Non frequentava la chiesa e non diceva le preghiere ogni sera, ma a suo modo credeva in un'entità ultraterrena e in una vita oltre la morte. «E tu?»

Kacey annuì di nuovo. «Però papà no.»

«Non siamo tutti uguali,» rispose lui, cercando di essere più gentile possibile. «Tuo padre la pensa così, ma non significa che non sia vero. Sei libera di crederci, se vuoi, Kacey.»

«Ma se papà non ci crede...» La sua voce si incrinò e qualcuno nella sua testa urlò *"Oh, no, ti prego, non piangere!"* «Se papà non ci crede, la mamma non c'è più.»

Qualcosa si ruppe lì dentro, nel suo petto. Qualcosa che non credeva esserci, che non capiva nemmeno. Kacey emise un singhiozzo e lui rimase bloccato, con quel telefono in mano e la musichetta lieve di un country dolce e malinconico allo stesso tempo. *"Se non esiste, allora è tutto perso per sempre."*

Jake deglutì a fatica, ma aveva la gola strettissima e gli occhi che pizzicavano. Ripose il telefono sul tavolino e si mise seduto, mentre Kacey ancora rimaneva stesa e si teneva le manine tremanti sul viso. Aveva tutto il corpo percosso da fremiti.

«Ehi, ascoltami un attimo,» le disse. La prese con tutta la delicatezza che era capace di mostrare, come se fosse fatta di cristallo, come se al minimo movimento si sarebbe potuta spezzare. Anche se Jake credeva che quello fosse già successo. «Kacey, piccola, guardami per un secondo.»

Kacey si accoccolò contro di lui e alzò il capo. Aveva il visetto rosso e gli occhi che continuavano a piangere lacrime incessanti. Gli si strinse il petto. Faceva più male del previsto vederla così triste e fragile, nonostante fosse stato preparato a quell'evenienza. C'era qualcosa che gli faceva più male di quanto si fosse aspettato, anche se non capiva cosa.

«Tesoro,» iniziò, accarezzandole il viso bagnato di lacrime, «anche se tuo padre non ci crede, non significa che non esista. Sono cose che non possiamo sapere con certezza e la sua è una scelta. Non credere non esclude assolutamente che non esista. Mi segui?»

Lei annuì. «Però nessuno vedeva Jack Frost perché non ci credevano.»

Jake aggrottò le sopracciglia. «È una favola che hai letto?»

«Le 5 Leggende,» mormorò Kacey. Aveva la voce ridotta a un sussurro stridulo.

«Okay, ma sono soltanto storie. Tu sei libera di crederci o meno, non cambierà il fatto che esiste. Nel senso...» Sospirò, cercando di trovare le parole adatte. «Non possiamo saperlo. Se crederci ti fa stare bene, meglio così. Per tuo padre non è lo stesso e va rispettato in ogni caso. Ti ha forse detto che non puoi crederci?»

Kacey scosse il capo.

«Vedi? Perché rispetta quello che pensi. Capisci?»

La piccola annuì e si asciugò il viso. Lui le accarezzò i capelli biondi.

«Io ci credo. So che la tua mamma è lì e che ti guarda, che è fiera di te e di quanto sei forte. Lo sono anche io che non ti conosco ancora, figurati lei.» Kacey singhiozzò, così lui la strinse di più. «C'è anche il mio papà lì, sai? Sono sicuro che ci sta guardando anche lui. Conoscendolo, pensa la stessa cosa.» *E so che Cass è da qualche parte che fa lo stesso.*

Quella consapevolezza lo distrusse. La gola era così stretta che non riusciva ad aggiungere nient'altro, così si limitò ad accogliere l'abbraccio di Kacey, che gli si aggrappò alla vita, e a stringerla e cullarla piano. Chiuse gli occhi per ricacciare indietro le lacrime che sentiva come una minaccia.

Non ora. Non ora.

«Mi manca la mamma,» gracchiò la piccola.

Anche a me mancano Cassian e papà. «Lo so, Kacey.» Quando singhiozzò di nuovo, Jake le strinse il capo e le accarezzò i capelli. «Lo so che è difficile e che vorresti essere forte. Sei stata bravissima.»

Sei bravissimo, Jackey. Sei quello forte, tu.

Il mondo girava attorno a lui, ma non aveva il coraggio di aprire gli occhi per fermarlo.

"Mi manca la mamma."

All'inizio credeva di aver sentito male. Era una confusione di singhiozzi, quindi si era allarmato ed era lecito che avesse sentito una cosa per un'altra. La voce di Kacey era piccolissima.

Poi Jake aveva risposto e Cody si era detto che non poteva essere che parlasse da solo, no?

Entrò in salotto con estrema lentezza e un po' di timore. La stanza era scura, ma non si azzardò ad accendere la luce. Aggirò il divano ed eccoli lì, l'uomo che amava e sua figlia che, stretta tra le braccia del compagno, singhiozzava come non la vedeva fare da tempo. Cody aveva le labbra schiuse, ma non ne usciva nessun suono, si sentiva pietrificato.

Jake alzò lo sguardo su di lui e i suoi occhi brillarono, lucidi. Fece un cenno sul divano, così Cody gli si sedette accanto e se ne rimase lì, immobile, come se non avesse saputo come comportarsi, come se non fosse stata sua figlia quella che piangeva. Jake si chinò e posò le labbra sul capo di Kacey.

«Vuoi parlarne con tuo padre, Kacey?» sussurrò il compagno. Cody non si chiese cosa dovesse dirgli, la sua mente si fermò al "parlare". Non se l'era immaginato, sul serio?

Kacey alzò lo sguardo e, quando lo vide, tentò di asciugarsi le lacrime come se avesse avuto paura di fargli vedere che piangeva. Lui si chinò a farle una carezza sulla guancia. «Tesoro, che c'è?»

«Voglio la mamma,» pigolò lei. Gli occhi di Cody divennero lucidi.

Jake lasciò andare la piccola e lei si gettò tra le braccia di Cody, piangendo. Lui la strinse come se avesse avuto paura di vederla svanire. «Tesoro, lo so.» Sentiva un vortice di sentimenti tutti diversi attraversargli il corpo: tristezza e rabbia, gioia perché finalmente sua figlia gli parlava, terrore per quello che stava passando e che lui non era sicuro di riuscire a combattere. «Lo so, lo so.»

Mentre la cullava, Jake si alzò e, dopo avergli fatto un sorriso che trasudava tristezza, li lasciò soli. Kacey continuò a piangere e non disse più nemmeno una parola, fino ad addormentarsi tra le sue braccia.

Dopo averla messa a letto, Cody trovò Jake in cucina, che beveva quella che doveva essere la seconda birra e guardava distrattamente fuori dalla finestra. Gli si avvicinò e gli cinse la vita da dietro, posando un bacio tra i suoi capelli, poi sulla nuca, su di una spalla. Jake si limitò a sospirare e a prendere un altro sorso di birra.

«Ha parlato,» disse il compagno, dopo qualche minuto in silenzio.

«Ho sentito,» rispose Cody, stringendolo di più. «Grazie, Jake.»

«Non ho fatto niente, ha fatto tutto lei.»

«L'importante è che si sia aperta un po',» rispose. Si sentiva molto più sollevato adesso che aveva sentito la sua voce. Di certo non avrebbe seppellito il dolore che la bambina provava, ma era un passo avanti per attenuarlo. «Sono felice che l'abbia fatto con te.»

«Già,» sussurrò Jake. Sembrava sovrappensiero, ma gli era impossibile capire cosa ci fosse nella sua testa.

«Che c'è?» provò. Jake non rispose subito.

«Nulla, solo...» L'uomo sospirò e si rigirò nel suo abbraccio, poi gli baciò lieve le labbra. «Non me l'aspettavo. Ero così terrorizzato dalla possibilità di doverla consolare e... poi ha iniziato a parlare e non c'era più nulla, è strano.»

«Ti va di dirmi che ti ha detto?» chiese.

Jake si prese un attimo per pensarci. «Qualcosa sul Paradiso.» Poi bevve ancora.

«Sul Paradiso?»

«Sì, tipo che...» Fece un'altra pausa, senza guardarlo. «Che tu non ci credi, e che se non ci credi allora non esiste e sua madre...» Lasciò il discorso in sospeso, anche se era ovvio come continuasse. Cody fu percorso da un tremore e chiuse gli occhi.

«Cazzo,» sussurrò. Jake prese un altro sorso di birra, poi gli accarezzò una guancia prima di scostarsi dall'abbraccio e gettare le bottiglie vuote.

«Non pensarci, va tutto bene. È normale.»

«Sì, ma non credevo che non mi parlasse per quello.»

Jake si muoveva per la cucina come le prime volte in cui c'era stato, come quando era a disagio e doveva fare qualcosa per scacciarlo via e sentire di nuovo che era tutto sotto controllo. «Dubito fosse soltanto per quello, è comunque uno shock. L'importante è che abbia ricominciato a farlo. Non preoccuparti.»

«Sì, ma...» Cody sospirò e cercò uno sguardo che non arrivò. Jake non lo guardava. «Che hai?»

«Io?» Gli occhi dell'uomo si soffermarono brevemente su di lui, poi tornarono alla finestra. «Nulla, sono solo dispiaciuto per lei. So come ci si sente.»

Per tuo padre?

Cody lo osservò per qualche minuto. Fuori, Tex abbaiò un paio di volte assieme ad altri cani, poi di nuovo silenzio. Era insopportabile, perché sembrava nascondergli qualcosa di importante, qualcosa che avrebbe dovuto sapere. Si avvicinò per prendergli il viso tra le mani e sfiorargli le labbra con le sue. «Sei stato bravissimo con lei,» provò. «Penso che fosse proprio quello di cui aveva bisogno: qualcuno che la capisse. Grazie.»

Il successivo bacio fu un po' strano. Superficiale e pretenzioso allo stesso tempo, dolce e triste, breve anche se pieno di sentimenti. Quando si staccarono, Jake si allontanò di nuovo da lui e sospirò.

«Com'è andata la giornata?» gli chiese, cambiando discorso.

Cody si prese qualche secondo di perplessità prima di rispondere. «Bene, ho sistemato tutto. Mi manca soltanto l'iscrizione a scuola, ma credo sia meglio farlo direttamente con il nuovo anno scolastico.»

«Non ha ancora compiuto sei anni, giusto?»

Cody scosse il capo. «No, sarebbe in tempo. Almeno le do un attimo per riprendersi.»

Jake si strinse nelle spalle. «Se credi che sia meglio, va bene.»

Che ha? Non poteva continuare a chiedere, però, perché se l'avesse fatto Jake si sarebbe chiuso ancora di più. L'unico modo di approcciarsi con lui, in quel momento, era dargli spazio e lasciargli un attimo di pausa. Dopotutto aveva perso suo padre pochi mesi prima; doveva essere difficile avere a che fare con Kacey, che mostrava il dolore molto più di quanto non facesse Jake.

«Ti va di mangiare qualcosa?»

Jake fece un sorriso tirato. «Magari più tardi, così aspettiamo che Kacey si svegli.»

«Okay.» Jake annuì e fece per uscire dalla stanza. Prima di varcare la soglia, però, Cody lo richiamò. «Jake!»

L'uomo si girò e, per un attimo, fu solo silenzio e quegli occhi che lo fissavano in attesa, pieni di sentimenti di tristezza e nostalgia. Qualcosa su cui non si sarebbe aperto. Gli faceva male il petto a quella consapevolezza. Avevano condiviso moltissimo da quando avevano iniziato a frequentarsi – se si trattava ancora di quello – ma c'erano pensieri su cui Jake non si sarebbe mai aperto. Forse, si rendeva conto, era colpa sua e di quello che gli aveva tenuto nascosto. Faceva male, ma non poteva opporsi, doveva soltanto sorridere e accettarlo, aspettare e sperare.

«Va tutto bene, Code,» disse Jake, a voce bassa. Sulle sue labbra un sorriso flebile. «Sono solo un po' stanco. È difficile avere a che fare con il dolore di una bambina.»

Cody annuì. «Scusa se non c'ero.»

«Non devi scusarti, sono contento che si sia sfogata,» aggiunse l'uomo. La sua espressione si addolcì. «Mi dispiace solo di non poter fare molto.»

«Non devi preoccuparti. Hai già fatto tantissimo.»

Jake allargò il sorriso. Poi, senza aggiungere altro, uscì dalla stanza.

20

«Quindi inizi lunedì?»

Jake annuì. «Sì, mi occupo dell'archivio, do una mano a Nate. Non è molto, ma è già qualcosa.» Il sottinteso era "per non pesare sulle tue finanze". Cody lo odiava: era come se Jake non volesse affidarsi completamente, come se fosse sempre sull'attenti, convinto che, prima o poi, lui l'avrebbe abbandonato.

Stavano camminando tra gli stand e le bancarelle della fiera celtica a cui avevano portato Kacey. Cody l'aveva proposto un po' per sua figlia, un po' per se stesso e un po' per Jake: celtico significava anche scozzese ed era curioso di rivedere il suo compagno nel suo habitat naturale, di vederlo interagire con *qualsiasi cosa ci fosse stata* a quella fiera e di portare la bambina a svagarsi assieme a lui. Dopo la prima volta, Kacey aveva parlato poco, parole sporadiche e rare, ma era già un inizio. Significava che c'era un miglioramento e che sarebbe stata bene.

Ogni tanto, di notte, si svegliava per qualche incubo e lo chiamava, ma si stava tranquillizzando dopo l'ultimo viaggio in Texas.

L'aveva portata dal dottore, per i primi accertamenti e per fare la sua conoscenza, e gli era stato detto che dopo un trauma era comune che si presentasse del mutismo selettivo. Era già tanto che avesse ricominciato a parlare, anche se una psicoterapia infantile era consigliata.

«Quindi tu e Nate vi vedrete ancora più spesso,» disse a Jake, mentre Kacey osservava dei bracciali con simboli celtici esposti su un tavolo. «Non mi ero accorto che foste amici.»

Jake fece un sorrisetto. «Sei geloso?» Cody non si era mai accorto delle venature dorate nei suoi occhi e di come risaltassero quando sorrideva. Ci aveva fatto caso la prima volta la mattina dopo il suo ritorno, quando aveva dato il buongiorno al compagno e si era ritrovato davanti un sorriso timido e quasi impacciato, imbarazzato.

Quella notte l'aveva colpito. Pensava che a Jake avrebbe dato fastidio sentirsi ripetere la sua confessione ma, nel corso dei giorni, si era accorto che più aggiungeva parole dolci, totalmente casuali e sporadiche, più l'uomo si agitava di una strana dolcezza a cui non sembrava abituato.

«Nah.» Cody lo osservò per qualche secondo di troppo, tanto che l'espressione dell'altro scemò nella presa di consapevolezza e le guance si colorarono di rosa. «Non credo che serva.»

Jake sorrise, ma non disse nulla.

Comprarono un braccialetto per Kacey e lei ne scelse due anche per lui e Jake. Quando glielo diede, Jake sembrò profondamente commosso. Era dolce vederli interagire: c'era imbarazzo e un po' di timore non soltanto da parte di Kacey, ma anche dall'uomo. Era ovvio che non sapesse come comportarsi con i bambini, ma era bello vedere che ce la metteva tutta per creare una sorta di rapporto con lei, che le voleva bene.

«È una fortuna che sia una bella giornata,» disse Jake, mentre camminavano. «Come mai hanno deciso di fare un festival del genere a dicembre? Mancano due settimane a Natale.»

«Non l'ho mai capito, speravo lo sapessi tu.»

«Sono scozzese, non telepatico.» Risero entrambi, facendosi strada tra la folla che, nonostante il freddo e l'orario mattutino, era piuttosto numerosa.

Kacey si fermò davanti a una staccionata, a osservare un gruppo di bambini che veniva guidato dagli animatori per giochi e balli con sottofondo di cornamuse. Cody le si fermò accanto e si appoggiò alla staccionata. «Ti andrebbe di giocare con loro?»

Kacey lo guardò per un attimo, arrossì appena e scosse il capo. Represse una smorfia di delusione. *Dai, Kacey.*

Jake si inginocchiò accanto a lei, lo sguardo rivolto ai bambini che giocavano. Kacey lo osservò con attenzione, come in attesa della sua opinione. «Quando ero in Scozia, organizzavano ogni anno dei giochi simili a quelli lì.» Jake indicò i bambini in cerchio, che sembravano tirare qualcosa ed esultare. «Mi divertivo un sacco.»

Kacey lo ascoltava con estrema attenzione. Sentì il cuore stringersi a quella visione.

Una delle animatrici si avvicinò a loro e si chinò sulla staccionata, verso la bambina. «Ciao! Ma che splendido braccialetto che hai!» Kacey si avvicinò a Jake, come se avesse voluto nascondersi. Lui rimase immobile, ma a Cody non sfuggì la rigidità del suo corpo. «Come ti chiami?»

La piccola, ovviamente, non rispose. Jake guardò prima lei e poi l'animatrice. «Si chiama Kacey.»

«Kacey! Hai un nome splendido, anche mia sorella si chiama così.» Kacey sembrò più incuriosita. Guardò di nuovo i bambini che ridevano e urlavano, poi l'animatrice. Se Cody la conosceva bene, sicuramente voleva unirsi a loro. La donna continuò: «Ti andrebbe di venire a giocare con noi? Stiamo per iniziare il tiro alla fune. È super divertente!» Poi guardò Jake. «Se il tuo papà è d'accordo, ovviamente.»

Jake arrossì, lui represse un sorriso. «Oh, no, io...» Poi rivolse uno sguardo a Cody, in difficoltà.

«Tu che dici?» Sarebbe stato semplice levarlo dall'imbarazzo, ma aveva uno strano desiderio nel petto, forse infantile addirittura. Jake gli rivolse un'espressione interrogativa, poi guardò Kacey, l'animatrice e di nuovo Kacey. *Dai, Jake.*

«Uhm, vuoi andare?» chiese alla bambina. Kacey chinò il capo, guardò prima Cody e poi l'animatrice, che sorrideva. Sembrava gentilissima e Cody scommetteva che ci sapesse anche fare con i bambini.

Poi Kacey annuì, così Jake guardò di nuovo lui. Cody gli fece un cenno del capo per esortarlo, e Jake si rivolse alla bambina. «Okay, allora. Divertiti.»

L'animatrice si allontanò con lei per mano, mentre il compagno si alzava e si avvicinava a lui. «Non sta a me decidere cosa può o non può fare,» sussurrò, un po' in imbarazzo. Lui gli sorrise e gli avvolse un braccio alla vita, tirandolo a sé. Jake non oppose resistenza, ma era chiaramente sorpreso dal suo gesto.

«Mi fido del tuo parere,» sussurrò, baciandogli una guancia.

Jake si guardò attorno. «Cody, ci guardano tutti.»

«No, guardano te.» Cody sapeva che Jake non aveva mai avuto problemi ad apparire in pubblico con altri ragazzi – o con lui – quindi la sua preoccupazione poteva essere soltanto una. Lo strinse di più e gli sfiorò la guancia con il naso, poi avvicinò le labbra all'orecchio. «E devono sapere che sei mio.» Sentì che Jake rabbrividiva.

«Sei sicuro?»

«Sono stanco di nascondermi, Jake.» Si guardarono a lungo negli occhi, era palese quanto entrambi desiderassero scambiarsi un bacio. Cody capiva che Jackson era una cittadina piccola e che non poteva ancora spingersi troppo oltre. Quello andava bene, però, no? Poteva permettersi un approccio più intimo, nonostante fossero in mezzo a tanta gente e alcuni sguardi stessero iniziando a essere fastidiosi.

Si allontanò da lui lentamente, senza smettere di guardarlo. Gli occhi di Jake esprimevano ancora preoccupazione, nonostante fossero sempre pieni di affetto e dolcezza. Cody gli sorrise e gli accarezzò con due dita la guancia, brevemente, prima di chinarsi di nuovo verso la staccionata e mettersi a osservare sua figlia, che sembrava divertirsi con gli altri bambini.

Sedettero su di una panchina all'ombra di un albero. Da lì riuscivano a vedere i bambini che giocavano, e quindi anche Kacey.

Jake non sapeva perché Cody gli avesse praticamente fatto prendere quella decisione. Forse voleva metterlo alla prova dopo l'apertura con Kacey o, semplicemente, voleva prenderlo un po' in giro e vedere come reagiva. Il sorriso soddisfatto che gli aveva rivolto, però, lo mandava in confusione e gli faceva pensare un sacco di cose diverse, che non riusciva a capire.

Si sentiva nervoso.

Cody se ne stava comodo sulla panchina, un braccio sullo schienale, dietro le sue spalle, e l'altro che ricadeva lungo il corpo. Il viso rilassato mentre guardava con distrazione i bambini. Jake si rigirò tra le dita il braccialetto che Kacey aveva scelto per lui, di cuoio verde con motivi celtici.

«Ti vuole bene,» esordì Cody.

Lui abbozzò una risata, imbarazzato. «Certo.»

«Non puoi negarlo,» continuò l'uomo. La mano alle sue

spalle salì ad accarezzargli i capelli, un gesto terribilmente rilassante. «Tiene al tuo giudizio.»

«Che culo, allora.» Non che volesse suonare davvero sarcastico com'era, ma il nervosismo giocava brutti scherzi. «Che spreco,» mormorò. Si sentiva nervoso, ma non capiva perché. Non era la prima volta che rimaneva da solo con Cody, in pubblico, seppure in intimità rispetto al rapporto normale che ci si sarebbe potuti aspettare da due amici...

Perché mi sento così a disagio?

Quando Cody gli sfiorò una guancia con due dita, lui per poco non sobbalzò. Si girò a guardarlo per ritrovarsi davanti un sorriso bellissimo. «Tutto bene?» chiese Cody.

«Sì,» rispose, simulando un sorriso. «Tu, piuttosto. Sicuro che vada bene mostrarsi così...» Non trovava la parola, così mimò lo spazio tra di loro. Cody allargò il sorriso e scivolò sulla panchina per avvicinarsi. Non c'erano troppe persone attorno a loro, ma Jake si sentì comunque in dovere di guardarsi intorno.

«Non eri tu quello cresciuto in una famiglia totalmente *aperta*?»

«Cosa c'entra,» rispose. «Siamo a Jackson, non a Stirling.»

«Te l'ho detto, sono stanco di nascondermi.» Cody sospirò. Sembrava davvero rilassato, nonostante ricordasse il modo in cui evitava di toccarlo mesi prima, se erano in pubblico. «Non lo so, sarà che non mi è piaciuto per niente sentire parlare quegli stronzi di Garland. Mi ero dimenticato quanto fosse terribile. Io ero come loro.»

«No che non lo eri.»

Cody rise. «Oh, sì invece. Non sai quante cose stupide si dicono soltanto per essere accettati dal gruppo.»

Jake si girò a guardarlo nello stesso momento in cui lo fece lui. Per qualche secondo non dissero nulla, solo uno sguardo intenso e traboccante di desiderio. Gli occhi di entrambi scesero alla bocca dell'altro, ma tutto ciò che fece fu sorridergli. «Non eri come loro, o saresti stato lì in mezzo a dire le stesse stronzate.»

«Non lo ero soltanto perché ho conosciuto te. E Nathan.»

Jake non rispose, ma sospirò. Kacey correva assieme agli altri bambini e sembrava divertirsi. C'era un sorriso tra le sue labbra, anche se di certo non era tra i più vivaci. Si limitava a seguire gli altri senza esporsi troppo – come ovviamente non avrebbe potuto fare – e se ne stava in disparte se c'era qualcosa che lei credeva difficile da fare.

«Quindi, Nate?» Jake si riscosse dai suoi pensieri quando sentì la voce di Cody. «Come mai non hai cercato un lavoro simile a quello che facevi prima?»

Lo guardò un po' perplesso e rispose: «Cosa?»

«Lavoravi con il fratello di Nathan, no?» continuò. «Come mai non hai cercato un lavoro simile, visto che avevi già esperienza? Avevi detto che non era quel che volevi, ma... Perché?»

Oh. «Perché non mi piace fare il modello.»

«Ah, no?» Cody sembrava sorpreso. «Come mai hai continuato per tutto questo tempo, allora?»

«Per Cass.» Sembrava una risposta semplice da dare, ma una volta pronunciata gli fece attorcigliare lo stomaco. «Nel senso... Avevo quel lavoro e pagava bene. Non mi interessava trovarne un altro.»

«Quindi almeno un po' ti piaceva?»

Si irrigidì. «In che senso?»

Cody alzò un sopracciglio. «Nel senso, fare il modello. Ti piaceva, almeno un po'?»

Ah. Quello. «Ah... No, non proprio. Mi piaceva lavorare con Cassian.»

Cody sembrò perplesso e per qualche secondo rimase in silenzio. Sentì i palmi diventargli sudati a pensare a cosa avrebbe potuto concludere da quelle parole. Non sapeva nemmeno perché lo innervosisse che Cody sapesse quanto Cassian fosse stato importante per lui.

Quanto lo è ancora.

«Non lo frequentavo,» concluse Cody. «Nathan ne ha sempre parlato bene. Sì, l'ho visto un paio di volte ma non ci ho mai scambiato più di qualche parola di circostanza. Non credo di aver mai visto te, tra l'altro.»

«Io ti avevo già visto, invece,» rispose Jake. «Una volta a casa di Cass. Eri venuto a prendere Nathan, non so cosa dovevate fare. Non abbiamo avuto modo di parlare, ma ti avevo già visto.»

Cody fece un sorriso lieve. «Possibile. Vivevi con loro?»

«No, certo che no.» Jake ridacchiò. «Dio me ne scampi. Cassian era fuori di testa, ma insieme a Nuts era ancora peggio.» Si ritrovò a sorridere dolcemente a quel ricordo. Gli mancava passare del tempo con i Doyle, gli mancavano la serenità e le risate. Gli mancava Cassian.

«Dovevate essere molto legati.»

La sentì soltanto in quel momento. Una punta di qualcosa di strano, come tristezza, quasi sarcasmo. Si girò a guardare Cody, che sorrideva come sempre ma in modo diverso, quasi… forzato? Era possibile? Cody era difficile da leggere, specialmente quando non voleva farsi scoprire. C'era qualcosa che lo infastidiva in quel discorso e che metteva Jake in agitazione, ma non capiva cosa.

«Sì, abbastanza,» rispose, quindi. «Cassian è stato il…» Si bloccò, perché stava per dire qualcosa di cui si sarebbe pentito. «Forse il primo vero amico che io abbia mai avuto. Mi ha tirato su in un momento terribile, gli devo molto.» *Cassian è stato il mio primo amore, anche se lui non l'ha mai saputo.*

«Capisco.» Cody annuì e distolse lo sguardo. Allora ce la lesse, quella gelosia che faticava tanto a nascondere. Cody era *geloso* di Cassian? Sul serio? Non era possibile, Cass non c'era più. Era stupido provare un sentimento del genere per lui, che non poteva averlo, che non poteva più proteggerlo. *Stupido, davvero?*

Ponderò sulla possibilità di chiederglielo. Era stato semplice in precedenza, ci avevano sempre scherzato su, sulla gelosia e quel tipo di sentimenti da coppietta innamorata. Con quell'argomento, però, non ci riuscì.

«Beh, ormai non importa più,» mormorò. Cody non si girò a guardarlo, ma era chiaro che lo stesse ancora ascoltando. «E in ogni caso no, non cercavo un altro impiego da modello. È una fortuna che Nate mi conosca, perché ho esperienza in libreria ed è un lavoro che mi piace.»

«E immagino sia anche piacevole lavorare con Nate.»

Erano immersi fino al collo in un territorio pericoloso, sia per Jake che per Cody. Non gli piacevano le continue allusioni velate, non gli piaceva il modo in cui Cody cercava di estorcergli informazioni. Era subdolo e terribile, ma non si sentì in grado di dire nulla. «Sì, certo.»

«Magari in modo diverso. Immagino che Cassian avesse un altro carattere.»

«Non è paragonabile,» ringhiò. Cody si zittì e lui si maledisse. Non intendeva rispondere male, gli era scappato: era ancora troppo fragile riguardo all'argomento. *Accidenti.* Si schiarì la gola. «Nel senso che sono due persone completamente diverse e due rapporti lavorativi altrettanto differenti.»

«Capisco,» sibilò Cody. *Cazzo.*

Per qualche istante rimasero zitti entrambi. Non sapeva cosa aggiungere e aveva paura di dire le cose sbagliate nel tentativo di allontanarsi dal discorso. Poi Cody sospirò e si alzò, lo sguardo rivolto al gruppo di bambini che giocava. «Andiamo a recuperare la piccola?»

«Oh... sì.» Si alzò anche lui mentre Cody si stiracchiava,

ma prima che potesse dirigersi verso la staccionata lui lo trattenne per un braccio. «Ehi, uhm...»

Cody si voltò a guardarlo. La sua espressione era indecifrabile.

«Senti, scusa se ho risposto male,» provò Jake, con lo sguardo che correva da tutte le parti tranne che sul volto di Cody. «È solo un argomento ancora un po' doloroso per me. Mi dispiace.»

Cody lo osservò per qualche istante, ma poi gli sorrise. Anche quello non riuscì a capire se fosse stato falso o meno. «Non ti preoccupare, lo so.» Si avvicinò per baciargli la tempia, poi lo prese per mano e lo guidò verso la staccionata. La mano del compagno era calda e terribilmente accogliente e riuscì a calmare un po' la tempesta che sentiva nel petto e il desiderio di piangere.

21

Natale passò tranquillamente e fu speciale allo stesso tempo.

Jake l'aveva sempre festeggiato con Cassian e Nathan, poi da solo l'anno prima, quando Cassian era venuto a mancare e si era ritrovato a casa con Gulliver a mangiare budino al cioccolato.

Quell'anno era di nuovo con qualcuno, per quanto a disagio potesse sentirsi. Per un motivo o per un altro, sia per lui che per Cody e Kacey era un Natale diverso. Cody gli aveva detto che di solito tornava in Texas per salutare la famiglia e Beth, la madre di Kacey, ma quell'anno non era proprio necessario. Kacey, ovviamente, era abituata a passarlo con la madre, che non aveva fratelli o sorelle e che di solito la portava a fare qualcosa di divertente per distrarla.

Si erano scambiati i regali nella mattina. Jake le aveva regalato un libro che Kacey aveva apprezzato tantissimo, Cody un peluche di cui la bimba si era innamorata. Avevano fatto un giro per il parco vicino casa assieme al cane di Cody, Tex, poi erano tornati a casa per mangiare tacchino e patate. Avevano passato il pomeriggio a vedere film natalizi e a raccontarsi storie. Kacey non parlava ancora tanto se non per poche risposte in monosillabi, ma il cambiamento era evidente e Cody era visibilmente felice. Rendeva più sereno anche lui.

In serata, poi, erano arrivati Nate e Nathan.

Era la prima volta che Jake li vedeva insieme dopo qualche mese prima, al Ringraziamento. Sicuramente era la prima volta che li vedeva con Kacey. Ovviamente la bimba era tornata in silenzio, ma in poco tempo Nate l'aveva conquistata, come era ovvio. Nate aveva quel potere particolare che permetteva a ogni persona di amarlo incondizionatamente, non importava quanto fosse introversa o difficile da gestire.

Mentre lui e Kacey giocavano con un gioco che i due le avevano regalato per Natale, Nathan e Cody se ne stavano con lui sul divano a parlare del più e del meno.

Era palese che ci fosse un po' di nervosismo tra di loro, ma non indagò e nessuno lo fece presente.

«Quindi adesso vivrà con te?» stava chiedendo Nathan a Cody. Il suo compagno annuì.

«Sì, decisamente.»

«E con tua sorella?»

Cody abbassò lo sguardo. A Jake era parso che non volesse parlarne, quindi non ne avevano più fatto parola se non per qualche frase sporadica. Non sapeva nemmeno che l'avesse detto a Nathan, ma immaginava che si sentissero spesso.

«E con mia sorella niente. Ha chiamato un paio di volte, non ho risposto.» Poi guardò per un attimo Jake, e il sorriso che gli rivolse gli fece saltare il cuore. Quel cambiamento dallo sguardo malinconico, il sollievo nell'incontrare i suoi occhi. Sentì il volto che si scaldava, quindi si obbligò a girarsi verso Nate e a cercare di distrarsi osservando come interagiva con la bambina.

Nathan fece una risata nasale, ma non si voltò a controllare che fosse per lui.

«Beh, vi vedo tranquilli, però.»

Un attimo di silenzio: quando si girò di nuovo, Cody era rosso e totalmente adorabile. «Ah, sì, stiamo...» Il compagno lo guardò per un attimo, poi tornò su Nathan. «Stiamo trovando un equilibrio.»

«Nate mi ha detto che lavori da lui,» gli disse allora Nathan, guardandolo.

«Uhm, sì.» Nate gli sorrise e lui, stranamente, si ritrovò a ricambiare il sorriso. Era quasi irreale.

«Quali sono i piani?» chiese ancora Nathan. Jake gli rivolse uno sguardo interrogativo. «Sì, insomma, pensavi di andartene o vi trovate bene insieme? Continuerete a convivere?»

Per un attimo Jake lo maledisse. Non era un argomento in cui voleva addentrarsi, non in quel modo e non così presto. Cody dovette intuirlo, perché fu lui a rispondere.

«A me piace vivere con lui. Penso sia palese quanto io...» Cody lo guardò e lasciò la frase in sospeso. Lui pensava di non esser mai stato così rosso in vita sua, né di poterlo diventare di più. «Però ognuno ha le proprie esigenze, quindi si vedrà quando verrà il momento. Per ora stiamo bene, è vero, abbiamo trovato una bella armonia.» Poi lo guardò. «Almeno spero.»

E, invece, apparentemente poteva diventare ancora più rosso. «Sì, sto bene qui.»

Nathan scoppiò a ridere. «Non ti vedevo arrossire in quel modo da anni!»

Jake alzò il medio, Cody gli afferrò la mano e indicò la bambina, che però stava ancora giocando senza curarsi di loro. Nate, invece, doveva aver sentito perché stava ridacchiando anche lui.

«Bene, sono contento.» Nathan scambiò uno sguardo

prima con Cody, poi con Jake, più lungo e portatore di tutte le parole che non si erano scambiati nel corso di un anno intero. Si ritrovò a sorridergli, il cuore traboccante di affetto e malinconia.

Cody si rivolse a Nathan. «Non devi preoccuparti. È tutto a posto.»

E Nathan lo fissò in un modo strano, come se avesse voluto dire qualcosa, chiedere, aggiungere. Jake non aveva idea di cosa ci fosse in quello sguardo, ma gli fece sentire una scintilla di gelosia nel petto al pensiero che fosse qualcosa che, probabilmente, non avrebbe capito. Cody, invece, sorrise. Quando finalmente Nathan decise di ricambiare quel sorriso, tirò a sé Cody e lo strinse per un attimo con un braccio, chinandosi a dargli un bacio sul capo. Il suo compagno rise e gli pungolò un fianco, facendo scoppiare a ridere anche l'amico.

Fu una scena tenera e frustrante allo stesso tempo.

«E voi? Come procedono i preparativi per il matrimonio?»

Mentre Nathan parlava, appoggiato ogni tanto dalla voce di Nate, Cody si girò per sorridere a Jake. Lui si sforzò di rendere il suo sorriso quantomeno credibile, ma era palese il disagio che lo stava attraversando; Cody lo percepì e gli prese la mano nella sua, senza dire niente.

Un calore che trovò tenero e rassicurante.

Poi arrivò gennaio, incredibilmente veloce.

Quell'anno la neve non cessava di cadere e ogni giorno passava tra lo spalare la strada che portava all'asfalto, andare al lavoro e crescere Kacey. A volte Cody doveva occuparsi del suo lavoro e la piccola andava in libreria con Jake, sedeva dietro il bancone e lui e Nate facevano a turno per starle accanto. Non che ce ne fosse bisogno: scoprirono che Kacey non solo sapeva già leggere discretamente, ma era una vera e propria divoratrice i libri.

Era una bambina perfetta, Jake era meravigliato da quanto fosse facile e piacevole starle accanto. Non era mai stato così: si era sempre tenuto alla larga dai bambini perché incapace di trattare i loro capricci. Kacey, invece, era tenera, ed era semplice desiderare di vederla crescere e proteggerla, un po' meno semplice combattere con la voce nella sua testa che gli ripeteva che non doveva affezionarsi e che non era compito suo.

Quella mattina di gennaio era iniziata normalmente, una domenica in cui non doveva lavorare, Cody era a casa e sarebbero stati insieme. L'uomo si era svegliato prima di lui, gli aveva dato un bacio che aveva percepito nel dormiveglia ed era sceso a preparare la colazione. Quando aveva sentito che i rumori in cucina si erano fatti più forti, segnale che anche Kacey era sveglia, si era deciso a gettarsi sotto la doccia e a vestirsi, per poi scendere a fare colazione con loro.

Si era appoggiato al bancone e aveva preso la sua tazza di caffè, mentre Cody e Kacey erano a tavola che mangiavano pancakes e fette imburrate.

Ed era bello. Quella pace, la sensazione di calma mentre fuori la neve scendeva... Cody stava dicendo qualcosa sul tempo, Kacey mormorava qualche timida parola, e c'era tranquillità e un'atmosfera familiare che lui non aveva mai provato.

Anche quando era piccolo c'era sempre qualcosa che mancava. Era semplice adesso dare la colpa all'ossessione delle sue madri, ma forse ingiusto. Non poteva essere quello, c'era altro, qualcosa che aveva sentito solo con Cody. Forse l'idea di appartenenza perché lui *era di Cody* e Cody era suo, come gli aveva sussurrato contro le labbra la notte prima, mentre facevano *l'amore*.

Un senso d'appartenenza che non credeva di aver mai provato, nemmeno con Cassian.

Cass.

Ci pensava sempre più sporadicamente, ormai. Era abituato a una vita che aveva lui come punto focale, anni passati a seguire quello che gli diceva, a pensare soltanto a quell'uomo che l'aveva raccolto e protetto da quando aveva diciotto anni. L'uomo di cui si era innamorato velocemente, l'uomo che non avrebbe mai potuto dimenticare ma che, per la prima volta, voleva accantonare per pensare a qualcos'altro, qualcosa di estremamente dolce, qualcosa che gli piaceva.

"Raccontami della Norvegia."

Si ritrovò a guardare il piccolo calendario sul bancone della cucina, accanto alla finestra.

Era il 14 gennaio. *Era il 14 gennaio.*

"Un ricordo. Il più bello che hai."

«È già il 14 gennaio...» sussurrò.

«Sì, il Natale è passato in fretta quest'anno.»

Ma Jake non ascoltava la risposta di Cody. Non ascoltava la vocina di Kacey, o il lieve rumore delle canzoni di Natale country che riempivano la stanza. Il suo sguardo era sul calendario.

Come ho fatto a dimenticarlo?

Era stato così occupato a farsi una vita che aveva dimenticato ciò che una volta era stato di vitale importanza. Per così tanti anni. E lui l'aveva dimenticato perché aveva una famiglia diversa, una vita diversa, e non ce n'era bisogno. Non c'era bisogno di...

Sono così meschino.

Il senso di colpa gli attanagliò le viscere, come un peso sullo stomaco per non aver digerito la cena, come un pugno.

Calma. Aveva tutta la giornata, si sarebbe inventato qualcosa.

«Jake?» Cody aveva alzato la voce. C'era silenzio, adesso, e sia lui che Kacey lo fissavano. Cody corrugò le sopracciglia a guardare il suo viso. Si chiese che espressione avesse, nella confusione e nello sconcerto: riusciva a leggervi il dolore? Riusciva a intuire il senso di colpa?

«Sì?» Provò a sorridere, ma non dovette essere troppo convincente.

«Tutto bene?»

«Sì,» mentì. «Hai detto qualcosa? Scusa, sono ancora mezzo addormentato.» Si avvicinò al tavolo per prendere un pancake, senza guardare i presenti. Che ore erano? Forse faceva in tempo a essere a Nashville in mattinata, sempre se la neve gliel'avesse permesso.

«Ti ho chiesto se vieni con noi a fare un pupazzo di neve, dopo.»

Oh.

Era così semplice dire di no e andare a Nashville. Non doveva fare altro che pronunciarlo, magari avrebbe potuto spiegare a Cody perché era importante e avrebbe capito, forse gli avrebbe dato un po' di conforto, forse parlarne avrebbe aiutato.

Però c'era Kacey che lo guardava speranzosa come se non avesse desiderato altro nella sua vita e lui sapeva che, diavolo, lo voleva anche lui. Stare lì, con la sua quasi-nuova famiglia, passare del tempo insieme e divertirsi, magari vedere il delizioso viso di Cody rosso per il freddo, baciarlo, osservare quegli occhi caldi diventare scuri per l'attesa di essere a letto.

«Ho... ho una cosa da fare oggi.» Non riuscì a guardarli, né Cody né Kacey, anche se sentiva su di sé lo sguardo spaesato e triste di entrambi. *Va tutto bene, non posso essere sempre a loro disposizione.*

Che terribile scusa del cazzo.

«Che devi fare?» Domanda lecita, ma lo innervosì.

«Roba per un lavoro fatto tempo fa.» Il vago accento

scozzese lo tradì, dovette schiarirsi la gola per cercare di calmarsi. «Posso provare a tornare prima, ma fino a Nashville è lunga.»

«Nashville? Perché a Nashville?» Cody diede uno sguardo fuori, al sole che batteva sulla neve bianca in giardino. «Con la moto?»

«Ci sono abituato,» rispose, abbozzando un sorriso. «Devo fare una cosa lì, non ci metterò molto. Sarò di ritorno nel pomeriggio.»

«Preferirei che andassi un altro giorno,» rispose Cody. C'era qualcosa di strano nella sua espressione, preoccupazione e… rabbia? Perché si stava arrabbiando, adesso?

«Devo andarci oggi, ho un appuntamento,» ribatté. «Andrò piano, so guidare con la neve.»

«Jake…» Cody diede uno sguardo a Kacey, che era di nuovo in silenzio e guardava il suo piatto di pancakes. Un sospiro, poi l'uomo si alzò per mettere il piatto nel lavello e avvicinarsi a lui. «Con chi hai un appuntamento? A che ora? Forse posso accompagnarti io con la macchina, Nathan può…»

«No, Nathan *non può*.» Quando Cody lo guardò con sorpresa e shock, aggiunse: «Con quel giardino immenso, là, sarà difficile anche per Nate stare con Kacey, e lei vuole fare un pupazzo di neve con te. Pensa alla tua famiglia, Cody, sarò di ritorno nel pomeriggio.»

«Sei tu la mia…» Cody si bloccò, anche se Jake aveva sentito la parola mancante. Era andata dritta nel cuore, una scaglia che faceva tanto male da sentire la gola bruciare. Cody sospirò e scosse il capo. «Prendi almeno la mia macchina. È più sicuro.»

«Odio guidare la macchina, sarei più sicuro con la moto.» Che non era la verità, ma non era neanche una bugia. Non gli piacevano le macchine per viaggiare, ma era un rischio farla tutta con la moto anche con le ruote termiche.

Se fosse andato piano ci avrebbe messo tre, forse quattro ore.

«Jake...» Cody era quasi supplichevole. «Almeno la macchina.»

«Va bene, Cristo!» *Calmati. Calmati.* «Starò bene, Cody. Non nevica, nel pomeriggio le strade saranno anche più pulite. Va tutto bene, è una cosa che devo fare.»

«Perché? Cosa c'è di così importante?»

Cassian è così importante. Cassian è tutto.

Era meschino dirlo, così si limitò a sbuffare. «Non creperò per un po' di neve, ci sono cresciuto. Smettila di essere iperprotettivo, non devi fare...»

Ma venne interrotto da un singhiozzo. Entrambi si girarono e Kacey era lì che piangeva sulla sedia, un corpicino fragile e tremante, rannicchiato sul pupazzo che stringeva da quando si era alzata.

Cody le fu subito accanto. «Tesoro, che c'è? Ti fa male qualcosa?»

Kacey lo guardò. Lui, Jake. Poi i singhiozzi diventarono più alti e supplicanti.

"Perché è tanto difficile fare attenzione alla cazzo di strada?"

Lui capiva, capiva molto bene perché aveva perso tutto allo stesso modo, con uno stupido incidente stradale. Ma era troppo codardo per avvicinarsi e consolarla, per raccontare bugie, per passare sopra all'orgoglio ferito da un po' di preoccupazione in eccesso.

Così, senza dire una parola, uscì dalla stanza.

Forse era un po' irritato.

Jake se n'era andato senza parlargli e Cody non aveva potuto fare altro che vedere la macchina che si allontanava dal vialetto in direzione di Nashville. Non aveva idea del perché dovesse andare fino a lì in giornata, ma iniziava a non importare più.

Kacey adesso stava giocando in silenzio e aveva ancora gli occhi rossi di pianto. Aveva cercato di rincuorarla e dirle che non stavano litigando, che poteva stare tranquilla, ma probabilmente il problema non era quello perché lei aveva continuato a scuotere il capo e non aveva detto una parola.

Si era scioccamente soffermato a pensare che Jake avrebbe capito, per poi scacciare quel pensiero con rabbia cieca.

Il telefono suonò e lui non si premurò nemmeno di controllare chi fosse. Si limitò ad accettare la chiamata e portare la cornetta all'orecchio. «Sì?»

La voce dall'altra parte era femminile. «Cody, ciao.»

Abigail.

Avrebbe potuto riattaccare, ma non ne aveva le forze in quel momento. «Ciao. Che c'è?»

Abigail sembrò sorpresa dalla sua risposta. «Eh? Ah, nulla. Volevo soltanto sapere come state.»

«Bene.»

«Sicuro?» Adesso c'era solo preoccupazione, che per un attimo fece vacillare le sue convinzioni. «Sei... sei ancora arrabbiato con me?»

«No,» rispose, sospirando. «Non gira tutto attorno a te, Abi.»

«Oh.» Poi una pausa e lui fu quasi sul punto di salutare, finché sua sorella non continuò. «È successo qualcosa? Stai bene?»

Sì. No. Forse. Chissà. «No, va tutto bene. Sono solo un po' stanco. Stiamo bene, davvero.»

«Capisco.» Poi di nuovo silenzio. Cody si ritrovò a sospirare. «C, ascolta... Mi dispiace. Per tutto.»

«Ti stai *scusando*?» chiese, come se non avesse capito bene. In trent'anni, forse, Abigail non si era mai scusata con lui, neanche quando erano piccoli e lei gli faceva un dispetto per poi chiamare il padre perché prendesse le sue difese.

«Io...» Abigail sembrò voler ritrattare, ma poi sentì un sospiro dall'altra parte del telefono. «Io voglio soltanto il vostro bene, e se per te è fare quella vita lì... Allora non mi opporrò. C'è di peggio.»

«Abigail, davvero? Fai sul serio? *C'è di peggio?*»

«Senti, non puoi aspettarti che lo accetti da un giorno all'altro. Per me non è naturale, non importa quanto cerchi di dirmelo.» Si disse che doveva attaccare, perché non aveva senso continuare ad ascoltare Abigail che diceva qualcosa per ferirlo. «Però ti conosco, sei un bravo ragazzo, ami tua figlia e hai la testa a posto, quindi non... non mi importa, ecco. Non lo capisco, ma non fa niente. Basta che voi siate felici. Kacey lo è con te, quindi spero che... spero che stiate bene, ecco. E che... che *lui* sia... adatto.»

Non aveva mai sentito sua sorella così contenuta. Era sempre stata decisa in tutte le sue azioni e le sue parole, lo sforzo che stava facendo per supportarlo era davvero ammirevole.

«Wow.» Entrambi rimasero in silenzio. Lui si guardò intorno: Gulliver lo fissava dalle scale, la coda si muoveva piano e penzolava da uno scalino. Kacey, in sala, non faceva alcun rumore mentre muoveva le braccia e i personaggi che aveva tra le mani. «Beh, grazie.»

«Siamo a posto, allora?»

«Uhm, sì. Direi di sì.» *Per quanto possa essere a posto, certo.* Ma era comunque un bel progresso. «Ah... voi state bene?»

«Sì, stiamo bene.» Nelle parole di sua sorella c'era un sorriso, seppur flebile.

«Mh.» Cody si guardò ancora intorno. «Ah, uhm. Kacey ha parlato, qualche settimana fa.»

«Davvero?» Sua sorella sembrava sinceramente felice di

sentirlo, sorpresa in positivo. Gli venne da fare un sorriso flebile. «Che ha detto?»

«Non lo so di preciso, era con Jake.» Fece male dire il suo nome. «Che le mancava la madre.»

«È naturale.» Poi ancora una pausa. «Ha parlato con il tuo... *ragazzo*?» Una parola tremendamente esitante.

«Sì. Gli vuole bene.»

«Oh.» Cody si passò una mano sul volto, sospirando piano. Abigail continuò: «Beh, sono felice. Avete trovato un'armonia.»

Sei la seconda persona che me lo dice e ancora non riesco a crederlo.

«Già.» Poi controllò l'orario e il tempo fuori. Era uscito il sole quindi, forse, avrebbe potuto fare il pupazzo di neve che Kacey voleva tanto. Senza Jake non sarebbe stato lo stesso, ma poteva provarci. «Senti, ora devo andare.»

«Sì. Anche io. Allora ci sentiamo, va bene?»

«Sì.»

«Per qualsiasi cosa fatti sentire, okay?» Cody annuì, anche se lei non poteva vederlo. «E dai un bacio a Kacey da parte mia. Vi voglio bene.»

«Anche noi.»

«Quel pupazzo di neve è la cosa più triste che io abbia mai visto,» osservò Nathan quando lo fece entrare in casa.

«Sì, beh, non sono mai stato bravo nelle sculture,» ribatté lui, a voce bassa. Guidò Nathan in cucina e prese una bottiglia di birra e il barattolo del tè, per poi mostrargliele. Nathan indicò quest'ultimo, così lui mise l'acqua a bollire.

«Non che ci voglia molto a fare due palle e ficcarci una carota in mezzo.» Poi si lasciò ricadere sulla sedia e rise. «Che suona malissimo.»

«Hai una fervida immaginazione.»

«Ci hai pensato anche tu!» Entrambi risero, poi Nathan continuò: «E Jake?»

Cody alzò gli occhi al cielo e scosse il capo. «Già, Jake. Diciamo che è stata una giornata terribile per tutti.»

«Avete litigato?»

«Non proprio.» Non sapeva nemmeno cosa fosse successo realmente. «Beh, la nota positiva, per quanto sia strano, è che Abigail ha chiamato e sembra volenterosa a non fare la stronza.»

«Bene!» Nathan lo osservò prendere due tazze e riempirle d'acqua bollente, lo zucchero, poi sedersi davanti a lui e porgergli l'occorrente. «Vuoi parlarne?»

Ovviamente non si riferiva ad Abigail. «Non c'è nulla da dire, perché non mi ha spiegato niente. Andava tutto bene, poi se n'è uscito che doveva andare a Nashville *per forza*, nonostante quel tempo, e che non poteva rimanere con noi. Kacey si è anche messa a piangere. È via da stamattina.»

Quando sentì che Nathan non rispondeva lo guardò e gli si gelò il sangue nelle vene. Aveva gli occhi spalancati e lo fissava con preoccupazione e sorpresa. «E mi sa che tu sai qualcosa che io non so,» concluse Cody.

Nathan sbatté le palpebre e sospirò, guardò ovunque fuorché lui. «Merda... me ne ero dimenticato.»

«Di cosa?» Sentiva brividi di freddo lungo tutto il corpo.

«No, è che... è l'anniversario del suo arrivo qui.»

Ah. Anche se non spiegava nulla, il tremore si intensificò. C'era qualcosa nello stomaco che graffiava, che gli faceva un male cane, e la gola era stretta e sembrava non voler emettere alcun suono. «E cosa c'entra con Nashville?»

«È... è una cosa che lui e Cass facevano ogni anno.» Nathan si appoggiò a una mano mentre con l'altra girava il suo tè. «Andavano a Nashville, ma non so perché. Non me l'hanno mai detto, era una cosa loro.» Sospirò e rimase in silenzio per diversi secondi. Anche se avesse voluto, Cody non sarebbe riuscito a dire niente. «Ne sono sempre stato un po' geloso, in realtà.»

«Non capisco,» sputò lui. «Credevo fossero solo colleghi di lavoro. Amici e basta.»

Ah, sì? Davvero?

Nathan non lo guardava, ma la sua espressione era sconfitta e triste. Non l'aveva mai visto così, era un lato del suo miglior amico che non conosceva soprattutto perché, nonostante avessero parlato molto nel corso degli anni, soltanto adesso si rendeva conto che la sua famiglia non faceva parte delle cose che sapeva di lui. Sotto molti punti di vista era completamente perso e confuso.

«Il rapporto di Jake e Cass era...» iniziò Nathan, a fatica, «*strano*. Morboso, direi. All'inizio mi sembrava ovvio, perché Cass aveva portato Jake qui e l'aveva salvato dalla sua vecchia vita, ma... non lo so. Era come avere un altro fratello e, allo stesso tempo, diverso. Ero geloso di lui, perché Cassian ne era come ossessionato.»

«Ossessionato?» Maledizione, gli veniva da vomitare e non sapeva neanche perché.

Nathan annuì, senza guardarlo. «Sì, era la sua *creatura*. Non fraintendermi, Cass è... *era* il fratello migliore del mondo, davvero, ma con Jake era un'altra storia. Era la sua debolezza, e Cass era la debolezza di Jake.» Poi accennò un sorriso amaro. «Sempre se non lo è ancora, a questo punto.»

Aveva la nausea, ma lo disse lo stesso. «Erano amanti?»

«No, no.» Almeno su quello Nathan sembrava sicuro. «No, Cass aveva la ragazza, era etero in tutto e per tutto. Ma Jake... lui è un'altra storia.» Nathan lo guardò per un attimo e quello che vide non dovette piacergli, perché si allungò sul tavolo a prendergli una mano. Quella di Nathan era bollente, quindi presumeva che la sua fosse parecchio fredda. Forse era pallido. «Sono contento che stiate insieme, perché significa che sta andando avanti. È difficile per lui. Ora non sembra, ma la sua vita era incentrata completamente su mio fratello.»

Un misero tentativo di difendere un concetto che Cody non avrebbe mai capito né accettato. Forse perché era troppo egoista per farlo, troppo possessivo per dividere l'uomo che amava con un cadavere sepolto sotto una lapide. Forse perché era semplicemente stanco di essere secondo a tutti. «Quando tornerà?»

Nathan guardò l'orologio sul bancone. Era quasi mezzanotte. «Uhm. Dovrebbe essere già tornato, di solito cenavano a casa.» Non lo rese più tranquillo. «Magari era arrabbiato e si è trattenuto più a lungo. Vuoi che lo chiami?»

Cody non sapeva cosa rispondere. Prese un grosso respiro, perché sentiva il cuore battere fin troppo velocemente e l'ansia premere sul torace, poi annuì.

Nathan prese il cellulare, ma prima di poter comporre il numero sentirono la macchina che percorreva il vialetto, si fermava davanti casa, poi si spegneva, e la portiera che sbatteva.

Grazie al cielo. Almeno era vivo. Cody si precipitò alla porta mentre Nathan, probabilmente per lasciar loro qualche attimo, rimaneva in cucina. Accese la luce all'ingresso fece scattare la serratura, poi Jake fu lì.

E gli si mozzò il respiro.

La prima cosa che notò fu che era bagnato. I vestiti, le mani, i capelli umidi per la neve che aveva ripreso a scendere. Poi i suoi occhi, che non erano mai stati più opachi e vuoti. Jake fece un passo verso la luce e Cody si rese conto, con orrore, che non si trattava solo di neve o acqua.

C'era del sangue sulle dita di Jake e sui lembi dei vestiti.

«*Jake?*» gracchiò. Jake tremava. Incontrò il suo sguardo e le lacrime rigarono il volto dell'amante, poi Jake fu tra le sue braccia, scosso dai singhiozzi; le mani artigliavano il suo maglione e il suo peso era completamente su di lui, sembrava volersi immergere in esso e scomparire.

«Porca puttana,» sussurrò. «Jake, che è successo? Sei ferito? *Jake?*»

L'uomo non rispondeva, continuava a singhiozzare incessantemente. «Non sono...» Jake non respirava neanche, cercava di dire qualcosa che non arrivava alla bocca. «Il cane. Non... *Cody.*»

Nathan comparve accanto a lui e lo guardò con terrore. «Jake, cos'è successo?»

Jake scosse il capo, poi alzò lo sguardo e nei suoi occhi ci fu una cosa strana. Guardava Nathan, ma sembrava non riconoscerlo neanche. Nathan lo accolse tra le sue braccia e Cody stette a guardarli per un attimo, mentre Jake biascicava parole confuse. "Macchina, cane, strada." Tex abbaiò, così lui accese la luce sul portico e guardò la sua vettura. C'era del sangue anche sul paraurti, un po' ammaccato.

Nathan stringeva Jake e continuava a parlargli piano, mentre l'uomo singhiozzava. Cody fece per uscire, cercò di ignorare il bisogno che aveva di stringere il suo compagno e proteggerlo da qualsiasi cosa, da quello che era successo, da ciò che ancora non sapeva.

L'ultima cosa che sentì dire dalla voce di Jake, rotta e straziante, fu: «*Cass.*»

22

14 gennaio 2016
Nashville, Tennessee

«*Ciao, Cass.*»

Jake lasciò la giacca appesa all'ingresso, poi si inoltrò nello studio.

Era tutto come l'aveva lasciato. Il divanetto, l'armadio con poche cose dentro, il cavalletto che non reggeva più alcuna macchinetta fotografica. Le candele.

Jake si guardò attorno per un attimo, poi andò alle finestre e ne aprì una, scostando la tenda. Nashville si apriva sotto di lui, un panorama di luci e strade, confusione, grattacieli, locali per la musica. C'era qualcuno che suonava nella strada appena fuori dal palazzo in cui era lo studio di Cassian. Country lento e melodico.

Si girò verso il divano, sospirò e lo raggiunse per lasciarsi ricadere su di esso.

«Scusa se ho fatto tardi.»

Poi chiuse gli occhi, senza attendere alcuna risposta.

C'era uno strano silenzio, intervallato dai rumori della strada e da quella musica. C'era pace, nonostante l'ansia che continuava a montargli nel petto. Quando il freddo fu troppo insopportabile, lui tornò alla finestra e la chiuse, poi alzò la temperatura dei caloriferi e attese che la stanza si riscaldasse.

Raccontami qualcosa. Un ricordo. Il più bello che hai.

Jake prese le candele che riposavano tra gli scaffali dell'armadio e le mise in terra, in cerchio. Ricordava che una volta aveva sgridato Cassian, perché sembrava una specie di rito satanico. Lui aveva riso e gli aveva risposto che la gente non capiva il significato delle candele, quanto fossero belle, che l'aveva rovinato con le sue credenze. Jake, allora, gli aveva raccontato che a sua nonna non piacevano, che diceva che erano macabre. Cassian era ateo, ma si interessava sempre a quello che pensava la gente e a chi la pensava diversamente da lui.

«Lungo la strada nevicava,» disse. Gli rispose il silenzio. «Qui si sta meglio, ma fa freddo. Ti dispiace se non la levo?» Un gesto alla propria maglia, ancora nessuna risposta. Jake sapeva che Cass gli avrebbe detto che era solo una scusa, ma che non voleva farlo gelare e che, quindi, poteva tenersela.

Un ricordo.

Jake accese le candele e le osservò, poi prese il suo telefono e, per un attimo, si soffermò a controllarlo. Nessun messaggio, né da Cody, né da Nathan. Represse la tristezza e premette l'icona della fotocamera, poi fece una foto alle candele accese. Quando la vide, chiuse le tende e ne scattò un'altra.

"Sorridi, Jake, altrimenti non ha senso."

Come faccio a sorridere?

Jake si sedette tra le candele e inserì la fotocamera interna. Il suo volto gli restituiva un'espressione sofferente, smarrita, un ragazzino che non sapeva più a che mondo apparteneva. Gli occhi gli divennero lucidi, ma riuscì comunque ad abbozzare un sorriso. La foto non fu delle migliori.

"Sorridi, Jackey. Puoi fare di meglio."

Non so come si fa.

Jake osservò quell'unica foto di lui, con un sorriso finto e gli occhi pieni di tristezza. Puoi fare di meglio, avanti. Basta un bel ricordo.

Sospirò e si guardò intorno. Ma cosa c'era di bello? Cosa poteva raccontare all'illusione di non essere solo? A quello studio vuoto e pieno di dolcezza e dolore?

Un ricordo. Il più bello che hai.

Prese un profondo respiro.

Era in macchina. Aveva fatto più tardi del previsto, ma dopo la discussione di quella mattina aveva timore di rivedere Cody così presto. La giornata, poi, era stata straziante. Aveva ancora gli occhi gonfi e il mal di testa, ma non voleva più piangere. Non voleva più nemmeno pensarci, voleva solo gettarsi tra le coperte e dormire.

Magari il giorno dopo avrebbe chiesto scusa al suo compagno. Magari gli avrebbe spiegato cos'era successo, perché era andato a Nashville, magari avrebbe capito.

O forse no, perché non c'era nulla da capire, perché il rapporto tra lui e Cassian non poteva essere compreso da nessuno, perché nessuno l'avrebbe giustificato.

La neve non scendeva più, per ora, e le strade erano pulite. Le macchine procedevano veloci, era assurdo che ce ne fossero così tante a quell'ora di sera. Evidentemente stavano tornando a casa anche loro.

C'era una strana calma nel guidare di notte, sapendo di essere diretti a casa dopo una lunga giornata. La dolcezza nel pensare al momento in cui avrebbe aperto la porta e si sarebbe trovato Cody davanti, forse ancora arrabbiato, forse pronto ad abbracciarlo. Kacey sarebbe già stata a letto, quindi si trattava soltanto di loro due. Del momento in cui sarebbero stati tra le coperte e lui avrebbe fatto l'amore con Jake, allontanando la tristezza e il dolore, proteg-

gendolo come aveva sempre fatto. L'ansia di arrivare, la voglia di contatto fisico. La voglia di un uomo vivo, che lo amava nonostante lui non riuscisse a ricambiare quelle bellissime parole.

La strada di Nashville non era particolarmente difficile, quasi del tutto dritta, quindi oltre alla noia e alla stanchezza non aveva problemi a percorrerla. Due corsie attorniate dalla natura. Mancava mezz'ora di viaggio e sarebbe arrivato. Mezz'ora, solo mezz'ora. Erano le undici, la giornata terribile del 14 gennaio stava quasi per terminare. Poi un altro giorno e Cassian sarebbe tornato quel pensiero che se ne stava sopito in un angolo della sua testa, ad aspettare un momento in cui Jake si fosse trovato abbastanza smarrito da ricercarlo.

Una sagoma di fronte a lui, per la strada. Di fronte alla sua macchina, un cane di taglia media che se ne stava lì, si guardava intorno. «Dai, levati.» Suonò il clacson, ma quello se ne stava lì e si avvicinava pericolosamente.

Guardò lo specchietto retrovisore. Un paio di macchine erano dietro di lui, mentre altre due nella corsia accanto, a bloccargli il sorpasso. Dall'altro lato il guardrail e decisamente poco spazio per sterzare.

Sentì la schiena madida di sudore.

«Levati.» Il cane se ne stava lì. Poi si voltò verso di lui, i suoi occhi scintillarono al buio e si acquattò. Fermo, immobile, senza accennare al minimo tentativo di fuga. «Cazzo, levati!»

Ma il cane non si allontanò e le macchine lo attorniavano.

---

15 gennaio 2016
Jackson, Tennessee

Poi fu tutto confuso.

Il cane respirava ancora, ma era messo davvero male. Non si sentirono di spostarlo, quindi si limitarono a chiamare un veterinario. Lo fece Cody; Nathan portò in sala Kacey, svegliata dal trambusto, la intrattenne e rassicurò. Mentre Cody vegliava sul cane e cercava di ripulire le macchie di sangue, Jake salì a farsi una doccia.

Non sapeva perché, forse gli avevano detto di farlo e lui non si era opposto. Non che ne avesse le forze. Nella mente vorticava vivido il ricordo dell'impatto, il momento in cui si era accostato e l'uomo che l'aveva aiutato a portare il cane in macchina, che gli aveva detto che aveva fatto bene, che era l'unica cosa che avrebbe potuto fare. Si era offerto di aiutarlo fino a Jackson, ma Jake aveva scosso il capo e se n'era andato.

E poi, nella confusione del suo ritorno, ricordava a stento le braccia di Cassian che lo stringevano... no, di Nathan. E il dolore, incessante, ovunque.

Quando scese le scale, dopo la doccia e con i capelli ancora bagnati, sentì un lieve vociare, una donna che parlava e Cody che rispondeva. Si fermò a sedere su di uno scalino, Gulliver gli si accoccolò accanto e fece le fusa.

Passò un tempo infinito ad accarezzarlo e respirare, piano, mentre le orecchie fischiavano e il petto era un dolore continuo, lo stomaco si rivoltava e rivoltava, la nausea non smetteva di torturarlo.

Poi comparve Cody, accanto a lui una donna che riconobbe come la ragazza dell'inaugurazione.

"Volevo baciarti, ma tu eri etero e non potevi, mentre con lei ridevi e scherzavi."

«Jake, giusto?» La ragazza gli rivolse un sorriso che lui non ricambiò. Probabilmente la sua espressione era una maschera vuota di freddezza e dolore. Cody lo guardava con occhi indecifrabili, non faceva altro che aumentare la nausea. «Porto il cane in ambulatorio. Sopravvivrà, farò il possibile. Sei stato bravo a portarlo subito qui.»

No, non sono stato per niente bravo.

Ma non rispose. Cody sospirò piano e scomparve in sala.

La ragazza si chinò davanti a lui, come se fosse stato un bambino. «Andrà tutto bene, te lo assicuro. Ha preso una brutta botta e credo abbia qualche osso rotto, ma se la caverà.» Aveva un sorriso dolce e gentile, degli occhi caldi. Si ritrovò a pensare che Cody sarebbe stato molto meglio con qualcuno come lei, piuttosto che...

Cody ricomparve accanto a lui e porse la giacca alla ragazza. «Grazie, Lianne. Scusa il disturbo a quest'ora.»

«Figurati. È un piacere, non dirlo nemmeno.»

Poi lei se ne andò e furono soli.

Cody non disse niente. Jake non aveva la forza di iniziare a parlare, quindi se ne stette lì ad aspettare, senza sapere cosa dire o fare, senza sapere nemmeno dove guardare.

Cody lo prese per mano e lo fece alzare, poi gli poggiò le dita sulla guancia e si avvicinò per premere la fronte contro la sua, proprio lì dove la testa pulsava. Jake chiuse gli occhi e sospirò.

Rimasero immobili per qualche attimo, finché Nathan non tornò davanti a loro. Cody, allora, si staccò da lui e guardò l'amico. «Ehi.»

«Ehi,» rispose Nathan. Un sorriso flebile a Jake, poi di nuovo a Cody. «Senti, pensavo... magari è meglio se Kacey passa la notte da noi, oggi. Le ho parlato, non sembra che le dia fastidio. Sai, per...» Un altro sguardo a Jake. «Insomma, forse è meglio.»

Cody non rispose subito. Aveva ancora una mano alla sua guancia: era calda e rassicurante. Poi l'uomo annuì e lo lasciò. «Le parlo un attimo.»

Nathan si scostò e osservò Cody andare in sala, poi il vociare leggero dell'uomo che si rivolgeva alla figlia. Rimanere solo con Nathan era ancora peggio.

«Scusa,» si ritrovò a mormorare.

Nathan si voltò verso di lui. «Per cosa?»

«Lo sai.»

Tra tante cose che non avrebbe dovuto fare, tra tutto quello che aveva sbagliato in quella giornata terribile, chiamare Nathan "Cass" era tra le peggiori. Un attimo di smarrimento che non avrebbe mai dovuto concedersi, che era venuto spontaneo e che, a pensarci adesso, lo distruggeva.

«Va tutto bene, Jackey.» Quel soprannome orribile, tutti quei ricordi rinchiusi in un vezzeggiativo che aveva sempre odiato. «Lo capisco.»

Poi rimasero in silenzio. Jake sospirò, incapace di guardare negli occhi quello che una volta era stato pari a un fratello per lui. Avrebbe soltanto voluto dimenticare tutto e ricominciare.

«Devi smettere di andare lì.»

Jake non rispose. Non c'era risposta a una richiesta del genere, lo sapeva lui come lo sapeva Nathan. L'uomo, però, si mise davanti a lui e gli prese la nuca con entrambe le mani, costringendolo ad alzare gli occhi verso i suoi. Quei due specchi azzurri penetrarono le sue difese. *No, basta piangere, non voglio, ho mal di testa.*

«So perché lo fai,» continuò Nathan. «Ma devi smetterla. Non è sano.»

Jake sospirò e scosse piano il capo, abbassò lo sguardo. Non sapeva cosa rispondere. Non c'era alcuna risposta da potergli dare.

«Pensavo...» Nathan prese un grosso respiro. «Pensavo di vendere lo studio.»

Solo allora riuscì a reagire. Spalancò gli occhi e lo guardò, facendo un passo indietro. «No!» Nathan cercò di recuperare contatto fisico, ma lui non glielo lasciò fare. «Non puoi! No, Nath. Cassian... Quello studio è...» *Tutta la sua vita, tutto lui. Non puoi, è suo. Non puoi. È il nostro posto speciale.* «Cass...»

«Cass è morto, Jake.» Era la prima volta che glielo sentiva

dire. Lo sconvolse così tanto che non riuscì a parlare, mentre gli occhi tornavano lucidi e le lacrime gli rigavano il volto. Tremava, ma non riusciva a dire nulla. Il petto, un inferno di dolore. «Cass non c'è più. Non è lì, non è qui. Non c'è più. E dobbiamo andare avanti, okay?» Anche la voce di Nathan tremava, ma manteneva compostezza. «Io e te dobbiamo andare avanti.»

Jake scosse il capo, Nathan glielo riprese tra le mani, costringendolo di nuovo a guardarlo. Era difficile, era una tortura. Faceva *male*. «Mi dispiace averti lasciato da solo in quel momento, mi dispiace davvero. Ma adesso hai una famiglia, hai l'uomo migliore del mondo accanto a te e non avrei potuto desiderare di meglio, per te e per lui. Devi andare avanti, è abbastanza.»

Jake scosse il capo, la sua voce era un sussurro sconnesso. «No, non capisci...» Anche se l'unico che non capiva più niente era lui.

«Io ti capisco meglio di chiunque altro, ma non è sano. Questa tua... *ossessione* non è sana. *Cass non c'è più.*»

«No, non...» La sua voce si incrinò. Non riusciva a parlare, ma doveva farlo. Perché Cassian era... Cass... «Nuts, *ti prego.*»

Nathan fece per rispondere, ma fu bloccato dall'arrivo di Cody.

Si staccarono lentamente, sotto il peso dello sguardo del suo amante. Non aveva la forza di fare nulla, di parlare, di difendersi. Nathan lo lasciò andare e lui indietreggiò di un passo. Non per scappare, ma per tenersi in piedi, per evitare di cadere perché sembrava come se il mondo stesse crollando sotto di lui. Non c'era più nulla a sorreggerlo e tutto si sgretolava.

«Va bene, allora ci sentiamo domani mattina,» stava dicendo Cody a Nathan. Diede un bacio a Kacey, che non guardava altri che Jake. Quei due occhi uguali a quelli del padre, la comprensione che sembrava mostrargli nonostante lei non sapesse nulla, nonostante fosse piccola.

La bambina si avvicinò a lui e gli si strinse a una gamba, affondando il volto contro i suoi pantaloni della tuta. Jake sentì le lacrime che scendevano e rendevano la sua vista sempre più appannata. Le accarezzò il capo, si chinò a darle un bacio tra i capelli, poi Nathan se la portò via e fu solo silenzio.

Lui e Cody, nel silenzio e nel dolore.

Proteggimi. Difendimi come hai sempre fatto. Porta via il dolore.

Non sapeva se stavolta lui l'avrebbe fatto.

Cody lo prese per mano e lo portò su per le scale, in camera da letto. Senza dire una parola lo fece stendere, si mise su di lui e lo baciò. Fu un bacio strano, dolce e pieno di dolore, lento, soffice.

Posava sui gomiti e le mani gli accarezzavano il capo e il viso. Con i pollici gli asciugò le lacrime che gli bagnavano le guance, un sorriso triste era dipinto sul suo volto. Jake voleva annullarlo, perché sembrava falso e preannunciava quella che lui identificava come la fine.

«Eri innamorato di lui?» La voce di Cody era calma e contenuta, un sussurro serio, consapevole.

Jake chiuse gli occhi e deglutì, le lacrime non si bloccavano, la gola era stretta e bruciava.

«Sì.»

Poi ancora silenzio. Le dita dell'uomo sopra di lui non la smettevano di accarezzarlo. Un nuovo bacio si posò contro le sue labbra, umido.

«Cosa hai fatto a Nashville?»

Non aveva voglia di parlarne, non aveva voglia di aprirsi e dire tutte quelle parole che l'avrebbero fatto soffrire. Cody soffriva, lo percepiva dal corpo che tremava leggermente, dai baci che continuava a posare sulla sua pelle, dalla tenerezza nei suoi gesti e dall'amore che continuava a dimostrargli, sempre, incessantemente, tanto da fare male. Tutto quell'amore che non meritava, disinteressato, così forte da non riuscire a ignorarlo.

Lo fece lo stesso. Gliene parlò come se non avesse avuto altra scelta. La sincerità era l'unica cosa che gli rimaneva, arrivati a quel punto, alla fine di tutto. «Accendevamo delle candele,» iniziò. «C'era della musica lenta, una voce di donna. Io ero sempre nervoso.» Poi sorrise lieve e tremò. Cody lo ascoltava e stringeva, senza mai smettere di guardarlo. «Lui mi chiedeva di levarmi la camicia, poi prendeva il colore e mi disegnava il petto. Io tremavo, così mi chiedeva di raccontargli dei miei viaggi, per calmarmi. Ci mettevamo tra le candele e mi scattava delle foto, ma non le ha mai vendute. Le teneva per sé.» Deglutì; la voce era strozzata e flebile, un sussurro di dolore. «Mi chiedeva di raccontargli della famiglia... Poi mi abbracciava e rimanevamo così per un tempo infinito, fino a che non faceva buio e non dovevamo tornare.»

Si fermò e gli fu impossibile continuare. Non riusciva più a vedere il volto di Cody.

«E cosa hai fatto oggi?» La voce di Cody tradì un po' di paura.

Lui chiuse gli occhi. Il tremore che gli scuoteva il corpo era incontrollabile. Si lasciò scappare un mezzo singhiozzo, poi fece un grosso respiro e cercò di calmare il subbuglio nel suo cuore, nel suo petto, ovunque. Cody lo stringeva, le mani tra i suoi capelli, le dita si muovevano delicate e lo accarezzavano.

Se solo potessi rimanere per sempre così, tra le tue braccia, lontano da tutto.

«Gli ho raccontato di te,» disse. La sua voce si ruppe e Jake si abbandonò ai singhiozzi.

Cody non rispose. Rimase a lungo in silenzio, su di lui ad accarezzarlo e posare baci lievi sulla sua pelle, sulla fronte, sulle guance. Stavolta evitò le labbra.

Dopo un tempo che parve infinito, quella voce che amava e che non era mai stata così fragile chiese: «Sei ancora innamorato di lui?»

A quella domanda non sapeva rispondere. Sospirò di nuovo, riaprì gli occhi e lo guardò. Sembrava la cosa giusta da fare, mentre mormorava: «Non lo so.»

Le labbra di Cody si piegarono in una smorfia e il suo volto fu pura sofferenza. Il corpo era rigido, le mani che lo accarezzavano ancora tremavano. L'uomo chiuse gli occhi e posò delicatamente la fronte contro la sua. Jake non poté far altro che attendere, piangendo tutta la sofferenza della giornata, di un anno intero.

Poi un sussurro, la voce di Cody rotta dal dolore.

«Se solo potessi smettere di amarti.»

Si svegliò nel bel mezzo della notte.

Il suo compagno dormiva accanto a lui, un corpo silenzioso che respirava. Jake osservò la luce della luna che filtrava dalla finestra, poi la stanza in penombra, quella stanza dove avevano condiviso tutte le loro notti, dove si erano amati. Si mosse piano sul letto, accarezzò il capo dell'uomo accanto a lui, stanco.

Un bacio contro la tempia, il suo cuore che sembrava l'unico suono esistente. Poi si alzò dal letto, attento a non fare alcun rumore.

Tutto, pur di non guardarti negli occhi mentre ti dico addio.

23

Quando si svegliò, la mattina dopo, Cody capì subito che qualcosa era fuori posto.

Le tapparelle erano abbassate e la stanza era ancora in penombra. Il letto era freddo, come se non ci fosse mai stato nessun altro sdraiato accanto a lui.

«Jake?» lo chiamò. Si mise a sedere e si guardò attorno. Anche con la penombra, riusciva a capire chiaramente che c'era qualcosa di diverso, come se non fosse la stessa stanza dove si era addormentato. Possibile? Ma era la sua camera, i suoi armadi, il suo letto, il soffitto…

Si alzò e si diresse in bagno per darsi una sciacquata alla faccia. Anche lì sembrava mancare qualcosa, ma non riusciva a capire cosa. La doccia era stata usata da poco, però. Magari Jake era di sotto che faceva colazione, o a controllare il cane.

Scese le scale e lo chiamò di nuovo, piano. «Jake?» Fece tappa in salotto, poi in cucina.

Era tutto come l'aveva lasciato la notte prima, fatta eccezione per le chiavi di Jake sul tavolo e, sotto di esse, un biglietto con una singola frase scritta con la sua calligrafia. *"Se solo potessi smettere di amarti."*

Il cuore iniziò a battere velocemente, la paura gli attanagliò le vene. Afferrò il telefono quasi tremando, ma prima di poter cercare il suo numero quello prese a squillare. Sullo schermo apparve il nome di Lianne.

Cody emise un gemito prima di rispondere.

«Ehi.»

«Ciao, Cody. Ti ho svegliato?» chiese la voce della ragazza. Sembrava tranquilla quindi, forse, non aveva cattive notizie per lui. Per un attimo sperò di sentirle dire che Jake era con lei e che era andato a controllare il cane. Magari aveva dimenticato le chiavi a casa.

«No, dimmi.»

«Ti chiamo per il cane. Ha superato la notte, ho dovuto operarlo perché era messo davvero male. Se la caverà e sarà come nuovo nel giro di un mese, al massimo.»

«Bene,» mormorò Cody. Ai suoi piedi un movimento, poi le fusa leggere di Gulliver. Lo sollevò rivederlo, forse era un segno in più che Jake non se n'era andato. Controllò la ciotola e vide che era quasi vuota. «Quando posso passare?»

«Se vuoi vederlo, anche in mattinata,» rispose lei. «Ma dovrà rimanere qui almeno per qualche giorno o una settimana, per essere sicuri che si rimetta.»

Cody annuì tra sé e sé mentre riempiva a metà la ciotola del gatto e accendeva la macchinetta del caffè.

«Okay,» rispose. «Per caso è passato Jake?»

«No, non che io sappia,» rispose lei. «Perché? È successo qualcosa?»

Cody sospirò. «No, va tutto bene.» Guardò l'orologio, che segnava le otto di mattina. Forse era andato al lavoro; sembrava plausibile. Si riempì una tazza e sedette al tavolo, con la testa che sembrava scoppiare.

«Era parecchio scosso ieri sera,» commentò la voce al telefono. «Mi dispiace.»

«Già.» Cody prese un sorso del suo caffè. «Diciamo che non aveva avuto una giornata facile.»

«Capisco,» rispose Lianne. Fuori, la neve scendeva ancora in fiocchi piccolissimi e lenti. Faceva anche freddo, sarebbe stato il caso di alzare i caloriferi. «Quindi, state insieme?» chiese Lianne.

Cody si prese un attimo per pensarci. Dalla voce non sembrava contraria, né pronta a fargli una ramanzina perché *non era naturale*. Una reazione completamente diversa da quella di sua sorella, a cui fu facile rispondere con sincerità.

«Sì.» *Beh, almeno fino a ieri mattina.* Si disse di non essere troppo pessimista, ma c'era qualcosa dentro di lui che non la smetteva di graffiare, nello stomaco. Ansia e angoscia.

«Non l'avevo capito,» rispose Lianne, tranquillamente. «La prima volta che ti ho visto, intendo.»

«Sì, nemmeno io,» fu tutto ciò che riuscì a dirle, con una scrollata di spalle.

«È stato difficile per te?»

Cody ci rifletté su. «Il coming out? Un po'.» Ripensò per un attimo alla cerchia di falsi amici che lo fissava a metà tra lo shock e il disgusto, l'imbarazzo tra di loro. Poi pensò agli occhi verdi e caldi di Jake. «Innamorarmi di lui, no. Quello è stato tremendamente facile.»

La donna emise un verso d'ammirazione e mormorò: «Che cosa carinissima!» Cody sentì il volto scaldarsi.

«È... è solo la verità.»

Lianne ridacchiò. Una risata tenera, che non gli diede fastidio. *È così che ci si sente ad essere accettati dagli altri per ciò che si è?*

«Grazie,» mormorò.

«Per che cosa?»

Cody si strinse nelle spalle anche se lei non poteva vederlo, poi mise la tazza nel lavandino. «Per aver chiamato. Ti lascio al tuo lavoro, adesso.»

«Figurati,» rispose lei. «Per qualsiasi cosa, telefona. Ci vediamo nei prossimi giorni.»

Dopo aver chiuso la chiamata, si diresse di nuovo al piano di sopra. Il cellulare non diede segni di vita per quanto riguardava Jake, ma c'era un messaggio da Nate. Era una foto di Kacey e Nathan che dormivano sul divano, spalla contro fianco, avvolti da una coperta. Probabilmente avevano visto un film insieme. Quello, almeno, lo fece sorridere.

Una volta in camera sua, aprì la finestra e lasciò entrare la luce. Gli sembrava ancora come se la stanza non gli appartenesse. Si mosse e aprì l'armadio per prendere dei vestiti puliti.

Metà di esso era vuoto.

Provò a chiamare Jake, ma il telefono era spento. Non aveva idea di dove cercarlo, così si ritrovò a fare un giro per la città senza meta, con la neve che continuava a scendere. Iniziava a odiare quel colore.

Passò per strada la maggior parte del pomeriggio e rincasò soltanto quando si ricordò di mangiare. Poi attese che Nathan arrivasse con Kacey, il telefono in mano nella speranza di veder comparire il nome di Jake.

«Ehi,» salutò Nathan quando arrivò con Kacey e Nate. Entrambi i suoi amici lo fissarono con preoccupazione, facendogli intendere che doveva avere davvero una faccia terribile. Si sentiva stanco, in effetti, e aveva mal di testa.

«Ehi.» Diede un bacio a Kacey, poi li fece entrare. La bimba scomparve quasi subito per fare un giro della casa, mentre lui guidava Nate e Nathan in cucina per offrire loro da bere.

«Come stai?» chiese Nate.

«Di merda,» rispose. «Sono stanchissimo. Credo di aver dimenticato di mangiare, prima.»

Nathan gli diede uno schiaffo lieve alla nuca, per poi tirarlo a sé in un semi-abbraccio da cui Cody non si ritrasse. Nate li guardò con un sorriso apprensivo mentre beveva un bicchiere d'acqua.

Kacey comparve sulla soglia, un dito alla bocca e la mano libera dietro la schiena. «Papà?»

«Sì?» Cody era sicuro che volesse chiedergli del cane dell'incidente, ma la domanda era molto più dolorosa.

«Dov'è Jake?»

Cazzo.

Il suo cuore perse un battito, poi accelerò in modo doloroso. L'ansia gli stava mozzando il respiro, così come la preoccupazione e il dolore per non sapere quale fosse la risposta a quella domanda. Avrebbe tanto voluto averla, ma non ne aveva idea nemmeno lui. Così, invece di risponderle, si limitò a chinarsi su di lei e a farle una carezza. Kacey sembrava sul punto di piangere.

«Tesoro...» Ma non sapeva cosa dirle. Gulliver apparve accanto alla bambina e le si strusciò contro, così Kacey lo prese in braccio. Il gatto era enorme in confronto a lei.

«Kacey, perché non andiamo di là, così mi fai vedere il pupazzo di cui mi parlavi?» lo salvò Nate. Cody gli rivolse uno sguardo di pura gratitudine mentre accompagnava la bambina in salotto e lo lasciava da solo con Nathan.

«Ho fatto un casino,» disse, poi. Si lasciò ricadere su di una sedia e si prese la testa tra le mani, il respiro affannato di chi ha appena corso per un miglio senza fermarsi. «Cristo.»

«Ehi, ehi...» Nathan si inginocchiò di fronte a lui e gli posò le mani sulle cosce. «Va tutto bene, Jake è fatto così. Sparisce, poi ritorna. Va tutto bene.»

«No, va tutto da schifo, sono un coglione e avrei dovuto soltanto...» Dovette fermarsi perché la sua voce si incrinò. Avrebbe dovuto soltanto *cosa*, esattamente? Perché non era lui il cattivo della storia e sapeva che non avrebbe potuto dire nient'altro che quel che aveva già detto, ma non lo era nemmeno Jake.

Nathan gli accarezzò la nuca, poi una guancia. «Ti va di dirmi cosa è successo ieri?»

«Nulla,» sussurrò. Ma non era corretto, così scosse piano il capo. «Mi ha detto che non sapeva se era ancora innamorato di Cassian.»

Nathan non ebbe reazioni. «Come hai risposto?»

Se solo potessi smettere di amarti. Chiuse gli occhi. «Non credo di averlo fatto. Forse è per quello, forse... non lo so.»

«Cody...» Nathan sospirò e gli strinse piano le ginocchia. «Jake non è stupido, come non lo sei tu. Sapete entrambi quello che provate l'uno per l'altro. Se se n'è andato, significa che ha bisogno di tempo. Non può scappare, tornerà.»

«Si è portato via la sua roba.» *E non sono sicuro di sapere cosa provi lui per me.* Aggiungerlo, però, non avrebbe aiutato.

«Non significa che non possa tornare. Lavora con Nate, dai! Prima o poi si farà rivedere.»

Cody sospirò. «Mi sento una cazzo di moglie abbandonata, Cristo.»

Nathan sorrise, divertito, ma non ribatté. Si alzò e riempì un bicchiere d'acqua, che gli porse. Anche se non aveva sete, Cody lo accettò e prese un sorso.

Dopo qualche secondo in cui entrambi rimasero in silenzio, Nate apparve sulla porta. «Ehi, Kacey si è addormentata.» Andò a sedersi accanto a Nathan e accettò anche lui un bicchiere d'acqua da Cody. «Era un po' stanca.»

«Ti ha detto qualcosa?»

«Non molto,» rispose Nate. Poi fece un sospiro e, senza guardarlo, continuò: «Ha paura che Jake non torni.»

Nathan abbozzò una risata. «Fantastico. Dev'essere di famiglia, allora.»

«Piantala,» gli intimò Cody, prima di rivolgersi di nuovo a Nate. «Lui ti ha detto qualcosa al lavoro?»

Nate fece una smorfia. «Uhm, veramente non è venuto al lavoro.»

Un brivido freddo sulla schiena. «Ah.»

«Ha chiamato chiedendomi se poteva prendersi un giorno libero.» *Almeno ha chiamato.*

Cody sospirò e nascose il viso tra le dita di una mano. Nate allungò la sua sul tavolo per stringergli quella libera. Era uno dei tanti gesti di Nate capaci di rassicurarlo. «Cody, andrà tutto bene,» disse. «Dagli tempo.»

«È quello che gli ho detto anche io,» commentò Nathan. Cody sbuffò.

«Gli ho dato così tanto tempo che adesso sembra inutile.»

Nathan lo fulminò con lo sguardo. «La pianti di fare il pessimista?» chiese. Nate, accanto a lui, tratteneva a stento un sorriso gentile. «Senti, conosco Jake. A volte è un bambino, nel vero senso del termine, e reagisce d'istinto, ma non è una persona cattiva e non è di certo una perdita di tempo.»

«Non ho detto questo,» rispose Cody. Sentiva lo stomaco rivoltato e gli occhi pizzicare. Si sforzò di mantenere un contegno, anche se la testa era un subbuglio di pensieri impazziti e autocommiserazione. «Ma sta iniziando a essere stancante ritrovarsi ad amare qualcuno che, alla fine, non sceglie te.»

Ci mise qualche secondo a rendersi conto che era una cosa poco carina da dire. Ultimamente non riusciva a tenere a freno la lingua. Alzò lo sguardo con il timore di incontrare quello dei due uomini davanti a lui.

Nate non lo guardava, aveva il capo chino e sembrava interessatissimo alle venature scure del legno del tavolo. Nathan, invece, lo fissava con serietà e un accenno di rabbia. Cody deglutì a fatica.

«Scusate,» mormorò. «Non volevo…»

«Sai cos'è davvero stancante?» chiese Nathan. Cody non

voleva saperlo, ma si costrinse a rimanere in silenzio. «Che io debba continuare a ripetermi. Cassian non c'è più, Cody. Non ha senso pensare che Jake possa *scegliere*...» Poi Nathan si bloccò e prese un grosso respiro, chiaramente in difficoltà. Si sentì uno schifo.

Nate lo guardò con apprensione. «Nath?»

Nathan gli rivolse un cenno del capo per rassicurarlo, poi guardò di nuovo Cody. Stavolta nella sua espressione c'era più contegno, dolcezza. «Lo so che hai paura, perché la vostra situazione è difficile e c'è in ballo tanto,» iniziò. «Ma non credi che valga la pena sforzarsi di capirlo? Era un argomento che non avevate ancora affrontato, okay. L'avete fatto e continuerete a farlo.» Poi Nathan si prese una pausa per riprendere tra le mani il suo bicchiere. Lo tenne lì, senza bere, come se avesse solo avuto bisogno di stringere qualcosa. «Non vale la pena combattere, in questo caso?» chiese.

Cody rimase in silenzio per qualche istante, senza riuscire a guardare nessuno dei due. Poi si alzò.

«Si è fatto tardi. Metto a letto la bimba.»

Sapeva che eludere la domanda non avrebbe messo a posto le cose, ma aveva bisogno di allontanarsi e prendere aria perché non ne aveva più. Perché sapeva che, prima o poi, avrebbe fatto i conti con tutte quelle divergenze tra lui e Jake, con quello che ancora non si erano detti, con quel *"ti amo"* mai ricambiato. Lo sapeva, ma non per questo faceva meno male.

Si diresse in sala e cercò la figura di Kacey. I giochi erano ovunque sul pavimento, nonostante la piccola non fosse troppo disordinata rispetto agli altri bambini che aveva visto.

«Scimmietta, a letto. Forza.» Si diresse alla vetrata del balcone e la chiuse. Perché l'avevano aperta se faceva così freddo? Quando si girò controllò il divano, poi gli altri angoli della stanza.

«Kacey?» *Forse è andata in camera.*

In camera, però, non c'era, così come in bagno.

«Tutto okay?» Sentì chiedere da Nate. Lo ignorò per salire al piano di sopra, due scalini alla volta.

«Kacey?»

Nessuna risposta. Il sangue gli si gelò nelle vene e brividi di freddo gli percorsero tutto il corpo. Quando tornò al piano di sotto, Nathan e Nate lo fissavano preoccupati. Si rivolse a Nate. «Avevate la finestra aperta?»

«Cosa?» Nate sembrava spaventato, adesso.

«Il balcone, sul portico. Era aperto?»

«No. Non fa troppo freddo per aprirlo?»

Cody si precipitò alla porta in salotto, poi uscì fuori per chiamare ancora la bambina a gran voce. La notte rispose fredda e tetra.

Nathan lo raggiunse e, poco dopo, Nate con le giacche. Lui si mise la sua in pochi secondi. «Che ti ha detto precisamente?»

«Cody, mi dispiace, non credevo...» Lo ignorò.

«Di che avete parlato, Nate?»

«Di... di Jake. Solo di lui. Mi ha chiesto quando sarebbe tornato e se tu l'avevi cacciato perché aveva messo sotto il cane.»

«Che le hai detto?»

Nathan gli fu accanto e cercò di prenderlo per le spalle per farlo voltare e calmarlo, ma Cody se lo scrollò di dosso.

«Che...» Nate fece un passo indietro. «Che non lo sapevo e che non credevo fosse possibile. Che sarebbe tornato di sicuro.»

«E ti ha creduto?»

«Cody...» lo richiamò Nathan. Lui sembrava non vederlo nemmeno.

«Ti ha creduto o no?»

«Che cazzo ne so, Cody!» Nate si guardò intorno. Sembrava agitato anche lui, il che non andava a suo favore.

«Cody, dov'è Tex?» chiese Nathan. *Chi cazzo se ne frega del cane, adesso.* Però si guardò intorno comunque. Con tutta quell'agitazione, Tex sarebbe già dovuto essere lì.

«È con lei, Tex,» concluse. Sulla neve, piccole impronte che si dirigevano sul fronte della casa, fino alla strada.

«Andiamo,» ordinò Nathan. Lui gli fu subito dietro.

24

AVEVA LA NAUSEA ANCHE DELL'ALCOL.

Aveva passato una giornata atroce. Sì, alla ricerca di appartamenti... che però, per un motivo o per un altro, non gli andavano mai bene. Senza contare che non aveva soldi, non sapeva cosa fare e di certo quei pochi spiccioli che guadagnava con il lavoro alla libreria servivano sì e no a mangiare un po' di carne per non soccombere.

Devin gli aveva detto che poteva rimanere quanto voleva, fintanto che non rompeva a sentirlo scopare notte e giorno con la sua ragazza. Come se ne avesse avuto tempo. In una sola giornata aveva girato mezza città alla ricerca di un posto dove stare e aveva anche finito il pacchetto di sigarette d'emergenza, suo unico sfogo. L'alcol era fuori discussione e costava troppo. Il sesso... no. Perché si ostinava ancora a portare fedeltà a Cody, anche se sapeva bene che era finita, che non ce n'era bisogno, che non c'era lui a casa ad aspettarlo. Non c'era neanche una casa in cui tornare.

Quindi se ne stava lì, fuori dal bar, a osservare ragazzini e terribili figure che vi entravano e uscivano come se fosse stato il loro ultimo giorno di vita. Sballo e basta.

E dire che una volta era stato esattamente come loro. Riusciva quasi a vedersi lì, con due ragazze accanto attirate dai vestiti firmati che gli aveva regalato Cassian anni prima, a bere al bancone e portarsele da qualche parte a scopare. Ad attirare un ragazzo poco più piccolo di lui nei bagni per un pompino, per poi salutarlo con un "non do il mio numero agli sconosciuti".

Una persona meschina e menefreghista che affogava nell'effimero e nel temporaneo il lutto per l'uomo da cui non era mai stato ricambiato.

Una persona che non c'era più.

Sospirò.

«Posso aiutarti?» chiese una voce accanto a lui. Quando si girò, trovò un ragazzo accanto a lui, appoggiato al muro, che lo fissava con occhi languidi e chiaro interesse. Jake gli restituì uno sguardo gelido.

«Dipende,» rispose. «Sai come si fa a rendersi conto di cosa si prova per una persona?»

L'altro sobbalzò. «Oh.» Jake alzò un sopracciglio. «Deduco che non sei aperto a scopare?»

«No.»

«Oh.» L'uomo si strinse nelle spalle e alzò una mano in saluto. «Beh, buona fortuna con la tua ricerca.»

«Ciao.» Jake lo seguì con lo sguardo mentre si avvicinava ad altri ragazzi, sicuramente più affabili e amichevoli di lui. Poi sbuffò e si guardò intorno. Accanto a lui, un ragazzino di vent'anni, forse, che lo osservava. Rimase immobile finché quello non si rese conto che l'aveva notato.

«Ah. Ciao.»

Jake fece un cenno nella direzione da cui era sparito il ragazzo di prima. «Non sono aperto a scopare. Vai da lui.»

«No, intendevo...» Lui si passò una mano tra i capelli scuri e mossi. «Ti ho sentito mentre rispondevi a lui. Uhm...» Sembrava indeciso su cosa dire. *È normale che si senta in dovere di parlarmi? Avrà anche dieci anni meno di me. Ci sta davvero provando?* «Quando odi qualcuno o sei arrabbiato, di solito ci si sente come se volessi prenderlo a pugni o scappare.»

Oppure è solo fuori di testa. «Sì, genio. Non ci sarei mai arrivato.» Poi gli fece un cenno perché lui se ne andasse, ma quello non si mosse.

«Se... se volessi essere come questa persona e fai di tutto per sapere cosa fa e cerchi di trarre vantaggio dai suoi consigli, allora la ammiri.»

«O sei uno stalker più gentile degli altri,» rispose Jake. Il ragazzino fece una smorfia e si strinse nelle spalle, chinando il capo.

«Puoi vederla anche così,» mormorò. Jake sospirò. Stava per ripetergli di lasciarlo solo, quando quello tornò a parlare. «Oppure c'è quando vuoi per forza che questa persona stia bene e fai tutto per farla felice, come la mamma o i fratelli, sai... In quel caso gli vuoi bene, ecco.»

«Non mi dire...»

«O sei innamorato, se volessi solo vedere quella persona e passare il resto della vita con lei.»

Jake si voltò a guardarlo. Il ragazzino aveva ancora il viso chino e sembrava rosso alla flebile luce proveniente dal bar, ma rimaneva immobile davanti a lui come se fosse stato seriamente interessato a rispondere alla sua domanda. Era goffo e, a suo modo, anche tenero.

«Innamorato, dici?»

Lui si azzardò a guardarlo. «Sì, innamorato. Sai, quando ti batte forte il cuore solo al sentire il suo nome?»

Cody...

Il suo cuore lo tradì perdendo un battito.

«Uh. Hai pensato a qualcuno, no?» Quel grilletto parlante di fronte a lui sorrise. Aveva i denti separati, che lo rendevano ancora più tenero. «Perché avevi proprio la faccia da "sono innamorato di..."»

Oh, non contarci.

«Sì, bravo,» gli disse, facendo un cenno della mano. «Ora potresti lasciarmi solo?»

«Perché così puoi rimanere altre due ore qui a non fare nulla?» Quello fece un sorriso furbo. «C'eri quando sono arrivato e ci sei adesso che me ne sto andando. E io sono venuto qui alle sette.»

Ed erano quasi le dieci, sì.

«Anche se fosse, non sono fatti tuoi, ragazzino.»

«Forse,» rispose lui, stringendosi nelle spalle. «Però sembravi tanto bisognoso di parlare, e non hai incontrato nessuno fino a questo momento, quindi...»

«Quindi hai pensato di fare la buona azione della giornata.»

«Veramente è la mia seconda buona azione della giornata,» rispose lui, ridacchiando. «Ma sì, pensavo a una cosa del genere.»

«Beh, bravo, grazie. Puoi andare.»

«Tra qualche minuto, stanno venendo a prendermi,» rispose. «Però... Una cosa devo dirtela.» *Perché dalla tua lunga esperienza di vent'anni secchi hai imparato che...* «Se ci stai pensando così tanto, qualcosa c'è. Bravo, ma non ha senso continuare a struggersi. Viviti le emozioni e basta. Se vuoi bene a questa persona che ti fa battere il cuore solo a pensarci, allora dovresti stare con lei.»

Jake emise una risata amara. «Certo, grazie. È bello sapere che la tua vita è così semplice.»

«La vita *è* semplice.» Una macchina si fermò davanti a loro e il ragazzino alzò la mano per salutare, per poi rivolgersi di nuovo a lui. «Ti stai facendo troppi problemi. Tu la risposta già la sai, smettila di preoccuparti per quel qualsiasi cosa ti stia bloccando, e buttati.» Il ragazzino alzò la mano e gli fece un sorriso. «Ciao ciao!»

Jake lo fissò mentre si dirigeva alla macchina e saliva sui sedili posteriori, poi si allacciava la cintura e quella ripartiva e spariva in fondo alla strada.

Ci mancava il santarellino di vent'anni.

Che, però, aveva smosso qualcosa dentro di lui. *Maledizione.* Odiava essere così percettivo e perdersi così tanto nei pensieri e nella speranza. Odiava starsene lì a non fare niente fuorché guardarsi intorno alla ricerca di un volto che non avrebbe visto.

Poi dei versi di randagi da un lato della strada, qualche guaito, ringhi.

Jake cercò la fonte del disturbo e la identificò in un branco di ragazzini che dava fastidio a un cane, una voce di bambina che piangeva. Forse un litigio tra mocciosi, ma ultimamente il latrato dei cani era diventato terribile da sentire.

Così si diresse verso di loro e li richiamò. «Ehi.»

Era un gruppetto di giovani in età di scuole medie, forse tredici o massimo quattordici anni. Uno di loro si girò con fare altezzoso e chiese: «Che vuoi, stronzo?» Un accento marcato del sud.

«Modera i termini, puzzi ancora di latte.» Poi diede uno sguardo al cane che ringhiava e vide che dietro di lui c'era una bambina piccolissima, che vestiva una felpa imbottita più grossa di lei, simile a quella che lui portava quando...

Un attimo. Kacey? Buon Dio, era davvero lei. Che ci fa qui?

Il sangue gli salì al cervello. «Che cazzo state facendo?»

«Oh, ma che vuoi, stronzo inglese?»

Jake prese per i capelli il più vicino, che smise di ridere appena si rese conto del dolore sordo alla nuca. Gli altri due indietreggiarono e si zittirono. Erano visibilmente indecisi su cosa fare. Forse scappare, forse rispondere? No, ricordava la mentalità dei gruppi a quell'età, e c'era uno strano senso di potere nel ritrovarsi dall'altro lato a terrorizzare un moccioso del genere.

«Per te è stronzo *scozzese*, testa di cazzo.» Il ragazzino diede un urletto e gli altri indietreggiarono ancora. «Se non vuoi che me la sbrighi con te prima di chiamare gli sbirri e farti sbattere dietro le sbarre come la fighetta piagnucolosa che sei, ti conviene portare il giusto rispetto. C'è differenza tra uno scozzese e un inglese.»

Quando lo strattonò, i ragazzini trovarono la forza di dileguarsi. Quello che piagnucolava cercò di divincolarsi, poi diede un urletto. «Ho capito, scusa!» Ma Jake non lo lasciò andare. «Ahia! Stronzo, ho detto scusa, lasciami!»

«Fatti vedere un'altra volta qui in giro a cercare di spaventare ragazzine di sei anni, succhia biberon, e la prossima volta non farai in tempo a chiamare il paparino per farti salvare quel culo moscio che hai.» Poi lo lasciò andare e stette a guardarlo mentre scompariva in tre secondi netti.

Tex gli si avvicinò, con la coda che spazzava l'aria velocemente, mentre Kacey se ne stava immobile a fissarlo nell'angolo, stretta nella felpa di Jake, forse timorosa di essere sgridata. «Hai avuto paura?» le chiese, chinandosi accanto a lei.

Kacey annuì piano, poi si lasciò avvicinare con timidezza. Jake si guardò intorno. «Dov'è Cody?» domandò. Tex gli leccò una mano mentre la bambina si faceva sempre più piccola. Le massaggiò la schiena e riprovò con più dolcezza. «Kace? Dov'è papà?»

«A casa,» rispose la vocina piccola e tremante della bimba.

Lui rimase in silenzio per un istante. «Eri con Nathan e Nate, allora?»

Lei scosse il capo. Un attimo in cui dovette prendere un respiro, perché sentiva una strana rabbia a dover proferire le parole successive. «Tuo padre *sa* che sei qui?»

Lei si strinse nelle spalle e chinò il capo. *Oh, Gesù Cristo.*

«Kacey...» gemette, tirandola a sé per abbracciarla. La piccola emise un lamento che finì in tanti singhiozzi, forse liberatori, forse di tristezza e paura. Lui cercò di consolarla e calmarla mentre con la mano libera accendeva il telefono per la prima volta in tutta la giornata.

«Shh...» cercò di rassicurarla. «Va tutto bene, ora lo chiamo e glielo dico. L'avrai fatto preoccupare, Kacey.»

Lei non sembrava troppo convinta della sua decisione, ma se ne stette stretta al suo collo, in silenzio, a tremare mentre il telefono notificava diversi messaggi e chiamate. Cody e Nathan, principalmente. Il cuore batteva all'impazzata a leggere il nome del compagno.

Sai, quando ti batte forte il cuore solo al sentire il suo nome?

Cody rispose dopo tre squilli. «Jake, non è proprio il momento.»

«È qui,» disse lui, senza mezzi termini. Dall'altra parte, Cody si bloccò.

«Cosa?»

«Kacey. È qui con me, sta bene.»

Un attimo di silenzio, poi un singhiozzo. Non credeva di aver mai sentito Cody piangere per qualcosa che lui aveva detto o in generale, se non quando era in Texas. Gli penetrò nel cuore e gli fece bruciare tutto.

«Grazie al cielo,» gemette Cody. Un suono che lo distrusse. Cody così vulnerabile, che si aggrappava al sollievo e cedeva, che aveva bisogno di lui, che respirava piano cercando un contegno che Jake sapeva di non volere. Voleva che si sfogasse, voleva abbracciarlo e dirgli che andava tutto bene e che tutto si sarebbe risolto, che non doveva smettere di amarlo. Che non voleva lo facesse.

«Calmati, okay?» riuscì a mormorare. Kacey prese a tremare tra le sue braccia, così lui le accarezzò il capo con la mano che la stringeva. «Era con Tex. Ed è al sicuro.»

«Dove sei? Arrivo.»

«No, tu dove sei.» Si guardò attorno. Aveva ripreso a nevicare. «Non ti faccio muovere in quello stato. Trova un posto per sederti e aspettami.»

Cody non rispose subito, tanto che temette di ricevere un diniego. Poi, però, la sua voce ferita sussurrò: «Al parco vicino casa.»

«Faccio in fretta. Stai tranquillo.» Chiuse senza aspettare la risposta, poi mise il telefono in tasca. Kacey ancora non lo lasciava andare.

«Piccola...» Un po' a fatica riuscì a scostarsi da lei per guardarla negli occhi. «Perché te ne sei andata senza dire nulla?»

«Volevo cercare te.»

Fu come ricevere un calcio nello stomaco. Jake stette a guardarla incapace di ribattere, spaventato anche, con la gola che tornava a stringere e mozzargli il respiro.

«Cosa?» Era un sussurro sconclusionato. «Perché?»

«Non voglio che te ne vai,» disse Kacey, piangendo. «Non l'hai fatto apposta a fare male al cagnolino! Non voglio che te ne vai anche tu!» Poi i singhiozzi le impedirono di parlare e la piccola si strinse nel suo abbraccio. C'era del tremore incontrollato tra di loro, ma stavolta Jake non era sicuro che si trattasse di lei. Sentiva il corpo come in un vortice che non si fermava, la confusione e il mal di testa e poi, più di ogni altra cosa, il bisogno di vedere Cody.

Fece un cenno a Tex. «Andiamo da tuo padre.»

CODY ALZÒ il capo solo quando sentì il rombo della Boneville in fondo alla strada. Nathan era a qualche passo da lui che parlava a telefono con Nate e gli spiegava la situazione. Per tutto il tempo Cody non aveva fatto altro che invidiare la sua calma e razionalità nel cercare la bambina, il modo in cui aveva proposto di dividersi e quello in cui aveva cercato di rassicurarlo, invano. Aveva invidiato il fatto che avesse Nate e l'appoggio reciproco su cui potevano contare.

Poi la chiamata di Jake e il sollievo nel sapere che sua figlia era con lui, lì dove doveva essere. Che stava bene, che era al sicuro perché con Jake non poteva essere altrimenti.

Jake smontò dalla moto e fece scendere Kacey, che sedeva davanti a lui perché non cadesse. Mentre l'uomo si levava il casco, Cody osservò come sua figlia non guardasse altri che lui, quasi timorosa di distogliere lo sguardo. Poi Jake diede uno sguardo alla strada da cui, dopo pochi secondi, apparve Tex, correndo. Prese per mano la bambina e incontrò gli occhi di Cody, facendo accelerare i battiti del suo cuore.

Cody si alzò quasi al rallentatore dalla panchina su cui era seduto. C'era tanta paura assieme al sollievo, il disagio di non sapere cosa fare, come se non si fosse sentito degno di muoversi e parlare. Kacey lasciò andare la mano di Jake e gli corse incontro. Si accorse a stento di quando fu chino per stringerla, o di Tex che si era gettato su di loro per fare le feste. Si ritrovò a piangere come uno stupido mentre stringeva sua figlia, quasi avesse avuto paura di vederla svanire di nuovo.

«Non farmi mai più spaventare a quel modo,» mormorò contro i suoi capelli biondi. Lei annuì tra i singhiozzi. «Mai più, Kacey.»

«Scusa, papà,» gemette lei.

«Che ti è saltato in mente? Potevi farti male, Kacey, come ti è venuto di andartene da sola...»

«Volevo Jake.»

Cody aveva pronta una risposta che non arrivò mai. Faceva *male*. Jake era un uomo che era entrato nella sua vita e l'aveva sconvolta in pochi mesi, che era riuscito a conquistare sua figlia senza fare nulla se non mostrarsi per quello che era.

Un uomo forte e fragile, un uomo che aveva voglia di amare e proteggere fino alla fine dei suoi giorni, per quanto spaventoso fosse. Un uomo che fissava con occhi lucidi e pieni di quello che non voleva chiamare *amore*.

Nathan si avvicinò a lui e gli fece un cenno, prese con delicatezza Kacey e la portò a qualche passo da loro, per parlarle piano e farla smettere di piangere. Poi furono soltanto loro due.

Per qualche istante non seppe cosa fare. Jake di fronte a lui che lo fissava e Cody che era la rovina di una fortezza inespugnabile fatta di bugie e un'infanzia di pregiudizi.

Jake si avvicinò e fu terribilmente semplice lasciare che lo attirasse in un abbraccio, posare il capo contro la sua spalla e stringere la giacca di pelle che profumava di muschio e di *lui*.

Chiuse gli occhi e rimase immobile, le spalle tremavano mentre lasciava che le lacrime scivolassero contro la spalla del compagno e portassero via il dolore. C'erano così tante parole che voleva dire e che, adesso, non avevano più senso.

«È stato orribile,» sussurrò.

«Lo so,» rispose Jake. Quella voce roca d'emozione e così *bella*.

«Lei era *scappata*,» continuò Cody. «E tutto ciò che riuscivo a pensare era *"Jake"*. Tu che non c'eri, che te n'eri andato e io che me ne stavo lì, nella casa *vuota*, a pensare a quello che avresti fatto tu perché, merda, Jake, *ti amo*.» Jake tremò tra le sue braccia, ma rimase in silenzio. «Ti amo ancora, nonostante faccia un male cane, ti amo e avrei soltanto desiderato averti lì e stringerti e trovare conforto in te.» Poi girò appena lo sguardo per incontrare il suo, pieno di emozioni, le labbra appena screpolate e tremanti che si soffermò a sfiorare, solo per un attimo. «Tu che sembri essere totalmente convinto di non saperti prendere cura di nessuno quando è quello che hai fatto per tutto il tempo con *me*.»

«Cody...» Un mormorio, poi quelle braccia lo strinsero e fu Jake ad affondare il capo contro la sua spalla mentre lui intrecciava le dita ai suoi capelli e lo accarezzava piano, come se fosse stato la cosa più preziosa al mondo. In un certo senso era così.

«Non possiamo farla funzionare?» chiese Cody. «In qualche modo. Non c'è niente che io possa fare? Io...» Gli prese il viso tra le mani e sfiorò ancora le sue labbra, poi accarezzò le guance rosse per il freddo, gli scostò una ciocca di capelli da quegli occhi verdi e lucidi, profondissimi. Dire la frase successiva fu difficilissimo, con la voce che tremava.

«Jake, io non voglio smettere di amarti.»

Jake emise un sospiro e chiuse le palpebre, lasciando cadere una lacrima tra le sue dita. Cody lo avvicinò a sé e gli baciò la fronte, poi una guancia, di nuovo le labbra. Jake non reagiva, sembrava bloccato e incapace di fare altro, così si chinò piano verso di lui, posando la testa contro la sua, chiudendo gli occhi. Il silenzio attorno a loro, il freddo che sembrava non esistere più.

«Neanche io.»

E poi non esistette più *nulla*. Lo guardò come si guarda un angelo, un'apparizione meravigliosa che in pochi secondi sarebbe sparita. Due parole che sembravano il suono più dolce al mondo.

Jake aprì gli occhi e lo guardò, sofferente. «Mi sento così in colpa...»

«Per che cosa?» riuscì a chiedere. Aveva il cuore in gola e non aveva idea di cosa aspettarsi, né se avesse capito bene, né se fosse sveglio o meno.

«Per amare te invece che lui.»

Dio. Cody lo tirò a sé e lo strinse ancora, anche se non sapeva se fosse per sentire il calore del suo corpo, quel cuore che *apparteneva a lui* e che batteva veloce quanto il suo, oppure per non cadere, cedere alla debolezza delle ginocchia tremanti. Sapeva soltanto che era una sensazione terribile e bellissima allo stesso tempo, che non voleva smettere di provarla, che desiderava fermare il tempo. *Fermatelo, adesso. Fermateci qui, tra la neve e il silenzio.*

«Non smettere di amarmi,» sussurrò Jake. Cody emise un respiro tremante e aprì gli occhi. Oltre la spalla di Jake, Kacey aveva smesso di piangere e stava accarezzando Tex con estrema dolcezza. Cody la guardava con occhi lucidi e pieni di emozione, ringraziando un Dio in cui non aveva mai creduto.

«Mai,» sussurrò, contro l'orecchio dell'uomo che amava. «Non smetterò mai.»

Attorno a loro, la neve scendeva lenta e ricopriva tutto con il silenzio.

25

Mettere in punizione Kacey non fu facilissimo, perché era piccola, perché lui non era abituato a essere severo e perché non c'era molto che potesse toglierle. Tentò con i giocattoli e la televisione, ma lei ovviò al problema addormentandosi con il suo libro di fiabe in mano e un sorriso soddisfatto tra le labbra per aver riportato Jake a casa.

Forse, almeno un po', gliene era grato.

Jake era crollato appena aveva toccato il materasso, probabilmente per il sovraccarico e la stanchezza. Cody si accontentò di sonnecchiare con il suo calore tra le braccia, di proteggerlo e accarezzarlo per tutta la notte come credeva avesse bisogno.

La mattina dopo si districò dal suo abbraccio a fatica e si diresse al piano di sotto, per farsi un tè e mettere a posto le idee. Aveva passato una giornata infernale tra la paura di non vedere più l'uomo che amava e quella che Kacey si fosse fatta male. Non sapeva come sarebbe andata la loro vita da quel momento in poi, ma dopo quello che gli aveva detto Jake la sera prima immaginava che ci fosse ancora speranza.

Sul tavolo c'era il telefono di Jake. Quando Cody si

sedette con la tazza fumante di tè tra le mani, si ritrovò a prenderlo e osservarlo. Non intendeva farsi i fatti suoi, davvero, ma per sbaglio premette un pulsante e sullo schermo comparve la notifica della fotocamera accesa. Sbloccò lo schermo e quello gli restituì l'immagine della cucina. Nell'angolo in basso a sinistra la miniatura del viso di Jake.

La tentazione fu troppo forte. Premette il dito sull'icona, poi il suo ragazzo comparve sullo schermo e, al centro, il triangolino che avviava il video. Dall'immagine sembrava in un posto che Cody non conosceva.

Non si fa, Cody, sei una persona terribile.

Però non riuscì a trattenersi. Premette play e il volto di Jake apparve nello schermo, i vestiti erano gli stessi che aveva la mattina dell'anniversario. I suoi occhi erano tristi e lucidi, un sorriso flebile e forzato sulle labbra morbide. Jake fece un sospiro e guardò in basso, poi di nuovo alla fotocamera che tremava leggermente. La teneva con una mano, mentre l'altra era abbracciata alle gambe piegate davanti a sé. Luce flebile di candele.

«Ehi,» mormorò Jake. La sua voce era anche peggio e gli spezzò il cuore. «Uhm. Sì.» Sembrava in imbarazzo, così gli venne da sorridere. Jake guardò di nuovo da un lato, poi l'obiettivo e abbozzò una risata. «Quando ero piccolo non mi piacevano per niente gli obiettivi fotografici. Faith provava sempre a scattarmi foto di nascosto.» Jake aggiustò la posizione, poi chinò il capo fino a posarlo sulle ginocchia. Rimase in silenzio per un sacco di tempo in cui tantissime espressioni diverse si dipinsero sul suo volto. A sovrastare tutto, c'era la tristezza e una flebile scia di paura.

«Un ricordo...» mormorò poi l'uomo. «Il più bello che hai...»

"Gli ho raccontato di te."

Jake sorrise. «Eravamo in Scozia,» iniziò. «Gli avevo

appena raccontato del periodo del nostro incontro. Stavamo camminando sulla strada che porta al mio vecchio liceo.» Cody sentiva il cuore battergli velocissimo. «C'è... c'è un posto speciale lì in cui andavo a nascondermi quando non volevo essere disturbato da nessuno. Mi è venuto in mente, così ho voluto farglielo vedere. L'ho preso per mano...» Jake si bloccò e si portò la mano libera agli occhi, premette le dita sulle palpebre e tirò su con il naso. Poi si asciugò le guance ed emise un respiro tremante. «Era tutto il giorno che volevo prenderlo per mano,» ammise, con voce più bassa e vulnerabile. Cody sentì gli occhi diventargli lucidi.

Anche io.

«L'ho portato lì e ci siamo seduti, abbiamo aspettato il tramonto. Abbracciati.» Jake fece un sorriso dolcissimo. Cody si asciugò gli occhi con la manica della maglia e si alzò dalla sedia per scivolare a terra, contro il bancone della cucina, come se avesse sentito il bisogno di nascondersi. «Credo di averlo capito lì, Cass.» *Che cosa?* Ma Jake non specificò di cosa parlasse. Sospirò ancora e se ne stette in silenzio, perse un paio di minuti a giocare con le fiammelle accanto a lui – o almeno era quel che credeva, perché non c'entravano nell'inquadratura – poi guardò l'obiettivo e si scostò una ciocca di capelli dal viso.

«Volevo che non finisse mai,» riprese. «Volevo rimanere lì con lui, avevo paura di tornare e veder crollare tutto. Io... era come se la Scozia avesse quella magia, sai, come quando...» Una pausa, un sospiro tremante. «Come quando mi sono innamorato di te. Solo che era diverso.»

Cody si sforzò di prendere respiri profondi, perché il cuore batteva così forte che sembrava prossimo a perdere i sensi. Bramava quelle parole e ne aveva paura allo stesso tempo, aveva paura di sapere cosa avrebbe detto Jake a *Cassian*, da soli dove nessuno avrebbe potuto sentirli, dove poteva dire la verità senza curarsi delle conseguenze. Magari stava per dichiarargli amore eterno e stava per dire che non avrebbe mai potuto amare Cody allo stesso modo. Solo il pensiero faceva malissimo.

«Con lui è sempre stato tutto diverso,» disse, invece, Jake. Si faceva sempre più piccolo e poi pronunciò per la prima volta il suo nome. «Cody è... è gentile e divertente. È dolce. Non credevo neanche che mi piacesse essere *viziato* in quel modo.» Jake rise e le sue guance si colorarono di un delizioso rossore, che fece sorridere anche lui. «Ed è bellissimo, ovviamente. E il modo in cui mi guarda, come se...» Si bloccò e affondò il viso tra le gambe, come volesse nascondersi, le spalle strette e il corpo che tremava un po'. «Come se fossi *importante*. Dio.»

Lo sei, stupido. Cody scosse il capo e si morse un labbro mentre sorrideva. Una lacrima gli scese sulla guancia. «E anche Kacey è splendida. Cass, io...» Jake alzò il capo e fissò l'obiettivo, e il suo cuore perse un battito. «Io voglio andare avanti, ma non so come si fa. Voglio...» Jake prese un grosso respiro e sussurrò: «Essere libero di *amarlo*.» Poi l'inquadratura tremò e Jake si portò la manica agli occhi, per strofinarli.

«Mi sento così *in colpa*,» gracchiò. La sua voce si ruppe e lui emise un singhiozzo. Con la mano libera si asciugò ancora le lacrime, poi guardò l'obiettivo e avvicinò il dito allo schermo. Il video si bloccò.

Oltre a quello c'erano soltanto delle foto, per lo più delle candele e una in cui Jake faceva un sorriso forzato e triste. Cody ripose il telefono e si coprì gli occhi con i palmi delle mani, nel petto un miscuglio sordo di sensazioni.

"Non smettere di amarmi."

Dopo qualche minuto, Kacey comparve sulla soglia. «Papà?»

Cody si alzò e si asciugò il viso, poi si sforzò di farle un sorriso. «Ehi, principessa. Hai dormito bene?»

Lei annuì e si guardò intorno, poi uscì dalla cucina. Visto che sapeva dove stava andando, Cody la seguì per le scale e verso la sua stanza, ancora in penombra. Jake non aveva mosso un muscolo e ronfava placidamente tra le coperte. Era bellissimo.

Kacey si mise da un lato del letto e prese a fissarlo, facendolo mettere a ridere. Dopo qualche secondo, Jake inspirò e si girò piano, sbattendo gli occhi. Lo vide fissare sua figlia per qualche istante quasi senza riconoscerla, poi uno sbadiglio e la sua voce roca emise: «Sei un po' inquietante.»

Lui si mise a ridere e, finalmente, il compagno notò anche lui. Jake gli fece un sorriso e affondò il capo contro il cuscino, mugolando per la stanchezza. Poi rimase immobile e lui si sentì autorizzato ad avvicinarsi, salire sul letto e abbracciarlo mentre Kacey sorrideva tutta felice.

«Mh...» mugolò Jake, un po' per fastidio, un po' giocando.

Cody gli diede un bacio sulla guancia. «Buongiorno, Romeo.»

Kacey salì sul letto e si appiccicò anche lei a Jake, che incassò il suo entusiasmo e si mise a ridere. «Non c'è scampo con voi due, eh?» Si girò per accogliere la bambina tra le sue braccia mentre Cody ricadeva accanto a lui e rideva, il cuore ricolmo di affetto e felicità. *È così che ci si sente?*

PIÙ TARDI, quella sera, Jake si ritrovò davanti al camino a osservare le fiammelle di fuoco danzare tra i ceppi. Kacey era in camera sua con Gulliver a leggere, mentre Cody stava mettendo a posto la cucina. Lui era lì che pensava a cosa avrebbe fatto da quel punto in avanti.

Per quanto gli seccasse ammetterlo, il ragazzino del bar aveva ragione. Non aveva senso perdersi in pensieri inutili soprattutto perché, qualsiasi cosa fosse quella che provava per Cody, era più che sicuro di non volerlo più lasciare, di non volersi allontanare da lui. Voleva continuare a vivere con loro, con Kacey che gli voleva bene come nessuno aveva mai fatto, lì in quel piccolo rifugio di felicità che si erano costruiti a fatica e dopo tanta esitazione.

Voleva vedere dove l'avrebbe portato, e voleva smetterla di frenarsi, voleva essere sincero.

Anche se ciò significava abbandonare la sua vecchia vita e superare i sensi di colpa.

Cody si avvicinò a lui lentamente e gli sedette accanto con un sospiro pieno di soddisfazione e felicità. Jake sorrise mentre si appoggiava alla sua spalla e si accoccolava contro il suo calore. Era bellissimo sentire la pace, il silenzio che li cullava, e quella meravigliosa sensazione di calore che gli scaldava il corpo, il petto fino al cuore. Quel sentimento che partiva da dentro e gli faceva tremare tutto, di un'intensità incredibile.

Il suo fu un sussurro che veniva da dentro, finalmente incurante della paura o della ragione.

«Ti amo.»

Lentamente, Cody sollevò la testa e quei due specchi verdi che amava tanto lo guardarono. Jake gli sorrise e allungò il capo fino a sfiorargli le labbra con le sue, nonostante la sorpresa dell'altro e il modo in cui non si muoveva, lo fissava soltanto. I suoi occhi erano lucidi di un'emozione che si nascondeva in un posto segreto accessibile soltanto a loro due. Sentimenti che Cody non aveva mai avuto paura di mostrargli. Una sincerità che aveva sempre invidiato ma, Dio, se l'amava.

«Anche io,» pronunciò Cody, con voce tremante. Le dita di Jake gli percorsero piano la guancia, la mascella, fino alla nuca. Lo tirò a sé e posò ancora le labbra sulle sue. Delicato, puro affetto.

Si baciarono ancora e ancora, con passione crescente e tutto l'amore che erano capaci di scambiarsi. Felicità e completezza, finalmente. Era tutto così forte che Jake tremava, anche mentre Cody lo attirava su di lui e lo rinchiudeva tra le sue braccia, mentre muoveva il bacino e assecondava il movimento sensuale del suo corpo contro quello dell'amante.

«Merda, Jake, voglio...» Cody sembrava vulnerabile ed eccitato mentre parlava, lo guardava con tutto l'affetto che era capace di donare. Jake sapeva che era *tutto*, perché capire Cody era diventato ciò che sapeva fare meglio. Incredibilmente semplice capirlo, incredibilmente semplice amarlo.

«Ti ho aspettato per così tanto tempo...» si lasciò sfuggire Jake. Cody chiuse gli occhi e per un attimo sembrò sofferente, prima che sorridesse ancora e si chinasse di nuovo a baciarlo.

«Anche io,» sussurrò Cody. «Voglio... Merda, mi sento così stupido.»

«Shh.» Jake lo baciò e gli strinse una mano intrecciata alla sua. «Dimmi cosa vuoi.» Le dita di Cody erano scese lungo il suo corpo, sotto i vestiti, e lo accarezzavano come se fosse stato prezioso, come se il compagno avesse paura di fargli male. Lo accarezzava per accudirlo e *amarlo*. Poi Cody si fermò alla schiena e si limitò a struisciare il bacino contro il suo, a sospirare piano.

«Voglio fare l'amore con te,» gli mormorò. Quanto erano belle quelle parole? Di una sincerità imbarazzante e spontanea. «Voglio farlo per ogni giorno a venire. Voglio stare con te, voglio amarti, voglio vivere con te e crescere mia... *nostra* figlia insieme.»

Gli occhi gli divennero lucidi. Anche se era una bugia, anche se Kacey non era sua figlia e sapeva che non era giusto prendersi il privilegio di chiamarla tale, era così *gratificante* sentirgli pronunciare quelle parole, sentire che ci credeva.

Sentire che c'era un posto nel mondo solo per lui. Ed era lì, tra le braccia dell'uomo che amava.

Cody si allungò a baciarlo di nuovo, lui si lasciò scappare un gemito. Di lussuria, di desiderio, di dolore e felicità insieme. Di terribile paura e voglia di ricominciare.

«Voglio vivere con te, voglio che tu faccia ciò che ti piace e voglio vederti felice. Voglio sposarti.» E la voce tremò su quell'unica parola, allo stesso modo dei loro corpi uniti, allo stesso modo del suo cuore che batteva tanto forte da far paura. «Ti amo, Jake. Ti amo.»

Jake emise un sospiro strozzato. Era difficile rispondere a un'onestà tale. Cody era sempre stato bravo a parlare con sincerità e spiazzarlo, a far sembrare ogni suo gesto misero al confronto. Anche se sapeva che per Cody, invece, uno sguardo era il regalo più grande al mondo.

«Devi sempre fare le cose in grande, tu, eh?» scherzò. Una lacrima gli scese lungo la guancia, ma entrambi la ignorarono. Cody gli sorrise con tenerezza e gli diede un bacio sulla nuca, poi sulle labbra, sulla guancia e il collo, fino a tornare alla bocca.

«Ti amo, Jake,» sussurrò a fior di labbra. «Il mio posto nel mondo è accanto a te, ed è qui che voglio passare la mia stupida vita.»

Il cuore di Jake perse un battito. Era così *bello* sentirglielo dire. Gli strinse la mano e con quella libera si aggrappò alle sue spalle, baciandolo. Il corpo fremeva per il bisogno di contatto, ma nessuno dei due fece altro se non movimenti coordinati l'uno contro l'altro. Un ritmo lento, di estrema dolcezza. Come tutto ciò che faceva Cody.

«Hai fatto un corso su come lasciare il proprio partner senza parole?» Anche se era una battuta, la voce di Jake era piena di emozione e tenerezza. Così come la risata di Cody in risposta.

«Basta un sì. O un no.» Cody sorrideva e Jake era sicuro

che sapesse la sua risposta. Ormai era ovvio, perché non era mai stato bravo a nascondere i propri sentimenti a Cody. Finzione fasulla, bugie palesi nascoste dietro emozioni che non sarebbe mai riuscito a celargli. Non a lui.

«Non può essere così semplice.»

«Lo è.»

"La vita è semplice." Sospirò, con gli occhi lucidi e la voglia di dire di sì, salire in camera e fare *l'amore* per tutta la notte. Cody gli accarezzò il viso e gli baciò le labbra, poi si chinò verso il suo orecchio.

«Dimmi di sì, Jake. Dimmi di sì,» sussurrò. Jake gemette senza sapere neanche per che cosa. Per il sesso che sentiva gonfio e pulsante, per il cuore che stava scoppiando... per dire di *sì*.

«Sì,» mormorò, allora. «Sì, lo voglio. Ti voglio. Voglio stare con te.» E poi un bacio e un altro, un altro ancora fino a che non fu una confusione di bocche e una cantilena leggera: «Sì, sì, sì...»

E per una volta era sicuro della sua risposta, sicuro di ciò che voleva. Cody, Kacey, Tex e Gulliver. Il cane che aveva ferito e che sarebbe guarito. Potevano chiamarlo Scott, perché sembrava la giusta conclusione alla loro piccola e tenera famiglia. L'inizio di un futuro splendido in cui sarebbe stato *felice* e completo, stavolta per davvero, stavolta per sempre.

Cody lo baciava ancora e lui tremava nel suo abbraccio. Contro il petto il battito forte dell'altro che si univa al suo, le mani calde che percorrevano la sua schiena e si fermavano ai capelli, poi gli accarezzavano le guance.

Quando si staccarono Jake chinò la fronte contro quella di Cody e gli sorrise, senza allontanarsi. Cody lo abbracciò forte e rimase zitto. Due corpi stretti nel silenzio della stanza, il silenzio della paura che se n'era andata.

Soltanto loro due, insieme.

EPILOGO

Ottobre 2016
Edimburgo, Scozia

JAKE SI SVEGLIÒ alla sensazione familiare di baci lievi che gli sfioravano il collo e la mandibola. Sorrise, aprendo gli occhi sulla loro stanza in penombra, fruscio di coperte e il respiro lento del compagno.

«Buongiorno, Romeo,» mormorò. Erano entrambi stesi su di un fianco, l'uno di fronte all'altro. Quando Jake chinò il capo per sfiorare le labbra di Cody, lui si ritirò prima di dargli ciò che voleva, per poi guardarlo con un sorriso furbo.

«È ora di alzarsi,» sussurrò il compagno. Jake emise un lamento e si rigirò fino a nascondersi nel calore che emanava la pelle nuda di Cody. L'uomo lo accolse tra le sue braccia e tornò a baciarlo, tra i capelli, le guance, le spalle. Un brivido, nel sentire le sue dita virili percorrergli gli addominali e indugiare sul bacino, ferme lì, come una tortura. «Dai, tesoro.»

«Tu lo sai che Nate mi ha tenuto a telefono tutta la notte per spiegarmi cosa ha in mente per i laboratori estivi, per l'addio al celibato e per i mocciosi che vengono a Natale?»

Cody rise. «Ti adora.»

«Certo, come no.»

Si erano trasferiti in Scozia qualche mese prima, dopo le continue richieste di Cody e la risposta dell'Università di Edimburgo, che aveva accettato la sua domanda d'iscrizione nonostante il ritardo nel mandare tutta la documentazione necessaria.

Si tenevano ancora in contatto con Nate e Nathan, ovviamente. Quando lui, Cody e Kacey tornavano a Jackson per qualche settimana, Jake aiutava in libreria per sessioni di lettura di gruppo con bambini e ragazzi stranieri. Nonostante fosse una proposta a cui all'inizio aveva risposto fingendo poco entusiasmo, in realtà adorava il lavoro che faceva lì.

«Dannato me e il momento in cui ho acconsentito a collaborare con lui. Trovarsi uno stronzo a Jackson che sapesse due lingue in più no, eh?»

«Ti aaama,» ripeté Cody. «E se hai la forza di lamentarti, puoi anche alzarti. Dai, oggi tocca a te, sei di strada.»

«Non ci vado,» biascicò Jake, fingendosi di nuovo mezzo addormentato. «Rimaniamo qui, poi quando si sveglia Kacey facciamo una gita a Glasgow.»

«No,» ridacchiò Cody.

«Stronzo.»

Cody rise ancora e affondò il viso nel suo collo, poi gli pinzò la pelle tra i denti e morse senza dargli alcun preavviso. Jake lanciò un urletto e sobbalzò, Cody scoppiò a ridere e incassò i colpi del suo cuscino sullo stomaco. Poi Jake si morse un labbro e si buttò su di lui, per cercare vendetta nel solletico finché non furono entrambi attorcigliati l'uno all'altro e tra le lenzuola. Cody era steso sulla pancia e lui gli teneva le braccia dietro la schiena e lo spingeva contro il letto, ascoltando la sua bellissima voce ridere.

«Cosa devo fare con te?» mormorò Jake, spingendosi su di lui fino a far aderire completamente i loro corpi.

«Tutto quello che vuoi,» rispose la voce roca dell'uomo. Cody gemette quando l'erezione di Jake premette contro le sue reni, e spinse il sedere verso di lui per strusciarsi lieve su di essa. «Ma fallo in fretta perché hai circa venti minuti prima che suoni la sveglia di Kacey e un'altra mezz'ora prima di dover uscire di casa. Sono le sette.»

«Posso farmelo bastare se facciamo la doccia insieme,» sussurrò, baciandogli la nuca e soffermandosi su ogni vertebra mentre riscendeva lungo la schiena. Cody emise un mugolio di piacere.

«Okay,» disse soltanto. Jake terminò il percorso fino al suo sedere e gli separò le natiche, spingendosi senza mezzi termini contro la sua apertura, che bramava di penetrare con la lingua, mordere e stuzzicare. Cody mugolò ancora e per qualche minuto fu soltanto un alternarsi di suoni di piacere e desiderio che colpivano senza tregua la sua eccitazione crescente.

Alla fine, risalì su di lui e lo fece girare per reclamare quelle labbra che desiderava da quando aveva aperto gli occhi, bagnate e pronte ad accogliere le sue.

Baciare Cody era sempre come trovare sollievo a ogni male. Era tornare a casa dopo tanto tempo, una luce nel buio, quella del sole e dell'alba. Era tanto tempo che stavano insieme, ormai, ma la sensazione non cambiava né si affievoliva. Il battere del cuore accelerato, il calore alla testa e la voglia di sorridere, a volte il tremore delle mani. La piacevole perdita di controllo.

«Proprio quello che ci voleva per sopravvivere alla lezione di tedesco,» mormorò contro la bocca del compagno. Cody rise.

«Non avevi la lezione di linguaggio dei segni, oggi?» chiese.

«Nel pomeriggio,» sussurrò prima di baciarlo ancora. Cody gli afferrò la vita e lo fece girare e sbattere contro il materasso. Allargò le gambe per mettersi a cavalcioni su di lui, poi sfregò il sesso e le natiche contro la sua erezione, che iniziava a far male.

Si chinò a un passo dalle sue labbra. «Torni per pranzo?»

«Sì.» Un bacio lieve. «Kacey vai a prenderla tu, però, te lo ricordi?»

«Sì.» Cody si allungò verso il comodino e prese il lubrificante, se lo spalmò su di una mano e poi gli afferrò il sesso. Avevano abbandonato il preservativo da poche settimane, dopo i controlli fatti appena arrivati a Edimburgo. Il sesso tra loro era sempre famelico ed esigente, così avevano deciso di cedere all'urgenza e fare il *grande passo*. Uno dei tanti.

Bastarono pochi movimenti per fare impazzire Jake; si sentiva già come se avesse potuto implorarlo per essergli dentro. Per fortuna, Cody doveva essere dello stesso avviso perché non ci mise molto a lasciarlo andare e spingersi su di lui, dopo essersi posizionato. Jake si afferrò l'asta con una mano e gli strinse il fianco con l'altra, accompagnando la lentezza dei suoi movimenti con mugolii di eccitazione.

Quando la punta fu dentro lo lasciò andare e alzò le braccia come in segno di resa, per stringere la struttura del letto e lasciargli il comando.

Cody gli mise una mano tra il collo e la spalla, per tenerlo fermo, mentre con l'altra gli afferrava i polsi e li stringeva.

Poi si tirò indietro e affondò nuovamente con un gemito strozzato. Jake ansimava rumoroso, un labbro tra i denti nel tentativo di non urlare. Cody si chinò a baciargli la bocca, gli addentò di nuovo il collo e rise quando lui fallì nel fare poco rumore.

«Gesù, fai presto,» sussurrò Jake. «Perché se si sveglia

prima che io sia venuto sarò di malumore per tutta la giornata.»

Cody lo guardò con un accenno di sfida negli occhi, ma doveva essere della stessa idea perché aumentò comunque il ritmo e ben presto non ci fu più spazio per le parole, solo gemiti e respiri strozzati, l'urgenza di venire, la voglia di spingersi sempre più dentro di lui, toccare il culmine, essere una cosa sola. Cody aveva un'espressione bellissima mentre lo cavalcava; le pupille erano dilatate, occhi liquidi e labbra gonfie e spalancate. E quel rossore sul corpo allenato e madido di sudore...

Il compagno si chinò a baciarlo, le spinte divennero insostenibili. Un rantolo che voleva comunicargli che c'era quasi, ma che non aveva la forza di unire quattro semplici parole.

Cody mugolò e rallentò le spinte, nonostante il bisogno e la frustrazione fossero palesi come le sue.

«Cody, no, ti prego,» gemette. «Non fermarti.»

«Dimmi che mi ami.»

Jake si ritrovò a sorridere, per un attimo gli occhi si colorarono di dolcezza. Lasciò andare il letto per prendergli il volto tra le mani, lo tirò a sé per baciarlo e per un attimo parvero quasi fermarsi entrambi, il tempo bloccato in quel mondo soltanto loro.

«Ti amo, Cody Myles,» mormorò, poi. Non soltanto per farlo contento, ma perché lo sentiva nel petto, lì dove il cuore era caldo e stretto, ricolmo di gioia. «E ora vieni per me, prima che la nostra bambina si svegli.»

Cody rispose alla perfezione, con un gemito roco e secco, spinte che ripresero a una velocità tale che fu difficile stare al passo. Lo guardò venire, nell'estasi e la felicità, un ritratto di bellezza tutto suo. Lo fissò ferino, gli prese le natiche tra le mani e affondò con più forza e bisogno, senza curarsi di andarci piano perché il sedere dell'uomo lo risucchiava come se non ne avesse mai abbastanza.

Poi la luce, il ventre che si contraeva e l'urlo che si perdeva sulla bocca del compagno, mentre anche lui raggiungeva l'orgasmo; sentiva il proprio seme riempirlo, scivolare sul suo ventre e tra le gambe dell'amante.

Cody rise, si accovacciò accanto a Jake e lo abbracciò, soddisfatto come lui non l'aveva mai visto. Felice e in pace.

Se ne era accorto tardi, ma era tutto ciò che aveva sempre desiderato. Mentre lo osservava, steso accanto a lui, si ritrovò ad allungare una mano per accarezzargli quell'accenno di barba, le palpebre abbassate, i capelli umidi.

«Ti amo,» mormorò ancora. Sembrava giusto ripeterlo.

Cody fece uno dei suoi sorrisi bellissimi. «Anche io.»

Lui scivolò sul letto e si accoccolò tra le sue braccia ancora una volta. Per lunghi istanti fu solo silenzio, fuori l'abbaiare di Tex e Scott e il lieve cadere della pioggia che, per una volta, sembrava il rumore più bello al mondo.

Poi, dall'altra stanza in fondo al corridoio, il suono flebile della sveglia. Dopo qualche istante la voce assonnata di Kacey: «Papà!»

«Vado io,» sussurrò Cody, muovendosi dal letto. Gli diede un ultimo bacio prima di scendere, si mise un paio di pantaloni – che Jake identificò come i suoi – e si diresse alla porta.

«Code,» lo richiamò. Cody gli sorrise sull'uscio.

«Sì?»

Il cuore batteva forte. «Grazie per non aver mai smesso.»

Cody lo guardò con infinita dolcezza negli occhi. «Grazie di aver scelto me,» rispose, come faceva sempre. «E ora muovi il culo, che hai venti minuti.»

RINGRAZIAMENTI

A quei due angeli di Navi e Silla, che si sono prese la briga di ascoltare la storia di Jake e Cody, scomporla e dirmi cosa ne pensavano.

A Sabrina, che li ha amati fin dal primo momento e non li ha mai lasciati.
A Chiara, che ha avuto la pazienza di imparare a pronunciare "Geich!" ed è stata con loro fino alla fine.
Alla mia Emi che, per quanta distanza ci separi, c'è sempre per me.

A tutto lo staff Triskell e a Francesca, la mia splendida editor, che li ama e mi odia (eheh), che si è presa cura di loro e che è sempre disponibile per offrirmi tutto il supporto di cui ho bisogno.
Grazie, grazie, grazie.

Grazie a Stuart e Andy, che mi hanno fornito le reference necessarie sulla Scozia e sulle motociclette (thank you!), e a tutte quelle persone che hanno avuto la pazienza di raccontarmi del Texas e del Regno Unito.

A te che stai leggendo. Grazie di cuore per aver dato loro un'opportunità e per essere rimasto fino alla fine.

A Jake e Cody. A Nathan e Nate. A Kacey.

L'AUTRICE

Grazia Di Salvo è nata un paio di decenni fa in terre che si narra non esistano, e dopo aver frequentato un corso per Irrecuperabili Creativi Disagiati sta attualmente lavorando alla realizzazione del suo sogno di vivere in mezzo alla natura con un branco di cani, gatti e furetti.

Ama l'arte in tutte le sue forme, la calma, il tè verde giapponese, il fuoco e gli animali. È Ariete, Volpe, Gallo, Falco e Corniolo di nascita e ha un'insana fissazione per i segni zodiacali che non ha mai voluto ammettere.

È affascinata dalla psicologia e adora ascoltare la voce dei poveri martiri nella sua testa che le parlano delle loro emozioni. Ogni tanto, quando si affeziona a loro, decide che non può lasciarli lì, allora mette tutto su carta e spera che un giorno qualcuno possa amarli almeno quanto lei.

Blow Out The Candles è il secondo volume della serie *Breathe*, ed è il suo terzo libro. Con Triskell Edizioni ha pubblicato anche i romanzi *Breathe* e *Hurt*.

Potete contattarla su:
Facebook: https://www.facebook.com/graceakkauthor
Twitter: https://twitter.com/graziadisalvo4
Email: gracedsauthor@gmail.com

Triskell Edizioni

Grazie di aver acquistato e letto il nostro libro! Speriamo vivamente che ti sia piaciuto.

Se non fosse di troppo disturbo sarebbe per noi un onore conoscere la tua opinione al riguardo. Ci farebbe molto piacere se postassi un tuo pensiero, qualunque esso sia, sullo store che preferisci e magari anche su social media come Goodreads, Facebook o Twitter.

Il passaparola è importantissimo per ampliare la diffusione dei libri.

Ti ricordiamo che ci puoi trovare su:
  Pagina FB: https://www.facebook.com/TriskellEdizioni/
  Gruppo FB
https://www.facebook.com/groups/215147648905489
  Twitter: https://twitter.com/TriskellEdiz
  Instagram: https://www.instagram.com/triskelledizioni/
  Goodreads:
https://www.goodreads.com/user/show/18551250-triskell-edizioni
  Pinterest: https://it.pinterest.com/triskelledizion/
  Tumblr: http://triskelledizioni.tumblr.com

Ti invitiamo anche a iscriverti alle newsletter del nostro sito per non perderti le ultime novità!

Printed in Great Britain
by Amazon